KB212679

제인 에어 2

Jane Eyre

제인 에어 2

샬럿 브론테

최인하 옮김

midnight
심야 책방 bookstore

차례

제1장

로체스터 씨가 내준 휴가는 일주일밖에 되지 않았지만 나는 한 달이 지나도록 게이츠헤드에 머물렀다. 장례식이 끝나자마자 떠나고 싶었지만 조지아나가 자신이 런던으로 떠날 때까지 있어 달라고 간절히 부탁했다. 누이의 장례를 감독하고 집안일을 정리하러 왔던 외삼촌 깁슨 씨가 마침내 런던으로 초대했던 것이다. 조지아나는 일라이자와 단둘이 있기가 두렵다고 했다. 자신이 낙담해 있어도 동정하지 않고 두려워해도 아무런 격려도 해주지 않으며 여행 준비도 도와주지 않는다는 것이었다. 나는 나약한 그녀가 불평하고 자신만 생각하며 한탄해도 최선을 다해 바느질과 짐 싸는 일을 도와주었다. 하지만 내가 도와주는 동안 정작 그녀는 빈둥거리기만 했다. 나는 생각했다.

'사촌, 내가 앞으로도 계속 너와 함께 살아야 했다면 우리 관계는 지금과 전혀 달랐을 거야. 너를 순순히 받아주기만 하진 않았을 테니까. 네게 할 일을 나눠준 뒤 하게 만들고 네가 하지 않고 빈둥거린다면 그 상태로 내버려뒀을 거야. 또 느릿느릿 내뱉는 거짓 섞인 네 불평들은 그냥 네 가슴속에만 묻어두라고 했을 거고. 내가 이렇게 다 참고 받아주는 건 우리가 머지않아 헤어질 거고, 특히나 지금이 애도 기간이기 때문이야.'

드디어 조지아나를 떠나보냈다. 그랬더니 이번에는 일라이자가 한 주만 더 있어 달라고 부탁했다. 자신의 계획을 실행하기 위해 온종일 집중해야 한다고 했다. 그녀는 가보지 않은 곳으로 떠날 준비를 하고 있었다. 하루 종일 방문까지 걸어 잠그고 짐을 싸거나 서랍을 정리하고 서류들을 태워 없앴다. 그 누구와도 이야기를 하지 않았다. 그녀는 내게 자신이 떠날 준비를 하는 동안 집안일을 돌보고 손님을 맞으며 조문 편지에 답장을 해달라고 부탁했다.

그러던 어느 날 아침 일라이자는 내게 이제 마음대로 해도 된다고 말하면서 이렇게 덧붙였다.

"그동안 신중하고 훌륭하게 일을 봐줘서 정말 고마워. 너와 지내는 건 조지아나와 살던 것과는 전혀 달랐어. 너는 네 몫의 일을 해내고 누구한테도 폐를 끼치지 않았지. 나는 내일 유럽 대륙으로 떠나 릴 근처 수도원에 들어가서 지낼 거야. 너는 수녀원이라고 부르겠지. 그곳에서는 아무 간섭도 받지 않고 조용히 지낼 수 있을 거야. 당분간 가톨릭 교리를 공부하고 그 체계가 어떻게 돌아가는지 연구하는 데 전념할 거야. 아직 확실하진 않지만 그 교리가 세상만사를 해결하게 해준다는 사실을 깨달으면 가톨릭 교리를 받아들여 수녀가 될 거야."

나는 그녀의 결심을 듣고도 놀라는 기색을 보이거나 말리지 않았다. 그리고 마음속으로 생각했다.

'언니에게 딱 어울리는 일이구나. 행복하게 살아!'

헤어질 때 그녀가 말했다.

"안녕, 내 사촌 제인 에어. 너는 잘 지낼 거라 믿어. 시리 분별력이 있으니까."

나도 말했다.

"일라이자 언니도 잘 지낼 거라 믿어요. 일 년만 있으면 언니의 깨달음과 능력은 프랑스 수녀원에 갇혀버리겠지요. 하지만 내가 관여할 문제는 아니지요. 언니한테 맞는 일이라면 상관없다고 생각해요."

"네 말이 맞아."

이런 대화를 나눈 뒤 우리는 각자의 길로 떠났다. 일라이자와 조지아나에 대해서는 다시 언급할 기회가 없을 것 같아 여기서 잠시 말해두려고 한다. 조지아나는 부유하지만 유흥에 빠져 살던 상류층 남자와 결혼했다. 일라이자는 정말 수녀가 되었다. 지금은 자신이 견습 수녀로 있던 수녀원에서 높은 자리에까지 올랐고 전 재산은 수녀원에 기부했다.

나는 길건 짧건 집을 떠났다가 다시 돌아갈 때 사람들의 기분이 어떤지 몰랐다. 그런 경험이 없었기 때문이다. 어렸을 때 오랫동안 산책을 하고 게이츠헤드로 돌아오던 기분은 알고 있었다. 춥고 우울해 보인다고 야단맞았던 기억이 난다. 그 후 교회에서 로우드로 돌아올 때 기분이 어땠는지도 알고 있었다. 풍성한 음식과 따뜻한 난롯불을 고대했지만 그 어느 것도 가질 수 없었다. 그렇게 집으로 돌아오는 길은 즐겁지도 않고 기다려지지도 않았다. 도착지에 가까워질수록 점점 강하게 그곳으로 나를 끌어당기는 힘이 없었다. 손필드로 돌아갈 때 기분도 직접 겪어보지 않고는 알 수 없었다.

여행은 지루했다. 첫날 약 80킬로미터를 달려 여관에서 하룻밤을 묵고 다음 날 또다시 80킬로미터를 갔다. 처음 열두 시간 동안 나는 죽기 직전의 리드 부인을 생각했다. 그녀의 추하고 창백한 얼굴이 머릿속에 떠올랐고 기이하게 변해버린 그녀의 목소리가 귓가에 맴돌았다. 장례식, 관, 영구차, 검은 상복을 입은 소작인과 하인들의 행렬(친척들은 거의 없었다) 활짝 열려 있는 지하 납골당, 고요한 교회, 엄숙한 예배 등도 머릿속에 떠올랐다. 그러고 나서 일라이자와 조지아나를 생각했다. 한 명은 무도회에서 모든 사람의 관심을 받는 대상이 되고 다른 한 명은 수녀원의 식구가 될 것이다. 나는 각기 다른 성격과 개성을 가진 두 사람을 분석하며 시간을 보냈다. 그러나 저녁 ○○ 시에 도착하자 이런 생각들은 사라졌다. 밤이 되자 전혀 다른 방향으로 생각이 흘러갔다. 나는 여관 침대 위에 누워 지난 일을 회상하는 대신 앞으로 닥칠 일들을 생각했다.

나는 손필드로 돌아가고 있었다. 하지만 앞으로 얼마나 더 그곳에 살게 될까? 분명 오랜 기간은 아닐 것이다. 떠나 있는 동안 페어팩스 부인이 소식을 전해왔다. 손님들은 모두 돌아갔고 로체스터 씨는 이 주일간 머무르겠다면서 런던에 간 지 어느덧 삼 주가 흘렀다는 것이다. 페어팩스 부인은 그가 마차를 새로 산다고 하는 걸로 보아 결혼 준비를 하러 간 것 같다고 말했다. 또한 자기는 로체스터 씨가 잉그램 양과 결혼한다는 것을 도무지 믿을 수가 없지만, 다들 그렇게 말하고 자기 생각으로도 틀림없이 얼마 안 있어 결혼할 것 같기는 하다고 했다. 나는 속으로 외쳤다.

'믿지 못한다면 부인이 지나치게 의심이 많은 거예요. 나는 더는 의심하지 않아요.'

뒤이어 '난 어디로 가지?'라는 생각이 들었다. 그리고 그날 나는 밤새도록 잉그램 양의 꿈을 꾸었다. 새벽녘 꿈속에서는 내가 들어오지 못하게 손필드의 문을 닫고 있는 그녀의 모습이 생생하게 보였다. 내게 딴 길로 가라며 손가락질을 했다. 그 옆

에서 로체스터 씨는 팔짱을 낀 채 비웃는 듯한 표정으로 그녀
와 나를 바라보고 있었다.

나는 페어팩스 부인에게 돌아가는 정확한 날짜를 가르쳐주
지 않았다. 밀코트까지 마차를 마중 보내지 않았으면 했기 때
문이다. 대신 나는 조용히 혼자서 걸어가기로 했다. 6월의 어
느 날 저녁 여섯 시쯤 여관집 마부에게 가방을 맡기고 몰래 조
지 여관을 빠져나와 손필드로 가는 오래된 길로 들어섰다. 길
은 주로 밭을 가로질러 나 있었고 행인도 거의 없었다.

밝고 화사한 여름의 저녁은 아니었지만 맑고 포근했다. 길
가에는 일꾼들이 건초를 만들고 있었다. 하늘엔 구름이 끼어
있었지만 내일은 날씨가 화창할 거라고 약속이나 하듯 흰 구름
사이로 보이는 푸른빛은 부드러웠으며 엷은 구름들이 높이 떠
있었다. 서쪽 하늘도 따스해 보였다. 비가 올 것처럼 보이지는
않았다. 대리석 같은 수증기의 장막 뒤에서는 제단이 불길에 휩
싸인 것같이 보였고 구름 사이로 붉은 황금빛이 퍼져 나오고
있었다.

기쁘게도 목적지가 점점 가까워오고 있었다. 너무 기쁜 나머
지 한번은 멈춰 서서 왜 이렇게 기쁜지 스스로 물어보기도 했
다. 그리고 지금 가는 곳은 내 집이 아니고 영원히 살 곳도 아
니며 좋아하는 친구가 밖을 내다보며 내가 도착하기만을 기다
리는 곳도 아니라고 마음을 다잡아보기도 했다. 나는 혼잣말

을 했다.

"페어팩스 부인은 미소 지으며 차분하게 너를 반겨줄 거야. 귀여운 아델은 손뼉을 치며 너를 보려고 방방 뛰겠지. 하지만 너는 그들이 아니라 다른 사람을 생각하고 있어. 그 사람이 너를 생각하지 않는다는 것을 잘 알고 있으면서도 말이야."

그러나 젊음처럼 무모한 게 또 있을까? 세상물정을 모르는 것처럼 맹목적인 게 또 있을까? 로체스터 씨가 나를 보건 보지 않건 그를 다시 볼 수 있는 것만으로도 기쁘다고 내 젊음과 어리석음은 외치고 있었다.

'서둘러 가자! 가능할 때 곁에 있어야지. 그럴 날도 이제 앞으로 며칠, 길어야 몇 주밖에 남지 않았어. 그뒤에는 그분과 영원히 헤어지게 되는 거야.'

그러고 나서 나는 도저히 품고 싶지도 않고 키우고 싶지도 않은 기분 나쁜 새로운 고민거리를 떨쳐버리고 앞으로 부지런히 나아갔다.

손필드의 초원에서도 사람들이 건초를 만들고 있었다. 아니, 내가 도착했을 무렵에는 일을 다 마친 일꾼들이 어깨에 갈퀴를 둘러메고 집으로 돌아가는 중이었다. 이제 밭을 한두 개 지나고 길 하나만 건너면 저택에 닿을 것이다. 울타리에는 장미꽃이 한 아름 피어 있었다. 그러나 꽃을 꺾을 시간이 없었다. 어서 빨리 집으로 돌아가고 싶었다. 길 위로 가지를 뻗은 키가 큰 들장미를 지나치자 좁은 돌계단이 보였다. 그런데 그곳에 로체스터 씨가 있었다. 돌계단에 앉아 연필을 손에 쥐고 무언가를 쓰고 있었다.

분명 유령이 아니었다. 그런데도 내 몸의 긴장이 모조리 풀려버린 듯했다. 한동안 나 자신을 어떻게 할 수가 없었다. 왜일까? 그와 마주치는 것만으로도 이렇게 떨리고, 그의 앞에서 말 한 마디 못 하고 몸도 마음대로 움직일 수 없을 거라고는 생각지 못했다. 움직일 수만 있다면 돌아갔을 것이다. 바보 같은 짓을 할 필요가 없었으니까 말이다. 나는 집으로 가는 다른 길을 알고 있었다. 하지만 내가 다른 길을 스무 개 넘게 알고 있는 건 중요치 않았다. 이미 그가 나를 본 것이다.

"어이! 돌아왔군! 어서 이리 와요."

그가 소리치며 종이와 연필을 내려놓았다.

로체스터 씨에게 가야 한다고 생각했지만 어떻게 가면 좋을지 몰랐다. 내 몸이 어떻게 움직이고 있는지도 모르면서 그저 차분해 보이려고 애썼다. 무엇보다 얼굴 근육의 움직임을 통제하려고 했지만, 건방지게도 얼굴이 내 뜻을 거역하고 감추고 싶은 내 감정을 드러내려 하고 있었다. 다행히 내 얼굴은 베일에 가려져 있었다. 그러니 그럭저럭 태연하게 보일지도 모른다.

"제인 에어, 맞소? 밀코트에서 여기까지 걸어오는 거요? 그렇겠지. 이것도 당신 장난 중 하나군. 보통 사람들처럼 마차로

덜거덕거리며 오는 게 아니라 꿈결이나 그림자처럼 황혼과 더불어 집 근처로 슬그머니 숨어드는 거지. 도대체 지난 한 달 동안 뭘 했소?"

"외숙모께서 돌아가셔서 곁을 지켰어요."

"진정으로 당신다운 대답이군. 착한 천사들이여, 나를 지켜주소서! 그녀는 다른 세상에서 왔답니다. 죽은 사람들이 사는 곳에서요. 여기 황혼 속에 혼자 있던 나를 만나 그렇게 말하네요. 내게 용기가 있다면 당신이 사람인지 유령인지 만져볼 텐데. 요정 아가씨! 하지만 그렇게 하느니 늪에서 파란 도깨비불을 잡는 게 낫겠군!"

그가 잠시 말을 멈췄다. 그리고 덧붙였다.

"꼬박 한 달이나 떨어져 있었으니 틀림없이 나를 싹 잊어버렸겠지!"

로체스터 씨를 다시 만나면 기쁠 거라는 생각은 했다. 비록 머지않아 주인이 아닌 남남이 될 거라는 불안감과 그에게 나는 아무것도 아니라는 생각에 즐거움이 깨지긴 했지만, 그에게는 남을 행복하게 만드는 힘이 넘쳐(적어도 내 생각에는) 나같이 길을 잃고 헤매는 새한테는 그가 던져주는 빵부스러기를 맛보는 것만으로도 맘껏 포식하는 듯했다. 그가 마지막에 한 말은 나에게 위안이 되어주었다. 내가 그를 잊는 것이 그에게 어떤 의미라도 있는 것처럼 들렸다. 게다가 손필드가 내 집인 양 말했다.

아, 정말 내 집이었다면!

그는 그대로 돌계단에 앉아 조금도 움직이지 않았다. 나는 지나가게 비켜달라는 말을 하기가 싫었다. 그래서 런던에 다녀왔는지 물어보았다.

"그렇소. 천리안으로 보고 알아냈군."

"페어팩스 부인이 편지로 알려주셨어요."

"무슨 일로 다녀왔는지도?"

"그럼요. 다들 알고 있잖아요."

"제인, 직접 저 마차를 좀 봐주시오. 로체스터 부인에게 잘 어울리는지. 저 마차의 보랏빛 쿠션에 기대앉으면 내 아내가 부디카 여왕(브리튼 섬을 정복한 로마 제국의 점령군에게 대항했던 이케니족의 여왕—옮긴이)처럼 보일지 말이오. 제인, 내가 더 잘생겨져야 남 보기에도 그런 여자와 어울릴 거요. 자, 당신은 요정이니까 마술, 마법의 약, 뭐 그런 것들로 이제 나를 미남으로 만들어줘요."

'그건 마술의 힘으로도 할 수 없어요. 당신을 사랑하는 눈만 있으면 돼요. 그 눈으로 보면 당신은 충분히 미남이에요. 당신의 무뚝뚝한 태도가 잘생긴 얼굴보다 훨씬 더 매력 있어요.'

나는 마음속으로 이렇게 외쳤다.

로체스터 씨는 가끔 내가 도저히 알 수 없는 통찰력으로 내 생각까지 꿰뚫어보곤 했다. 이번에도 그는 내 퉁명스러운 대답은 상관없다는 듯 좀처럼 볼 수 없는 특유의 미소를 지어 보였다. 그는 대수롭지 않은 일에 보여주기엔 그 미소가 너무 아깝다고 생각하는 듯했다. 그의 웃는 얼굴이 마음의 햇살처럼 내게 쏟아지고 있었다.

"제인, 이제 집으로 들어가요. 친구 집에서 그 걷느라 지친 작은 발을 좀 쉬게 해줘요."

그가 계단 한쪽으로 비켜주며 말했다.

지금 내가 할 수 있는 일은 잠자코 로체스터 씨의 말에 따르는 것뿐이었다. 더는 어떤 말도 필요 없었다. 나는 아무 말 없이 계단을 뛰어올라 그의 곁을 얌전히 지나가려고 했다. 하지만 별안간 어떤 충동에 사로잡히고 어떤 힘에 사로잡혀 그에게로 돌아섰다. 내가, 아니 그 무언가가 나를 대신해서 이렇게 말했다.

"이처럼 친절하게 맞아주셔서 정말 고맙습니다. 다시 돌아오니 이상하리만치 기쁘네요. 로체스터 님이 계신 곳이면 어디든 그곳이 제 집이에요. 제 유일한 집이에요."

나는 그가 나를 잡으려 해도 도저히 따라올 수 없을 만큼 빠르게 걸었다. 나를 보자 귀여운 아델은 뛸 듯이 기뻐했고 페어팩스 부인은 늘 그렇듯 다정하게 맞아주었다. 리어는 미소를 지었고 소피도 기뻐하며 "안녕하세요"라고 인사했다. 나는 정말 즐거웠다. 주변 사람들에게 사랑받고 자신의 존재로 그들이 더욱 즐거워한다고 느끼는 것만큼 행복한 건 없었다.

　그날 저녁, 나는 앞으로 일어날 일을 단호하게 눈감아 버리기로 했다. 머지않아 다가올 이별과 슬픔을 경고하던 마음의 소리에도 귀를 막았다. 차를 마시고 나서 페어팩스 부인은 뜨개질을 하고 나는 그녀 곁에 놓인 나지막한 의자에 앉아 있었다. 그리고 아델은 카펫 위에 무릎을 꿇고 내게 가까이 붙어 앉아 있었다. 서로를 사랑하는 마음이 황금빛 평온의 고리처럼 우리를 둘러싸고 있는 듯했다. 나는 우리가 너무 빨리 또는 너무 멀리 헤어지지 않게 해달라고 마음속으로 기도했다. 그때 로체스터 씨가 예고도 없이 불쑥 들어왔다. 그는 화기애애하게 앉아 있는 우리를 보고 기뻐하는 것 같았다. 그는 페어팩스 부인에게 "양녀가 돌아와서 이제 마음이 놓인 듯 보이는군요"라고 말한 뒤 아델에게는 "조그만 영국 엄마만 뚫어져라 보고 있네"라고 했다. 나는 그가 결혼한 후에도 우리를 멀리 쫓아버리지 말고 햇살 같은 그의 보호 아래 어떻게든 계속 살게 해줬으면 하는 희망을 조심스레 품어봤다.

　손필드 저택으로 돌아온 지 이 주일이나 됐지만, 이상하게도 조용한 날들이 계속됐다. 주인의 결혼에 대한 이야기도 없고 결혼식을 준비하는 것 같지도 않았다. 나는 거의 날마다 페어팩스 부인에게 정해진 게 없느냐고 물었다. 그때마다 그녀는 매번 없다고 대답했다. 한번은 페어팩스 부인이 주인에게 직접 신부는 언제 집으로 데려오는지 물었는데, 그는 묘한 표정을 짓더니 농담으로 대꾸하며 무슨 뜻인지 모르겠다고 했다.

특히나 내가 놀란 것은 잉그램 양이 손필드에 오거나 로체스터 씨가 잉그램 저택을 방문하는 일도 전혀 없다는 점이었다. 30여 킬로미터 떨어진 다른 주와의 경계에 있기는 했지만, 열렬히 사랑하는 사람들에게 거리가 무슨 상관인가. 로체스터 씨처럼 지칠 줄 모르는 숙련된 기수라면 오전 동안에도 도착할 수 있는 거리였다. 나는 그러면 안 되지만 희망을 품기 시작했다. 결혼은 깨졌고 모든 것이 헛소문이었으며 한쪽 아니면 둘 다 마음이 변했을 수도 있었다.

나는 로체스터 씨가 슬프거나 화가 났는지 그의 표정을 유심히 살피곤 했다. 하지만 요즘은 불쾌한 감정 따위는 보이지 않고 한결같이 기분이 좋아 보였다. 아델과 함께 시간을 보내거나 내가 맥없이 우울해하는 날이면 오히려 그가 명랑하게 굴었다. 게다가 요즘같이 자주 나를 부른 적도 없었다. 그리고 이만큼 친절하게 대한 적도 없었다. 나 또한 이렇게 깊이 그를 사랑한 적이 없었다.

제2장

영국 전역에 눈부신 한여름이 찾아왔다. 사면이 바다로 둘러싸인 영국에서는 보기 드문 맑은 하늘과 타오르는 태양을 이 무렵에는 매일같이 볼 수 있었다. 마치 철새 무리처럼 눈부시게 아름다운 남쪽 이탈리아의 날들이 몰려와 영국의 절벽 위에 쉬기 위해 내려앉은 듯했다. 건초를 모두 거둬들인 손필드 들판은 푸르게 깎여 있었다. 길은 하얗게 말라 있었고 나뭇잎이 우거졌다. 잎이 무성해 검푸르게 보이는 울타리와 숲은 햇살이 내려쬐는 말끔하게 풀을 베어낸 초원과 대조를 이루었다.

세례 요한 축일 저녁, 아델은 반나절을 헤이 마을 길가에서 산딸기를 따고는 지쳐 해가 떨어지자마자 잠자리에 들었다. 나는 그 애가 잠드는 걸 지켜본 뒤 정원으로 나갔다.

하루 중 가장 기분 좋은 시간이었다. 낮 동안의 강렬한 불길은 다 타버리고 목이 말라 헐떡거리는 들판과 햇볕에 그을린 산마루에 시원하게 이슬이 내렸다. 구름이 장관을 이루지도 않고 수수하게 태양이 지고 난 하늘은 경건한 자줏빛으로 물들어갔다. 붉은 보석의 빛깔과 타오르는 용광로의 불꽃이 한데 타오르는 듯한 자줏빛이 어느 높은 봉우리에서부터 하늘 한가운데까지 높고 넓게 그리고 부드럽게 퍼져나갔다. 아름답고 짙은 푸른빛이 매력적인 동쪽 하늘에는 단 하나의 보석처럼 갓 솟아오른 별이 외롭게 떠 있었다. 머지않아 자태를 뽐낼 달은 아직 지평선 아래에 숨어 있었다.

나는 포장된 길을 따라 한참을 걸었다. 그때 익숙한 여송연 냄새가 어느 창문에서 은은하게 풍겨오고 있었다. 둘러보니 서재의 미닫이창이 손바닥만큼 열려 있었다. 그곳에서는 내가 보일 수도 있었다. 그래서 나는 과수원으로 들어갔다. 저택 안에서 여기만큼 아늑하고 자유로운 곳은 없었다. 숲이 우거지고 꽃이 만발해 있었다. 한쪽으로는 매우 높은 담이 안마당을 가리고 있었고 다른 한쪽으로는 너도밤나무 가로수길이 잔디밭을 가로막았다. 아래쪽으로는 도랑을 파서 만들어놓은 울타리가 쓸쓸한 들판과 하나뿐인 경계를 이루었다. 울타리부터 아래쪽으로는 월계수가 늘어선 구불구불한 오솔길이 이어졌다. 그 길 끝에 커다란 마로니에 한 그루가 있고 그 밑에 둥그렇게 생긴 자리가 있었다. 여기라면 누구의 눈에도 띄지 않고 산책을 즐길 수 있었다.

이렇게 이슬이 내리고 쥐죽은 듯 고요하며 땅거미가 지는 때라면 나는 오랫동안 걸을 수 있을 것 같았다. 그러나 이제 막 솟아오르고 있는 달빛이 더 넓게 트인 곳을 비추고 있어 나는 그곳을 향해 울타리 위쪽의 꽃밭과 과수원 사이를 걸었다. 그러다 문득 걸음을 멈췄다. 무슨 소리가 난 것도 아니고 뭔가를 봐서도 아니었다. 경고라도 하듯 바로 아까와 같은 향기가 풍겨왔기 때문이다.

들장미와 개사철쑥, 재스민, 패랭이꽃, 장미꽃 향기가 저녁 공기를 가득 채우고 있었다. 하지만 이 향기는 관목에서 나는 향기도 꽃이 풍기는 향기도 아니었다. 내가 너무나 잘 알고 있는 로체스터 씨의 여송연 냄새였다.

나는 주변을 둘러보고 귀를 기울었다. 잘 익은 열매가 가득 매달린 나무들이 보였고 8백 미터쯤 떨어진 곳에서 나이팅게일의 지저귀는 소리가 들렸다. 사람의 움직임이나 걷는 소리는 들리지 않는데, 향기가 점점 진해졌다. 도망쳐야 했다. 나는 관목 숲으로 난 쪽문으로 향했다. 그때 막 들어오는 로체스터 씨가 보였다. 나는 담쟁이덩굴이 우거진 구석으로 비켜섰다.

'오래 있지 않을 것이다. 곧 왔던 길로 돌아가겠지. 꼼짝하지 않고 앉아 있으면 나를 보지 못할 거야.'

그러나 그렇지 않았다. 로체스터 씨도 나만큼이나 황혼 무렵을 좋아했다. 그에게도 오래된 정원은 매력적이었다. 그는 천천히 걸어왔다. 그리고 구스베리 나뭇가지를 들어 매달려 있는 자두만큼 커다란 열매를 바라보았다. 그리고 벽 쪽에서 익은 버찌를 따거나 향기를 맡는 건지, 꽃잎에 맺힌 이슬을 보며 감탄하는 건지 꽃들 위로 몸을 굽히기도 했다. 그때 커다란 나방 한 마리가 윙윙거리며 나를 스치고 지나가 그의 발아래 초목에 내려앉았다. 그는 나방을 발견하고 자세히 보기 위해 허리를 굽혔다.

'내 반대 방향으로 돌아섰네. 나방에 정신이 팔려 있으니까 살금살금 지나가면 모를 거야.'

나는 자갈길로 가면 탁탁 소리가 날까 봐 잔디밭 가장자리로 걸어갔다. 그는 내가 가는 길에서 2미터쯤 떨어진 화단 한 가운데 서 있었다. 나방이 그의 눈길을 끈 게 틀림없었다.

'무사히 지나갈 수 있겠어.'

달이 높이 뜨지 않았는데도 그의 그림자가 정원에 길게 드리웠다. 그 그림자를 건너가려는데 그가 고개도 돌리지 않은 채 나직이 말했다.

"제인, 이리 와서 이 녀석을 좀 봐요."

나는 아무 소리도 내지 않았다. 뒤통수에 눈이 달린 것도 아닌데 어떻게 그는 그림자도 느낄 수 있는 것일까? 그 순간 나는 깜짝 놀랐지만 곧 그에게 다가갔다.

그가 말했다.

"이 날개 좀 봐요. 이 녀석을 보니 서인도제도에서 봤던 나방이 생각나는군. 영국에서는 이렇게 크고 화려한 나방이 밤에 돌아다니는 일이 흔치 않거든. 이런! 날아가는군."

나방은 이리저리 날아다니다가 멀리 가버렸다. 나도 슬며시 집으로 돌아가려는데 로체스터 씨가 뒤따라오더니 쪽문 앞에 이르자 말했다.

"돌아서요. 이토록 아름다운 밤에 집 안에만 앉아 있는 건 딱한 일이오. 해가 지는 동시에 달이 뜨고 있는 이때 잠자리에 들고 싶은 사람은 아무도 없을 거요."

내 결점 중 하나는 어떤 때는 재빨리 답이 튀어나오지만, 이따금 때론 도무지 변명거리가 떠오르지 않을 때도 있다는 것이다. 난처한 상황에서 빠져나가기 위해 말이 술술 터져 나오거나 그럴 듯한 핑계가 필요한 위기 상황에서만 이런 실수가 벌어진다. 나는 로체스터 씨와 단둘이 어둑어둑한 과수원을 산책하고 싶지 않았다. 하지만 이 자리를 피하려고 내세울 만한 변명거리가 떠오르지 않았다. 나는 부지런히 빠져나갈 궁리를 하며 느릿느릿한 걸음으로 그의 뒤를 따라갔다. 그렇지만 몹시 차분하고 위엄 있는 그를 보자 당황한 나 자신이 부끄러웠다. 만약 악마가 있거나 그럴 가능성이 있다면 내 마음속에만 자리 잡고 있는 듯했다.

그는 평온하고 차분해 보였다.

월계수가 늘어선 오솔길로 들어서 낮은 도랑 울타리와 마로니에가 서 있는 방향으로 천천히 걸어가면서 그가 말했다.

"손필드는 여름 보내기가 참 좋은 곳 아니오?"

"네, 좋은 곳이에요."

"당신도 이 집에 어느 정도 정이 들었겠군. 자연의 아름다움을 보는 눈도 있고 애착심도 꽤 강하니 말이오."

"네, 애착이 가요."

"그리고 어쩐 일인지 철없는 어린 아델뿐 아니라 저 둔한 페어팩스 할멈한테도 마음을 쓰는 것 같더군."

"네, 의미는 다르지만 둘 다 사랑해요."

"헤어지게 되면 섭섭할 것 같소?"

"네."

"안됐군!"

그는 한숨을 내쉬며 잠시 말을 멈췄다가 다시 말을 이었다.

"세상 사는 일이 다 그렇지 않소. 마음에 드는 곳에 자리를 잡으면 휴식 시간이 끝났으니 빨리 일어나 움직이라는 소리가 들린단 말이오."

"제가 꼭 나가야 하는 건가요? 꼭 손필드를 떠나야 하나요?"

내가 물었다.

"그래야 할 거요. 미안하지만 떠나야 한다고 믿소."

순간 충격으로 정신이 아찔했다. 하지만 나는 얼른 마음을 다잡았다.

"그러죠. 나갈 때를 알려주시면 준비할게요."

"지금 이야기하고 있는 거요. 오늘 밤 말하겠소."

"정말 결혼하시는군요?"

"바로 그거요. 역시 예리하군, 정확하오."

"금방이오?"

"꽤 빨리 하게 될 듯하오. 내…… 아니 에어 선생, 기억하겠지? 처음 내가, 아니 소문으로라도 노총각의 성스러운 올가미를 씌워 신성한 결혼을 하겠다고 솔직히 말했잖소. 다시 말해 잉그램 양을 품에 안기로 한 것 말이오. 품에 가득 차겠지만 그건 중요한 게 아니지. 블랜치와 같은 미인은 아무리 함께 있어도 질리지 않을 테니. 제인, 내 말 듣고 있소? 두리번거리면서 나방을 찾고 있는 건 아니겠지. 자, 내가 말한 것처럼 저건 그냥 집으로 날아가는 무당벌레요. 어쨌든 그 이야기를 먼저 꺼낸 건 당신이라는 걸 기억해주길 바라오. 내가 존경해 마지않는 분별력, 책임이 막중한 고용인의 지위에 걸맞은 신중함과 겸손함으로 이미 말했잖소. 만약 내가 잉그램 양과 결혼하면 당신과 아델 모두 이 집에서 나가는 게 좋겠다고 말이오. 그 제안은 내가 사랑하는 사람의 인격을 은연중에 모욕하는 것처럼 들리지만 넘어가 주겠소. 제인, 당신이 떠나면 그건 잊도록 하겠소. 당신의 지혜로운 본뜻만 주목하고 내 행동의 원칙으로 삼겠소. 아델은 학교에 가야 하고 당신은 새로운 일자리를 구해야 할 거요."

"네, 당장 광고를 내도록 할게요. 그동안 제가……."

나는 "제가 갈 곳을 구할 때까지만 여기 있게 해주세요"라고 말하려다가 말았다. 목소리가 말을 듣지 않아 길게 말할 수 없을 것 같았기 때문이다.

"한 달 안에 나는 신랑이 될 거요. 그전에 내가 직접 당신의 일자리와 거처를 알아봐 주겠소."

"고맙습니다. 그리고 죄송합니다, 제가……."

"아니, 사과할 필요 없소! 당신만큼 자기 책임을 다하는 사람은 고용주가 어렵지 않게 제공할 수 있는 거라면 뭐든 요구할 수 있을 거라고 생각하니까. 사실은 벌써 장모 되실 분을 통해 선생에게 일자리가 있다는 이야기를 들었소. 아일랜드의 코노트 주 비터너트 로지 저택에서 다이오니시어스 오골 부인의 다섯 딸을 가르치는 일이오. 내 생각에는 당신도 아일랜드를 좋아할 것 같은데. 인심이 좋다고들 하더군."

"까마득히 먼 곳이네요."

"거리가 무슨 상관이오. 당신처럼 분별력 있는 아가씨가 여행이나 먼 거리가 싫은 건 아니겠지?"

"여행이 아니라 거리가 너무 멀어서요. 게다가 바다로 가로막혀서……."

"제인, 뭐가 가로막혀 있다는 거요?"

"영국과 손필드 그리고 ……."

"또?"

"로체스터 님이오."

무심결에 이런 말이 튀어나왔다. 그러자 제멋대로 눈물이 펑펑 쏟아졌다. 하지만 나는 소리를 내지도 않고 흐느끼지도 않았다. 오골 부인과 비터너트 로지 저택을 생각하니 마음이 서늘해졌다. 그리고 지금 나란히 걷고 있는 로체스터 씨와 나 사이에 밀어닥칠 파도치는 거친 바다를 생각하니 가슴이 더욱 시렸다. 나도 모르게 사랑하게 된 사람과 나 사이를 갈라놓는 재산, 계급, 관습 같은 더 넓은 바다를 떠올리면 심장이 꽁꽁 얼어붙는 듯했다.

"정말 먼 곳이에요."

나는 다시 말했다.

"확실히 멀긴 하지. 아일랜드의 코노트 주 비터너트 로지 저택으로 떠나면 나는 다시는 당신을 보지 못할 거요. 그건 확실하오. 더구나 나는 아일랜드를 그다지 좋아하지 않으니 가지도 않을 거고. 제인, 우린 좋은 친구였소. 그렇지 않소?"

"그랬죠."

"친구들은 헤어지기 전날 밤 그 얼마 남지 않은 짧은 시간이나마 가까이서 보내고 싶어 하지. 이쪽으로 와요! 삼십 분 정도 여행과 이별에 대해 이야기나 합시다. 저기 높은 곳에서 별들이 반짝거리기 시작했소. 여기 마로니에가 있군. 늙은 뿌리 위에 의자도 있소. 자, 이리 와서 오늘 밤은 편안히 앉아 이야기나 나눕시다. 여기에 함께 앉아 있을 일도 다시 없을 테니."

그는 나를 앉히고 자신도 앉았다.

"제인, 아일랜드는 너무 멀리 떨어져 있소. 내 귀여운 친구를 그런 지루한 여행에 보내야 하다니 너무 미안하오. 내가 더는 해줄 게 없으니 어쩌면 좋소? 제인, 당신과 나는 매우 닮았다고 생각하지 않소?"

나는 아무 대답도 하지 못하고 있었다. 심장이 멎은 듯했다. 그가 계속해서 말했다.

"당신에게 묘한 기분이 들 때가 있소. 특히 지금처럼 내 옆에 가까이 있을 때는 더욱 그렇지. 마치 내 왼쪽 갈비뼈 아래 어디쯤에 끈이 하나 달려 있는데 그 끈이 똑같이 당신의 자그마한 몸 오른쪽 갈비뼈 아래 부분과 끊을 수 없게 묶여 있는 것 같거든. 하지만 거칠게 파도치는 해협과 3백 킬로미터가 넘는 육지가 우리 사이에 놓이면 그 교감의 끈도 툭 끊어지겠지. 그러면 나는 마음이 찢어질 거요. 그 생각을 하면 나는 마음이 초조해진다오. 당신은…… 나를 잊어버리겠지만."

"절대 그렇지 않아요. 아시잖아요."

나는 더 이상 말을 잇지 못했다.

"제인, 숲에서 나이팅게일이 노래하는 소리가 들리오? 들어 봐요."

귀를 기울이던 나는 그만 흐느껴 울고 말았다. 더는 참을 수가 없었다. 감정을 주체하지 못한 나는 너무 괴로워하며 머리 끝에서 발끝까지 부들부들 떨며 울었다. 그러고 나서 겨우 이 세상에 태어나지 말았어야 했다느니 손필드에 오지 말았어야 했다느니 하는 충동적인 말들을 늘어놓았다.

"여기를 떠나기가 아쉽소?"

슬픔과 사랑 때문에 격렬한 감정이 솟구치더니 나를 완전히 장악하려고 했다. 그리고 온 힘을 다해 싸우더니 살아남아 점점 커져 결국엔 나를 지배했다. 그렇다! 나는 결국 말하고야 말았다.

"손필드를 떠난다니 너무 슬퍼요. 손필드를 사랑하니까요. 잠깐이었지만 여기서 풍족하고 즐겁게 생활했어요. 저는 무시당하지도 않았고 두려워할 것도 없었죠. 열등한 사람들 틈바구니에 끼어 살지도 않았고요. 밝고 힘차고 고상한 것들을 경험하고 교감했어요. 제가 존경하고 좋아하는 독창적이고 활기차며 마음이 넓은 분과 마주 보고 이야기도 나누고요. 그런데 이제 영원히 헤어져야만 한다고 생각하니 너무 두렵고 슬퍼요.

헤어질 수밖에 없다는 건 알겠어요. 우리가 언젠간 죽을 수밖에 없는 것과 같은 거죠."

"헤어질 수밖에 없다고?"

그가 별안간 물었다.

"네? 로체스터 님께서 그러셨잖아요."

"어떻게 말이오?"

"잉그램 양과 결혼하신다고요. 고귀하고 아름다운 로체스터 님의 신부 말이에요."

"나의 신부? 무슨 신부? 나는 신부가 없는데?"

"허지만 이제 맞게 되실 기잖아요."

"맞아, 그렇지. 그럴 거요."

그가 이를 악물고 말했다.

"그러니까 저는 떠나야 해요. 로체스터 님도 직접 그렇게 말씀하셨잖아요."

"아니! 당신은 꼭 여기 있어야 해. 내가 맹세하지. 그리고 그 맹세를 꼭 지킬 것이오."

"저는 가야 한다니까요."

순간 나는 울화가 치밀어올라 쏘아붙이듯 소리쳤다.

"제가 로체스터 님께 아무것도 아닌 존재로 여기 남을 수 있을 것 같아요? 제가 아무런 감정도 없는 기계인 줄 아세요? 입으로 들어가던 빵 조각을 빼앗기고 컵 속에 있던 생명수가 쏟아졌는데 어떻게 견딜 수 있겠어요? 제가 가난하고 미천한 데다가 작고 못생겼다고 영혼이나 감정도 없는 줄 아세요? 잘못 생각하셨어요! 저도 로체스터 님처럼 영혼이 있고 감정이 넘친다고요. 하느님이 제게도 아름다움과 많은 재산을 주셨더라면 이곳을 떠나는 괴로운 제 심정을 로체스터 님도 똑같이 느끼게 해주었을 거예요. 저는 지금 관습이나 인습에 대해 얘기하는 게 아니에요. 우리 육신에 대해 얘기하는 것도 아니고요. 제 영혼이 로체스터 님의 영혼에게 말하고 있는 거라고요. 마치 두 영혼이 죽어서 하느님 앞에 섰을 때처럼 동등하게요. 지금 우리가 동등한 것처럼요!"

"우리가 동등하다니!"

로체스터 씨가 내 말을 되풀이했다.

"그렇소, 제인. 그래요!"

그는 두 팔로 나를 꽉 껴안고 내 입술에 입을 맞췄다.

"맞아요. 하지만 아니기도 해요. 로체스터 님은 결혼한, 아니 결혼하신 거나 다름없죠. 자신보다 못한 사람과 결혼하신 거라고요. 마음도 통하지 않고 진심으로 사랑하지도 않는 사람과요. 로체스터 님이 잉그램 양을 비웃는 걸 보고 들었어요. 전 그런 결혼을 경멸해요. 그러니까 저는 로체스터 님보다 나은 사람이에요. 이제 이거 놓으세요!"

"제인, 어디로 갈 거요? 아일랜드로 갈 거요?"

"네, 아일랜드로요. 제 마음을 다 털어놨으니 이제 어디든 갈 수 있어요."

"제인, 흥분을 가라앉히고 가만히 있어 봐요. 꼭 필사적으로 자기 털을 뽑고 있는 미친 새 같소."

"저는 새가 아니니 그물로도 잡을 수 없어요. 저는 자유의지를 가진 인간이에요. 이곳을 떠나겠어요."

다시 몸부림을 쳐 그에게서 벗어난 나는 똑바로 섰다.

"그럼 당신의 의지로 운명이 정해지겠군. 당신한테 내 손과 마음, 재산을 일부 주겠소."

"이 순간에도 장난을 치시다니. 마지막이니 웃고 넘어가 드릴게요."

"평생 내 곁에 있어 주시오. 또 하나의 나이자 이 세상에 둘도 없는 동반자로서 말이오."

"그 문제라면 벌써 결정하셨잖아요. 그대로 따르셔야죠."

"제인, 잠깐 진정합시다. 당신은 너무 흥분해 있소. 나도 진정하겠소."

한 줄기 바람이 월계수가 서 있는 오솔길에 불어와 마로니에 가지를 흔들고 지나갔다. 그러고는 멀리멀리 끝없이 날아가더니 사라져버렸다.

나이팅게일의 노랫소리만이 귓가에 울렸다. 그 소리를 들으며 나는 또다시 눈물을 흘렸다. 로체스터 씨는 가만히 앉아서 다정하고 진지한 눈빛으로 나를 쳐다보고 있었다. 한참이 흐른 뒤 그가 드디어 말을 꺼냈다.

"제인, 내 곁으로 와요. 서로의 마음을 이해할 수 있도록 이야기를 좀 합시다."

"다시는 로체스터 님 곁에 가지 않을 거예요. 지금 제 마음엔 상처만 가득해요. 되돌릴 수도 없다고요."

"제인, 나는 지금 아내로서 와달라고 하는 거요. 내가 결혼하고 싶은 사람은 당신뿐이오."

나는 그가 놀린다고 생각해 아무 말도 하지 않았다.

"제인, 이리 와요."

"아내분이 우리 사이를 가로막고 있는걸요."

그가 일어나 내 앞으로 성큼성큼 걸어왔다.

"내 신부는 여기 있소."

그가 다시 나를 껴안으며 말했다.

"바로 당신이 나와 동등하고 나와 꼭 닮은 사람이오. 제인, 나와 결혼해주겠소?"

나는 여전히 대답하지 않았다. 그리고 여전히 그의 품에서 빠져나오려고 발버둥을 쳤다. 아직은 그를 믿을 수가 없었기 때문이다.

"나를 의심하는 거요?"

"당연하죠."

"나를 전혀 믿지 못한다는 거요?"

"털끝만큼도요."

"당신 눈에는 내가 거짓말을 하는 걸로 보인다는 거요?"

그가 울컥하며 다시 물었다.

"귀여운 회의론자 아가씨. 당신은 설명을 들어야겠다는 거 군. 내가 잉그램 양을 사랑하는 것 같소? 전혀 그렇지 않소. 그 건 당신도 알 거요. 그렇다면 그녀는 나를 사랑할까? 나는 그 걸 증명하려고 애썼지. 그녀 귀에 들어가도록 소문을 퍼뜨렸 소. 내 재산이 알려진 것의 3분의 1도 안 된다고 말이오. 그러 고 나서 반응을 보려고 직접 찾아갔지. 그녀뿐 아니라 그 어머 니까지 모두 나를 냉랭하게 대하더군. 나는 잉그램 양과 결혼 하지 않을 거고 또 할 수도 없소. 나는 당신을, 묘한 당신을, 마치 이 세상 사람 같지 않은 당신을 내 몸처럼 사랑하니까. 가 난하고 보잘것없으며 자그마하고 예쁘지도 않은 당신한테 나 를 남편으로 맞아달라고 이렇게 청혼하오."

"네? 저한테요?"

나는 너무 놀라 거의 외치듯 물었다. 그가 특유의 무례한 행 동으로 진지하게 나오자 나는 그의 진심이 느껴지기 시작했다.

"이 세상에 로체스터 님 말고는 친구 하나 없는 저한테 말이 에요? 우리가 친구인지는 모르겠지만, 당신이 주신 돈 말고는 땡전 한 푼 없는 저한테 말이에요?"

"제인, 바로 당신 말이오. 당신을 내 사람으로 만들고 싶소. 완전히 내 사람으로 말이오. 그래 주겠소? 얼른 그러겠다고 대답해주시오."

"로체스터 님, 얼굴을 보여주세요. 달빛이 비치는 쪽으로 고개를 돌려주세요."

"왜?"

"표정을 보고 싶으니까요. 돌아보세요!"

"자! 내 표정은 구겨지고 갈겨 쓴 종이쪽지보다 읽기 더 어려울 거요. 읽어보시오. 다만 괴로우니 서둘러요."

그의 얼굴은 한껏 흥분되고 상기되어 있었다. 얼굴이 실룩거리고 눈에서는 묘한 광채가 뿜어져 나왔다.

"아, 제인. 이건 고문이오! 예리하면서도 진실하고 너그러운 표정을 지은 채 나를 고문하는군!"

"제가 어떻게 그럴 수 있겠어요. 이게 사실이라면 저는 로체스터 님께 고맙고 헌신하고픈 마음밖에 들지 않는걸요. 이런 마음인데 어떻게 고통을 드리겠어요."

"고맙다고!"

그가 거칠게 외치며 말을 이었다.

"제인, 어서 빨리 청혼을 받아들이겠다고 말해줘요. '에드워드, 아내가 되어주겠어요, 우리 결혼해요'라고 어서 말해요."

"진심이세요? 정말로 저를 사랑하세요? 진심으로 제가 아내가 되길 바라시는 거예요?"

"그렇소. 하늘에 대고 맹세하길 바란다면 그렇게 하리다."

"그렇다면 좋아요, 결혼하겠어요."

"내 귀여운 아내여, 에드워드라고 불러봐요."

"사랑하는 에드워드!"

"내게로 와요. 이젠 완전히 내 곁으로 와요."

그는 자신의 뺨을 내 뺨에 갖다 대며 나직한 목소리로 내 귀에 속삭였다.

"나를 행복하게 해줘요. 나도 당신을 행복하게 해주겠소."

잠시 후 그가 말을 이었다.

"하느님, 저를 용서하소서. 그 누구도 간섭하지 않게 해주소서. 저는 이 여자를 제 사람으로 맞아 끝까지 지킬 겁니다."

"간섭할 사람은 아무도 없어요. 방해할 친척도 없고요."

"그것만큼 좋은 일이 또 있겠소."

내가 로체스터 씨를 지금보다 덜 사랑했다면 기뻐서 어쩔 줄 몰라 하는 그의 말투나 표정을 보고 경박하다고 느꼈을 것이다. 하지만 나는 그의 옆에 앉아 헤어짐이라는 악몽에서 깨어나 결혼이라는 낙원으로 이끌려 들어가 내게 주어진 넘치는 행복만을 생각하고 있었다. 그는 몇 번이나 물었다.

"제인, 행복하오?"

그리고 나는 몇 번이고 대답했다.

"네."

그러고 나서 그는 중얼거렸다.

"속죄될 거야. 속죄되겠지. 친구 하나 없고 차가운 데다가 사는 낙조차 모르던 그녀를 내가 발견하지 않았던가! 나는 그녀를 지키고 아끼고 위로해줄 것이다. 내 마음 깊이 사랑하고 내 결심을 끝까지 지킬 것이다. 그리고 하느님의 법정에서 속죄받을 것이다. 창조주께서 내가 하는 일을 허락해주실 거야. 세상이 나를 비판하면 이 세상과 연을 끊을 거야. 사람들이 비난해도 맞서 싸우겠어."

그런데 그날 밤 무슨 일이 있었던 것일까? 달은 아직도 지지 않고 있었다. 우리는 계속 어둠 속에 있었다. 나는 로체스터 씨가까이에 있었지만 그의 얼굴은 거의 보이지 않았다. 무엇이 마로니에를 괴롭혔던 걸까? 마로니에가 온몸을 비틀며 신음했다. 그때 바람이 월계수가 서 있는 오솔길로 휘몰아쳐 우리 머리 위를 휩쓸고 지나갔다.

"제인, 안으로 들어가야겠소. 날씨가 변덕을 부리는군. 마음 같아서는 아침까지 당신과 함께 있고 싶은데 말이오."

로체스터 씨가 말했다.

'저도요.'

나는 속으로 대답했다.

"저도 당신과 함께 있고 싶어요"라고 말하려는 순간 갑자기 바라보고 있던 구름 속에서 선명하게 시퍼런 섬광이 번쩍이더니 쿠쿵 하는 날카로운 굉음이 가까이에서 들려왔다. 나는 너무 눈이 부셔 로체스터 씨의 넓은 어깨 뒤로 숨을 생각밖에 나지 않았다.

그리고 비가 쏟아지기 시작했다. 그는 나를 데리고 오솔길을 지나 정원을 가로질러 집으로 돌아왔다. 그러나 집 안으로 들어가기도 전에 우리는 이미 비에 흠딱 젖어 있었다. 홀에 들어가자 그가 내 숄을 벗기고 풀어진 머리카락의 물기를 털어주었다. 그때 페어팩스 부인이 자기 방에서 나왔다. 나뿐 아니라 로체스터 씨도 그녀를 보지 못했다. 등불이 켜져 있었고 시계는 열두 시를 가리켰다.

"젖은 옷은 얼른 갈아입어요. 그리고 가기 전에 잘 자요, 내 사랑!"

그는 몇 번이나 내게 입을 맞추었다. 내가 그의 품에서 빠져나와 고개를 들자 눈앞에 창백하고 심각하며 깜짝 놀란 표정의 페어팩스 부인이 서 있었다. 나는 그녀에게 미소를 지어 보이고 2층으로 뛰어올라 갔다.

'나중에 설명하면 될 거야'라고 생각했다. 하지만 방에 들어오자 그녀가 잠시나마 오해하겠다는 생각에 마음이 편치 않았다. 그러나 한껏 기쁜 마음에 다른 모든 감정은 이내 사라져버리고 말았다. 바람이 휘몰아치더니 가까이서 천둥이 치고 번갯

불이 쉴 새 없이 번쩍였다. 그렇게 두 시간 동안이나 폭풍이 몰아치고 폭포수처럼 비가 쏟아져도 나는 전혀 무섭지 않았다. 그동안 로체스터 씨는 세 번이나 내 방문 앞에 와서 별일이 없는지, 두려운 건 아닌지 물었다. 그러자 나는 마음이 편안해졌고 무슨 일이 일어나더라도 이겨낼 수 있을 것 같았다.

다음 날 아침 내가 잠자리에서 일어나기도 전에 아델이 방으로 뛰어 들어오더니 지난 밤 과수원 아래 커다란 마로니에가 벼락을 맞아 두 동강이 났다고 말해주었다.

제3장

　자리에서 일어나 옷을 갈아입으면서 어젯밤 있었던 일을 돌이켜보니 혹시 꿈이 아니었나 하는 생각까지 들었다. 로체스터 씨를 만나 다시 한 번 사랑의 맹세를 들어야 믿을 수 있을 것 같았다. 거울을 보며 머리를 매만지다 문득 내 얼굴을 보니 이제 더는 못생겨 보이지 않았다. 표정에는 희망이 가득하고 얼굴에는 생기가 돌았다. 눈은 기쁨의 샘을 보다가 반짝거리는 물결의 빛을 빌려온 듯했다. 그동안 나는 로체스터 씨와 얼굴을 마주하지 않으려고 할 때가 많았다. 왜냐하면 그가 내 얼굴을 마음에 들어 하지 않을까 봐 두려웠기 때문이다. 하지만 이제는 고개를 들고 똑바로 그를 쳐다봐도 그의 사랑이 절대 식지 않을 거라는 확신이 들었다.

나는 수수하지만 깨끗한 밝은 색의 여름옷을 옷장에서 꺼내 입었다. 그 옷은 내게 그 어느 옷보다도 잘 어울렸다. 지금까지 이렇게 행복한 기분으로 옷을 입어본 적이 없었다.

한달음에 아래층으로 내려가 보니 어젯밤 폭풍이 지나간 뒤 눈부신 6월의 아침이 찾아와 있었다. 그러나 나는 그 광경을 보고 놀라지 않았다. 열린 유리창을 통해 불어오는 신선하고 향기로운 산들바람의 숨결을 느끼고도 결코 놀라지 않았다. 내가 이렇게 행복하니 분명 자연도 즐거운 거라는 생각이 들었던 것이다. 한 여자 거지가 창백한 얼굴에 누더기를 걸치고 어린 아들과 함께 길을 올라오고 있었다. 나는 달려가 지갑을 탈탈 털어 들어 있던 삼사 실링 정도 되는 돈을 모두 내주었다. 좋든 싫든 그들도 내 기쁨을 함께 나누게 됐다. 까마귀 떼가 깍깍거리고 새들은 노래를 불렀다. 하지만 기쁨이 넘치는 내 마음은 그보다 더 즐겁게 노래하고 있었다.

그러나 슬픈 표정으로 창밖을 내다보던 페어팩스 부인을 본 순간 나는 깜짝 놀랐다. 그녀는 나지막한 목소리로 말했다.

"에어 양, 아침 식사를 하실 건가요?"

아침을 먹는 동안 그녀는 쌀쌀맞은 태도로 아무 말이 없었다. 하지만 내가 그녀의 오해를 풀어줄 수는 없었다. 주인이 해명할 때까지 기다려야 했다. 그녀도 마찬가지였다. 나는 식사를 끝내고 서둘러 2층으로 올라갔다. 마침 아델이 공부방에서 나오고 있었다.

"어디 가는 거야? 이제 공부할 시간인데."

"로체스터 아저씨가 제 방으로 가래요."

"로체스터 씨는 어디 계시는데?"

"저기요."

아델은 방금 나온 방을 가리켰다. 방에 들어가자 로체스터 씨가 서 있었다.

"와서 아침 인사를 해줘요."

그가 말했다.

이 말에 나는 기쁜 마음으로 다가갔다.

그는 차디찬 말이나 악수가 아니라 포옹과 키스로 내게 아침 인사를 했다. 그에게서 사랑과 애정표현을 받는 것이 매우 자연스러우면서도 기분이 좋았다.

"제인, 웃고 있는 당신 얼굴이 활짝 핀 꽃처럼 아주 예쁘군. 오늘 아침 정말 예뻐. 창백한 나의 귀여운 요정 맞소? 이게 내 꼬마자씨(셰익스피어의 희극 《한여름 밤의 꿈》에 등장하는 작은 요정―옮긴이)란 말이오? 보조개가 팬 뺨과 장밋빛 입술, 비단결같이 부드러운 담갈색 머리칼에다가 빛나는 담갈색 눈동자를 가진 명랑한 아가씨가?"(독자 여러분, 내 눈동자는 사실 초록색이다. 그의 실수를 양해하기 바란다. 그에게는 내 눈이 새로 염색이라도 한 듯 보였나 보다.)

"네, 제인 에어 맞아요."

"곧 제인 로체스터가 될 거요. 사 주 뒤에 말이오. 제인, 하루도 더 미룰 수가 없어요. 내 말 알아들었소?"

듣고는 있었지만 무슨 뜻인지 잘 이해되지 않았다. 아찔한 기분이 들었다. 그 말을 듣고 난 뒤 나는 뭔가 강렬한 느낌을 받았다. 마치 세게 얻어맞고 기절이라도 한 듯 두렵기까지 했다.

"제인, 얼굴이 붉어지더니 이제는 다시 창백해졌소. 왜 그러는 거요?"

"제인 로체스터라는 새로운 이름으로 부르셔서요. 참 생소하게 들리네요."

"그렇소. 로체스터 부인이지, 젊은 로체스터 부인. 페어팩스 로체스터의 어린 신부!"

그가 말했다.

"왠지 그런 일이 없을 것 같아요. 실제로 일어날 것 같지 않은걸요. 인간은 절대 이 세상에서 완전히 행복할 수 없어요. 저만 남들과 다른 운명을 타고났을 리도 없고요. 제게 그런 행운이 찾아오는 건 동화 같은 이야기예요. 한낱 꿈에 불과한 거죠."

"내가 할 수 있고 곧 그렇게 하고 말 거요. 당장 오늘부터 시작해야지. 아침에 런던 은행으로 편지를 보내 보관해둔 보석을 보내라고 했소. 손필드의 로체스터 가문 부인들에게 내려오는 가보요. 하루나 이틀 안에 그 보석들을 당신 무릎에 쏟아놓을 거요. 내가 같은 신분의 귀족 딸과 결혼했다면 그녀에게 줬을 모든 특권과 배려를 당신도 받게 될 거요."

"아니에요, 보석 같은 건 필요 없어요. 그런 이야기는 듣고 싶지도 않아요. 제인 에어한테 보석이라니 이상해요. 차라리 없는 게 나아요."

"내가 직접 그 다이아몬드 목걸이를 당신 목에 걸어줄 거요. 이마에 보석 장식도 씌워줄 거고. 당신한테 잘 어울릴 거요. 조물주가 적어도 당신 이마에는 귀족이라는 표식을 찍어놓았으니까 말이오. 이 아름다운 손목에는 팔찌를 채워주고 요정 같은 손가락에 반지도 끼워줄 거요."

"아니에요! 화제를 돌려 다른 이야기를 해요. 말투도 바꾸고요. 미인한테 하듯 말하지 마세요. 저는 퀘이커 교도 같고 못생긴 가정교사일 뿐이에요."

"내 눈에는 미인이오. 내가 마음속으로 깊이 바라던 우아하고 고상한 미인 말이오."

"보잘것없고 하찮다는 뜻이군요. 당신은 꿈을 꾸고 있어요. 아니면 나를 비웃는 거라고요. 제발 비꼬지 말아요!"

"세상 사람들이 모두 당신 아름다움을 알아볼 수 있게 만들어주겠소."

로체스터 씨의 말을 계속 듣고 있자니 나는 불안해졌다. 뭔가 착각하고 있거나 나 자신을 속이려 한다는 기분이 들었다.

"나의 제인에게 비단과 레이스로 지은 드레스를 입히고 머리에는 장미꽃을 꽂아줄 거요. 그리고 내가 가장 사랑하는 그 머리에는 세상에서 가장 비싼 베일을 씌워주겠소."

"그러면 저를 알아보지 못하실 거예요. 더는 당신의 제인 에어가 아니라 어릿광대 옷을 입은 원숭이나 다른 새의 깃털로 꾸민 어치처럼 보일 테니까요. 제가 궁정 부인의 옷차림을 하느니 차라리 당신이 무대 의상으로 치장한 모습을 보는 게 나을 거예요. 저는 진심으로 당신을 사랑하지만 당신이 잘생겼다고 하지는 않잖아요. 너무 사랑하니까 억지로 추켜세우고 싶지도 않고요. 그러니까 저한테도 그러지 말아주세요."

그러나 그는 내 말에 아랑곳하지 않고 계속 말을 이어갔다.

"오늘 당장 당신을 데리고 밀코트로 가야겠소. 직접 드레스 몇 벌을 고르시오. 사 주 뒤가 결혼식이잖소. 결혼식은 저 아래 있는 교회에서 조촐하게 올릴 셈이오. 결혼식이 끝나면 곧바로 런던으로 가서 며칠 지내다가 태양과 더 가까운 곳으로 갑시다. 프랑스의 포도밭이나 이탈리아의 평원 같은 곳 말이오. 예전에 유명했거나 지금 유명한 것들은 뭐든 다 보여주겠소. 도시 생활도 맛보고 말이오. 다른 사람들과 비교하는 것만으로도 자신의 가치를 깨닫게 될 거요."

"여행이라고요? 당신과 함께?"

"파리, 로마, 나폴리, 피렌체, 베네치아, 빈 등에 갈 거요. 예전에 내가 돌아다녔던 곳을 당신과 다시 한 번 가보는 거지. 내가 밟고 다녔던 곳을 이번에는 당신이 실프(공기의 요정—옮긴이) 요정 같은 발로 또 한 번 디디는 거요. 십 년 전에는 혐오와 증오와 분노를 친구 삼아 반쯤 미친 사람처럼 온 유럽을 돌아다녔지만, 이번에는 마음의 상처도 낫고 죄도 씻어낸 채로 나를 위로해주는 천사와 함께 다시 찾아가는 거지."

그 말을 듣고 나는 소리 내어 웃었다. 그러고 나서 단호하게 말했다.

"저는 천사가 아니에요. 죽을 때까지 천사가 될 수도 없고요. 그냥 저일 뿐이에요. 로체스터 씨, 저한테서 뭔가 거룩한 걸 기대하거나 바라지 않으셨으면 해요. 당신과 마찬가지로 저도 그런 건 불가능해요. 저는 당신한테 그런 건 털끝만큼도 기대하지 않아요."

"그럼 당신은 어떤 걸 기대하오?"

"당신은 한동안 지금과 별로 다르지 않을 거예요. 아주 잠깐이지만요. 그러다가 냉정해지고 변덕을 부리면서 엄해지겠지요. 그러면 저는 당신을 기쁘게 하려고 갖은 애를 쓰겠죠. 하지만 제게 익숙해지면 당신은 저를 다시 좋아하게 될 거예요. 사랑하는 게 아니라 좋아하게 된다고요. 당신의 사랑은 타올랐다가 6개월, 어쩌면 그전에 식어버리고 말 거예요. 남자가 쓴 책들에서 보니 남편의 사랑이 지속되는 기간은 길어도 6개월이라고 했거든요. 하지만 저는 가장 사랑하는 이에게 친구로서나 동반자로서 불쾌한 사람이 되고 싶진 않아요."

"불쾌하다니! 그리고 다시 좋아한다니! 나는 쭉 당신을 좋아할 거요. 그냥 좋아하는 정도가 아니라 진심으로 열렬히 변함없이 사랑한다는 걸 당신이 인정하게 만들 거요."

"하지만 변덕스러우시잖아요. 마음도 자주 바뀌고."

"예쁘장한 얼굴만으로 내 마음을 훔치려는 여자들한테는 그렇지. 영혼도 없고 사랑도 없다는 걸 알게 되면 나는 아주 사악해진다오. 또한 지루하고 우둔하며 천박하고 심술궂은 무미건조한 사람이라는 걸 발견하면 말이야. 하지만 맑은 눈빛과 호소력 있는 말솜씨, 불같이 뜨거운 열정을 품은 영혼, 부러지지 않고 휘는 온순하면서도 한결같은 사람한테는 더없이 부드럽고 진실하지."

"그런 사람을 만나본 적이 있으세요? 그런 분을 사랑해본 적이 있으세요?"

"지금 사랑하고 있소."

"저를 만나기 전에 말이에요. 정말로 제가 당신의 까다로운 기준에 맞는 점이 있나요?"

"제인, 나는 지금까지 당신 같은 사람을 한 번도 만난 적이 없소. 당신은 나를 기쁘게 해주고 나를 지배하지. 겉으로 보기엔 복종하는 것 같아서 나는 당신이 온순하게 군다고 생각하게 돼. 그 부드러운 실타래를 손가락으로 돌돌 감고 있으면 내 팔을 거쳐 심장까지 전율이 느껴지거든. 나는 그렇게 점점 좌지우지되고 정복당할 거요. 하지만 그 느낌은 이루 말할 수 없을 정도로 달콤하고 정복당하는 기분도 그 어떤 승리감보다 더 매력적이겠지. 제인, 왜 웃는 거요. 알 듯 모를 듯 야릇하게 바뀐 표정은 무슨 뜻이오?"

"실례지만 불현듯 이런 생각이 떠올라서요. 헤라클레스와 삼손 그리고 그들이 반했던 매력적인 여자들을 생각했어요."

"장난꾸러기처럼 그런 생각을 하다니!"

"좀 들어보세요! 헤라클레스와 삼손이 어리석게 굴었던 것만큼이나 당신이 지금 하는 말도 전혀 현명하지가 않아요. 그들도 구혼할 때야 부드러웠을 테지만 결혼했다면 나중에는 엄격한 남편의 모습만 남았을 거예요. 저는 당신도 그렇게 될까 봐 두려워요. 지금부터 일 년 뒤에 당신이 들어주기 어렵고 내키지도 않는 일을 제가 부탁하면 뭐라고 대답하실지 모르겠네요."

"지금 부탁해요. 아무리 작은 거라도 좋소. 당신이 뭐든 부탁을 해줬으면 좋겠소."

"그럴 거예요. 벌써 생각해둔 게 있어요."

"말해봐요. 하지만 그런 표정으로 당신이 나를 올려다보며 미소 짓는다면 나는 바보처럼 들어보기도 전에 허락하기로 맹세할 것 같소."

"그럴 리 없어요. 부탁드릴 건 이거 하나예요. 보석을 보내지 말고 제 머리에 화관도 씌우지 말아주세요. 마치 지금 주머니 속에 갖고 있는 민무늬 손수건 가장자리를 황금 레이스로 장식하는 것 같을 거예요."

"순금 위에 도금을 하는 거겠지. 그러면 부탁을 들어주리다. 은행에 청구한 내용은 취소하지. 하지만 아직 내게 부탁을 한 건 아니잖소. 선물을 하지 말아 달라고 한 것뿐이지. 다시 부탁해봐요."

"음, 그러면 정말 궁금한 게 있으니 대답해주세요."

"뭐? 뭐요? 호기심은 위험한 부탁을 하게 만드는데. 어떤 부탁이든 다 들어주겠다고 맹세하지 않은 게 천만다행이군."

그는 한껏 들떠 재촉했다.

"하지만 부탁을 들어준다고 해도 위험할 건 전혀 없어요."

"제인, 말해봐요. 하지만 그냥 비밀 같은 걸 물어보느니 내 재산의 절반을 달라고 하는 거였으면 좋겠소."

"아하수에로 왕이시여!(〈에스더〉 5장 6절에서 아하수에로 왕은 사랑하는 왕비 에스더에게 '그대의 요구가 무엇이뇨 나라의 절반이라 할지라도 시행하겠노라'고 했다—옮긴이) 제가 당신의 재산 절반으로 무얼 하겠나이까? 제가 투자할 좋은 땅이나 찾는 유대인 고리대금업자라고 생각하세요? 저는 그런 것보다 당신이 완전히 저를 믿어줬으면 좋겠어요. 진심으로 저를 받아들인다면서 믿지 못하는 건 아니겠죠?"

"제인, 그럴 만한 가치가 있다면 뭐든 털어놓을 거요. 하지만 부디 쓸데없는 걱정거리를 만들진 말아요. 독이 될 수도 있어요. 내 곁에서 이브처럼 되지 말아요!"

"왜 안 돼요? 방금 얼마나 정복당하고 싶은지, 설득당하니까 얼마나 기쁜지 모르겠다고 말했잖아요. 그러니 제 능력을 시험해보기 위해서라도 그 고백의 힘을 빌려 달래거나 애원도 해보고 필요하면 울거나 토라진 척도 해봐야지 않겠어요?"

"그러면 한번 시험해보시오. 주제넘게 굴면 바로 끝일 테니."

"그런가요? 너무 빨리 손을 드셨네요. 이제나 심각한 표정을 짓고 계시는지! 눈썹이 제 손가락만큼 굵어지고 이마는 어느 놀라운 시 구절과 닮았어요. '시퍼렇게 층층이 쌓인 천둥의 다락.' 결혼한 후에도 그런 표정을 지으실 거예요?"

"만약 결혼한 후에 당신 표정이 이렇다면 하느님을 믿는 사람으로서 요정인지 불도마뱀일지 모를 당신과 결혼하는 건 단박에 포기해버리고 말 거요. 요것! 물어보고 싶은 게 뭔지 어서 말해보아라!"

"보세요. 이제야 겨우 예의를 버리셨네요. 저는 듣기 좋은 말만 해주시는 것보다 무례하게 대해주시는 편이 훨씬 좋아요. 천사보다는 '요것'이라고 불러주시는 게 편하고요. 제가 물어보고 싶은 건 이거예요. 왜 저한테 잉그램 양과 결혼하고 싶어

하는 것처럼 말씀하신 거예요?"

"그게 다요? 그 정도라니 정말 다행이군."

그제야 그는 잔뜩 찌푸렸던 시커먼 눈썹을 펴고 미소를 지으며 나를 내려다보았다. 그리고 마치 큰 위험을 피해 매우 기쁘다는 듯 내 머릿결을 쓰다듬으며 이렇게 말했다.

"이제 고백해야겠군. 화가 나면 당신이 불처럼 흥분한다는 건 익히 알고 있었소. 하지만 당신은 살짝만 화가 나더라도 격정에 불타오르더군. 선선하게 달빛이 비치던 어젯밤 당신이 운명에 저항하며 당신과 내가 동등하다고 주장할 때도 그랬지. 어쨌든 제인, 바로 당신이 나를 당신한테 청혼하게 만든 거요."

"물론 그랬을 테죠. 괜찮다면 좀 더 간단히 말해주세요. 잉그램 양은요?"

"음, 나는 잉그램 양에게 구혼하는 척한 거요. 내가 당신을 미친 듯이 사랑하는 것처럼 당신도 나를 사랑하길 바랐거든. 그렇게 만들려면 질투심만큼 든든한 지원군도 없다는 걸 알고 있었지."

"대단하시네요. 제 새끼손가락 끝만큼도 안 될 만큼 쩨쩨하게 보여요. 그런 식으로 행동하다니 아주 수치스럽고 창피하기 짝이 없어요. 잉그램 양의 감정은 생각도 안 해보셨나요?"

"잉그램 양의 감정은 딱 한 가지밖에 없소. 자존심이지. 그래서 겸손하게 만들어줄 필요가 있었지. 제인, 질투가 났소?"

"로체스터 씨, 신경 쓰지 마세요. 물론 관심도 없으시겠지만. 다시 한 번 사실대로 대답해보세요. 당신한테 농락당한 잉그램 양이 왜 전혀 괴롭지 않을 거라고 생각하시는 거예요? 자신이 버림받았다고 생각하지 않겠어요?"

"천만에! 그 반대로 그녀가 나를 어떻게 버렸는지 말해주지 않았구려. 그녀는 내가 파산했다는 말을 듣자마자 나에 대한 열정이 식었소. 아니 완전히 사라져버렸지."

"로체스터 씨, 당신은 성격이 별나고 꿍꿍이가 있는 분이에요. 너무 특이한 자신만의 원칙이 있어 겁이 날 지경이에요."

"원칙이 다듬어지지 않아서 그렇소. 돌봐주지 않아 자라면서 좀 비뚤어졌나 보군."

"다시 한 번 진지하게 대답해주세요. 얼마 전 제가 겪었던 고통을 남이 겪게 되지 않을까 걱정할 필요 없이 마음껏 기뻐해도 될까요?"

"기뻐해도 좋소, 내 착하고 귀여운 아가씨. 이 세상에 당신처럼 순수하게 나를 사랑하는 사람도 없소. 제인, 당신이 나를 사랑한다는 확신이 드니 내 마음이 흥분되는군."

나는 고개를 돌려 내 어깨 위에 놓인 그의 손에 입을 맞췄다. 나는 진심으로 그를 사랑했다. 어떻게도 표현할 수 없고 어떤 말로도 부족할 만큼 사랑했다.

"더 물어봐요. 당신 부탁을 들어주니 즐겁소."

그가 말했다.

나는 또 부탁할 것이 있었다.

"페어팩스 부인에게 저와 결혼할 생각이라고 알려주세요. 어젯밤 홀에서 제가 당신과 함께 있는 걸 보고 몹시 놀란 눈치였어요. 제가 부인과 다시 마주치기 전에 설명해주세요. 그렇게 착한 분에게 오해를 받다니 슬퍼요."

"제인, 방에 가서 모자를 쓰고 와요. 오늘 아침 나와 밀코트에 갑시다. 당신이 채비를 하는 동안 내가 노부인에게 모두 설명하겠소. 과연 부인은 당신이 사랑을 위해 어떤 희생도 치를 수 있고, 그 후에도 후회하지 않을 거라고 생각할까?"

"그분은 제가 제 신분과 당신의 신분을 망각하고 있다고 생각할 거예요."

"신분! 신분 말이군! 당신의 신분은 내 마음속에 있소. 당신한테 무례하게 구는 사람들은 절대 가만두지 않을 거요. 자, 갑시다."

나는 금세 옷을 갈아입었다. 그리고 로체스터 씨가 페어팩스 부인의 방에서 나오는 소리가 들리자 서둘러 그녀의 방으로 내려갔다. 노부인은 그날 읽어야 할 부분인 듯 성경이 그녀 앞에 펼쳐져 있고, 그 위에 안경이 놓여 있었다. 그러나 로체스터 씨의 갑작스러운 통보에 그녀는 성경을 읽고 있었다는 사실조차 잊어버린 듯했다. 그녀는 맞은편의 빈 벽을 멍하니 바라보고 있었다. 평온하던 그녀의 마음이 뜻밖의 소식에 요동을 치는 것 같았다. 그녀는 나를 보자 몸을 일으키고 애써 미소 지으며 축하의 말을 건네려고 했다. 그러나 금세 미소가 사라지더니 말을 다 끝마치지도 않고 그만 멈췄다. 부인은 안경을 치우고 성경을 덮더니 의자를 뒤로 밀었다.

"정말 깜짝 놀랐어요. 에어 양에게 무슨 말을 해야 할지 모르겠군요. 이게 꿈은 아니겠죠? 가끔 혼자 앉아서 졸다가 실제로 일어나지 않은 일을 상상하기도 하거든요. 깜빡 잠이 들었는데 십오 년 전에 세상을 떠난 남편이 걸어 들어와 내 곁에 앉은 게 한두 번이 아니에요. 평소처럼 '엘리스' 하고 내 이름을 부르는 소리까지 들었다니까요. 자, 말해보세요. 정말로 로체스터 씨가 선생에게 청혼을 했나요? 놀리지 말고요. 그분이 오 분 전에 여기 들어와서 선생이 한 달 안에 자기 아내가 될 거라고 하신 것 같아서요."

"저한테도 그렇게 말씀하셨어요."

"그랬군요. 그분을 믿으세요? 그러겠다고 했나요?"

"네."

부인은 당황한 듯 나를 쳐다봤다.

"꿈에도 생각지 못한 일이네요. 자존심이 강한 분인데. 로체스터 집안이 모두 그랬죠. 그리고 적어도 그분 부친께서는 재물을 좋아하셨고요. 로체스터 씨 또한 그 문제에는 신중하다고들

하더군요. 그분이 정말로 선생하고 결혼하실 거라고 말했어요?"

"그렇게 말씀하셨어요."

이 말에 그녀는 내 머리끝에서 발끝까지 찬찬히 살펴보았다. 이 수수께끼를 풀어줄 만한 매력을 도저히 찾지 못하겠다는 눈빛이었다.

"잘 이해가 안 되네요. 하지만 선생이 그렇게 말하는 걸 보니 사실이겠지요. 어떻게 될지는 나도 모르겠지만. 정말 모르겠어요. 결혼 같은 건 대부분 신분이나 재산이 비슷해야 바람직하니까요. 나이 차도 이십 년이나 나잖아요. 로체스터 씨는 거의 선생의 아버지뻘이에요."

그녀가 말했다.

"아니에요! 그분은 절대 아버지뻘이 아니에요. 우리 둘이 같이 있는 모습을 보면 아무도 그렇게 생각하지 않을 거예요. 로체스터 씨는 스물다섯 살 청년처럼 보인다고요."

나는 기분이 나빠져 외쳤다.

"그분은 정말로 선생을 사랑해서 결혼하려는 걸까요?"

부인이 물었다.

그녀의 냉정한 표정과 의심스럽다는 듯한 태도에 마음이 상해 내 눈에서는 눈물이 솟았다.

부인이 말을 이었다.

"슬프게 해서 미안해요. 하지만 선생은 너무 어리고 남자들을 잘 몰라서 나는 선생이 조심하기를 바랐을 뿐이에요. 옛말에 '번쩍인다고 모두 금은 아니다'라고 하잖아요. 이번에는 선생이나 내가 예상한 것과 전혀 다른 일이 벌어질까 봐 진심으로 걱정돼요."

"왜요? 제가 괴물이라도 되나요? 로체스터 씨가 진심으로 저를 사랑하는 게 그렇게 무리한 일인가요?"

내가 물었다.

"아니에요. 선생은 참 괜찮은 사람이에요. 요새 들어 훨씬 더 괜찮아졌고요. 로체스터 씨도 선생을 좋아하는 것 같아요. 나도 벌써부터 그분이 선생을 어느 정도 마음에 들어 한다는 건 알아챘지요. 그분이 좋아하는 기색이 역력해서 선생이 걱정될 때도 있었어요. 다만 선생이 조심하기만을 바랐죠. 하지만 비록 가능성이라 해도 나쁜 이야기를 하고 싶지는 않았어요. 그런 말을 하면 틀림없이 선생은 놀라고 기분 나빠할 테니까요. 선생은 신중한 데다 대단히 겸손하고 분별력이 있으니 알아서 자신을 보호할 거라고 믿었죠. 어젯밤 온 집 안을 다 찾아봐도 선생이 보이지 않고 로체스터 씨까지 안 계셔서 얼마나 걱정했는지 몰라요. 그러다 열두 시쯤 선생이 그분과 함께 들어오는 모습을 본 거예요."

"음, 이제 염려하시지 않아도 돼요. 별일 없었으니까요."

나는 더 이상 참지 못하고 그녀의 말을 잘랐다.

"끝까지 별일 없기를 바라요. 하지만 내 말을 믿어요. 조심해서 나쁠 건 없어요. 로체스터 씨를 멀리하세요. 그리고 그분뿐 아니라 자기 자신도 믿지 말아요. 이 정도 신분의 신사가 자기 집 가정교사와 결혼하는 일은 흔치 않으니까요."

나는 점점 화가 치밀어오르고 있었다. 그때 아델이 방으로 뛰어들어 왔다.

"저도 갈래요. 밀코트에 가게 해주세요. 로체스터 아저씨가 저는 안 데려간대요. 새 마차에 자리가 엄청나게 남는데도요. 선생님이 저도 데려가자고 부탁해주세요."

"그래, 말해줄게."

나는 아델을 데리고 서둘러 방을 나왔다. 비관적인 감시자한테서 마침내 벗어나게 되어 기뻤다. 마차는 이미 준비되어 있었다. 마부가 마차를 돌려 현관 앞에 대는 중이었고 로체스터 씨는 포장길을 걷고 있었다. 파일럿은 주인 앞뒤로 왔다 갔다 하면서 따라다녔다.

"아델을 데려가도 되죠?"

"안 된다고 했소. 귀찮은 녀석은 떼어놓고 당신과 둘이서만 갈 거요."

"허락해주세요. 부탁이에요. 아델과 같이 가는 편이 더 좋을 거예요."

"안 될 말이오. 방해만 될 거요."

그는 단호한 표정과 목소리로 말했다. 그러자 페어팩스 부인의 싸늘한 경고와 기분 나쁜 의심이 머릿속에 떠올랐다. 불확실하고 실체가 없는 무언가가 내 희망을 막아서고 있었다. 그에게 미치는 내 영향력이 꽤 사라져버린 듯했다. 나는 의기소침해져 더는 불평하지 않고 순순히 그의 말을 따랐다. 내가 마차에 오르는 걸 돕던 그가 내 얼굴을 보더니 물었다.

  "무슨 일이오? 표정이 어두워졌군. 정말 저 애와 같이 가고 싶은 거요? 두고 가면 섭섭할 것 같소?"

  "같이 가고 싶어요."

  "그럼 가서 모자를 쓰고 번개같이 돌아와야 해!"

  그가 아델에게 소리쳤다. 아델은 부리나케 뛰어갔다.

  "아침 시간 한 번 방해받는 건 아무것도 아니지. 이제 조금만 있으면 평생 당신을, 당신의 생각, 당신과의 대화, 당신과 함께 보내는 시간까지 내가 다 차지할 테니까."

  아델은 번쩍 들려 마차 안으로 들어오자 부탁해줘서 고맙다는 표시로 내게 뽀뽀를 퍼부었다. 이 모습을 지켜보던 로체스터 씨는 곧바로 아델을 들어 자기 옆 구석 자리에 앉혔다. 그러자 아델은 옆으로 내 쪽을 흘끔거렸다. 이처럼 엄한 사람이 옆에 앉아 있으면 마음대로 움직이기도 어렵다. 아델은 괴팍하게 구는 로체스터 씨에게 말을 건네기는커녕 뭔가를 물어볼 수도 없었다.

"아델을 제 쪽으로 보내주세요. 성가시게 할지도 몰라요. 여긴 자리가 충분해요."

내 말에 그는 아델이 강아지라도 되는 양 내게 넘겨주었다.

"아델은 학교에 보낼 거요."

이번에 그는 미소를 지으며 말했다.

아델은 그 말을 듣고 선생님 없이 학교에 가야 하느냐고 물었다.

"그렇지, 당연히 선생님은 없을 거야. 왜냐하면 내가 선생님을 달나라로 데려갈 거니까. 달나라 화산 꼭대기 사이에 있는 새하얀 골짜기들 가운데 동굴 하나를 찾은 다음 선생님이랑 함께 살 거야. 선생님은 나하고 단둘이서."

"선생님은 먹을 게 아무것도 없을 거예요. 아저씨 때문에 선생님이 굶게 된다고요."

아델이 말했다.

"내가 아침저녁으로 선생님에게 만나(모세를 따라 이집트를 탈출한 이스라엘 백성이 광야에서 굶주릴 때 하느님이 내려준 음식―옮긴이)를 주워다 줄 거야. 달나라에는 산과 들이 온통 만나로 새하얗게 덮여 있거든."

"몸을 녹이고 싶어지면요. 불은 어떻게 켜요?"

"불은 달나라 산속에서 타오르지. 선생님이 추우면 내가 선생님을 산꼭대기로 데려가 분화구 가장자리에 눕혀놓을 거야."

"어머나! 그건 별로예요. 불편할 것 같아요. 그리고 옷이 낡아서 해지면 어떻게 새 옷을 입어요?"

로체스터 씨는 어리둥절한 척하며 대답했다.

"흠! 아델, 너라면 어떻게 하겠니? 머리를 써서 방법을 생각해 봐. 하얀 구름과 분홍 구름으로 옷을 만드는 건 어떨까? 무지개를 자르면 정말 예쁜 스카프를 만들 수 있을 거야."

"선생님은 지금이 훨씬 더 좋아요"

아델은 이렇게 말하고 나서 잠시 생각하더니 덧붙였다.

"그리고 달나라에서 아저씨랑 단둘이 살면 선생님은 지겨워질 거예요. 제가 선생님이라면 절대 아저씨랑 가겠다고 하지 않을 거예요."

"선생님은 벌써 가겠다고 했는걸. 맹세까지 했어."

"하지만 아저씨는 선생님을 달나라에 데려갈 수가 없어요. 달나라로 가는 길이 없는걸요. 전부 공기뿐인 데다가 아저씨와 선생님 둘 다 날지 못하니까요."

"아델, 저기 들판을 좀 봐."

이제 우리는 손필드의 정문을 나와 밀코트로 향하는 평탄한 길을 경쾌하게 달리고 있었다. 지난 밤 폭풍우 덕분에 먼지들이 가라앉았고, 길 양쪽에 늘어선 키 작은 산울타리와 우뚝 솟은 나무들이 비를 맞고 되살아나 푸르게 빛났다.

"이 주일 전쯤 늦은 시간에 저 들판에서 아저씨가 산책을 하고 있었지. 네가 과수원 풀밭에서 건초 만드는 걸 도와주었던 바로 그날 저녁에 말이야. 베어놓은 풀을 갈퀴로 모으다가 지쳐서 좀 쉬려고 계단 위에 앉았단다. 그리고 수첩이랑 연필을 꺼내 오래전 내게 닥친 불행과 앞으로는 행복하게 살고 싶다는 소원을 적기 시작했어. 점점 어두워졌지만 빨리 써 내려가고 있었지. 그런데 그때 누군가 길 위에 나타나더니 2미터 정도 떨어진 곳에서 멈췄어. 도대체 누군지 궁금해서 쳐다봤지. 그는 자그맣고 머리에 거미줄 같은 얇은 베일을 쓰고 있었어. 가까이 오라고 손짓하니까 내 무릎 앞에 와서 서더구나. 나는 말을 걸진 않았어. 그도 아무 말이 없었고. 하지만 우리는 서로 눈빛을 읽었지. 우리는 말하지 않고도 대화를 나눴어. 그는 자기가 요정 나라에서 온 요정이라고 했어. 나한테 행복을 주는 게 임무라고 하더구나. 그러면서 내가 자기와 함께 이 세상을 떠나 달나라처럼 외딴 곳으로 가야만 한다는 거야. 고개를 들어 헤이 언덕 너머 솟아오르는 초승달을 가리키더니 우리가 살게 될지도 모르는 석화석고 동굴과 은백색 골짜기 이야기도 해줬어. 같이 가고는 싶지만 네가 방금 말한 것처럼 날개가 없다고 했지. 그랬더니 요정이 이렇게 말했어. '그런 건 상관없어요. 여기 이 부적이 어떤 일이라도 막아줄 거예요.' 그리고 예쁜 금반지를 내밀면서 말했어. '제 손 네 번째 손가락에 반지를 끼워주세요. 그러면 나는 당신의 것이 되고 당신은 제 것이 될 거예요.

그리고 이 땅을 떠나 저기서 우리만의 천국을 만들어요.' 그러면서 요정은 다시 달을 가리켰어. 아델, 그 반지는 내 바지 주머니 속에 들어 있어. 지금은 1파운드짜리 금화로 변해 있지만 금화를 다시 반지로 바꿀 거야."

"그런데 그게 선생님이랑 무슨 상관이에요? 저는 요정 같은 건 관심 없어요. 아저씨는 선생님을 달나라로 데려간다고 하셨잖아요."

"선생님이 바로 그 요정이야."

그가 비밀이라는 듯 소곤거렸다. 나는 아델에게 아저씨가 농담으로 하는 이야기니 귀 기울여 들을 필요 없다고 말해주었다. 아델도 프랑스인 특유의 의심 많은 태도로 로체스터 씨를 "진짜 거짓말쟁이"라고 부르며 그가 말한 '요정 이야기'를 조금도 믿지 않는다고 말했다. 그리고 '요정이 정말 있을 리 없고, 있다고 해도' 분명히 그의 앞에 나타나 반지를 주거나 달나라로 가서 살자고 하는 일은 절대 일어나지 않을 거라고 했다.

밀코트에 있는 시간은 괴로웠다. 로체스터 씨는 나를 어떤 비단 가게로 억지로 데려가 옷을 여섯 벌이나 고르라고 했다. 나는 너무 싫어서 제발 다음으로 미루자고 애원했다. 하지만 그는 지금 당장 끝내야 한다며 고집을 부렸다. 결국 끊임없이 소곤거리며 애원한 끝에 옷을 여섯 벌에서 두 벌로 줄였다. 그런데 그 두 벌도 자기가 직접 골라야 한다고 했다. 나는 불안해하며 그를 바라보았다. 그의 눈은 가게 안에 있는 화려한 비단들을 이리저리 살펴보고 있었다. 그러다 그는 가장 화려한 자줏빛 비단과 최고급 분홍색 공단을 골랐다. 나는 그에게 이건 금으로 된 가운과 은으로 된 모자를 한 번에 사주는 것과 다름없다면서 감히 저 옷을 입을 엄두도 나지 않을 거라고 속삭였다. 바위처럼 고집을 피우는 그를 간신히 설득해 수수한 검정색 공단과 진줏빛 비단으로 바꾸었다.

"지금은 그냥 넘어가지만 다음에는 꽃밭처럼 화려하게 빛나도록 만들어줄 거야."

그가 말했다.

비단 가게에 이어 보석 상점까지 갔다가 나온 뒤에야 나는 겨우 마음을 놓을 수 있었다. 그가 선물을 사줄수록 내 뺨은 난처함과 굴욕감으로 점점 더 빨갛게 달아올랐다. 마침내 마차로 돌아와 녹초가 된 몸을 의자에 기대고 나서야 좋은 일과 나쁜 일이 정신없이 밀어닥쳐 까맣게 잊어버리고 있던 일이 생각났다. 존 에어 삼촌이 리드 부인에게 보낸 편지였다. 삼촌은 나를 양녀로 삼아 유산을 상속해주겠다고 쓰셨다.

'조금이라도 내 힘으로 생활할 수 있게 된다면 정말 안심이 될 거야. 인형처럼 로체스터 씨가 사주는 옷을 입고 다나에(그리스 신화에 나오는 여인으로, 제우스는 황금 소나기로 변신해 청동 탑에 갇힌 그녀를 찾아갔다 —옮긴이)처럼 앉아 매일 황금 소나기를

64

맞을 순 없어. 돌아가자마자 마데이라로 편지를 써서 삼촌한테 내 결혼 소식을 알려야지. 언젠가 로체스터 씨의 재산에 보탬이 될 수 있다면 지금 이렇게 신세지는 게 견딜 수 없을 정도로 힘들지는 않을 거야. 이렇게 생각하니(나는 잊지 않고 그날 당장 편지를 보냈다) 마음이 좀 놓이면서 내 연인이자 주인인 로체스터 씨의 눈을 마주 볼 용기가 생겼다. 나는 얼굴과 시선을 모두 피했지만 그의 눈은 끈질기게 내 눈을 쳐다보고 있었다. 그가 미소를 지었다. 그런데 나는 그의 미소가 황금과 보석으로 여자 노예를 치장한 뒤 즐겁고 행복해하는 술탄의 미소 같았다. 나는 내 손을 잡고 절대 놓지 않는 그의 손을 빨갛게 될 정도로 꽉 잡았다가 뿌리쳤다.

"그런 표정 짓지 마세요. 계속 그러면 로우드에서 입던 옷만 입을 거예요. 결혼식에는 연보라색 체크무늬 면으로 된 옷을 입을 거라고요. 그러면 진줏빛 비단으로는 당신 잠옷을 만들고 검정색 공단으로는 조끼를 수도 없이 만들게 될 거예요."

그는 빙그레 웃으며 두 손을 비비더니 외쳤다.

"아, 당신을 보고 당신 말을 듣고 있으면 참 재미있단 말이야. 기발하고 톡 쏘는 매력이 있어. 이 자그마한 영국 처녀는 영양처럼 눈이 부드럽고 천국의 미녀처럼 아름다운 터키 황제의 후궁을 다 준대도 내주지 않겠어!"

나를 터키 후궁과 비교하는 그의 말이 내 심기를 건드렸다.

65

"저는 터키 황제의 후궁 노릇 같은 건 절대로 안 해요. 그러니까 저를 그런 사람들과 같은 취급하지 마세요. 그런 여자들을 원하신다면 제 옆에 있지 마시고 당장 이스탄불의 노예시장으로 가시면 돼요. 그리고 쓰지 못해 안달이 난 것 같은 넘쳐나는 돈으로 노예나 왕창 사들이면 되겠네요."

"그러면 내가 검은 눈동자를 가진 수많은 사람을 사들이는 동안 당신은 뭘 할 거요?"

"선교사가 돼서 당신의 후궁과 노예가 된 사람들에게 자유를 설파할 준비를 할 거예요. 당신 후궁들이 사는 곳에 들어가 반란을 일으키게끔 부추길 거고요. 우리 손으로 직접 높으신 당신한테 족쇄를 채울 거예요. 그리고 당신이 어떤 폭군도 허락한 적 없는 가장 자유로운 인권 헌장에 서명할 때까지 풀어주지 않을 거예요."

"당신의 자비심에 나를 맡겨야겠군."

"그런 눈으로 애원한다면 자비를 베풀지 않을 거예요. 그런 얼굴을 하고 있다면 억지로 헌장에 서명한다 해도 석방되면 가장 먼저 헌장의 조항들을 어길 게 틀림없으니까요."

"제인, 그럼 내가 어떻게 하면 되겠소? 교회에서 하는 결혼식이 아니라 비밀 결혼식이라도 해달라는 거요? 말해봐요. 특이한 조건을 넣고 싶은 것 같은데 어떤 조건이오?"

"저는 그저 마음이 편했으면 좋겠어요. 엄청난 의무에 짓눌리고 싶지 않아요. 셀린 바렝에 대해 했던 이야기 기억하시죠? 다이아몬드와 캐시미어를 사주셨다면서요. 저는 영국의 셀린 바렝은 되지 않을 거예요. 저는 앞으로도 계속 아델의 가정교사로 일하겠어요. 그러면 먹고 자는 게 해결되고 일 년에 30파운드 정도 수입이 생기죠. 그 돈으로 옷을 사면 되니까 저한테 아무것도 안 해주셔도 돼요. 다만…….”

“다만 뭐요?”

“존중해주시면 돼요. 저도 당신을 존중할 테니 서로 빚지는 건 없는 거죠.”

“이거 원! 당신만큼 뻔뻔하고 콧대 높게 태어난 사람은 아마 없을 거요.”

대화를 나누는 동안 어느덧 손필드에 다다랐다.

“오늘 저녁을 나와 함께 들지 않겠소?”

대문 안으로 들어서며 그가 물었다.

“아니요, 고맙지만 사양할게요.”

“왜 고맙지만 사양한다는 거요?”

“한 번도 같이 식사한 적이 없잖아요. 그런데 이제 와서 같이 먹어야 할 이유를 모르겠어요. 그때까지…….”

“그때까지라니? 말을 하다가 마는 걸 좋아하는군.”

“어쩔 수 없이 먹게 될 그때까지 말이에요.”

“나와 같이 식사하기를 두려워하다니, 내가 사람 잡아먹는 괴물이나 시체 파먹는 귀신처럼 식사하는 줄 아는 거요?"

"그렇게 생각한 적 없어요. 하지만 앞으로 한 달만 더 지금처럼 보내고 싶어요."

"애 가르치는 고생 따위는 당장 그만둬요."

"아뇨, 미안하지만 그건 안 돼요. 계속 지금처럼 지낼 거예요. 지금처럼 지내면서 당신한테 방해가 되지 않도록 할게요. 저를 보고 싶으면 저녁에 사람을 보내 불러주세요. 그러면 제가 갈게요. 다른 시간에는 안 돼요."

"나는 담배 아니면 코담배라도 피워야 위안이 되겠군. 아델이 늘 하는 말처럼 '체면을 지키기 위해서' 말이오. 그런데 불행히 담배 상자도 코담배 값도 없구려. 하지만 들어봐요, 귀여운 폭군 아가씨. 속삭여주겠소. 지금은 당신 마음대로 해도 좋아요. 하지만 곧 내 마음대로 하게 될 날이 올 거요. 일단 당신을 사로잡으면 이렇게(회중시계의 줄을 만지며) 쇠사슬을 매달아 꼭 간직할 거요. 그래요, 작고 어여쁜 아가씨. 보석 같은 당신을 잃어버리지 않게 내 품 속에 꼭 안고 다닐 거요."

내가 마차에서 내리는 것을 도와주며 그가 말했다.

그가 아델을 들어 내려주는 사이 나는 집으로 들어와 위층으로 올라와 버렸다.

저녁이 되자 예상대로 로체스터 씨는 나를 불렀다. 나는 그에게 부탁할 일을 미리 준비해두었다. 저녁 시간 내내 다정한 대화만 하지는 않겠다고 마음먹었기 때문이다. 나는 그의 목소리가 좋다는 것을 기억하고 있었다. 훌륭한 가수들이 대개 그렇듯 그도 노래하기를 좋아했다. 나는 노래를 잘하지 못했다. 그리고 그의 까다로운 평가에 따르면 연주 실력도 별로였다. 하지만 훌륭한 연주나 노래를 듣는 건 좋았다. 창문 위로 별들이 수놓아진 푸른 장막이 내려앉기 시작하는 낭만적인 분위기가 물씬 풍기는 해 질 녘이 되자 나는 일어나 피아노 뚜껑을 열고 부디 노래 한 곡을 불러달라고 청했다. 그는 나를 변덕스러운 마녀라고 하면서 다음번에 불러주겠다고 했다. 그러자 나는 지금이 노래하기 가장 좋은 때라며 우겼다.

"내 목소리가 좋소?"

그가 물었다.

"정말 좋아요."

나는 원래 자만심을 받아주는 편이 아닌데 이번만큼은 편의를 위해 오히려 그의 허영심을 자극하고 만족시켜주었다.

"제인, 그러면 당신이 반주해주시오."

"좋아요, 해볼게요."

나는 반주를 시작하기는 했다. 하지만 그는 금세 나를 '어설픈 아가씨'라 부르며 자리에서 쫓아냈다. 바라던 대로 나는 사정없이 한쪽으로 밀려났다. 그는 피아노 앞에 앉더니 직접 반주를 하기 시작했다. 그는 노래만 잘 부르는 게 아니라 피아노 실력도 좋았다. 나는 창가 쪽 구석진 자리로 가서 앉았다. 잔잔한 나무숲과 어둑어둑한 잔디밭을 바라보고 있자니 피아노 선율에 맞춰 감미로운 목소리가 울려 퍼졌다.

타오르는 가슴속
느껴지는 참사랑
생명의 물결처럼
온몸에 퍼져가네.

그녀가 오기만 바라고
떠나면 괴로워하네.
그녀 발걸음이 느려지면
내 가슴도 얼어붙네.

사랑하고 사랑받기란
말할 수 없는 행복
행복을 좇기 위해
앞만 보고 나아가네.

그렇지만 우리 사이
너른 공간엔 길도 없고

푸른 바다 거센 파도
포말처럼 위험하네.

황야와 숲으로 난
강도가 들끓는 길처럼
권세와 정의, 비애와 분노가
우리 영혼 사이에 놓여 있다네.

위험과 장애를 견뎌내고
불길한 징조는 물리쳤네.
위협도 괴로움도 경고도
맹렬히 지나쳤지.

내 무지개는 빛처럼 빠르게 가고
나는 꿈속처럼 날아가네.
찬란하게 눈앞을 가로막는 건
소나기와 빛의 아이

고통의 검은 구름 위에
부드럽고 엄숙한 기쁨이 빛나니
어떠한 재앙이 닥쳐도

두려울 것 없네.

이 달콤한 순간
내가 극복한 모든 것이
복수를 외치며 달려와도
두려울 것 없네.

거만한 증오가 나를 쓰러뜨리고
정의와 장애가 다가와도
끝없는 권세와 분노가
끝없는 적의를 맹세해도

내 사랑은 나를 믿고
작은 손을 내 손에 얹으며
성스러운 혼인의 끈으로
하나 됨을 맹세하니

함께 살고 함께 죽기로
내 사랑이 입 맞추며 맹세하니
사랑하고 사랑받는
말할 수 없는 행복이 있네!

로체스터 씨가 자리에서 일어나 내게로 다가왔다. 그의 얼굴은 환하게 빛났고 매처럼 부리부리하고 큰 눈은 반짝였으며 사랑이 온 얼굴에 넘쳐흘렀다. 순간적으로 움츠러들었지만 나는 이내 마음을 가다듬었다. 나는 달콤한 광경이나 대담한 애정표현은 원치 않았다. 그런데 지금 이 두 가지 위험에 직면해 있었다. 방어할 무기가 필요했다. 나는 목소리를 가다듬었다. 그리고 그가 내게 다가오자 일부러 무뚝뚝하게 물었다.

"이제 누구와 결혼하시나요?"

"사랑하는 제인이 그런 질문을 하다니 예상 밖이로군."

"아뇨! 저는 당연하고 꼭 해야 할 질문이라고 생각해요. 미래의 아내가 당신과 함께 죽는다고 하잖아요. 그런 이교도적인 사상은 무슨 뜻이죠? 저는 절대 같이 죽을 생각이 없거든요. 어림없어요."

"나는 오직 당신이 나와 함께 사는 것만 바라고 기도하오. 당신의 죽음 따위는 생각하지 않소."

"그래요. 저도 당신처럼 죽을 때가 됐을 때 죽을 권리가 있어요. 그때를 기다릴 거예요. 남편이 죽었다고 서둘러 죽을 생각은 없어요."

"이기적인 생각을 용서해줘요. 그리고 그 증거로 화해의 키스를 해주지 않겠소?"

"아니요, 사양할게요."

그러자 그는 "귀여운 고집불통"이라고 부르더니 이렇게 덧붙였다.

"자신을 찬미하는 노래를 들으면 다른 여자들은 좋아서 완전히 녹아내릴 텐데."

나는 원래부터 똑똑하고 냉정한 면이 있어 앞으로 이런 모습을 자주 보게 될 거라고 했다. 게다가 앞으로 사 주 동안 거칠고 단호한 성격을 보여주기로 마음먹었으니 아직 취소할 수 있을 때 자신의 계약 내용을 충분히 파악해놓으라고 했다.

"좀 더 차분하게 이성적으로 이야기하는 게 어떻겠소?"

"원하신다면 차분해지겠어요. 하지만 지금도 이성적으로 말하고 있는걸요."

그는 화가 나서 "흥" 하고 코웃음을 치더니 이내 "쳇" 하고 혀까지 찼다.

나는 마음속으로 생각했다.

'좋아요. 마음껏 씩씩대고 조바심 내봐요. 당신과 살아가려면 이게 최선의 방법일 거라고 확신해요. 나는 말로 다 표현할 수 없을 만큼 당신을 사랑해요. 하지만 지나친 감상에 빠지진 않을 거예요. 그래서 당신도 그 소용돌이의 가장자리에서 떨어지지 않도록 재치 있는 대답이라는 바늘로 지킬 거예요. 바로 그 날카로운 바늘로 우리가 서로에게 진정으로 도움이 될 수 있는 만큼의 거리를 유지할 거예요.'

내가 좀 더 화를 돋우자 그는 격분해서 방 맞은편 끝까지 가 버렸다. 그때 자리에서 일어나 나는 평소와 다름없이 공손한 태도로 "로체스터 씨, 안녕히 주무세요"라고 말하며 옆문으로 빠져나왔다.

나는 이렇게 시작된 방법을 그날 이후 줄곧 사용했고 그 결과는 매우 성공적이었다. 물론 로체스터 씨는 화가 나서 퉁명스럽게 굴었다. 그러나 나는 그가 대체적으로 재미있어한다는 걸 알 수 있었다. 양처럼 순하게 굴거나 산비둘기처럼 다정하기만 하면 오히려 그가 제멋대로 행동하도록 부추겨 판단력을 흐리게 할 뿐 아니라 그의 상식에도 맞지 않고 취향도 아니라는 것을 알게 되었다.

나는 다른 사람들과 함께 있을 때는 전과 다름없이 공손하고 얌전하게 굴었다. 예의에 벗어난 행동은 전혀 하지 않았고 그렇게 할 이유도 없었다. 그의 기대를 저버리고 그를 괴롭히는 것은 단둘이 있는 저녁 시간뿐이었다. 정확히 저녁 일곱 시가 되면 그는 어김없이 나를 불렀다. 하지만 내가 나타나도 이제는 '내 사랑', '소중한 사람' 같은 간지러운 말을 입에 담지 않았다. 그 대신 '약 올리는 꼭두각시', '심술궂은 꼬마 요정', '도깨비'나 '변덕쟁이' 같은 말로 불렀다. 그리고 어루만지는 대신 인상을 찌푸리고, 손을 잡는 대신 팔을 꼬집으며, 뺨에 키스하는 대신 귀를 세게 잡아당겼다. 그래도 나는 괜찮았다. 나는 확실히 다정한 애정 표현보다 거친 표현이 더 좋았다. 페어팩스 부인도 이제 나를 인정하는 듯했다. 더는 나 때문에 불안해하지 않았다. 그래서 나는 내가 잘하고 있다고 믿게 됐다. 반면 로체스터 씨는 나 때문에 뼈와 가죽만 남았다면서 곧 때가 되면 지금의 일을 단단히 갚아주겠다며 을러댔다. 나는 이 말을 들으며 몰래 웃곤 했다.

'이제 나는 당신을 적절하게 통제할 수 있고, 앞으로도 그럴 거예요. 한 가지 방법이 안 통하면 또 다른 방법을 생각해내면 된다고요.'

그러나 그런 일을 하는 것이 결코 쉬운 건 아니었다. 그를 놀리는 대신 기쁘게 해주고 싶은 때도 많았다. 미래의 남편은 내게 하나의 세계가 되어가고 있었다. 그는 인간과 거대한 태양 사이를 가로막는 일식처럼 나와 내 종교관 사이를 가로막았다. 그 당시 나는 하느님이 창조하신 인간을 우상처럼 받들고 있어서 그분이 보이지 않았다.

제4장

　청혼을 받고 한 달이 흘렀다. 이제 몇 시간만 있으면 바로 결혼식이었다. 이제 그날을 위한 모든 준비가 끝나 이제는 미룰 수도 없었다. 적어도 나는 더 이상 준비할 게 없었다. 나는 트렁크에 짐을 넣고 자물쇠로 잠근 뒤 줄로 묶어 내 작은 방 한쪽 벽에 나란히 일렬로 세워놓았다. 내일 이 시간이면 이 짐들은 저 멀리 런던으로 가고 있을 것이다. 별일이 없다면 나 또한 가게 될 것이다. 아니, 내가 아니라 '제인 로체스터'라는 아직은 알지 못하는 미지의 인물이 말이다. 주소를 적은 표만 달면 끝이었다. 작고 네모난 꼬리표 네 장이 서랍 속에 있었다. 로체스터 씨가 직접 한 장씩 '런던 ○○ 호텔, 로체스터 부인'이라고 써놓았다. 그러나 나는 아직 그 꼬리표를 직접 가방에 붙이거나 남에게 해달라고 부탁할 자신이 없었다. 로체스터 부인! 그런 사람은 아직 없었다. 내일 오전 여덟 시가 지난 다음에야 태어날 테니까 말이다. 그래서 나는 그녀가 이 세상에 태어난 것을 확인한 다음 로체스터 부인에게 모든 재산을 넘겨주기로 했다. 이미 화장대 맞은편 옷장에 로우드에서 입었던 검은색 모직 옷과 밀짚모자 대신 로체스터 부인의 옷들이 들어 있는 것만으로도 충분했다. 내 옷의 자리를 빼앗고 걸려 있는 결혼 예복 한 벌, 진줏빛 드레스와 얇은 베일은 내 것 같지가 않았다. 옷들은 밤 아홉 시인 지금 어두운 내 방에서 희미한 빛을 내뿜고 있었다. 나는 말했다.

"새하얀 환영아, 잠시 너만 남겨두고 나가야겠다. 몸이 뜨거워서 말이야. 바람 소리가 들리니 나가서 바람을 쐬야겠어."

몸이 뜨거워진 느낌이 든 이유는 허둥지둥 여행 준비를 했기 때문이 아니었다. 그렇다고 큰 변화, 내일부터 펼쳐질 새로운 생활에 대한 기대 때문도 아니었다. 분명히 이런 두 가지 이유로 불안하기도 하고 흥분되어 이 늦은 밤 어두운 정원으로 뛰쳐나오기는 했지만, 내 마음에 큰 영향을 미친 원인은 따로 있었다.

마음속에 이상하게 불안한 생각이 밀려왔다. 이해할 수 없는 일이 벌어졌던 것이다. 나 말고는 본 사람도, 아는 사람도 없었다. 사건은 바로 전날 밤에 일어났다. 로체스터 씨는 집에 없었다. 50킬로미터쯤 떨어진 곳에 있는 두서너 개의 농장에 볼일이 있어 나갔는데 아직까지 돌아오지 않았다. 계획대로 영국을 떠나기 전에 직접 해결해야 할 일이었다. 나는 그가 돌아오기를 기다리고 있었다. 마음의 짐을 덜고 나를 괴롭히는 수수께끼의 해답도 알고 싶었다. 그러니 독자 여러분, 그가 돌아올 때까지 기다려주기 바란다. 그에게 비밀을 털어놓을 때 여러분도 알게 될 테니 말이다.

나는 바람을 피해 과수원으로 향했다. 하루 종일 남쪽에서 거센 바람이 불어왔지만 비는 한 방울도 내리지 않았다. 밤이 되어도 바람은 가라앉지 않고 더 요란하고 맹렬하게 휘몰아쳤다. 나무들은 꼼짝없이 한쪽으로 쏠렸고 나뭇가지는 한 시간 동안 한 번도 몸을 비틀거나 가지를 들어 올리지 못했다. 그렇게 계속해서 나뭇가지 끝은 북쪽으로 구부러졌고 구름은 극에서 극으로 한 덩어리씩 빠르게 흘러갔다. 7월의 푸른 하늘은 코빼기도 찾아볼 수 없었다.

공기를 가르며 온 천지를 울리는 시끄러운 천둥소리에 내 마음의 괴로움을 내맡기고 바람을 피해 달리면서 나는 희열을 느꼈다. 월계수 오솔길을 걸어가다 보니 눈앞에 벼락 맞은 마로니에가 나타났다. 나무는 시커멓게 갈라져 있었다. 몸통 한가운데가 둘로 쪼개져 입을 벌리고 숨을 헐떡거리고 있는 듯했다. 갈라진 반쪽은 단단한 밑동과 튼튼한 뿌리 덕분에 완전히 떨어지지는 않았다. 그러나 나무는 생명이 끊어진 상태였다. 더는 수액이 흐르지 않았고 양팔의 커다란 나뭇가지들은 죽어서 다음 겨울에 폭풍이 오면 한쪽이나 양쪽이 모두 쓰러질 게 뻔했다. 그래도 아직은 오롯하게 한 그루의 나무였다.

나는 마치 괴물처럼 쪼개진 나무가 살아서 내 말을 듣기라도 하듯 말을 건넸다.

'서로 꽉 잡고 있길 잘했어. 보기에는 쪼개지고 새카맣게 타 버렸지만 아직 든든한 뿌리에 붙어서 네 속에는 미약하지만 생명이 남아 있을 거야. 하지만 너희는 이제 푸른 잎을 피우지 못하고 너희 가지에 새들이 둥지를 틀고 앉아 노래할 수도 없을 거야. 기쁨과 사랑의 날들은 이미 끝났어. 그래도 너희는 외롭지 않아. 썩어가면서도 함께할 친구가 있으니까.'

나무를 올려다보고 있는데 갈라진 틈으로 보이는 하늘에 잠시 달이 모습을 드러냈다. 핏빛으로 붉게 물든 달 표면을 구름이 반쯤 덮고 있었다. 달은 당혹스럽고 쓸쓸한 시선으로 나를 보다가 금세 짙은 구름 속으로 사라지고 말았다. 바람은 순간 손필드 주변에서 잦아들었다가 저 멀리 숲과 시냇물 너머에서 거칠고 구슬프게 울부짖었다. 그 소리를 듣고 있으니 슬퍼져서 나는 다시 달렸다.

과수원 안을 여기저기 돌아다니며 나무 주변 풀밭에 잔뜩 떨어진 사과를 주워 익은 것을 골라낸 다음 집으로 가져와 식품

창고에 넣어두었다. 그러고 나서 난롯불이 커져 있는지 확인하러 서재에 들어갔다. 여름이긴 하지만 이렇게 을씨년스러운 밤이면 로체스터 씨는 자기가 돌아왔을 때 난롯불이 밝게 타오르고 있기를 바랐다. 진작 난롯불은 켜놓았고 활활 잘 타고 있었다. 나는 그의 안락의자를 난롯가에 가져다 놓고 탁자도 끌어왔다. 그리고 커튼을 치고 초도 켜서 올려놓았다. 모든 준비가 끝나자 그 어느 때보다 마음이 불안해졌다. 차분하게 앉아 있을 수도 없고 그렇다고 집 안에 있을 수도 없었다. 방 안의 작은 시계와 홀의 괘종시계가 열 시를 알렸다.

나는 속으로 생각했다.

'시간이 꽤 늦었는데 왜 아직 안 오시지? 대문까지 나가봐야겠다. 달빛이 비쳐서 꽤 멀리까지 보일 거야. 어쩌면 지금 오고 계시는지도 몰라. 마중 나가 있으면 단 몇 분이라도 덜 초조하겠지.'

대문을 뒤덮은 큰 나무들 위로 바람이 요란하게 불었다. 그러나 내 눈앞에 보이는 길은 온통 고요하고 쓸쓸했다. 달이 고개를 내밀면 가끔 구름 그림자가 지날 뿐 길고 하얀 선과 같은 길에는 움직이는 것이라곤 눈을 씻고 찾아봐도 없었다.

그 길을 바라보고 있으니 별안간 어린아이처럼 눈물이 흘렀다. 실망하고 초조해서 나오는 눈물이었다. 나는 창피한 생각이 들어 얼른 눈물을 훔쳤다. 달은 방 안에 온몸을 숨기고 짙은 구름으로 커튼을 쳤다. 밤이 점점 깊어가고 있었다. 한 차례 돌풍이 몰아치더니 후두둑 비가 쏟아졌다.

"얼른 오세요. 제발 얼른 돌아오세요!"

나는 미친 듯이 불안해하며 소리쳤다. 그가 차 마시는 시간 전에는 돌아올 거라고 생각했다. 그런데 무슨 일이 있어 이렇게 늦은 시간까지 돌아오지 않는 걸까? 사고라도 난 걸까?

지난밤 일이 다시 떠올랐다. 그 일이 재앙의 조짐이 아닌가 싶었다. 내 소원이 너무 커서 이뤄지지 못하는 게 아닌지 불안했다. 최근 더없는 행복을 누려왔는데 이제 좋은 시절이 가고 내리막길로 향하고 있는 건 아닌가 하는 생각도 들었다.

'집에 들어갈 수 없어. 이렇게 험한 날씨에 그는 밖에 있는데 나만 난롯가에 앉아 있을 수는 없지. 가슴 졸이며 걱정하느니 다리 아픈 게 나아. 좀 더 걸어가면 만날 수 있을 거야.'

나는 잰걸음으로 걸었다. 하지만 멀리 가지 못했다. 4백 미터도 채 걷기 전에 말발굽 소리가 들렸다. 누군가 말을 타고 전속력으로 달려오고 있었다. 개 한 마리가 나란히 달려왔다. 제발 불길한 예감이 사라졌으면! 로체스터 씨였다. 메스루어를 타고 파일럿을 대동한 채 내 눈앞에 와 있었다. 그가 나를 보았다. 어느새 달빛이 밤하늘에 푸른 들판을 펼치고 희미하게 빛나고 있었다. 그는 모자를 벗어 들고 머리 위에서 흔들어 보였다. 나는 그에게 달려갔다.

그는 안장에 앉은 채로 몸을 숙이며 내게 손을 뻗었다.

"이것 봐! 당신은 이제 나 없이는 살 수가 없군. 내 구두코를 밟아요. 그리고 두 손으로 날 잡고 올라타요!"

나는 시키는 대로 했다. 기쁜 마음으로 민첩하게 그의 앞에 올라탔다. 그는 반가워하면서 강렬하게 입을 맞추었다. 승리 감에 취한 것 같았지만 그냥 넘어가기로 했다. 그는 기뻐하면 서도 애써 자제하는 듯했다.

"그런데 이 시각에 마중을 나오다니 무슨 일이오? 무슨 문제 라도 생긴 거요?"

"아니요. 왠지 당신이 돌아오지 않으실 것만 같아서요. 그래 서 도저히 집 안에 가만히 앉아 기다릴 수가 없었어요. 특히나 이렇게 비바람이 몰아치는 날씨에는요."

"맞아, 비바람이 몰아치는군. 당신은 마치 인어처럼 홀딱 젖 었어. 내 외투로 몸을 감싸요. 그런데 당신 열이 나는 것 같군. 뺨과 손이 타는 것처럼 뜨거워. 다시 한 번 묻는데 정말 아무 일 없소?"

"이젠 괜찮아요. 불안하지도 슬프지도 않아요."

"그러면 지금까지는 불안하고 슬펐소?"

"약간이오. 조금 이따 말씀드릴게요. 아마 제 이야기를 들으 면 그저 웃으시겠지만."

"내일이 지나고 나면 마음껏 웃어주지. 하지만 그때까지는 웃을 엄두가 안 나는군. 아직은 확실치 않으니. 지난 한 달간 당신은 미꾸라지처럼 요리조리 빠져나가고 들장미처럼 가시가 돋쳐 잡을 수도 없었지. 손가락만 닿아도 가시에 찔리곤 했는데 오늘 밤에는 마치 길 잃은 양을 한 마리 주워 안고 있는 것 같군. 제인, 당신은 목동을 찾아 울타리 밖으로 나온 거요?"

"당신이 보고 싶었어요. 으쓱해하지는 말아요. 벌써 집에 다 왔네요. 이제 내려주세요."

로체스터 씨는 나를 포장길에 내려주었다. 존이 말을 끌고 가자 그는 내 뒤로 따라 들어와 빨리 옷을 갈아입고 서재로 오라고 했다. 계단을 올라가려고 하자 그는 나를 붙들고 빨리 내려오라며 다시 한 번 다짐을 받았다. 나는 오래 걸릴 것도 없이 오 분쯤 뒤에 그에게 갔다. 그는 저녁 식사를 하고 있었다.

"제인, 같이 먹어요. 이 식사 말고 또 한 번만 먹고 나면 당분간 손필드 저택에서 식사할 일은 없을 테니까."

나는 그의 옆에 앉아 있기는 했지만 식사는 못 하겠다며 사양했다.

"여행을 앞두고 들떠서 그렇소? 런던에 갈 생각을 하니 신경이 쓰여서 식욕도 없는 거요?"

"지금은 내일 일어날 일 같은 건 생각도 안 나요. 제가 무슨 생각을 하고 있는지 저도 모르겠어요. 모든 것이 다 꿈만 같아요."

"나는 꿈이 아니라 현실이오. 자, 만져봐요."

"당신이 제일 환영 같아요. 꼭 꿈같아요."

그가 웃으며 손을 내밀었다. 그리고 내 눈 바로 앞까지 얼굴을 들이대더니 말했다.

"이게 꿈이겠소?"

그의 팔은 길쭉하고 힘이 세며 두툼한 손은 볼록하게 근육이 발달되어 있었다.

"맞아요. 이렇게 만져봐도 여전히 꿈같아요."

그의 손을 내리며 내가 말했다.

"식사는 다 하셨어요?"

"그렇소."

나는 종을 울려 식탁을 치우라고 일렀다. 다시 단둘이 남게 되자 나는 난롯불을 돋우고 그의 무릎께에 있는 낮은 의자에 앉았다.

"벌써 자정이 다 되어가네요."

내가 말했다.

"그렇군. 하지만 결혼 전날 밤은 나와 밤을 새우기로 한 약속 잊지 말아요."

"기억해요. 약속대로 적어도 한두 시간은 더 있을게요."

"준비는 다 됐소?"

"네, 다 했어요."

"나도 그렇소. 정리가 끝났지. 내일 교회에서 돌아온 다음 삼십 분 내로 출발합시다.”

“네, 좋아요.”

“방금 ‘좋아요’라며 웃는 얼굴이 조금 이상한데? 양쪽 뺨도 빨갛고 눈빛도 이상하게 반짝거리고! 어디 아픈 거요?”

“괜찮은 것 같아요.”

“같다니! 대체 무슨 일인지 말해봐요.”

“말하지 못하겠어요. 어떤 느낌인지 설명할 수가 없어요. 저는 그냥 지금 이 순간이 영원했으면 좋겠어요. 다음에 어떤 운명이 닥칠지 모르잖아요.”

“제인, 그건 우울증이야. 너무 들떴거나 지쳐서 그래요.”

“당신은 마음이 편하고 행복하세요?”

“편하냐고? 그렇지는 않아. 하지만 정말 행복하지.”

나는 정말 행복한지 보려고 그의 표정을 유심히 살펴보았다. 그의 얼굴은 불타오르듯 달아올라 있었다.

“제인, 나를 믿고 신경 쓰이는 게 있으면 다 털어봐요. 부담 같은 건 다 내려놓고 마음을 편히 가져요. 무슨 걱정이 있소? 내가 좋은 남편이 못 될까 봐?”

“말도 안 돼요.”

“이제부터 만나게 될 새로운 세계가 걱정되는 거요? 새로운 신분과 새로운 생활이 두렵소?”

“아니에요.”

"정말 모르겠는데. 당신의 슬픈 얼굴을 보고 애잔한 목소리를 들으니 불안해지는군! 어서 말해봐요."

"그러면 들어보세요. 어젯밤 집에 안 계셨죠?"

"그랬지. 좀 전에 보니 내가 집에 없는 동안 무슨 큰일이라도 난 것 같은 눈치던데. 물론 별일은 아니겠지만 그것 때문에 마음이 불안해진 게 틀림없소. 말해봐요. 페어팩스 부인이 뭐라고 하던가? 아니면 하인들이 하는 이야기를 엿들은 거요? 당신의 예민한 자존심이 상할 만한 이야기라도 하던가?"

"아니에요."

이때 시계가 열두 시를 쳤다. 나는 탁상시계가 은방울 같은 소리로, 커다란 괘종시계가 쉰 것 같은 소리로 흔들리면서 열두 번을 다 칠 때까지 기다렸다가 말을 이었다.

"어제는 온종일 정말 바빴어요. 쉴 새 없이 부산을 떨었지만 행복했어요. 당신이 생각하는 것처럼 새로운 신분 같은 것들 때문에 마음이 어지럽거나 괴롭진 않았어요. 그저 당신과 함께 살아갈 희망을 가질 수 있어 즐거울 뿐이었죠. 당신을 사랑하니까요. 안 돼요. 지금은 껴안지 마세요. 끝까지 말하게 해주세요. 어제까지 저는 모든 것이 당신과 나를 위해 하느님의 섭리에 따라 이루어진다고 굳게 믿었어요. 기억하실지 모르겠지만 어제는 하늘과 공기가 맑아서 당신의 여행이 안전한지 또는 편안한지 같은 건 걱정할 필요도 없었죠. 차를 마시고 나서 저는 당신을 생각하면서 포장길을 산책했어요. 당신이 가까이 있다고 상상하니 실제로 제 곁에 계시지 않아도 그립지 않았어요. 저는 앞으로 다가올 제 삶과 그보다 훨씬 넓고 복잡한 당신의 삶을 생각했어요. 좁고 얕은 시내와 그 시내가 흘러 들어가는 바다의 깊이를 비교하는 거나 마찬가지죠. 저는 윤리학자들이 왜 인생을 쓸쓸한 황야에 비유하는지 궁금했어요. 제게는 활짝 핀 장미꽃 같았거든요. 그런데 해 질 녘이 되자 공기가 갑자기 차가워지면서 구름이 몰려오기 시작했어요. 저는 집 안으로 들어갔죠. 소피가 막 웨딩드레스가 도착했으니 보라면서 저를 2층으로 불렀어요. 상자 속을 보니 옷 아래에 당신의 선물이 들어 있었어요. 당신이 귀족처럼 사치를 부려 런던에서 보내온 화려한 베일이오. 제가 보석은 받지 않으니까 저를 속여서라도 값비싼 선물을 받게 하려고 그러셨을 거예요. 베일을 펴 보면서 저는 미소를 지었어요. 그리고 당신의 귀족적인 취향과 평민 출신의 신부를 귀족처럼 보이게 하려고 애쓰는 당신을 어떻게 놀려줄까 고민했어요. 제가 직접 준비한 무늬 없는 네모난 비단 레이스를 들고 가서 재산이나 미모, 훌륭한 가문도 없는 저 같은 여자는 이 정도가 적당하지 않은지 물어볼까 하는 생각도 했죠. 그렇게 말하면 당신이 어떤 표정을 지을지가 눈에 선했어요. 당신은 분명히 발끈해서 평등주의자처럼 말하며 부자나 귀족과 결혼해 재산을 불리고 신분을 높일 필요 따위는 전혀 없다고 외쳤을 거예요. 그 소리가 귓가에 들리는 것 같았어요."

그때 로체스터 씨가 내 말에 끼어들었다.

"마녀 같은 아가씨! 내 속마음까지 꿰뚫어보고 있군. 그런데 베일에서 자수 말고 또 뭘 발견한 거요? 그렇게 슬퍼 보이는 걸 보니 독약이나 단도라도 봤소?"

"아니, 아니에요. 우아하고 아름다운 베일과 페어팩스 로체스터 씨의 자존심 말고는 없었어요. 물론 그런 것 때문에 겁먹은 것도 아니에요. 당신의 자존심이야 늘 보고 느끼는 거니까요. 그런데 날이 어두워지면서 바람이 불기 시작했어요. 오늘처럼 높고 거친 바람은 아니었지만 꽤 음침하고 신음하는 듯한 소리를 내는 무서운 바람이었어요. 당신이 집에 계시면 얼마나 좋을까 하고 생각했어요. 이 방에 들어와 빈 의자와 불 꺼진 난로를 보니 오싹한 기분이 들더군요. 잠자리에 든 지 한참이 지났는데 잠이 오지 않았어요. 불안해져서 괴로울 지경이었죠. 바람은 점점 거세지는데 그 사이로 서글픈 소리가 나지막이 들렸어요. 처음에는 그 소리가 집 안에서 나는 건지, 밖에서 들려오는 건지 구분이 안 되더라고요. 하지만 바람이 잠잠해질 때마다 그 소리가 기묘하고 애절하게 들려왔어요. 결국 저는 그 소리가 저 멀리서 개가 짖는 소리일 거라고 생각했죠. 잠시 후 소리가 멈추자 마음이 놓였어요. 잠이 들어서도 꿈속에서는 계속 바람이 휘몰아치는 컴컴한 밤이었어요. 그 순간 당신 곁에 있고 싶다고 생각했죠. 그러면서 우리를 갈라놓는 어떤 장해물이 있는 것처럼 묘하게 억울한 생각이 들었어요.

　잠이 들자마자 처음 보는 구불구불한 길을 따라 걷고 있었어요. 그때 칠흑 같은 어둠이 저를 둘러싸더니 비를 퍼붓기 시작했어요. 저는 아주 작은 어린아이를 안고 있었어요. 너무 어리고 허약해 걷지도 못하는 아이였는데, 그 아이가 제 차가운 팔에 안겨 덜덜 떨면서 가엾게 울었어요. 당신은 벌써 저 멀리 앞에 가고 있구나 싶었지요. 그래서 부지런히 달려가 당신 이름을 부르며 멈춰달라고 말해야겠다고 생각했죠. 그런데 몸을 전혀 움직일 수 없고 목소리도 나오지 않았어요. 그러는 사이에 당신은 멀리멀리 가버리는 듯했죠."

　"제인, 내가 이렇게 가까이 있는데도 그 꿈들이 마음에 걸리는 거요? 귀여운 겁쟁이로군! 꿈속에서 느낀 슬픔 같은 건 잊어버리고 현실의 행복만 생각해요! 나를 사랑한다고 했잖소. 나는 그 말을 잊지 않겠소. 당신도 부정하지 못하겠지. 그 말만은 당신 입술 안에서 소리 없이 사라지지 않을 거요. 은은하지만 분명하게 속삭이는 소리를 들었소. 너무 엄숙할지 모르겠지만 음악을 듣는 듯 달콤했지. '그저 당신과 함께 살아갈 희망을 가질 수 있어서 즐거울 뿐이에요. 당신을 사랑하니까요.' 제인, 날 사랑하오? 다시 한 번 말해줘요."

"사랑해요. 온 마음을 다해 사랑해요."

"그런데……."

잠시 말이 없던 그가 입을 열었다.

"이상하지. 그 말이 내 가슴을 아프게 찌르는 거 같아. 왜지? 아마 당신이 종교적인 기운을 담아 진심으로 말했기 때문일 거요. 지금 나를 올려다보는 당신 눈에는 믿음과 진심과 헌신이 듬뿍 담겨 있어. 마치 성령이 곁에 있는 것처럼 벅찬 느낌이지. 짓궂은 표정 좀 해봐요, 제인. 자주 짓는 표정 있잖소. 수줍은 듯하지만 제멋대로면서 얄미운 그 미소를 한번 지어줘요. 내가 너무 밉다고 말해봐요. 나를 놀리고 약 올려봐요. 뭐두 좋으니 마음 아프게만 하지 말아요. 차라리 화내는 편이 낫소."

"제 이야기가 다 끝나면 원하시는 만큼 놀리고 약을 올려드릴게요."

"제인, 나는 얘기가 다 끝난 줄 알았소. 당신이 꿈 때문에 우울한 줄 알았지."

나는 고개를 가로저었다.

"뭐? 더 있단 말이오? 별로 중요한 건 아니겠지. 미리 말해두지만 나는 믿지 않겠소. 계속해봐요."

놀랍게도 그는 불안해하며 한층 초조한 모습을 보였다. 나는 계속 말을 이었다.

"꿈을 하나 더 꿨어요. 손필드 저택이 박쥐와 올빼미가 모여

사는 을씨년스러운 폐가가 되는 꿈이었어요. 위풍당당한 저택 정면에는 금방이라도 무너질 듯 아슬아슬 뼈대만 남은 높다란 벽이 서 있었죠. 달 밝은 밤에 저는 잡초가 무성한 집 안을 거닐었어요. 이쪽에서는 대리석 벽난로에 걸려 넘어지고 저쪽에서는 떨어진 처마 돌림띠 조각에 걸려 비틀거렸죠. 아직도 누군지 모르는 그 애를 숄로 감싸 안고 있었어요. 팔이 아팠지만 그 애를 아무 데도 내려놓지 않았어요. 너무 무거워서 걷기 힘들 지경이었지만 안고 있었죠. 그때 저 멀리서 길 위를 달리는 말발굽 소리가 들렸어요. 틀림없이 당신일 거라고 생각했어요. 당신이 먼 나라로 가서 앞으로 몇 년간 돌아오지 않을 여행을 떠나고 있었어요. 아이는 무서워 제 목에 매달렸고 저는 숨이 막혔어요. 마침내 꼭대기까지 올라갔더니 당신이 하얀 길 위에 아주 작은 점처럼 보이더군요. 점점 더 작아지고 있었어요. 바람이 너무 세게 불어 그 위에 더는 서 있을 수도 없었어요. 그래서 좁은 벽의 튀어나온 부분에 걸터앉아 겁먹은 아이를 무릎 위에 놓고 달랬어요. 그때 당신은 길모퉁이를 돌고 있었지요. 마지막 모습이라도 보려고 앞으로 몸을 숙였는데 벽이 무너지면서 제가 흔들리는 바람에 아이가 무릎에서 떨어졌어요. 그리고 저도 균형을 잃고 떨어지다가 잠에서 깼어요."

"그래, 그게 끝이군."

"여기까지가 서론이에요. 정작 중요한 이야기는 시작도 못했어요. 그때 잠에서 깨어나려는데 환한 빛이 비치면서 눈이 부시더라고요. 해가 떴나 싶었죠. 하지만 아니었어요. 그게 아니라 촛불이었어요. 그래서 소피가 들어왔나 보다 했어요. 화장대 위에 촛불이 켜져 있었거든요. 제가 잠자리에 들기 전 웨딩드레스와 베일을 걸어두었던 옷장 문이 열려 있었어요. 그 안에서 옷이 바스락거리는 소리가 나기에 '소피, 거기서 뭐해요?'라고 물었는데, 아무 대답이 없었어요. 그 순간 옷장 속에서 사람 형체가 나타나더니 화장대에 놓인 촛불을 집어 높이 쳐들고는 걸려 있는 옷을 살펴보는 거였어요. '소피! 소피!' 하고 다시 불러봤지만 여전히 대꾸를 안 하더군요. 그래서 침대에서 일어나 몸을 앞으로 쭉 내밀었죠. 처음에는 놀랐고 다음에는 당황스럽더니 온몸에 피가 꽁꽁 얼어붙는 것 같았어요. 그건 소피가 아니었어요. 리어도 아니고 페어팩스 부인도 아니고요. 그리고…… 그래요, 틀림없어요. 분명히 그 이상한 그레이스 풀도 아니었어요."

"분명 그들 가운데 한 명일 거요."

그가 내 말을 끊었다.

"아니요, 절대 아니라고 장담할 수 있어요. 제 앞에 서 있던 사람은 지금껏 손필드 저택에서 한 번도 본 적이 없는 사람이었어요. 그 정도 키에 그런 체형은 없었어요."

"제인, 그 모습을 설명해봐요."

"덩치가 크고 덥수룩한 검은 머리를 등 뒤로 길게 늘어뜨린 여자 같았어요. 무슨 옷을 입고 있었는지는 모르겠어요. 아래로 늘어진 새하얀 옷을 입었는데 잠옷인지 이불인지 수의인지 모르겠어요."

"얼굴은 봤소?"

"처음에는 못 봤어요. 그런데 그 여자가 베일을 높이 들고 오랫동안 보더니 자기 머리에 쓰고 거울 쪽으로 돌아섰어요. 그 순간 어둡고 네모난 거울에 얼굴이 비쳤어요. 그래서 똑똑히 봤어요."

"어떻게 생겼소?"

"끔찍하고 무시무시하게 생겼어요. 아, 그런 얼굴은 태어나서 처음 봤어요. 사나운 얼굴이었어요. 시뻘건 두 눈을 뒤룩거리는 시커멓게 부은 무서운 얼굴이었어요! 아, 그만 머릿속에서 지워버리고 싶어요."

"제인, 유령은 창백하오."

"그건 보라색에 가까웠어요. 입술은 거무죽죽하게 부어 있고 이마에는 주름까지 깊이 패어 있는 데다가 시뻘겋게 충혈된 눈 위로 새까만 눈썹이 치켜 올라가 있었어요. 그 모습을 보고 뭐가 떠올랐는지 아세요?"

"말해봐요."

"독일 민담에 나오는 무시무시한 흡혈귀요."

"허! 그래, 그게 무슨 짓을 했소?"

"머리에 쓰고 있던 베일을 벗더니 양쪽으로 쭉 찢어 바닥에 내팽개치고는 발로 짓밟았어요."

"그 후에는?"

"창문의 커튼을 걷고 밖을 내다봤어요. 동이 트는 걸 봤는지 촛불을 들고 문 쪽으로 가더라고요. 그러고는 제 침대 곁에 멈춰 서서 이글거리는 눈빛으로 저를 노려봤어요. 그리고 제 얼굴 가까이 촛불을 갖다 대더니 제 눈 바로 아래서 훅 하고 그걸 불어 껐어요. 소름 끼치게 무시무시한 얼굴이 제 눈앞에서 타오르는 것 같은 모습을 본 순간 저는 그만 정신을 잃었어요. 태어나서 두 번째로, 딱 두 번째로 기절한 거예요."

"깨어났더니 곁에 누가 있었소?"

"아무도 없었어요. 벌써 대낮이었어요. 자리에서 일어나 머리를 감고 얼굴을 씻은 다음 물을 들이켰어요. 기운은 없었지만 어디가 아프거나 하진 않았어요. 그리고 오직 당신한테만 이 이야기를 해야겠다고 마음먹었죠. 자, 그게 누군지 말씀해주세요."

"너무 흥분해서 헛것을 봤겠지. 틀림없이 그럴 거요. 이제부터 내 귀중한 보물을 잘 보살펴야겠군. 당신처럼 신경이 예민한 사람은 늘 조심조심 대해줘야 해."

"제 신경이 예민해서가 아니에요. 그건 현실이었어요. 정말로 일어났던 일이라고요."

"그러면 그전에 꾼 꿈도 사실인가? 손필드 저택이 폐가가 되었소? 내가 장해물을 극복할 수 없어 당신과 헤어졌소? 눈물 한 방울 흘리지 않고 작별의 키스나 인사 한 마디도 없이 당신을 떠난단 말이오?"

"아직은 아니에요."

"내가 곧 그럴 거라는 말이오? 이런! 우리를 굳게 맺어줄 날이 벌써 시작되었소. 한번 맺어지고 나면 다시는 그런 악몽을 꾸지 않을 거요. 내가 보증하지."

"악몽이라고요? 저도 그랬으면 좋겠어요. 당신마저 그 끔찍한 방문객이 누군지 모르시면 더더욱 그래요."

"제인, 내가 모르는 걸 보니 틀림없이 사실이 아닌 거요."

"저도 오늘 아침에 일어났을 때까지만 해도 그렇게 생각하려고 했어요. 환한 햇빛 아래서 익숙한 제 물건들을 보고 용기와 위안을 얻으려고 주변을 둘러보았죠. 그런데 카펫 위의 증거를 보고 제 생각이 확실히 틀렸다는 걸 알았어요. 제 베일이 두 갈래로 찢어져 놓여 있었다고요."

로체스터 씨가 흠칫 놀라며 몸서리치는 듯했다. 그는 나를 와락 껴안으며 외쳤다.

"하느님, 감사합니다! 지난밤 누군가 정말 당신 방에 들어갔지만 해를 입은 건 베일밖에 없군. 아, 무슨 일을 당할 수 있었다는 생각만 해도 끔찍하구려!"

그가 가쁜 숨을 내쉬며 꽉 껴안는 바람에 나는 숨이 막힐 지경이었다. 그렇게 몇 분간 말없이 있던 그가 좀 전과 달리 밝은 목소리로 말했다.

"자, 제인. 내가 전부 설명해주겠소. 그건 반은 꿈이고 반은 현실이었소. 분명 누군가 당신 방에 들어갔을 거요. 그리고 그건 당연히 그레이스 풀이었을 테지. 언젠가 당신도 그 여자가 이상하다고 했잖소. 당신이 알고 있는 모든 사실을 떠올려보면 그렇게 생각할 만하지 않소. 그 여자가 나와 메이슨에게 한 짓을 생각해봐요. 당신이 비몽사몽하고 있을 때 그 여자가 들어와서 한 짓을 본 거요. 하지만 놀라고 너무 흥분해서 마귀처럼 보인 거지. 부스스한 긴 머리칼과 시커멓게 부어오른 얼굴, 산만 한 덩치는 모두 상상 속에서 지어낸 거요. 악몽의 결과지. 앙심을 품고 베일을 찢은 건 사실이고. 그녀다운 짓이지. 당신은 왜 그런 여자를 집에 두느냐고 물을 거요. 우리가 결혼해서 일 년이 지나면 그 이유를 설명해주겠소. 하지만 지금은 안 돼요, 제인. 이 정도면 만족하겠소? 수수께끼에 대한 내 대답을 믿어주겠소?"

나는 곰곰이 생각해보았다. 사실 그것밖에는 설명할 답이 없을 것 같았다. 만족스럽지는 않았지만 나는 그를 기쁘게 해주기 위해 그렇게 보이려고 애썼다. 확실히 안심이 되기는 했다. 그래서 흡족하다는 듯한 미소를 지어 보이며 대답했다.

“네.”

이미 한 시가 훌쩍 넘어 있었다. 그래서 나는 방으로 돌아갈 준비를 했다.

“소피가 아델 방에서 같이 자나?”

방으로 들고 갈 초에 불을 붙이자 그가 물었다.

“네.”

“아델의 침대가 작긴 하지만 당신이 누울 공간은 있을 거요. 오늘 밤은 아델과 같이 자요. 틀림없이 그 일 때문에 신경이 예민해져 있을 테니 혼자 자지 않는 편이 좋겠소. 아델 방으로 가겠다고 약속해요.”

“그렇게 할게요.”

“방문은 꼭 잠가요. 그리고 2층에 올라가면 소피를 깨워 제시간에 깨워달라고 부탁해요. 내일 아침 여덟 시 전에 옷을 입고 아침 식사까지 마쳐야 하니까. 이제 우울한 생각은 더 이상 하지 말아요. 쓸데없는 걱정도 잊어버리고. 제인, 바람이 부드럽게 귓가를 스치는구려. 유리창을 두들기던 빗소리도 그쳤고. 여기 봐요. 정말 아름다운 밤이오.”

그가 커튼을 들어 올리며 말했다. 정말 아름다운 밤이었다. 하늘이 절반 정도는 구름 한 점 없이 맑게 개었다. 서쪽으로 흐르던 구름은 바람에 떠밀려 은빛 열을 이루며 동쪽으로 흘러가고, 달은 평화롭게 빛나고 있었다.

"제인, 이제 기분이 어떻소?"

로체스터 씨는 뭔가를 살피는 듯 내 눈을 들여다보며 조용히 물었다.

"고요한 밤이네요. 제 마음처럼요."

"오늘 당신은 헤어지거나 슬퍼하는 꿈을 꾸지 않을 거요. 대신 행복하게 사랑하고 축복받으며 결혼하는 꿈을 꿀 거요."

그러나 이 예상은 절반만 들어맞았다. 나는 슬픈 꿈도, 그렇다고 행복한 꿈도 꾸지 않았다. 아예 잠들지 못했기 때문이다. 나는 귀여운 아델을 품에 안은 채 평화롭고 순진무구한 얼굴을 들여다보며 날이 밝기만을 기다렸다. 그럼에도 정신은 말짱히 깨어 있고 내 몸도 활기가 넘쳤다.

해가 뜨자마자 나도 일어났다. 지금도 기억이 난다. 내가 일어나자 아델은 내게 꼭 달라붙었다. 나는 내 목에 감긴 작은 손을 풀고 입을 맞췄다. 그러자 이상한 감정이 들면서 눈물이 흘렀다. 나는 혹시라도 푹 잠들어 있는 그 애가 깰까 봐 서둘러 자리를 떠났다. 아델은 마치 내 과거를 상징하는 것 같았다. 그리고 내가 예복을 입고 만나러 가는 그는 두렵긴 하지만 동경하고 있는 내 미래를 의미했다.

제5장

    아침 일곱 시가 되자 소피가 내게 옷을 입혀주러 왔다. 그녀는 무척이나 느릿느릿 움직였다. 시간이 너무 오래 걸려 늦어지자 로체스터 씨는 결국 기다리다 못해 사람을 보내 왜 내려오지 않는지 물었다. 그때 소피는 베일을 머리에 브로치로 고정시키고 있었다(나는 결국 수도 놓이지 않은 네모난 비단 레이스 베일을 쓰게 되었다). 나는 마지막 단장이 끝나자마자 서둘러 그녀의 손에서 벗어났다.

    "잠깐만요! 거울 좀 보세요. 아직 한 번도 안 보셨잖아요."

    그녀가 프랑스어로 외쳤다.

    나는 문턱을 넘다가 돌아섰다. 거울 속에 긴 드레스를 입고 베일을 쓴 내 모습이 보였다. 평소와 너무나 달라서 마치 낯선 사람을 보는 듯했다.

"제인!"

내 이름을 부르는 소리를 듣고 나는 허겁지겁 아래로 내려갔다. 계단 밑에서 로체스터 씨가 기다리고 있었다.

"게으름뱅이! 나는 조바심이 나서 속이 타들어 가는데 이렇게 꾸물거리다니!"

그는 나를 식당으로 데려가 머리부터 발끝까지 꼼꼼히 살피고 나더니 말했다.

"한 떨기 백합처럼 아름답군. 내 인생의 자랑거리이자 내가 너무나 보고 싶어 하던 모습이오."

그렇게 말한 뒤 그는 내게 십 분을 줄 테니 아침 식사를 마치라고 말하면서 종을 울렸다. 이 소리를 듣고 최근에 고용한 하인 한 명이 들어왔다.

"존이 마차를 준비하고 있나?"

"네, 주인님."

"짐은 내려다 놓았고?"

"지금 옮기고 있습니다."

"그러면 지금 교회에 가서 우드 목사와 서기가 있는지 알아보고 내게 알려주게."

독자 여러분도 알다시피 교회는 바로 정문 맞은편 너머에 있었다. 하인은 금세 돌아와서 말했다.

"우드 씨는 제의실에서 성직자복을 입고 계십니다."

"그럼 마차는?"

"말에 마구를 다는 중입니다."

"교회에 갈 때는 필요 없지만 우리가 교회에서 돌아오기 전에는 준비를 마쳐야 하네. 상자와 짐을 모두 실어서 끈으로 묶어놓고 마부는 자리에 앉아 대기하도록 해두게."

"제인, 준비됐소?"

나는 자리에서 일어났다. 신랑 신부의 들러리도, 안내해줄 친척도 없었다. 로체스터 씨와 나뿐이었다. 홀을 지날 때 페어팩스 부인이 서 있었다. 나는 그녀에게 말을 걸고 싶었지만, 내 손은 무쇠 같은 손에 꽉 잡혀 있었다. 성큼성큼 앞서가는 그의 발걸음에 끌려가다시피 했다. 로체스터 씨는 무슨 일이 있어도 단 일 초도 지체할 수 없다는 표정이었다. 다른 신랑도 이런 모습일까? 이렇게 한 가지 목표를 향해 무서울 정도로 전진하는 걸까? 단호한 눈썹 아래 눈이 이글이글 타오르며 빛나는 걸까?

그날 날씨가 맑았는지 궂었는지 기억이 나지 않는다. 마찻길을 내려가면서 나는 하늘이나 땅을 보지 않았다. 내 눈은 내 마음과 함께 로체스터 씨의 몸속으로 흡수되어버린 듯했다. 그와 함께 가면서 그가 강렬한 시선을 보내는, 눈에는 보이지 않는 무언가를 나도 보고 싶었다. 그가 굴하지 않고 맞서는 생각이 뭔지 느껴보고 싶었다.

교회 안으로 들어가는 쪽문에서 걸음을 멈춘 그는 그제야 숨을 헐떡거리는 나를 보았다.

"사랑이라는 감정에 빠져 내가 당신을 너무 거칠게 대한 건 아니오? 잠시 쉬었다 갑시다. 내게 기대요."

내 앞에 그 모습을 드러낸 낡은 잿빛 교회당, 그 뾰족한 탑 주위를 맴도는 땅까마귀 한 마리와 그 너머로 펼쳐진 불그레한 아침 하늘이 지금도 또렷하게 떠오른다. 풀로 푸르게 뒤덮인 무덤들도 기억난다. 그리고 낯선 사람 두 명이 야트막하고 조그만 언덕을 서성이며 이끼 낀 비석에 새겨진 비문을 읽고 있던 모습도 생각난다. 우리를 보고 그들이 교회 뒤편으로 돌아가 버렸기 때문에 내 눈에 띄었다. 나는 그들이 교회 옆문으로 들어가 우리 증인이 되어주려는 줄 알았다. 로체스터 씨는 그들을 보지 못했다. 순간적으로 내 얼굴에 핏기가 사라지고 창백해져 나를 살펴보느라 정신이 없었기 때문이다. 얼마 지나지 않아 내가 기운을 차리자 그는 나를 데리고 천천히 교회 현관 앞으로 걸어갔다.

우리는 조용하고 소박한 교회 안으로 들어갔다. 하얀 성직 자복을 차려입은 목사가 나지막한 제단에서 기다리고 있었다. 그 옆에는 서기가 서 있었다. 사방이 고요했다. 우리와 멀찍이 떨어진 곳에서 두 개의 그림자만이 움직였다. 내 짐작이 맞았다. 낯선 남자들은 우리보다 먼저 교회에 들어와 있었다. 그들은 우리를 등진 채 로체스터 가의 납골당 옆에서 난간 너머로 오랜 세월 얼룩진 대리석 묘비를 바라보고 있었다. 그 묘비에는 무릎을 꿇은 한 천사가 새겨져 있는데 17세기 내전 당시 마스턴 무어 전투에서 전사한 데이머 드 로체스터와 아내인 엘리자베스의 유해를 지키고 있었다.

우리는 제단 앞 난간에 섰다. 내 등 뒤에서 조심스레 걸어오는 소리가 들려 어깨 너머로 돌아보니 신사로 보이는 낯선 이들 가운데 한 명이 제단 쪽으로 걸어오고 있었다. 드디어 예식이 시작되었다. 목사는 결혼의 의미를 설명한 다음 한 걸음 앞으로 나와 로체스터 씨 쪽으로 몸을 살짝 굽히며 말했다.

"두 분에게 명합니다. 둘 중 누구든 이 결혼이 합법적으로 이루어질 수 없는 장애를 가지고 있다면 만 백성의 비밀이 드러나는 끔찍한 심판의 날에 대답하듯 지금 여기서 고백하도록 하십시오. 하느님의 말씀을 거역하고 맺어진 결혼은 그분의 뜻으로 이루어진 결합이 아니며, 그 결혼은 유효하지 않습니다."

목사는 관례대로 잠시 말을 멈췄다. 과연 이 말 뒤에 이어지는 침묵을 깨고 대답한 사람이 있었을까? 아마 그런 일은 백 년 동안 단 한 번도 없었을 것이다. 목사는 기도서에서 눈도 떼지 않고 잠시 숨을 멈췄다가 결혼식을 이어나갔다. 이미 로체스터 씨를 향해 손을 뻗은 채 "그대는 이 여자를 아내로 맞이하겠는가?"라고 묻기 위해서 입을 떼었다. 그런데 바로 그때 가까이서 한 남자의 목소리가 또렷하게 들려왔다.

"이 결혼식을 계속 진행해서는 안 됩니다. 장애가 있음을 공표합니다."

목사는 고개를 들어 발언자를 쳐다보며 말없이 서 있었다. 서기도 마찬가지였다. 로체스터 씨는 마치 발밑에 지진이라도 일어난 듯 살짝 흔들렸다. 하지만 다시 발을 단단히 디디고 서서 고개나 눈도 돌리지 않고 말했다.

"계속하십시오."

그가 굵고 나지막한 목소리로 이렇게 말하자 교회 안은 깊은 침묵에 빠졌다. 이내 우드 목사가 말했다.

"저 주장의 진위 여부를 확인하기 전까지는 식을 진행할 수 없습니다."

"이 결혼식은 중단되어야 합니다. 이 자리에서 제 주장을 증명할 수도 있습니다. 이 결혼에는 결코 극복하지 못할 장애가 있습니다."

등 뒤의 목소리가 말을 이었다.

로체스터 씨는 이 말을 듣고도 무시했다. 그는 내 손을 꽉 잡고 꼿꼿하게 서서 미동도 하지 않았다. 그의 손이 내 손을 얼마나 세게 잡고 있었는지 모른다. 지금 이 순간 그의 창백하고 단단하며 넓은 이마는 마치 깎아놓은 대리석 같았다. 그의 눈은 여전히 경계를 늦추지 않았지만 그 속에서 거칠게 번뜩거리고 있었다!

목사는 어쩔 줄 몰라 하며 물었다.

"그 장애가 뭐지요? 해결될 수 있는 거겠죠. 잘못이 아니라고 해명하면 말입니다."

"아닙니다. 극복할 수 없는 장애라고 이미 말씀드렸습니다. 저는 심사숙고해서 드리는 말씀입니다."

그 남자는 앞으로 나와 난간에 기대며 말했다. 그는 한 마디씩 차근차근 또렷하고 차분하지만 크지 않은 목소리로 말을 이어갔다.

"장애는 앞서 한 결혼에 있습니다. 로체스터 씨에게는 살아 있는 아내가 있습니다."

천둥소리에도 아랑곳하지 않던 내 신경이 그 낮은 목소리에 떨리기 시작했다. 나는 서릿발처럼 찬 얼음이나 불길에서도 느껴본 적 없던 격렬한 감정을 느꼈다. 그러나 마음을 다잡고 있어 기절하지는 않았다. 나는 로체스터 씨를 바라보았다. 그리고 그도 나를 바라보도록 했다. 그의 얼굴은 너무도 창백해 전체가 하얀 돌덩이처럼 보였다. 마치 부싯돌처럼 눈에서는 불꽃이 일었다. 그는 낯선 남자의 말을 부인하지 않았다. 그리고 모든 일에 저항하려는 듯했다. 말없이 웃음기 없는 얼굴로 내가 사람이라는 사실을 잊어버린 듯 그저 내 허리를 감싸 안고 자기 옆에 잡아두었다.

"당신 누구요?"

그가 불청객에게 물었다.

"저는 런던 ○○가에서 온 브리그스 변호사라고 하오."

"지금 있지도 않은 아내를 내게 떠맡기는 거요?"

"당신에게 아내가 있다는 걸 상기시켜 드리는 겁니다. 당신은 인정하지 않는지 몰라도 법은 인정하고 있죠."

"그 여자가 누군지 알려주시오. 이름과 가문, 거주지를 말해 봐요."

"그러지요."

브리그스 씨는 침착하게 주머니에서 종이 한 장을 꺼내 콧소리가 섞인 사무적인 말투로 읽어 내려갔다.

"잉글랜드 ○○주 펀딘 영지와 ○○군 손필드 저택의 소유주인 에드워드 페어팩스 로체스터는 서기 1800년 10월 20일(지금으로부터 십오 년 전) 본인의 누이동생이자 상인 조너스 메이슨과 크레올 사람인 그의 아내 앙투아네트의 딸인 버사 앙투아네트 메이슨과 자메이카의 스패니시타운 ○○교회에서 혼인했음을 주장하고 증명합니다. 혼인 기록은 해당 교회의 교적부에서 확인할 수 있습니다. 여기 그 사본을 가져왔습니다. 서명. 리처드 메이슨."

"그 증명서…… 그것이 진짜라 해도 내가 결혼했던 사실은 증명할 수 있지만, 내 아내라는 여자가 아직 살아 있다는 증거는 아니잖소."

"부인은 석 달 전에도 살아 있었습니다."

"당신이 어떻게 아시오?"

"증인이 있으니까요. 당신도 그 증언은 부인할 수 없을 겁니다."

"증인을 데려오시오. 아니면 지옥에나 가버리든가!"

"증인을 세우겠습니다. 여기 와 있습니다. 메이슨 씨, 부디 앞으로 나와주세요."

메이슨이라는 이름을 듣자 로체스터 씨는 이를 악물었다. 그는 발작하듯 온몸을 부들부들 떨었다. 분노와 절망으로 그의 온몸이 떨리는 것이 곁에 있던 내게도 느껴졌다. 그때까지 뒤에 남아 있던 또 한 명의 낯선 사람이 다가왔다. 변호사의 어깨 너머로 창백한 얼굴이 보였다. 그랬다. 바로 메이슨 씨였다. 로체스터 씨는 고개를 돌려 그를 노려봤다. 전에도 말했지만 그의 눈동자는 검은 색이었다. 그 새까만 눈이 황갈색으로, 아니 핏발이 서 있었다. 얼굴이 벌겋게 달아오르고 불그레해진 뺨과 창백한 이마는 가슴속에서 불꽃이 점점 거세지자 달아오르는 듯했다. 그는 몸을 움직여 강한 팔을 쳐들었다. 당장이라도 메이슨 씨를 교회 바닥에 내동댕이치고 인정사정없이 주먹을 날려 숨통을 끊어놓을 듯한 기세였다. 메이슨 씨는 움츠리며 힘없이 소리쳤다.

"아이고, 하느님!"

경멸감이 로체스터 씨의 얼굴을 스치고 지나갔다. 그리고 그의 분노는 병충해가 갉아먹은 초목처럼 사그라졌다. 그는 그저 이렇게 물을 뿐이었다.

"도대체 너 따위가 할 말이란 게 뭐야?"

로체스터 씨의 질문에 메이슨 씨의 파리한 입술에서 알아들을 수 없는 말이 새어나왔다.

"똑똑히 대답하지 못하면 악마에게 잡아먹힐 줄 알아. 다시 묻겠다. 너 같은 녀석이 무슨 할 말이 있다는 거냐?"

"저, 여기가 신성한 교회라는 걸 잊지 마세요."

목사가 그의 말을 막더니 메이슨 씨에게 부드러운 목소리로 물었다.

"이분의 아내가 아직 살아 있는지 아닌지 알고 있습니까?"

"용기 내어 이야기하세요."

이번에는 변호사가 그를 격려했다.

"저분의 아내는 지금 손필드 저택에 살고 있습니다. 제가 지난 4월 거기 있는 걸 보았습니다. 저는 그녀의 오빠입니다."

메이슨 씨가 좀 더 분명하게 말했다.

그러자 목사가 소리쳤다.

"손필드 저택이라니! 말도 안 되는 소리요! 나는 오래전부터 이 지역에 살고 있지만 지금까지 단 한 번도 손필드 저택에 로체스터 부인이 있다는 말을 들어본 적이 없소."

나는 로체스터 씨의 입술이 험악한 미소로 일그러지는 것을 보았다. 그가 중얼거렸다.

"맙소사! 내가 지금까지 그 일, 그 여자의 이름이 나오지 않게 얼마나 조심했는데."

십 분 동안 그는 생각에 잠겨 있다가 비로소 무언가 결심한 듯 말했다.

"좋소, 총에서 총알이 튀어나오듯 모든 것을 한꺼번에 털어놓겠소. 목사님, 기도서를 덮고 성직자복도 벗으시오. (서기에게) 존 그린 군, 자네는 이제 가보게. 오늘은 결혼식을 하지 않을 걸세."

서기는 시키는 대로 교회를 떠났다.

로체스터 씨는 거침없이 말을 이어갔다.

"중혼은 추악한 단어요. 그럼에도 나는 중혼을 하려고 했소. 하지만 운명은 내 계획을 허락하지 않았소. 아니면 나를 막은 것은 하느님의 뜻이겠지. 아마 후자일 것 같소. 나는 이 순간 악마나 다름없소. 여기 계신 목사님이 말씀하겠지만 분명 하느님의 가장 가혹한 심판을 받아 마땅하오. 꺼지지 않는 불길과 죽지 않는 구덩이 속에 내던져질 거요. 여러분, 내 계획은 수포로 돌아갔습니다. 이 변호사와 의뢰인의 말은 사실입니다. 나는 결혼한 적이 있고 아내도 살아 있습니다! 목사님께서는 손필드 저택에 로체스터 부인이 산다는 말을 들어본 적이 없다고 하셨죠. 하지만 저 집에 미치광이가 밤낮으로 감시를 당하며 갇혀 있다는 소문은 여러 번 들어봤을 겁니다. 어떤 사람은 내 배다른 누이라고 귀띔했을 테고 또 다른 누군가는 나한테 버림받은 내연녀라고 했겠죠. 이제야 알려드리지만 그 여자는 십오 년 전에 결혼한 제 아내입니다. 이름은 버사 메이슨이죠. 허연 얼굴로 사지를 덜덜 떨면서 담대하게 사나이다운 모습을 보여주고 있는 이 의연한 남자의 누이동생입니다. 이봐, 힘내게. 나를 두려워하지 마! 자네를 치느니 차라리 여자를 치겠네. 버사 메이슨은 정신이상자입니다. 집안 유전이죠. 그 집안에서는 삼대에 걸쳐 백치와 미치광이가 나왔어요. 모친은 서인도제도 크레올 사람인데 미치광이에다 술주정뱅이였죠! 이런 사실을 나는 결혼한 후에야 알았습니다. 그전에 자기 집안의 비밀을 절대 알리지 않았거든요. 어찌나 효녀인지 버사는 이 두 가지를 모친한테서 빼다 박았더군요. 정말 훌륭한 인생의 동반자를 맞이한 거죠. 순결하고 현명한 데다가 얌전하기까지 하니 내가 얼마나 행복했을지 짐작하시겠지요? 나는 별의별 일을 다 봤습니다. 얼마나 즐거운 날들이었는지 직접 보셨어야 했는데! 하지만 더는 설명하지 않겠습니다. 그 대신 브리그스 씨, 우드 씨, 메이슨 군, 여러분을 초대할 테니 우리 집으로 가서 풀 부인이 돌보는 환자를 만나보시죠. 내 아내 말입니다. 내가 속아서 어떤 사람과 결혼했는지 보시고 내가 결혼 약속을 저버리고 적어도 인간적인 동정을 구할 권리가 있는지 판단해주시기 바랍니다. 그리고 이 아가씨는……."

그가 나를 바라보며 말했다.

"목사님과 마찬가지로 이 역겨운 비밀에 대해 아무것도 모릅니다. 이 아가씨는 모든 것이 올바르고 합법적이라고 생각했죠. 그래서 미친 짐승 같은 여자에게 이미 발목이 매인 이 가엾은 남자한테 속아 사기 결혼이라는 덫에 걸릴 뻔했다는 걸 몰랐습니다. 여러분, 모두 따라오십시오!"

그는 여전히 나를 꼭 끌어안은 채 교회를 나왔다. 신사 세 명이 우리를 뒤따랐다. 저택 현관 앞에는 마차가 우리를 기다리고 있었다.

"존, 마차를 차고에 가져다 놓게. 오늘은 필요 없을 거야."

로체스터 씨가 무뚝뚝하게 말했다. 우리가 들어서자 페어팩스 부인과 아델, 소피, 리어가 축하해주려고 다가왔다.

그러자 주인이 소리쳤다.

"물러서요! 축하는 집어치워! 축하할 사람이 어디 있다고. 나는 아냐! 십오 년이나 늦었다고!"

로체스터 씨는 여전히 내 손을 잡은 채 뒤따라오는 신사들에게 어서 오라고 손짓하더니 계속해서 계단을 올라갔다. 우리는 2층으로 올라가 복도를 지나 3층으로 갔다. 그는 열쇠로 나지막한 검은 문을 열고 들어갔다. 방 안에는 커다란 침대와 그림이 그려진 옷장이 있고 벽걸이 장식품이 걸려 있었다.

"메이슨, 자넨 이 방에 와본 적이 있지? 그녀가 자네를 물어뜯고 칼로 찌르지 않았나?"

로체스터 씨가 말했다.

벽걸이 장식품을 들추자 다른 문이 나타났다. 그는 이 문을 열었다. 창문도 없는 방 안에는 높고 튼튼한 철망에 둘러싸여 난롯불이 타고 있었다. 천장에서부터 연결된 줄에는 등불이 매달려 있었다. 그레이스 풀은 난롯불에 허리를 숙이고 냄비에 뭔가를 요리하고 있었다. 그리고 방 한구석 시커먼 어둠 속에서 누군가 앞뒤로 펄쩍펄쩍 뛰고 있었다. 얼핏 봐서는 짐승인지 사람인지 분간할 수 없었다. 네 발로 기는 것 같기도 하고 기괴한 야수처럼 할퀴기도 하며 으르렁대기도 했다. 하지만 옷을 걸쳤으며 검고 희끗희끗한 머리칼이 말갈기처럼 머리와 얼굴을 덮고 있었다.

"풀 부인, 좋은 아침이오. 별일 없소? 환자는 좀 어떻소?"

로체스터 씨가 말했다.

"그럭저럭 지내고 있습니다."

그레이스는 이렇게 대답한 뒤 끓고 있는 요리를 조심스레 선반 위에 올려놓으며 다시 말했다.

"물려고 덤비기는 하는데 난폭한 정도는 아니에요."

그때 날카로운 비명이 들려와 애써 좋게 이야기하는 그레이스 풀의 말이 거짓으로 판명되고 말았다. 옷을 걸친 하이에나가 일어나 어깨를 펴고 다리로 섰다.

"앗, 주인님. 주인님을 보고 있어요! 가시는 게 좋겠어요."

그레이스가 외쳤다.

"그레이스, 잠시만이오. 잠깐만 있다가 가겠소."

"그럼 제발 조심하세요!"

미친 여자가 울부짖었다. 덥수룩한 머리칼을 얼굴에서 떼어내며 손님들을 사납게 노려보았다. 나는 그 붉으락푸르락하는 얼굴과 부어오른 눈코입을 한눈에 알아보았다. 그때 풀 부인이 앞으로 나섰다. 그러자 로체스터 씨가 그녀를 옆으로 밀치며 말했다.

"비켜서요. 지금은 칼을 갖고 있지 않겠지? 나도 조심하고 있으니 안심하시오."

"뭘 가지고 있는지 누가 알겠어요. 얼마나 교활한데요. 사람의 능력으로는 저 음흉한 잔꾀를 헤아릴 수가 없어요."

"나가는 게 좋겠소."

메이슨 씨가 속삭였다.

"꺼져버려!"

로체스터 씨가 소리쳤다.

"조심하세요!"

그레이스가 소리치자 신사 셋이 동시에 뒤로 물러났다. 로체스터 씨는 나를 자기 등 뒤로 밀었다. 미친 여자가 로체스터 씨에게 뛰어올라 맹렬하게 목을 움켜잡고 그의 볼을 물어뜯었다. 두 사람은 몸싸움을 벌였다. 여자는 뚱뚱한 데다가 덩치가 컸다. 키도 거의 남편만 했다. 게다가 싸우는 힘도 성인 남자 못지않았다. 힘이 센 그도 몇 번이나 목이 졸릴 뻔했다. 제대로 한 방을 날려 그녀를 쓰러뜨릴 수도 있었지만 그는 주먹을 쓰지 않았다. 그저 힘으로 제압하려고만 했다. 그는 간신히 미친 여자의 양팔을 잡더니 그레이스 풀이 건네준 끈으로 등 뒤에서 묶었다. 그리고 가까이 있던 밧줄로 의자에 잡아맸다. 그사이에도 그녀는 처참하게 비명을 지르고 발작을 하며 몸부림쳤다. 로체스터 씨는 모든 일을 끝내고 목격자들을 향해 돌아섰다. 그러고는 쓸쓸하면서도 쓴 웃음을 지으며 말했다.

"이 여자가 내 아내요. 이것이 우리 부부의 유일한 포옹이고 또 한가할 때면 위안이 되어주는 유일한 애정 표현이지. (내 어깨에 손을 얹으며) 그리고 지금 지옥의 문 앞에서 엄숙하고 차분하게 서서 악마가 날뛰는 광경을 지켜보고 있는 이 여자야말로 내가 원하는 사람이오. 비위가 상하는 스튜를 먹은 뒤 다음 요리로 입을 씻어내듯 말이오. 우드 씨, 브리그스 씨, 둘의 차이가 보이시오? 이쪽의 맑은 눈과 저쪽의 시뻘건 눈알을 비교해보시오. 이 얼굴과 저 꼴을, 이 몸과 저 몸뚱이를, 그다음에 복음을 전하는 목사님과 법을 따르는 당신이 나를 심판해주시오. 그리고 '너희가 비판하는 그 비판으로 너희가 비판을 받을 것이요(〈마태복음〉 7장 2절—옮긴이)'라는 말씀을 기억하시오. 이제 나 갑시다. 내 소중한 보물을 가둬야 하니까."

다들 방에서 나왔다. 로체스터 씨는 그레이스 풀에게 몇 가지 지시를 내리느라 방 안에 조금 더 머물러 있었다. 계단을 내려오며 변호사가 내게 말했다.

"이봐요, 아가씨. 아가씨는 전적으로 책임이 없군요. 아가씨의 삼촌께서 이 소식을 들으면 매우 기뻐하실 겁니다. 메이슨 씨가 마데이라로 돌아갈 때까지 살아 계시다면 말이죠."

"삼촌이라니요? 그분이 뭐요? 그분을 아세요?"

"메이슨 씨가 알지요. 에어 씨는 푼샬에서 몇 년 동안 메이슨 씨 회사의 주재원으로 일하셨어요. 아가씨한테서 로체스터 씨와 결혼을 생각 중이라는 편지를 받으셨을 때 마침 메이슨 씨가 에어 씨와 함께 계셨던 거죠. 자메이카로 돌아가는 길에 쉬었다 가려고 마데이라에 들리셨거든요. 에어 씨는 그 소식을 메이슨 씨에게 말씀하셨답니다. 여기 계신 의뢰인이 로체스터라는 이름을 가진 신사분과 친분이 있다는 걸 알고 계셨거든요. 예상하셨다시피 메이슨 씨는 이 이야기를 들은 뒤 깜짝 놀라고 걱정이 되어 사건의 진상을 밝히신 거죠. 유감스럽게도 아가씨의 삼촌께서는 지금 병상에 계십니다. 나이가 들어 쇠약한 데

116

다가 병의 특징상 회복하기는 어려우실 겁니다. 에어 씨는 직접 오셔서 아가씨를 덫에서 구해내고 싶으셨지만, 서두를 수가 없어서 메이슨 씨에게 부탁해 결혼을 막을 수 있도록 조치를 취하신 거죠. 그분은 메이슨 씨를 저에게 보내 도움을 요청하셨습니다. 그리고 저는 최대한 신속하게 조치를 취했지요. 너무 늦지 않아서 정말 다행입니다. 틀림없이 아가씨도 다행이라고 생각하실 겁니다. 당신이 마데이라에 도착하기 전에 삼촌께서 돌아가시지 않을 게 확실하다면 메이슨 씨와 함께 가보라고 권하겠지만, 지금 같은 상황이라면 에어 씨한테서 직접 연락을 받거나 그분에 관한 소식이 올 때까지 영국에서 기다리는 편이 나을 것 같군요."

그러고 나서 그는 메이슨 씨에게 물었다.

"우리가 여기서 더 볼일이 남았나요?"

"아니요, 그만 돌아가죠."

메이슨 씨가 불안한 말투로 대답했다. 그들은 로체스터 씨에게 간다는 말도 없이 현관문을 나가버렸다. 목사는 좀 더 기다렸다가 거만한 교구 주민인 로체스터 씨에게 훈계와 꾸지람을 몇 마디 하고는 돌아갔다.

나는 내 방으로 돌아가 반쯤 문을 열고 서서 목사가 떠나는 소리를 들었다. 모두 돌아가자 나는 아무도 못 들어오게 빗장을 걸어 잠그고 방에 틀어박혔다. 울지도 않고 슬퍼하지도 않았다. 그러기엔 지나치게 침착했다. 나는 기계적으로 웨딩드레스를 벗고 어제 마지막이라고 생각하며 입었던 모직 옷으로 갈아입은 뒤 자리에 앉았다. 기운이 없고 너무 피곤했다. 나는 탁자 위에 팔꿈치를 얹은 채 턱을 괴고 생각했다. 지금까지는 그저 듣고 보고 움직였을 뿐이다. 이끄는 대로 이리저리 끌려다녔다. 사건이 계속되고 비밀이 폭로되는 것을 지켜보고만 있었다. 하지만 이제부터는 생각해야 했다.

아침 시간 저택은 매우 조용했다. 미친 여자를 잠깐 보았던 걸 빼면 모든 게 조용했다. 교회에서도 모든 일이 조용히 끝났다. 감정이 폭발하거나 고래고래 소리 지르며 싸우는 일도 없었다. 논쟁을 벌이거나, 저항이나 도전을 하지도, 눈물을 흘리거나 흐느끼지도 않았다. 그저 몇 마디 말이 있은 뒤 결혼에 대한 이의가 조용히 제기됐다. 로체스터 씨는 짧지만 엄격하게 질문했고 그에 대한 대답과 설명이 있었고 증거가 제시됐나. 그러자 당사자가 공개적으로 이의 제기가 사실임을 인정했고 살아있다는 증거도 공개되었다. 그렇게 침입자들은 떠났고 모든 것이 끝났다.

나는 평소처럼 내 방에 있었다. 눈에 보이는 나는 그대로였다. 두드려 맞지도, 상처를 입지도, 불구가 되지도 않았다. 그런데 어제의 제인 에어는 어디로 간 걸까? 그녀의 삶은? 그녀의 앞날은 어떻게 되는 걸까?

신부가 될 뻔했던 여자, 열정이 넘치고 기대에 가득 차 있던 제인 에어는 다시 쓸쓸하고 외로운 아가씨가 되었다. 그녀의 삶은 활기를 잃었고 앞날은 고독할 거라는 생각이 들었다. 크리스마스에 내리는 서리가 한여름에 내렸고, 12월의 눈보라가 7월에 휘몰아쳤으며, 잘 익은 사과가 얼어붙었고, 눈보라가 불어와 막 피어나 장미를 짓밟았으며, 들판과 보리밭은 서리로 뒤덮였다. 어젯밤 온갖 꽃이 만발해 붉게 물들었던 오솔길은 이제 온통 새하얀 눈으로 뒤덮여 길조차 찾을 수가 없었다. 열두 시간 전까지만 해도 열대 지방의 숲처럼 우거지고 향기롭던 숲이 지금은 겨울철 노르웨이의 소나무 숲처럼 황량하고 거칠며 새하얗게 변했다. 내 희망은 모두 사라졌다. 마치 옛날 이집트 땅에서 장자들이 하룻밤 사이에 모두 알 수 없는 죽음을 맞이한 것처럼 말이다(〈출애굽기〉 12장 19절—옮긴이). 나는 어제까지만 해도 환하게 빛나던 내 소중한 바람들을 떠올려보았다. 그것들은 이제 되살아날 수 없는 검푸른 시체가 되어 차갑게 굳어 누워 있었다. 나는 내 사랑을 생각해보았다. 내가 그에게 바치고 그가 내게서 이끌어냈던 사랑, 그것은 내 가슴속에서 산산이 부서져 마치 병에 걸려 차가운 요람에 힘겹게 누워 있는 아이가 되어버렸다. 하지만 이제 로체스터 씨의 품에 안길 수가 없다. 그의 품 안에서 온기를 느낄 수가 없다. 아아, 이제 다시는 그에게 의지할 수도 없을 것이다. 믿음이 사라지고 신뢰가 깨어진 것이다. 로체스터 씨는 더 이상 예전의 그가 아니었다. 내가 생각하던 그가 아니기 때문이다. 나는 그를 탓하지 않을 것이다. 그가 나를 배신했다고 말하지도 않을 것이다. 그렇지만 더 이상 그가 거짓 없이 진실하다고는 생각할 수가 없었다. 그를 떠나야 한다는 사실을 잘 알고 있지만 언제, 어떻게, 어디로 가야 할지는 알 수 없었다. 그는 분명 나를 하루빨리 손필드에서 내보내고 싶을 것이다. 그는 나를 진정으로 사랑한 게 아닌 듯했다. 그저 잠깐 동안의 열정에 휩싸였을 뿐이다. 그마저 잃어버린 지금 그는 더 이상 내가 필요치 않을 것이다. 이제 그의 눈에 띄어서는 안 된다. 내가 꼴도 보기 싫을 것이다. 아아, 나는 어쩌면 그렇게 눈이 멀었단 말인가? 또 행동은 왜 그리 나약했던 걸까?

나는 눈을 가리고 눈을 감았다. 어둠이 소용돌이치며 내 주위를 둘러쌌다. 생각이 시커멓고 걷잡을 수 없는 급류처럼 밀려왔다. 자포자기해서 무기력해진 나는 바싹 말라 바닥이 드러난 거대한 강바닥에 쓰러져 있는 기분이었다. 먼 산에서 큰물이 터져 나오는 소리가 들리면서 급류가 쏟아져 내리는 듯했다. 그러나 나는 일어설 의지도 도망칠 힘도 없었다. 죽기만을 바라며 의식도 없이 누워 있었다. 오직 한 가지 생각만 내 안에서 살아 있는 듯 고동쳤다. 바로 하느님에 대한 생각이었다. 그 생각을 하면서 나는 말없이 기도를 올렸다. 꼭 입 밖으로 내어 말해야 하는 무언가처럼 이런 말들이 빛을 잃고 캄캄해진 내 마음 속에서 맴돌았지만, 나는 소리 내어 말할 힘조차 없었다.

"나를 멀리하지 마옵소서. 환난이 가까우나 도울 자 없나이다(〈시편〉 22편 11절—옮긴이)."

급류가 가까이 다가오고 있었지만 나는 하느님께 피할 수 있게 해달라는 기도를 올리지 않았다. 두 손을 모으거나 무릎을 꿇지도 않았고 입술도 옴짝달싹하지 않았다. 마침내 거친 급류가 전속력으로 내게 쏟아졌다. 의지할 곳 없는 내 삶, 잃어버린 내 사랑, 부서진 내 희망, 무너진 내 믿음. 모든 생각이 한 덩어리의 파도가 되어 내 몸 위에서 엄청난 힘으로 요동쳤다. 그 고통스러운 시간은 말로 다 표현할 수 없을 정도였다. 정말 이 표현 그대로였다.

"물들이 내 영혼에까지 흘러 들어왔나이다. 나는 설 곳이 없는 깊은 수렁에 빠지며 깊은 물에 들어가니 큰물이 내게 넘치나이다(〈시편〉 69편 1~2절—옮긴이)."

제6장

오후가 되어서야 나는 고개를 들어 주위를 둘러보았다. 해가 어느덧 서쪽으로 기울어져 벽이 노을빛으로 물들었다. 나는 자신에게 물었다.

'이제 어떻게 하지?'

내 마음은 '당장 손필드를 떠나'라고 대답했지만 너무나 갑작스러운 일에 두려워져서 나는 귀를 막아버렸다. 그리고 중얼거렸다.

"지금은 그런 말을 견딜 수 없어. 로체스터 씨의 아내가 되지 못한 건 그저 작은 슬픔일 뿐이야. 세상에서 가장 아름다운 꿈에서 깨어난 지금 모든 게 다 헛되다는 걸 알게 됐지만 참을 수도, 감당할 수도 있어. 하지만 당장 그리고 영원히 그를 떠나야 한다는 사실은 참을 수가 없어. 나는 못 하겠어."

그러자 내 마음속 목소리는 내가 할 수 있다고, 그래야만 한다고 단호하게 말했다. 나는 스스로의 다짐과 싸워야 했다. 내 의지가 약해지기를 바랐다. 그러면 더한 고통으로 나를 이끌 끔찍한 길을 피할 수도 있을 것 같았다. 이제 폭군으로 둔갑한 양심은 정열의 목덜미를 부여잡고 을러댔다.

'너는 아직 그 가냘픈 발을 절망의 구렁텅이에 살짝 담근 것뿐이야. 내가 이 강철 같은 팔로 너를 끝없는 괴로움 속으로 밀어 넣어버리겠어.'

"그러면 나를 손필드에서 나가게 해주세요. 누군가 나를 좀 도와주게 해주세요."

나는 작은 소리로 외쳤다.

"안 돼. 네가 스스로 알아서 나가야 해. 누구도 도와주지 않아. 너 스스로 오른쪽 눈을 뽑고 오른손을 잘라내야 해. 네가 사제가 돼서 심장을 제물 삼아 찔러야 해."

나는 벌떡 일어났다. 고독하고 고요한 가운데 냉혹한 재판관이 나타나 끔찍한 목소리를 들려주자 오싹했다. 똑바로 서자 머리가 빙빙 도는 것 같았다. 흥분한 데다가 먹은 것이 없어서인지 몸이 좋지 않았다. 그날 아침 식사를 하지 않아서 고기 한 점, 물 한 모금 입에 대지 못했다.

가만히 생각해보니 오랜 시간 이 방에서 한 발짝도 나가지 않았는데도 내가 좀 어떤지 묻거나 내려오라는 연락이 없었다. 심지어 귀여운 아델조차 방문을 두드리지 않았고 페어팩스 부인도 나를 찾지 않았다.

"운명에게 버려진 자는 친구들한테서도 잊힌다."

나는 이렇게 중얼거리면서 빗장을 끄르고 방문을 열었다. 그러고는 그와 동시에 무언가 발에 걸려 쓰러졌다. 머리는 여전히 어지럽고 눈앞은 흐릿했으며 팔다리에는 힘이 하나도 없었다. 나는 금세 몸을 추스를 수가 없었다. 복도 바닥 위에 쓰러진 느낌은 아니었다. 누군가 팔을 뻗어 나를 붙잡았던 것이다. 올려다보니 로체스터 씨가 나를 받치고 있었다. 내 방 문지방에 의자를 가져다 놓고 앉아 있었던 것이다.

그가 말했다.

"드디어 나왔군. 정말 오랫동안 당신이 나오기만을 기다리며 귀를 기울였소. 그런데 움직이는 소리와 흐느끼는 소리가 단 한 번도 들리지 않더군. 죽음과 같은 침묵이 오 분만 더 이어졌다면 나는 강도처럼 자물쇠를 부수고 들어갔을 거요. 나를 피하는 거요? 혼자 방에 틀어박혀 슬퍼하다니 말이오! 차라리 내게 와서 맹렬하게 화를 냈으면 좋았을 텐데. 열정적인 성격이라 나는 당연히 그런 장면을 예상했소. 내게 와서 뜨거운 눈물을 펑펑 흘릴 거라고. 다만 내 품 속에서 그 눈물을 흘리길 바랐을 뿐이오. 그런데 아무것도 느끼지 못하는 바닥이 그 눈물을 다 받아내고 손수건이 흠뻑 젖고 만 것 같군. 아니, 그것도 아니었나 보군. 당신은 눈물 한 방울 흘리지 않았어. 얼굴은 창백하고 눈빛은 희미하지만 눈물 자국이 없어. 그러면 마음으로 피눈물을 흘린 건가? 제인, 나를 비난하지 않을 거요? 모질고 가슴 아프게 하는 말도? 내가 앉힌 자리에 그대로 말없이 앉아 지치고 생기 없는 표정으로 나를 보고 있구려. 제인, 나는 당신한테 상처 줄 생각이 전혀 없었소. 한 남자가 자기 딸처럼 예뻐하면서 자신의 빵을 나누어 먹고 자기 잔으로 물을 먹이면서 품안에서 키운 새끼 양을 실수로 도살장에서 죽여버린 다음 자신의 피로 얼룩진 실수를 후회한다 해도 지금의 나만큼은 아닐 거요. 나를 용서해줄 수 없겠소?"

독자 여러분, 나는 그 순간 그 자리에서 그를 그만 용서하고 말았다.

로체스터 씨의 눈에는 짙은 회한이 서리고 그의 말투에는 진실한 연민이 묻어났으며 그의 태도에는 남자다운 패기가 있었다. 더구나 그의 표정과 모습에는 변함없는 사랑이 담겨 있었다. 나는 모두 다 용서했다. 하지만 그 말을 하지도, 겉으로 드러내지도 않았다. 그저 내 마음속 깊은 곳에서 그를 용서했다.

"제인, 이제 내가 악당이라는 걸 알았소?"

잠시 후 그는 생각에 잠긴 표정으로 물었다. 내가 계속해서 말도 없이 잠자코 있으니 궁금해진 모양이었다. 하지만 나는 일부러 말을 하지 않은 게 아니라 그냥 기운이 없었을 뿐이다.

"네."

"그럼 나를 호되고 신랄하게 비난해줘요. 봐주지 말고."

"그럴 수가 없어요. 너무 지치고 어지러워요. 물을 마시고 싶어요."

그는 몸서리치듯 한숨을 내쉬면서 나를 안아 들고는 아래층으로 내려갔다. 처음에는 어느 방으로 가고 있는지도 몰랐다. 멍한 눈으로 보니 모든 게 흐릿해 보였다. 이내 불의 온기가 느껴졌다. 여름이었지만 내 방 안은 얼음장처럼 추웠다. 그가 포도주를 가져와 내 입술에 대어주었다. 나는 그것을 마시고 조금 기력을 차렸다. 그러고 나서 그가 가져다준 음식을 약간 먹으니 제정신이 들었다. 주위를 둘러보니 나는 서재에서 그의 의자에 앉아 있었다. 그는 나와 꽤 가까운 곳에 앉아 있었다.

나는 생각했다.

'지금 큰 고통 없이 생을 마칠 수 있으면 좋을 텐데. 그렇다면 로체스터 씨의 마음속에서 내 마음을 애써 떼어내지 않아도 되겠지. 하지만 나는 그를 떠나야 해. 물론 절대 떠나고 싶지 않아. 도저히 떠날 수 없을 것 같아.'

"제인, 몸은 좀 어떻소?"

"훨씬 좋아졌어요. 곧 괜찮아질 거예요."

"포도주를 조금만 더 마셔봐요."

나는 조금 더 마셨다. 그러자 그가 잔을 탁자 위에 내려놓고 내 앞에 서더니 조심스레 나를 내려다보았다. 그러다 격렬한 감정이 솟구쳤는지 갑자기 알아들을 수 없는 소리를 지르며 돌아서 걸어갔다. 그리고 빠르게 방을 가로질렀다가 이내 돌아와서는 마치 키스하려는 듯 내게로 몸을 숙였다. 하지만 나는 이제 애정 표현은 할 수 없다는 생각이 들어 고개를 돌리고 그를 옆으로 밀어냈다.

"뭐요, 왜 그러는 거요? 아, 알겠다. 버사 메이슨의 남편과는 키스하지 않을 생각이로군. 내 품은 이미 가득 차 있고 내 포옹은 다른 여자의 것이라고 생각하오?"

그가 재빨리 물었다.

"저는 그럴 힘이나 권리가 없어요."

"왜 그렇게 생각하지? 굳이 당신 입으로 말할 필요 없이 내가 대신 대답해주지. '당신은 이미 아내가 있으니까.' 내 말이 맞는 거요?"

"네."

"그렇다면 당신은 나를 오해하는 거요. 마치 나쁜 짓이나 꾸미는 바람둥이로 말이오. 덫을 놓고 의도적으로 당신을 유인해 수치스럽게 만들고 당신의 자존심까지 다치게 했으면서 순수한 사람인 척하는 비열하고 천박한 바람둥이라고 생각하는 거요? 뭐라고 말 좀 해봐요. 물론 못 하겠지. 당신은 숨도 못 쉴 정도로 기운이 없는 데다 지금까지 나를 비난하고 질책해본 적이 없으니까. 또 눈물이 한가득 차 있어 말을 많이 하면 눈물이 쏟아질 거요. 지금 당신은 내게 충고나 비난도 하기 싫은 거지. 그저 어떻게 해야 하나 고민하고 있을 뿐이오. 무슨 말이든 다 부질없다고 생각하지. 당신은 날 경계하고 있는 거요."

"당신과 싸우고 싶지 않아요."

나는 목소리가 쉽사리 입 밖으로 나오지 않아 짧게 말할 수밖에 없었다.

"그러려고 하는 건지 모르겠지만 당신은 나를 파멸시키고 있소. '당신은 결혼했어요', '당신에겐 아내가 있으니 이제 곁에 가지 않을 거예요'라고 말하고 있소. 그리고 당신은 방금 내 키스를 거부했소. 이제 나하고는 남남으로 지내고 아델의 가정교사로서만 여기서 지낼 셈인가. 내가 다정하게 말을 걸어도, 또 내 사랑이 느껴져도 이렇게 말하겠지. '저 남자는 나를 정부로 삼으려고 했어. 이제 그의 앞에서는 얼음이나 바위가 되겠어'라고 말이오. 그런 뒤 정말 얼음이나 돌덩이처럼 차갑고 딱딱하게 굴겠지."

나는 목소리를 가다듬고 힘주어 말했다.

"제 주변의 모든 것이 바뀌었어요. 그러니까 당연히 저도 바뀌어야죠. 그리고 감정에 흔들리지 않고 옛 추억을 떠올리면서 끊임없이 괴로워하지 않으려면 방법은 한 가지뿐이에요. 새 가정교사를 구하세요."

"아델은 앞으로 학교에 다닐 거요. 그건 이미 결정된 일이오. 또한 당신이 손필드 저택에서 있었던 끔찍한 일을 떠올리며 괴로워하게 하지 않을 거요. 저주받은 곳, 아간(〈여호수아〉 7장에 나오는 인물로, 여리고성을 점령하고 얻은 전리품을 훔쳐 자기 천막에 감춰 이스라엘군이 패하도록 했다—옮긴이)의 천막, 저 넓은 하늘을 향해 끔찍한 시체의 기운을 뿜어내는 지하 동굴, 상상 속 악마 대군보다 더 무서운 진짜 악마가 살고 있는 돌로 된 이 좁은 지옥에서 더는 살게 하지 않겠소. 제인, 이제 여기 살지 않게 해주겠소. 나도 살지 않을 거요. 악마가 사는 손필드에 당신을 있게 한 것이 잘못이었소. 나는 당신이 오기 전 저주받은 이 집의 비밀을 절대 당신에게 알리지 말라고 집안사람들에게 말해두었소. 미친 여자가 같은 집에 살고 있다고 하면 아델의 가정교사가 되겠다고 할 사람이 하나도 없을 거라고 생각했기 때문이지. 게다가 이런저런 문제가 있어서 미친 여자를 다른 곳으로 옮길 수도 없었소. 여기보다 더 외지고 사람들 눈에 띄지 않는 펀딘 영지에 오래된 집이 하나 있지만, 숲에 둘러싸여 있어 건강에 좋지 않아 양심에 걸려 그러지 못했던 거요. 거기 옮겨놓았다면 벽이 습해 그 성가신 인간은 오래 살지 못했을 거요. 아무리 증오하는 여자라도 차마 그렇게 죽일 수는 없었소. 미친 여자의 존재를 당신한테 숨기는 건 어린애를 외투로 덮어 끔찍한 독을 뿜어내는 유퍼스나무 밑에 놓아두는 것과 같았소. 악마는 늘 독을 뿜어내니까. 항상 그랬지. 하지만 이제 손필드 저택의 문을 닫을 것이오. 대문에는 못을 박고 아래층 창문은 판자를 대어 막을 거요. 그리고 그레이스 풀한테 한 해에 2백 파운드를 주어 당신이 내 아내라고 부르는 무서운 마녀를 맡길 거요. 돈을 주면 풀 부인이 잘 돌봐주겠지. 그림스비 정신병원에서 간호사로 근무하는 풀 부인의 아들도 불러올 생각이오. 부인이 외롭지 않게 말동무가 되어줄 수 있고, 마귀가 아내를 시켜 밤중에 침대에서 자는 사람한테 불을 붙이거나 칼로 찌르거나 살을 물어뜯으려고 하면 도와줄 수도 있을 테니까."

나는 그의 말을 가로막았다.

"불행한 분에게 너무 잔인하신 거 아니에요? 증오하고 미워하는 마음을 갖고 말씀하시네요. 하지만 그분이 미치고 싶어서 미친 게 아니잖아요."

"제인, 내 귀여운 사람. 난 이렇게 부르겠소. 당신은 잘 모르고 있소. 또 나를 오해하고 있군. 나는 그 여자가 미쳤기 때문에 미워하는 게 아니오. 당신이 미친다고 내가 당신을 미워할 것 같소?"

"그럴 거예요."

"그러니까 오해라는 거요. 당신은 나를 전혀 모르오. 내 사랑이 얼마나 깊은지 당신은 몰라. 당신 몸을 이루는 세포 하나까지 다 내 몸처럼 귀중하오. 아프고 병들어도 마찬가지요. 당신의 마음은 내 보물이오. 미쳤다 해도 여전히 내 보물이지. 당신이 미쳐 날뛰면 두 팔로 당신을 꼭 안아줄 거요. 미친 사람에게 입히는 옷 같은 건 입히지 않을 거요. 당신이 날뛰면서 나를 움켜쥐고 놓지 않는다 해도 나는 좋소. 오늘 아침 그 여자가 한 것처럼 당신이 내게 거칠게 덤벼들어도 부드럽게 안아서 진정시켜줄 거요. 그 여자를 증오하며 피했지만, 당신한테서는 도망치지 않을 거요. 당신이 얌전하다면 다른 감시인이나 간호사도 필요 없소. 당신이 미소 지어주지 않는다 해도 나는 항상 다정한 모습으로 당신 곁을 지킬 거요. 나를 못 알아본다고 해도 나는 끝까지 당신의 눈을 마주 볼 거요. 그런데 왜 이런 생각까지 하게 됐지? 아, 손필드 저택을 떠나는 이야기를 하고 있었지. 알겠소. 지금 당장이라도 여길 떠날 수 있게 준비해두었소. 내일 출발합시다. 제인, 오늘 밤만 이 집에 있어요. 내일은 이 불행과 공포에서 영원히 벗어날 수 있을 거요. 새로 살 곳은 마련해뒀소. 끔찍한 기억과 원치 않는 침입자로부터, 허위와 중상모략으로부터도 안전한 피난처가 될 거요."

"아델을 데려가세요. 말동무가 되어드릴 거예요."

나는 그의 말을 가로막았다.

"제인, 그게 무슨 말이오? 아델은 학교에 보낸다니까. 내가 어린아이랑 무슨 대화를 하겠소. 게다가 내 아이도 아니고 프랑스 무희의 사생아인데! 왜 아델이 내 말동무라는 거요?"

"은둔생활을 하신다면서요. 혼자 계시면 외로워요. 지겨우실 거예요."

"외롭다니! 지겨울 거라니!"

그는 화가 난 듯 소리쳤다.

"내가 일일이 설명해줘야겠소? 당신은 왜 스핑크스처럼 이해할 수 없는 표정을 하고 있는 거요. 당신도 나와 함께 그 외로운 생활을 해야 하는 거요, 알겠소?"

나는 고개를 가로저었다. 그가 너무나 흥분해 있어서 힘겹게 용기를 내어 거절했다. 그는 잰걸음으로 방안을 왔다 갔다 하더니 갑자기 걸음을 멈추고 그 자리에서 뿌리라도 박힌 듯 꼼짝도 하지 않고 서 있었다. 그는 한참 동안 나를 바라보았다. 나는 그의 시선을 피해 난롯불을 보며 침착해지려고 애썼다.

"드디어 당신의 배배 꼬인 성격이 드러나는군."

그가 다시 입을 열었다. 흥분이 가라앉은 표정이었다. 목소리는 더 차분해져 있었다.

"지금까지는 물레가 막힘없이 돌아가며 비단 실을 만들어냈지. 하지만 언젠가 매듭이 생기고 실이 엉키리라는 걸 알았소. 지금이 그때요. 마음먹은 대로 되지 않아서 화가 치미는 골치 아픈 문제가 생긴 거요. 아, 삼손 같은 힘을 조금이라도 쓸 수 있다면 나도 거친 삼처럼 엉키고 설킨 실을 끊어버리고 싶소."

그는 이리저리 서성거리다가 다시 내 앞에 섰다.

"제인, 말이 되는 이야기를 하나 해줄 테니 들어보시오."

그가 고개를 숙여 내 귀에 입술을 바짝 갖다 대고 덧붙였다.

"당신이 거절하면 힘으로라도 몰아붙일 거요."

로체스터 씨는 더 이상 현실에 얽매이지 않고 하고 싶은 대로 하고 말겠다는 표정이었다. 그때 나는 한 번만 더 그의 난폭한 성격을 자극하면 결코 거절할 수 없을 거라는 걸 알았다. 오직 이 짧은 순간에만 그를 억제하고 막을 수 있었다. 도망치려하거나 그를 두려워하는 듯한 기미를 보인다면 아마 나와 그의 운명은 모두 그걸로 끝이었을 것이다. 그러나 나는 두렵지 않았다. 내 안에서 좋은 생각과 감정으로 나를 이끌어주는 어떤 힘이 샘솟고 있었다. 이렇게 급박하고 위태로운 상황이 꼭 두렵지만은 않았다. 마음을 끄는 뭔가가 있었다. 인디언이 카누를 타고 급류를 빠져나가는 기분과 비슷했다. 나는 꽉 움켜쥔 그의 주먹을 감싸 쥐고 손가락을 펴면서 타이르듯 말했다.

"앉으세요. 원하는 만큼 이야기해요. 무슨 말이든 다 들어줄 테니까요."

그는 앉았지만 쉽사리 입을 열지 못했다. 나는 아까부터 간신히 눈물을 참고 있었다. 내 우는 모습을 보면 그가 더욱 슬퍼할 것 같아서 애써 참았다. 그러나 이제는 마음껏 눈물을 흘리는 편이 나았다. 차라리 비처럼 쏟아지는 눈물을 그가 싫어하기를 바랐다. 그래서 나는 눈물을 펑펑 쏟으며 마음껏 울었다.

그가 제발 눈물을 그치라고 애원했지만 나는 감정이 격해져 멈출 수 없다고 말했다.

"제인, 나는 화가 나지 않았소. 당신을 너무 사랑해서 이러는 거요. 마음을 굳힌 듯 얼음장처럼 굳어 있는 당신의 창백한 얼굴을 지켜볼 수밖에 없다는 사실이 견딜 수가 없소. 자, 이제 울지 말고 눈물을 닦아요."

그의 목소리가 차분해진 걸 보니 흥분이 가라앉은 듯했다. 그러자 나도 안심이 됐다. 그가 내 어깨에 머리를 기대려고 하자 피했다. 이번엔 그가 나를 안으려고 했다. 하지만 그럴 순 없었다.

그는 내 온 신경이 떨릴 만큼 애처롭고 슬픈 말투로 말했다.

"제인, 당신은 나를 사랑하지 않았군. 당신이 사랑한 것은 내 지위와 내 아내 자리뿐이었소. 내가 당신의 남편이 될 자격이 없다고 생각하는 거겠지. 마치 내가 두꺼비나 원숭이라도 되는 것처럼 손도 대지 못하게 하는 걸 보니 말이오."

그의 말이 내 가슴을 찢어놓았다. 그러나 내가 무엇을 할 수 있고 또 무슨 말을 할 수 있단 말인가. 나는 어떤 행동이나 말도 할 수 없었다. 하지만 그의 마음에 상처를 준 것이 괴로워 어떻게든 그 상처에 연고라도 발라주고 싶었다.

"저는 그 어느 때보다 당신을 사랑해요. 예전보다 더욱 사랑해요. 하지만 사랑을 표현하거나 거기에 빠지면 안 돼요. 마지막으로 드리는 말씀이에요."

그가 말했다.

"제인, 마지막이라니! 그게 무슨 말이오! 나를 사랑한다면서 매일 내 얼굴을 보고도 차갑게 거리를 둘 수 있다는 말이오?"

"아뇨, 그럴 수 없어요. 그러니 제가 할 수 있는 건 한 가지밖에 없어요. 하지만 말씀드리면 분명 화내실 거예요."

"말해봐요. 내가 미친 듯이 화를 내더라도 당신의 눈물 한 방울이면 사그라질 테니."

"저는 당신을 떠나야 해요."

"얼마나 말이오? 몇 분? 잠깐 헝클어진 머리를 빗고 달아오른 얼굴을 씻는 동안?"

"아델에게 인사하고 손필드를 떠날 거예요. 당신과도 평생 헤어지는 거예요. 낯선 곳에서 낯선 사람들과 새로운 삶을 살아야 해요."

"당연히 그럴 거요. 나도 그렇게 말했잖소. 나와 헤어진다는 끔찍한 소리는 안 들은 걸로 하지. 그 말을 내 몸의 일부가 되겠다는 말로 받아들이겠소. 새 삶, 좋지! 이제 내 아내가 될 테니. 나는 아내가 없으니 앞으로 로체스터 부인이 되는 거요. 죽을 때까지 나는 당신만 지킬 거요. 당신을 남프랑스에 있는 집으로 데려가겠소. 지중해 연안에 있는 하얀 별장이오. 거기서 행복하고 안전하게 살 수 있소. 내가 당신을 나쁜 길로 끌어들이거나 내 정부로 만들려 한다고 두려워하지 말아요. 왜 고개를 젓는 거요? 제인, 내 말을 잘 들어요. 안 그러면 정말 화낼 거요."

그의 목소리와 손이 떨렸다. 그의 콧구멍은 더 커지고 눈은 이글이글 불타올랐다. 그래도 나는 용기를 내어 말했다.

"당신 아내는 살아 있어요. 오늘 아침 당신 입으로 그렇게 말씀하셨잖아요. 당신이 원하는 대로 함께 산다면 저는 당신의 정부가 되는 거예요. 아무리 아니라고 우겨도 그건 궤변일 뿐이에요. 거짓말이죠."

"제인, 나는 성질이 순한 사람이 아니라는 사실을 잊지 마시오. 나는 참을성이 없소. 침착하고 냉철하지 못하다고. 나를 불쌍히 여기고 당신 자신도 가엾게 여긴다면 내 맥박을 짚어보시오. 얼마나 세차게 뛰고 있는지 직접 확인해요. 이건 조심하라는 말이오."

그가 소매를 걷고 팔을 내밀었다. 그의 뺨과 입술에서 핏기가 사라지더니 서서히 흙빛으로 변해갔다. 나는 어떻게 해야 할지 몰랐다. 나는 그에게 저항하며 잔인하게 그의 마음을 뒤흔들고 있었다. 하지만 그의 말을 따를 수는 없었다. 결국 나는 인간이 궁지에 몰렸을 때 본능적으로 할 수 있는 행동을 할 수밖에 없었다. 인간보다 위대한 존재에게 도움을 청한 것이다.

"하느님! 도와주소서!"

그러자 별안간 로체스터 씨가 외쳤다.

"나는 바보 멍청이요. 아내가 없다고만 말했지 그 이유를 설명하지 않았소. 그 여자의 성격이나 지옥 같은 결혼생활 등 그 모든 내막을 당신이 전혀 모른다고 생각하지 않았어. 그래, 그 모든 사실을 알게 되면 당신은 분명히 내 의견에 찬성할 거요. 제인, 내 손 위에 손을 얹어요. 눈으로 보듯 손으로 만지면서 당신이 곁에 있다고 느끼고 싶소. 내 이야기를 들어줄 거요?"

"네, 원하신다면 몇 시간이라도요."

"몇 분이면 끝날 거요. 제인, 내가 이 집의 차남으로 형이 있었다는 이야기를 들었소? 알고 있소?"

"페어팩스 부인이 말씀하셨던 것 같아요."

"그럼 돌아가신 내 아버지가 탐욕스러운 사람이었다는 이야기도 들었소?"

"그런 비슷한 말을 들은 것 같아요."

"그러다 보니 선친은 재산을 한 군데 묶어두기로 마음먹었소. 재산을 공평하게 나눠줄 생각이 아예 없으셨지. 그래서 선친은 모든 재산을 형 롤런드에게 넘겨주기로 작정하신 거요. 그렇다고 해서 남은 아들을 가난뱅이가 되게 할 수는 없어 나를 부잣집에 장가보내기로 한 거요. 그리고 마침내 아버지는 내 배우자를 찾아냈소. 서인도제도의 농장주이자 상인인 메이슨 씨는 오래전부터 아버지와 알고 지내던 사이였소. 아버지는 그 사람이 엄청난 재산을 가지고 있다는 것을 알고 뒷조사를 했지. 알고 보니 메이슨 씨는 딸과 아들이 한 명씩 있었소. 그리고 메이슨 씨한테서 3만 파운드에 달하는 재산을 딸에게 물려주려 한다는 사실을 직접 듣게 되었지. 그걸로 충분했소. 나는 대학을 졸업한 후 이미 정혼한 신부를 맞이하러 자메이카로 떠났소. 아버지는 신부의 재산에 관해서는 전혀 언급하지 않았지만, 스패니시타운에서 내로라하는 미인이라고 하셨소. 그건 거짓이 아니더군. 블랜치 잉그램 양과 비슷한 유형의 아름다운 여성이었지. 키가 크고 가무잡잡한 피부에 위엄이 있었지. 그녀의 가족들은 훌륭한 가문 출신인 나를 놓치고 싶어 하지 않았소. 그들은 그녀를 화려하게 꾸며 내가 참석하는 파티에 보냈소. 그녀와 단둘이 만난 일은 거의 없고 대화를 나눈 적도 없었소. 그녀는 내 마음에 들기 위해 매력과 재능을 마구 뽐냈고 나는 그 모습을 보며 우쭐했지. 주변 사람들 모두가 그녀를 찬양하며 나를 부러워했으니까. 나는 그녀에게 매혹되었고 한껏 달아올랐고 모든 감각이 들떠 있었소. 세상 물정 모르던 나는 그녀를 사랑한다고 믿었소. 아무리 어리석은 남자라 해도 사교계의 바보 같은 경쟁심, 젊은 시절의 욕정, 경솔함과 맹목에 떠밀리면 일을 저지르게 마련이지. 그녀의 친척들은 나를 부추겼고 경쟁자들은 나를 자극했으며 그녀는 나를 유혹했소. 그러다가 나는 무슨 짓을 하고 있는지도 모르는 채 그만 결혼하고 말았소. 아, 그 일만 생각하면 나 자신이 경멸스럽고 스스로에 대한 모멸감으로 고통밖에 느껴지지 않소. 나는 그녀를 전혀 사랑하지 않았고 존경하지도 않았소. 심지어 그녀가 어떤 여자인지도 몰랐소. 그녀가 좋은 성품을 한 가지라도 가졌는지 확실치 않소. 마음씨와 태도로 보아 겸손하거나 정이 많다거나 솔직하다거나 고상한 면은 전혀 없었소. 그런데도 나는 그녀와 결혼한 거요. 어쩌면 그렇게 미련하고 비굴하고 천박하고 눈이 어두운 얼간이가 또 있을까? 죄를 덜 지었다면 나는 아마도……아, 당신 앞이라는 건 깜빡 잊을 뻔했군. 나는 신부의 어머니를 보지 못했소. 그래서 돌아가신 줄 알았지. 신혼여행을 마치고 나서야 나는 자신이 실수를 저질렀다는 걸 알았소. 신부의 어머니는 미쳐서 정신병원에 갇혀 있었소. 알고 보니 남동생도 있었는데 그 역시 완전히 백치였소. 당신도 본 적이 있는 그녀의 오빠도 언젠가는 그런 상태가 될 거요. 나는 그 집안사람들이라면 모두 혐오하지만 그 오빠만은 미워할 수가 없소. 왜냐하면 그는 만신창이가 된 누이동생한테도 관심을 가졌고, 또 한때는 강아지처럼 나를 따랐던 걸로 보아 유약한 마음에 조금이나마 애정이 있는 것 같거든. 내 아버지와 형은 이 모든 사실을 알고 있었지. 하지만 오직 3만 파운드라는 돈만 생각하며 내 의사와 상관없이 둘이 짜고 계획을 세웠던 거요. 절대로 용납

할 수 없는 이 사실을 알고 나서 나는 크게 분노했소. 하지만 그런 사실을 감췄다는 것에 배신감을 느끼면서도 아내를 비난하진 않았소. 아내의 성격이 나와는 전혀 다르며 취향은 천하고 저속하고 품위 없고 편협한 데다 생각이나 능력이 더 높아지거나 넓어질 수 없다는 걸 알았을 때도 말이오. 내가 단 하루도, 아니 단 한 시간도 그녀와 평온하게 보낼 수 없다는 걸 알게 된 때도 말이오. 우리 사이에 다정다감한 대화는 불가능했소. 그녀는 내가 무슨 화제를 꺼내든 간에 곧바로 조악하고 진부하며 비뚤어진 어리석은 대답을 늘어놓았지. 또 계속해서 폭력적이고 부당하게 화를 터뜨리거나 말도 안 되게 반대되고 까다로운 명령을 내려 짜증 나게 굴었소. 그런 그녀를 하인들이 못 견딜 때도, 조용하고 안정된 가정을 꾸릴 수 없다는 걸 깨달았을 때도 나는 참았소. 되도록 비난하지 않고 잔소리도 하지 않았지. 후회와 혐오감을 남몰래 삼키려고 했소. 너무나 싫었지만 애써 참았지. 제인, 이런 지긋지긋한 일들을 자세히 이야기해서 당신을 괴롭히지는 않겠소. 말은 거칠지만 꼭 해야 할 이야기만 하겠소. 나는 저 위에 있는 여자와 사 년을 살았는데, 그동안 그녀는 끔찍하게 나를 괴롭혔소. 그녀의 이상한 성격은 무서울 정도로 빠르게 악화되었지. 악행은 더 급속하게 늘어났소. 잔인하게 대응해야만 자제가 됐지만, 나는 그러고 싶지 않았소. 지능은 짐승처럼 낮은데 성질은 괴물처럼 괴팍했지! 그것 때문에 내가 얼마나 끔찍한 일을 당했는지! 버사 메이슨은 미치광이 어머니를 둔 딸답더군. 덕분에 나는 술주정뱅이에다가 정숙하지도 않은 아내에게 발이 묶인 남자가 겪는 온갖 끔찍하고 수치스러운 고통을 다 겪었소. 그동안 형이 죽었고 결혼한 지 사 년이 지날 무렵 아버지도 돌아가셨소. 나는 부유해졌지만 동시에 끔찍하게도 불행했소. 결혼을 통해 지금까지 겪어본 일들 중 가장 어이없고 역겹고 불순하고 저열한 행동을 하는 여자와 엮여 법적으로나 사회적으로 한 몸이 되어버린 거요. 나는 어떤 법적 절차를 취해도 빠져나갈 수가 없었소. 의사들이 내 아내가 미쳤다는 걸 알았기 때문이오. 무절제한 성격이 일찍부터 정신이상의 싹을 틔웠던 거요. 제인, 이런 이야기를 듣고 싶지 않나 보군. 어디 아파 보이는데 나머지는 그만하고 다음에 듣겠소?"

"아뇨, 지금 다 해주세요. 당신이 안됐어요. 진심으로 당신을 동정해요."

"제인, 어떤 이들한테서 동정을 받는 건 오히려 기분 나쁘거나 모욕적인 일이지. 그 말을 한 사람 입에 그대로 되받아쳐도 될 정도로 말이오. 냉정하고 이기적인 인간들이 이야기하는 동정 말이오. 고통스러운 일을 겪은 사람에게 잘 알지도 못하면서 경멸 어린 동정을 보내고 남의 불행한 이야기를 듣고 나서 자기중심적인 연민을 느끼는 거지. 하지만 당신의 동정은 그렇지가 않소. 제인, 지금 이 순간 당신의 얼굴에 넘치는 감정은 그렇지가 않아. 당신의 눈에는 눈물이 쏟아질 듯 고여 있고 가슴은 안타까움에 울렁거리며 당신의 손은 내 손안에서 떨리고 있소. 내 사랑! 당신의 동정은 고통받는 사랑의 어머니가 겪는 감정이고, 당신의 고통은 신성한 사랑을 낳으려는 산고와도 같은 것이오. 그러니 그걸 받아들이겠소. 사랑을 자유롭게 낳으시오. 내가 두 팔 벌려 받을 테니."

"이야기나 계속해보세요. 부인이 미쳤다는 걸 알고 어떻게 하셨어요?"

"나는 절망의 벼랑 끝에 다다랐소. 나와 심연 사이에는 이제 자존심의 찌꺼기만 남아 있었지. 세상 사람들이 보기에 나는 분명 더러운 불명예를 덮어쓰고 있었을 테지만, 나 스스로는 깨끗하게 남아 있기로 결심했소. 그녀의 죄악에 물들지 않고 그녀의 정신이상과 엮이지 않으려고 발버둥을 쳤소. 하시만 사회는 여전히 나와 내 이름을 그녀와 연결시켰소. 나는 매일 그녀를 보고 그녀의 말을 들어야 했소. 그녀가 내쉰 숨이 (젠장!) 내가 들이마신 공기에 섞여 있었소. 게다가 내가 그녀의 남편이라는 사실을 잊을 수도 없었지. 그 생각은 그때나 지금이나 혐오스러울 뿐이오. 게다가 그녀가 살아 있는 한 나는 다른 사람의 남편이 될 수 없고 더 훌륭한 아내를 맞이할 수도 없었소. 그녀는 나보다 다섯 살이나 많지만(그녀의 집안과 부친은 그녀의 나이마저 속였소) 심적으로는 약해도 육체적으로는 건강해서 나만큼 오래 살 것 같았소. 그래서 스물여섯 살이었던 내겐 희망은 남아 있지 않았지. 그러던 어느 날 밤 나는 그녀의 비명 소리에 잠에서 깼소. 의사가 그녀에게 정신이상이라는 진단을 내린 뒤 그녀는 감금되어 있었소.

그날 밤은 서인도제도 특유의 타는 듯 무더운 밤이었소. 폭풍우가 몰아치기 전에 종종 볼 수 있는 날씨였지. 나는 잠이 오지 않아서 일어나 창문을 열었소. 공기는 마치 유황 증기처럼 어디서도 상쾌함을 느낄 수가 없었지. 모기들이 앵앵거리며 방 안을 날아다녔소. 바다에서 마치 지진이라도 나 듯 요란하게 파도치는 소리가 방까지 들렸소. 뜨거워진 포탄처럼 크고 붉은 달이 파도 속으로 가라앉고 있었지. 그리고 소란스러운 폭풍에 흔들리고 있는 세상에 마지막 핏빛 시선을 던졌지. 나는 그 분위기와 광경에 압도되었소. 그리고 미치광이가 절규하듯 외치는 저주가 내 귀를 채웠소. 그녀는 사이사이 내 이름을 섞어가며 증오심 가득한 목소리로 욕설을 퍼부었소. 매춘부라도 그 여자만큼 더러운 말은 입 밖에 내지 않을 거요. 방이 두 칸이나 떨어져 있었지만 단어 하나하나가 다 들릴 정도였지. 서인도제도 주택의 얇은 칸막이벽이 그녀의 늑대 같은 울부짖음을 제대로 막아주지 못한 거요.

마침내 나는 외쳤소. '이런 삶은 지옥이야. 이건 지옥의 공기야. 그리고 저 소리는 지옥에서 들리는 소리야! 나는 할 수만 있다면 이 지옥에서 빠져나갈 권리가 있어. 인간 세상의 이 고통도 내 영혼을 괴롭히는 이 무거운 육체와 함께 사라질 거야. 광신도들이 믿는 영원히 불타는 지옥 따윈 두렵지 않아. 지금보다 더 나쁜 미래는 없을 거야. 여기서 달아나 하느님께 가게 하소서!' 나는 이렇게 말하며 무릎을 꿇었소. 그리고 장전된 권총 두 자루가 들어 있는 트렁크의 자물쇠를 열었소. 그때 자살하려고 했지. 잠시 동안 그런 생각을 했을 뿐이오. 왜냐하면 나는 미치지 않았으니까. 자살하고 싶게 만들고 계획을 세우게 한 극단적 위기와 깊은 절망감은 순식간에 지나갔소. 유럽 쪽에서 대서양을 넘어 불어온 신선한 바람이 열린 창문으로 들어왔소. 그러다가 폭풍우가 몰아쳤지. 비가 쏟아지고 천둥이 치며 번갯불이 번쩍이고 공기가 맑아졌소. 나는 계획을 세우고 결심했소. 나는 열대 지방의 찬란한 아침이 내 주변을 밝히는 동안 비에 젖은 정원의 물방울이 똑똑 떨어지는 오렌지 나무 아래, 흠뻑 젖은 석류나무와 파인애플 나무 사이를 걸었소. 그러면서 이렇게 생각한 거요. 제인, 잘 들어요. 그때 나를 위로해주고 나아가야 할 길을 보여준 건 진정한 지혜였소. 유럽에서 불어오는 향기로운 바람은 싱싱해진 잎사귀에서 소곤거렸고 대서양은 마음껏 요란한 소리를 질러댔소. 긴 시간 메마르고 타버린 내 심장은 그 소리에 맞춰 부풀어 오르고 생기가 넘쳤소. 내 생명은 다시 태어나기를 간절히 바랐소. 내 영혼은 깨끗한 물 한 모금을 원했지. 희망이 살아나고 새롭게 태어날 수 있을 것 같았소. 나는 정원 아래편 꽃이 만발한 아치 밑에서 하늘보다 더 파란 바다를 바라보았소. 과거는 사라지고 빛나는 앞날이 내 눈앞에 펼쳐지고 있었소. 희망이 '가라'고 속삭이듯 말했소. 그리고 '다시 유럽에 가서 살아라. 그곳이라면 네가 어떤 불명예를 지니고 어떤 더러운 짐을 짊어졌는지 아무도 모를 거다. 저 미치광이를 영국으로 데려가라. 손필드에 괜찮은 하인들과 감시자를 붙여 가두면 된다. 그다음에는 네가 가고 싶은 곳으로 여행을 가고 좋은 인연을 만들어라. 네 끈질긴 인내심을 악용하고 네 이름을 더럽히고 네 명예를 모욕하고 네 청춘을 망쳐버린 그 여자는 네 아내가 아니다. 너는 그 여자의 남편도 아니다. 다만 그 여자의 상태에 맞게 돌봐주라. 그것만으로도 너는 하느님이 바라시고 인간적으로 해야 하는 도리를 다하는 것이다. 그녀가 누구인지, 또 너와 어떤 관계인지 세상 사람들이 잊어버리도록 그냥 둬라. 그 누구에게도 그 사실을 알리지 마라. 그녀를 안전하고 편안한 장소로 데려가 그 여자의 수치를 비밀로 덮어주고 너는 그 여자한테서 떠나라.'

나는 그대로 했소. 아버지와 형은 내 결혼 소식을 지인들에게 알리지 않았소. 내가 결혼 소식을 알리는 바로 첫 번째 편지에서 그 사실을 절대 비밀로 부쳐야 한다고 다급하게 부탁했기 때문이지. 그때 극도로 혐오스러운 결혼생활을 경험하기 시작했고, 그녀 가족의 성격과 기질로 보아 앞으로 끔찍한 미래가 펼쳐질 거라는 걸 알아챘소. 게다가 아버지도 얼마 되지 않아 자기가 고른 며느리의 행실이 나쁘다는 소문이 돌자 며느리라고 내세우기에 창피하다고 생각하셨소. 아버지는 사람들에게 결혼을 알리고 싶어 하기는커녕 나만큼이나 감추려고 급급해하셨지.

그래서 나는 그녀를 데리고 영국으로 왔소. 그런 괴물과 한 배를 타고 오느라 항해 또한 두려웠소. 마침내 손필드로 그 여자를 데려와 저 3층 방에 무사히 가두자 얼마나 기뻤는지 모르오. 그 방 안에 있는 비밀의 방이 야수의 소굴, 마귀의 감방이 된 지 이제 십 년이 되었소. 그녀 곁에 있을 간병인을 구하기도 꽤 어려웠소. 충직하고 신뢰할 수 있는 사람이어야 했으니까. 그렇지 않으면 헛소리를 해서 내 비밀을 폭로하고 말았을 거요. 그녀는 간혹 며칠에 한 번, 몇 주에 한번 맑은 정신일 때가 있었지. 그럴 때마다 내게 끝없이 욕설을 퍼부었소. 결국 그림스비 정신병원에서 일하던 그레이스 풀을 고용했소. 풀 부인과 메이슨이 칼에 찔리고 물어뜯겼을 때 치료해준 외과의사 카터한테만 유일하게 비밀을 알려줬지. 페어팩스 부인도 뭔가 눈치를 챘을 테지만 자세한 내막은 모르고 있소. 그레이스 풀은 대체적으로 훌륭한 간호사요. 물론 그녀 자신도 어찌하지 못하는 결점도 있소. 아무래도 힘든 직업이다 보니 밤중에 감시가 소홀해져 여러 번 말썽이 일어났지. 미친 여자는 교활하고 악의로 가득 차 있어 감시하는 사람이 잠시라도 한눈을 팔면 절대 기회를 놓치지 않소. 한번은 칼을 감추고 있다가 자기 오빠를 찔렀고 두 번이나 자기 방 열쇠를 찾아내 한밤중에 그 방에서 나왔소. 처음에는 침대에 있는 나를 태워 죽이려 했고 그다음에는 당신을 찾아가 끔찍한 행동을 했지. 그때 그 여자가 당신의 결혼 예복에 분노를 쏟아붓도록 만들어 당신을 지켜주신 하느님께 감사할 따름이오. 그 옷을 보자 자기 결혼식 날이 어렴풋이 떠오른 것 같소. 하지만 어떤 일이 벌어질 수도 있었다고 생각하면 참을 수가 없소. 오늘 아침 내 목을 향해 달려들던 것이 내 비둘기 같은 당신의 보금자리에 그 검붉은 얼굴을 들이밀었다는 생각을 하면 내 피가 쏭쏭 얼어붙고……."

"그러면 부인을 여기 데려다 놓고 뭘 하셨어요? 어디로 가셨어요?"

그가 잠시 말을 멈춘 사이 내가 물었다.

"뭘 했냐고? 난 도깨비불이 됐소. 어디로 갔냐고? 여기저기 떠돌아다녔소. 대륙으로 건너가 구석구석을 헤매고 다녔지. 그때도 착하고 현명한 아내를 찾고 싶다는 마음만은 변하지 않았소. 손필드에 두고 온 그 광포한 여자와 정반대인 사람 말이오."

"하지만 당신은 결혼할 수가 없잖아요."

"이미 결정을 내린 상태였소. 결혼할 수 있고 해야 한다고 확신했지. 당신을 속였지만 처음부터 속이려고 의도한 건 아니었소. 내 이야기를 숨김없이 털어놓고 청혼할 생각이었지. 나도 자유롭게 사랑하고 사랑받을 권리가 있다고 생각했으니까. 비록 내가 저주를 받고 있긴 하지만 내 상황을 이해하고 나를 기꺼이 받아줄 여자를 찾을 수 있을 거라고 생각했지."

"그래서요?"

"제인, 당신이 질문할 때면 나는 항상 미소를 짓게 되오. 눈을 동그랗게 뜨고 불안한 몸짓을 하거든. 마치 대답이 너무 느리니까 마음을 읽어내려고 하는 것처럼 말이오. 그런데 내가 이야기를 하기 전에 '그래서요?'라고 말한 이유를 알려줘요. 당신이 자주 쓰는 말이잖소. 들을 때마다 나는 끊임없이 계속 말을 하게 된단 말이오. 왜 그러는지는 모르겠지만."

"그다음에는요? 그래서 어떻게 됐나요? 결과적으로 어떻게 되었느냐는 뜻이에요."

"그렇군. 지금은 알고 싶은 게 뭐요?"

"어떤 분을 만나 좋아하게 됐는지, 청혼은 했는지, 또 여자분은 어떤 대답을 했는지 알고 싶어요."

"내가 좋아하는 사람이 생겼는지 그리고 청혼했는지는 말해줄 수 있소. 하지만 그 사람이 어떤 대답을 했는지는 아직 내 운명의 책에 기록되어 있지 않소. 나는 십 년 동안이나 이 나라 도시에서 저 나라 도시로 떠돌아다녔소. 상트페테르부르크에 머물기도 하고 파리에는 더 자주 갔지. 로마, 나폴리, 피렌체에서도 살았고. 넘치는 돈과 유서 깊은 가문이라는 통행증이 있으니 내 마음대로 어느 나라를 가던 사교계를 골라 드나들었고, 어느 곳에서도 나를 거부하지 않았소. 나는 영국의 귀부인들과 프랑스의 백작 부인들, 이탈리아의 귀부인들, 독일의 백작 부인들 가운데 내 이상형을 찾아봤소. 하지만 찾을 수 없었지. 꿈을 실현시켜줄 여자를 발견했다 싶어 그 목소리를 듣고 모습을 보면 금방 아니라는 걸 알게 되었소. 그렇다고 얼굴과 성격이 모두 완벽한 여자를 바란 건 아니었소. 다만 나와 어울리는 여자를 원했던 거요. 저 서인도제도의 크레올 사람과는 정반대되는 여자 말이오. 하지만 모두 허사였지. 설령 내가 자유로운 몸이라 해도 청혼할 만한 여자는 없었소. 나는 이미 어울리지 않은 사람과의 결혼이 얼마나 위험하고 혐오스러운지 호되게 당해봤으니까. 실망은 나를 무모하게 만들었소. 나는 흥청망청 돈을 낭비하기 시작했지. 그렇다고 절대 방탕하게 지내지는 않았소. 그건 예전이나 지금이나 질색이지. 서인도제도의 메살리나(황후로 과도한 성욕과 허영심으로 유명함─옮긴이) 같은 내 아내가 즐겼지.

　방탕한 생활과 아내를 깊이 혐오했기 때문에 쾌락에 빠져 있을 때도 자제했소. 방탕에 가까운 향락은 부도덕한 그 여자와 그녀의 수준으로 나를 타락시키는 것 같아 가까이 하지 않았소. 하지만 나는 혼자 살 순 없었소. 그래서 애인을 사귀기로 했지. 가장 처음 고른 상대가 셀린 바렝이었소. 떠올릴 때마다 내 발등을 찍게 만드는 지워버리고 싶은 여자들 중 한 명이지. 그녀가 어떤 여자였는지, 그 여자와의 관계가 어떻게 끝났는지는 당신도 이미 알고 있을 거요. 그다음에 만난 여자들은 이탈리아의 자친타와 독일의 클라라였소. 둘 다 굉장한 미인이었지만 몇 주 지나 무슨 일이 있어났는지 아시오? 의미가 없더군. 자친타는 제멋대로인 데다가 사나운 여자였소. 나는 석 달만에 그녀가 지긋지긋해졌지. 클라라는 정직하고 얌전했지만 둔하고 어리석은 데다 취향이 맞지 않았소. 나는 그녀에게 괜찮은 장사를 할 수 있을 만큼 충분한 돈을 주고 관계를 정리했소. 깨끗이 정리하고 나니 마음이 편하더군. 그런데 제인, 당신 표정을 보니 나를 좋게 생각하지 않는 것 같구려. 나를 매정하고 행실도 나쁜 난봉꾼으로 생각하고 있는 거요, 그렇소?"

"물론 예전만큼 당신이 좋지는 않네요. 처음엔 이 여자 다음엔 저 여자, 이렇게 살아가는 게 조금도 나쁘지 않다고 생각하는 건가요? 마치 당연한 것처럼 말하시네요."

"나한테만 당연했지. 좋아서 그런 건 아니었지만 말이오. 살기 위한 비굴한 방식이었소. 절대 그때로 돌아가고 싶지는 않소. 돈을 주고 정부를 만든다는 건 노예를 사는 것만큼이나 악한 짓이오. 정부나 노예는 태생적으로 열등하고 지위도 낮지. 그런 사람들과 스스럼없이 지낸다는 것 자체가 타락이오. 셀린이나 클라라 같은 여자들과 함께했던 때는 떠올리기조차 싫소.”

그의 말에서 진심이 느껴졌다. 그리고 나는 한 가지 확실한 결론을 내렸다. 내가 지금까지 얻은 모든 교훈을 무시하고, 어떤 구실이나 정당화 또는 어떤 유혹에 넘어가 나 자신을 잊어버린 채 이 가엾은 여자들의 뒤를 잇게 된다면 그는 그 여자들을 떠올리며 모독할 때와 똑같은 마음으로 나를 보게 될 것이라는 사실이었다. 그러나 나는 이런 생각을 입 밖으로 발설하지 않았다. 내가 느꼈다면 그것으로 충분했다. 나는 언젠가 시련이 찾아왔을 때 도움이 되도록 이 같은 확신을 마음 깊이 새겼다.

“그런데 제인, 왜 지금은 ‘그래서요?’라고 말하지 않는 거요? 내 이야기는 아직 끝나지 않았는데 표정이 심각하군. 여전히 나를 못마땅하게 생각하는 거겠지. 요점만 간단히 이야기하겠소. 지난 1월에 나는 모든 애인을 정리하고 헛되이 방황하는 외로운 생활을 했지. 그리고 쓸쓸하고 비통한 마음에 상처까지 받고 이 세상의 모든 인간, 특히 여자들을 미워하며(지적이고 정숙하고 사랑스러운 여성은 한낱 꿈에 불과하다는 생각이 들기 시작했소) 영국으로 돌아왔소. 영국에서 사업상 볼일이 있었거든.

서리가 내린 어느 겨울 오후, 나는 손필드 저택이 보이는 곳까지 말을 타고 달렸소. 이 혐오스러운 곳! 나는 평화나 기쁨 같은 건 기대도 하지 않았소. 그때 헤이 오솔길의 계단에 자그마한 사람이 앉아 있는 걸 봤소. 나는 말을 타고 가지치기를 한 버드나무 옆을 지나치듯 무심하게 그 앞을 지나쳤소. 그 사람이 내게 어떤 의미가 될지 전혀 예감하지 못한 채 말이오. 내 인생의 중재인이자 수호신(좋고 나쁜 건 알 수 없으나 영향을 미치게 될 여성)이 수수한 모습으로 변장하고 기다릴 줄은 꿈에도 생각하지 못했소. 메스루어가 넘어지자 그 사람이 다가와 진지하게 도와주겠다고 했을 때도 나는 전혀 알아차리지 못했소. 어린아이처럼 가냘픈 사람이었으니까! 마치 홍방울새가 내 발밑으로 깡충거리며 뛰어와 그 조그만 날개에 나를 태워주겠다고 하는 것 같았지. 나는 퉁명스럽게 굴었소. 그럼에도 그 사람은 가지 않고 별난 참을성으로 무장한 채 내 곁에 서서 위엄 있는 표정과 말투로 틀림없이 도움이 필요할 거라고 우기더군. 그리고 나는 결국 도움을 받게 됐지.

　가녀린 어깨를 잡는 순간 무언가 새롭고 신선한 생기와 감각이 내 몸에 스며들었소. 그때 이 요정이 내게 되돌아올 것이고, 저 아래 내 집에 고용된 사람이라는 사실을 알고 무척 기뻤소. 그렇지 않았다면 그 사람이 내 손에서 벗어나 어두운 울타리 너머로 사라지는 모습을 보며 묘하게 아쉬워할 뻔했지. 그날 밤 나는 당신이 집에 들어오는 소리를 들었소. 당신은 내가 당신을 생각하고 또 지켜보고 있는지 몰랐을 거요. 다음 날 나는 몰래 당신이 2층 복도에서 아델과 노는 모습을 삼십 분이나 지켜보았소. 내 기억에 그날은 눈이 내려 밖으로 나갈 수 없었지. 나는 내 방에 있었소. 방문이 살짝 열려 있어 당신의 모습을 볼 수 있었고 목소리도 들을 수 있었지. 당신은 겉보기에 아델을 지켜보고 있는 듯했지만 마음은 다른 데 가 있는 것 같았소. 하지만 참을성 있게 그 애와 놀아주더군. 나의 귀여운 제인, 당신은 꽤 오랫동안 그 애와 대화하며 재미있게 놀아주었지. 마침내 아델이 다른 곳으로 가자 당신은 곧바로 깊은 생각에 빠졌소. 당신은 2층 복도를 천천히 걷기 시작했지. 창가를 지나치면서 쏟아지는 눈을 바라보기도 하고 흐느끼는 듯한 바람 소리를 듣다가 다시 천천히 걸으면서 공상에 빠져 있더군. 그리 암울한 상상은 아닌 듯했소. 쓰라리고 우울한 상념에 빠진 것 같진 않았소. 때때로 당신의 눈에 즐거운 빛이 돌고 얼굴에는 흥분한 기색이 나타났거든. 당신 모습은 감미로운 명상에 잠긴 청춘의 영혼이 의지의 날개를 펼치고 희망을 따라 이상의 천국을 향해 높이 날아오르는 모습 같았소. 홀에서 페어팩스 부인이 하인을 부르는 소리에 당신은 깨어났지. 그때 혼자 묘한 미소를 짓더군. 그 미소에는 깊은 뜻이 담겨 있었소. 마치 '아름다운 상상을 하는 건 좋지만 결코 현실이 아니라는 걸 잊지 마.

내 머릿속에는 장밋빛 하늘과 꽃들로 뒤덮인 푸른 에덴동산이 펼쳐져 있어. 하지만 사실 내 발밑으론 험한 길이 놓여 있고 시커먼 폭풍이 몰려오고 있다는 걸 나는 알고 있지'라고 말이오. 당신은 아래층으로 달려가 페어팩스 부인에게 할 일을 달라고 했지. 주별 가계부 정리 비슷한 걸 하게 된 것 같더군. 그때 당신이 보이지 않자 내 마음은 초조해지더군.

　당신을 부르려고 나는 이제나저제나 저녁이 되기만을 기다렸소. 당신은 그때까지 만난 여자들과는 전혀 다른 성격인 것 같았어. 수줍지만 당당한 모습과 분위기로 방에 들어섰지. 지금 입고 있는 그 예스러운 옷을 입고 있었소. 당신한테 말을 시켜보았지. 그러자 금세 당신한테 기묘하게 대조되는 점이 많다는 걸 알았소. 당신의 옷차림이나 태도는 규칙에 제한되어 있었소. 품위 있고 조심스러운 분위기에 천성적으로 고상하지만, 사교성이 부족해 어떤 결례나 실수를 범해 난처해지지 않을까 무척이나 두려워했소. 하지만 말할 때는 날카롭고 대담한 시선으로 상대를 바라봤지. 당신의 모든 시선에는 통찰력과 힘이 있었소. 까다로운 질문에도 곧바로 솔직하게 대답했지. 당신도 금방 내게 익숙해진 듯했소. 험상궂고 성질이 불같은 주인과의 사이에 있는 공감대를 발견했다고 믿게 되었소. 무언가 기분 좋은 편안함에 당신의 태도가 어�찌나 빨리 진정되던지 나도 놀랄 지경이었지. 나는 호통을 치고 싶었지만 내가 까다롭게 굴어도 당신은 전혀 놀라거나 두려워하거나 불쾌해하지 않았소. 당신은 그저 나를 바라보면서 말할 수 없이 순수하고 총기 넘치는 애교를 보냈소. 그런 당신을 볼 때마다 내 마음은 흡족했고 흥분되었지. 좋아서 자꾸 다시 보고 싶어졌소. 그러나 나는 당신을 멀리한 채 자주 만나려고 하지 않았지. 지적 쾌락주의자인 나는 이 새롭고 톡 쏘는 매력을 가진 관계를 맺어가는 만족감을 되도록 길게 느끼고 싶었소. 게다가 내 멋대로 꽃을 만지다가 꽃이 금방 시들어버리지 않을까, 신선함이라는 기분 좋은 매력이 사라지지 않을까 하는 두려움이 꽤 오랫동안 머릿속에서 떠나지 않았소. 그때 나는 그것이 잠깐 피고 지는 꽃이 아니라 절대 깨지지 않는 보석에 새겨진 눈부신 꽃이라는 사실을 몰랐던 거요. 게다가 내가 당신을 피하면 당신이 나를 찾을지 알고 싶었소. 물론 당신은 나를 찾지 않더군. 당신은 책상이나 화구와 함께 꼼짝하지 않고 공부방에서만 지냈소. 우연히 마주치기라도 하면 당신은 최소한의 인사만 하고 지나갔소. 그 당시 당신의 표정은 늘 생각에 잠겨 있는 듯했지. 아파서 기운이 없어 보인 건 아니지만 어쨌든 쾌활하지는 않았소. 희망도 없고 즐거움도 없었으니까. 나는 당신이 나를 어떻게 생각하는지, 아니면 내 생각을 하기는 하는지 궁금해 주의 깊게 살펴보았소. 당신의 눈빛엔 기쁨이, 태도에는 즐거움이 담겨 있었소. 당신이 사교적이고 따뜻한 마음씨를 지녔다는 걸 알았소. 당신을 슬퍼 보이게 한 건 적막한 공부방과 지루한 일상이었소. 나는 당신한테 친절하게 대하기로 마음먹었소. 그 친절은 곧 당신의 마음을 흔들어놓았지. 당신의 표정은 한결 부드러워지고 말투도 상냥해졌소. 유쾌하고 행복한 말투로 내 이름을 부르면 듣기에 좋았소. 그리고 당신을 만나는 시간이 항상 즐거웠소. 반면 이상하게 당신은 머뭇거렸소. 나를 바라볼 때 약간 괴로워하거나 의심스러워하기도 했지. 그때 당신은 내가 어떤 변덕을 부릴지, 주인 노릇을 하며 엄하게 나올지 아니면 친구처럼 상냥하게 대할지 알 수가 없었던 거요. 하지만 나는 더 이상 주인 노릇을 하며 엄하게 굴 수가 없었소. 그래서 진심으로 손을 내밀었을 때 어리지만 생각에 잠긴 당신의 앳된 얼굴이 활짝 피어나며 행복에 넘치는 걸 보고 나는 당신을 끌어안고 싶은 충동을 애써 참아야 했소."

"그때 이야기는 더 이상 하지 마세요."

나는 흐르는 눈물을 몰래 닦아내며 그의 말을 가로막았다.

그의 말 한 마디 한 마디가 나를 괴롭혔다. 내가 해야 할 일, 그것도 당장 해야 할 일을 알고 있었기 때문이다. 지난날을 떠올리거나 그가 자신의 마음을 고백할수록 그 일을 실행에 옮기기가 더 힘들었다.

"제인, 알았소. 현재는 확실하고 미래는 더 밝게 빛나는데 과거 따위에 연연해할 필요는 없지."

그의 말을 듣는 순간 나는 몸서리를 쳤다.

"이제 어떤 상황이었는지 알겠소? 나는 청춘과 성년기의 절반은 말로 다 할 수 없는 비참한 삶 속에서 보내고, 나머지 절반은 쓸쓸한 고독 속에서 보내고 나서야 처음으로 정말 사랑하는 사람을 찾았소. 바로 당신이오. 당신은 나와 공감할 수 있는 나의 선한 면이자 나의 천사요. 나는 당신을 열렬하게 사랑하오. 당신은 착하고 재능이 뛰어나며 사랑스럽소. 내 가슴속에 품은 뜨겁고 소중한 열정이 당신에게만 향하고 있소. 당신을 삶의 중심이자 생명의 원천으로 끌어당겨 내 존재로 당신을 감싼 뒤 순결하고 강렬한 불길 속에서 타오르며 당신과 나를 녹여 하나로 만들려 하고 있소. 나는 이런 감정을 느꼈기 때문에 당신과 결혼하기로 결심한 거요. 내게 이미 아내가 있다고 말하는 건 무의미한 조롱밖에 되지 않소. 당신도 알다시피 그것은 아내가 아니라 흉측한 악마일 뿐이오. 물론 당신을 속이려 한 건 잘못이오. 하지만 나는 당신의 고집스러운 성격이 두려웠소. 미리 편견부터 가질까 봐 두려웠지. 그래서 우선 당신을 내 것으로 만들고 나서 용기 내어 비밀을 말하기로 했소. 비겁했지. 애초에 당신의 고귀하고 너그러운 마음에 호소했어야 했는데 말이오. 고통스러운 삶을 솔직히 털어놓고 좀 더 고귀하고 가치 있는 삶을 갈망하는 내 마음을 알려줘야 했소. 나는 성실하고 깊이 사랑하겠다는 결심이 아니라 거역할 수 없는 타고난 성향을 보여주어야 했소. 그다음 진심 어린 내 맹세를 받아주고 당신도 그런 맹세를 해달라고 부탁해야 했소. 제인, 지금 내가 그럴 수 있게 해줘요."

잠시 침묵이 흘렀다.

"제인, 왜 말이 없소?"

나는 시련을 겪는 중이었다. 시뻘겋게 달아오른 무쇠 손이 내 심장을 움켜잡았고, 나는 암담하고 격렬한 고통 속에서 사투를 벌여야 했다.

끔찍한 순간이었다. 나는 이 세상에서 누구보다 사랑받기를 원했다. 그래서 나를 사랑하는 사람을 전적으로 숭배했지만, 이제 그 사랑과 우상을 버려야 했다.

'떠나라!', 씁쓸한 이 한 마디가 견딜 수 없을 정도로 아팠지만 내가 해야 할 일이었다.

"제인, 내가 뭘 원하는지 아시오? '로체스터 님, 나는 당신 거예요'라는 약속, 그거 하나뿐이오."

"로체스터 님, 저는 당신 것이 아니에요."

다시 오랜 침묵이 흘렀다.

"제인."

그가 내 이름을 불렀다. 부드러운 목소리에 내 가슴은 슬픔으로 무너져내렸고 불길한 공포로 나는 돌처럼 차갑게 굳어버렸다. 마치 그 목소리는 자리를 박차고 일어나려는 사자가 숨을 고르는 소리 같았다.

"제인, 당신은 자신의 길을 가겠으니 나는 내 길을 가라고 말하고 있는 거요?"

"네."

"지금 진심이오?"

그가 몸을 숙여 나를 끌어안으며 말했다.

"네."

"지금도?"

그가 내 이마와 뺨에 부드럽게 입을 맞추며 물었다.

"네."

나는 재빨리 그의 품에서 빠져나오면서 말했다.

"제인, 가혹하오. 이럴 수는 없소. 나를 사랑하는 게 나쁜 일은 아니잖소."

"당신 말씀대로 하는 건 나쁜 일이에요."

그때 그가 눈을 치켜뜨는 순간 사나운 표정이 스쳐 지나갔다. 그는 일어났다. 아직은 애써 참고 있는 듯했다. 나는 의자 등받이를 잡고 몸을 버티고 섰다. 몸이 떨리고 두려웠지만 굳게 마음먹은 터였다.

"제인, 잠깐만. 당신이 떠난 뒤 내 삶이 얼마나 무시무시하게 변할지 생각해보시오. 당신과 함께 내 행복도 산산이 부서지고 말 거요. 그러면 뭐가 남겠소? 저 위층에 있는 미친 아내뿐이

159

오. 만약 그렇게 된다면 차라리 저기 묘지에 있는 시체가 낫겠소. 제인, 이제 나는 어쩌란 말이오? 어디서 반려자를 찾고 어디서 희망을 찾을 수 있겠소?"

"저처럼 하세요. 하느님과 자신을 믿으세요. 천국을 믿으세요. 그곳에서 다시 만나기를 기도하세요."

"그럼 당신은 뜻을 굽히지 않겠다는 거요?"

"네."

"그럼 지금 나더러 평생 비참하게 살다가 불행하게 죽으라는 거요?"

그가 큰 소리로 물었다.

"당신이 죄를 짓지 않고 살다가 평온하게 죽음을 맞이하시길 바라요."

"지금 나한테서 사랑과 순수함을 빼앗아간 거요? 열정 대신 욕정을 품은 채 또다시 악행을 일삼는 생활에 나를 내팽개치라는 거요?"

"로체스터 님, 저 자신이 그렇게 살지 않듯 당신도 그런 삶을 살지 않기를 바라요. 당신과 나, 우리 모두 이 세상에 태어나 참고 노력해야 해요. 견뎌 나가시면 돼요. 제가 당신을 잊기도 전에 당신이 저를 먼저 잊으실 거예요."

"당신은 지금 나를 거짓말쟁이로 만들고, 내 명예를 더럽히고 있소. 나는 변치 않을 거라고 말했잖소. 그런데도 당신은 내 얼굴에다 대고 내 마음이 곧 변할 거라고 말하는군. 당신 판단이 얼마나 뒤틀리고 당신 생각이 얼마나 비뚤어져 있는지 당신의 행동을 통해 알 수 있소. 인간이 만든 법을 어기는 것보다 같은 인간을 절망에 빠뜨리는 게 더 낫다는 말이오? 그 법을 어긴다 해도 누구 하나 피해를 입지 않잖소. 당신이 나와 결혼한다고 해서 화낼 친척이나 지인도 없으니 말이오."

그것은 사실이었다. 그리고 그가 이야기하는 동안 내 양심과 이성은 나를 배신한 채 내가 그를 받아주지 않는 건 죄악이라고 비난하면서 '감정'만큼이나 요란스럽게 떠들어댔다.

'그냥 받아들여! 그가 겪을 고통을 생각해봐. 그리고 그가 처할 위험도 떠올려보라고. 홀로 남겨지면 그가 어떤 상태가 될지, 성급한 그의 성격이 어떻게 드러날지 생각해봐. 절망에 빠져 무분별한 삶을 살게 될지도 몰라. 그러니까 그를 달래고 구해줘. 그를 사랑해줘. 그에게 사랑하고 있으며, 그의 사람이 되겠다고 말해. 이 세상에서 누가 너를 신경이나 쓰겠어? 네가 그렇게 한다고 해서 누군가 피해를 입는 것도 아니잖아.'

그러나 대답은 변함이 없었다.

'내가 나 자신을 아껴야 해. 외로울수록, 친구나 의지할 사람이 없을수록 그리고 더 버티기 힘들수록 나는 더욱 스스로를 존중해야 해. 나는 하느님이 세우시고 인간이 정한 법을 지키겠어. 지금처럼 미치지 않고 맑은 정신을 가졌을 때 내가 인정한 원칙대로 살겠어. 유혹이 없다면 법과 원칙도 필요 없겠지. 오히려 지금처럼 몸과 마음이 엄중한 법과 원칙을 어기려 들 때 법과 원칙은 더욱 필요하다고. 이것은 준엄한 것으로 절대 침범해서는 안 돼. 개인의 편의를 위해 지키지 않는다면 법과 원칙이 무슨 소용이 있겠어? 나는 늘 법과 원칙에 가치가 있다고 믿어 왔어. 그런데 지금에 와서 그것을 믿을 수 없다면 제정신이 아니기 때문이다. 심각하게 미쳐 정신 나간 짓이라고. 피가 뜨겁게 달아오르고 심장이 비정상적으로 빨리 뛰고 있기 때문이라고. 나는 이미 생각하고 결심한 걸 지켜야 해. 거기에 꿋꿋하게 발을 디디고 서 있어야 해.'

나는 그렇게 했다. 로체스터 씨는 내 표정을 읽고 내가 그렇게 하기로 마음먹었다는 것을 알았다. 이미 결심했음을 짐작했다. 그는 극도로 분노했다. 그는 앞뒤 생각할 겨를도 없이 분노를 터뜨린 게 분명했다. 그는 방을 가로질러 오더니 내 팔을 붙잡고 내 허리를 움켜잡았다. 이글거리는 눈빛이 나를 집어삼킬 듯 했다. 그 순간 내 몸은 벌겋게 달아올라 열기를 내뿜는 용광로 앞에 놓인 볏짚처럼 무력하게 느껴졌다. 하지만 마음속으로는 아직 정신을 놓지 않았으므로 아무 일도 없을 거라고 확신했다. 다행히 영혼에게는 눈이라는, 무의식적이기는 하지만 충실히 작용하는 통역기가 있었다. 나는 고개를 들어 그의 눈을 바라보았다. 그의 얼굴을 보고 있으니 나도 모르게 한숨이 새어나왔다. 그가 너무 꽉 쥐고 있어 고통스러웠고 이제 힘이 다 빠져 기진맥진할 지경이었다.

그가 이를 갈며 다시 말했다.

"한 번도…… 이처럼 연약하면서도 꿋꿋한 사람은 처음 봐. 내 손안에서는 그저 갈대 같을 뿐인데!"

그는 나를 꽉 붙잡고 세게 흔들었다.

"당신 정도면 내 엄지손가락과 다른 손가락 하나만 갖고도 구부릴 수 있지만, 꺾고 찢고 으스러뜨린들 무슨 소용이 있겠어. 저 눈을 보라고. 저 단호하고 열정적인 자유로운 눈빛을. 단순히 용기를 넘어서 엄중하고 환희에 차서 내게 저항하고 있어! 내가 무슨 짓을 하더라도 우리 안에 들어 있는 아름답고 사나운 존재에게 다가갈 수 없어! 보잘것없는 감옥을 무너뜨린다 해도 그 때문에 결국 포로를 놓치고 말 거야. 그리고 그 집을 차지할 순 있겠지만 흙으로 지은 그 집이 내 집이라고 말해도 전에 거기 살던 사람은 천국으로 달아나고 말겠지. 내가 원하는 건 당신이오. 연약한 몸뿐 아니라 열정과 선함과 순결을 지닌 당신의 영혼까지 원하오. 당신이 원한다면 얼마든지 가볍게 날아와 내 가슴에 둥지를 틀 수 있소. 하지만 당신이 원치 않는데도 붙잡혀 있다면 당신의 영혼은 내 손아귀를 벗어날 것이오. 내가 당신의 향기를 맡기도 전에 사라지겠지. 오! 내게 와요, 제인. 내게로 와줘요!"

그는 이렇게 말하며 움켜쥐고 있던 손을 놓고 그저 나를 바라보기만 했다. 그 표정은 정신없이 나를 끌어안으며 저항하던 모습보다 더 거부하기 어려웠다. 하지만 지금 와서 굴복하는 것은 너무도 어리석은 짓이었다. 지금까지 나는 용기를 내어 그의 분노를 꺾었다. 그러니 그의 슬픔도 피해야만 했다. 나는 문 쪽으로 갔다.

"제인, 가는 거요?"

"네, 갈 거예요."

"나를 남겨두고?"

"네."

"오지 않을 건가? 나를 위로하고 구해주지 않을 거요? 내 깊은 사랑과 격렬한 슬픔, 미칠 듯한 바람이 당신한테는 아무것도 아닌 거요?"

그의 목소리에서는 말로 다 표현할 수 없는 비애가 느껴졌다.

"갈게요."

다시 한 번 단호하게 말하는 것이 너무나 힘들었다.

"제인!"

"로체스터 님!"

"그렇다면 보내주지. 하지만 기억해요. 당신은 나를 괴로움 속에 버려두고 가는 거요. 당신 방으로 올라가요. 그리고 생각해봐요. 내 고통을 잠시라도 들여다봐줘요. 나를 생각해줘요."

그는 돌아섰다. 그리고 소파에 쓰러져 얼굴을 파묻었다.

"오, 제인! 나의 희망, 나의 사랑, 나의 생명!"

그는 괴로워하며 절규를 토해냈다. 그러고는 나직하지만 격하게 흐느끼기 시작했다.

나는 이미 문 앞까지 와 있었다. 그러나 독자 여러분, 나는 그에게 돌아갔다. 뿌리치고 나갈 때처럼 결연하게 돌아갔다. 나는 그의 옆에 무릎을 꿇고 그의 얼굴을 내 쪽으로 돌려 뺨에 입을 맞추고 머리를 쓰다듬었다. 그리고 조용히 말했다.

"내 소중한 주인님, 하느님의 축복이 있으시기를. 하느님께서 당신을 위험과 죄악으로부터 지켜주시고 이끌어주시며 그동안 제게 베풀어준 친절에 후하게 보답해주실 거예요."

"귀여운 제인의 사랑이 최고의 상이오. 당신의 사랑이 없다면 내 가슴은 무너져내릴 거요. 하지만 제인은 나를 사랑해주겠지? 그럴 거야. 물론이지, 고귀하고 아낌없는 사랑이 없다면……."

그의 얼굴에 피가 쏠리는 듯 붉어지더니 눈에서 불꽃이 일었다. 갑자기 그는 벌떡 일어나더니 두 팔을 뻗었다. 하지만 나는 그의 포옹을 피했다.

그의 방을 나서며 나는 마음속으로 외쳤다.

'안녕히 계세요!'

그리고 절망을 더해 한 번 더 다시 외쳤다.

'안녕히 계세요! 영원히!'

그날 밤 나는 잠을 잘 생각이 없었다. 그러나 침대에 눕자마자 어느새 잠들어버렸다. 꿈속에서 나는 어린 시절로 돌아가 게이츠헤드의 붉은 방에 누워 있었다. 깜깜한 밤이었고 묘하게 공포스러웠다. 오래전 나를 기절하게 만든 그 불빛이 다시 나타나 벽을 타고 미끄러지듯 올라와 흐릿한 천장 한가운데 멈춰 서더니 흔들리고 있었다. 나는 고개를 들고 천장을 올려다보았다. 그러자 천장이 높고 어두운 구름으로 변했다. 그 희미한 불빛은 달이 이제 막 구름을 갈라놓으려고 비추던 은은한 달빛이었다.

나는 구름을 뚫고 나오는 달을 바라보았다. 마치 달 표면에 무슨 운명을 예고하는 말이라도 쓰여 있는 듯 기대하는 마음으로 달을 지켜보았다. 달은 지금까지와는 전혀 다른 모습으로 나타났다. 여러 층의 구름 속으로 한 손을 쑥 찔러넣고 멀찍이 흐트려놓았다. 그러자 달이 아닌 하얀 사람의 모습이 하늘에서 빛났다. 찬란한 이마는 땅을 향해 있었다. 그리고 우리는 서로 쳐다보았다. 그 순간 그것이 내 영혼에게 말을 걸었다. 까마득히 먼 곳에서 들리는 목소리였지만 마치 내 마음속에서 속삭이는 듯했다.

'내 딸아, 유혹에서 달아나라!'

"그럴게요, 어머니."

나는 꿈에서 깨어난 뒤 이렇게 대답했다. 아직 어두운 밤이었지만 7월의 밤은 짧았다. 자정이 지나자 곧바로 동이 텄다.

'꼭 해야 할 일을 하는데 너무 빠른 건 없지'라고 생각하며 나는 자리에서 일어났다. 옷은 어제 입은 채 그대로였다. 어젯밤에 신발만 벗었기 때문이다. 그리고 서랍에서 속옷, 로켓, 반지 등을 꺼냈다. 그러다가 며칠 전 로체스터 씨에게 어쩔 수 없이 받은 진주 목걸이를 발견했다. 그 목걸이는 서랍 속에 그대로 남겨두었다. 내 물건이 아니기 때문이다. 그것은 사라져버린 환상 속 신부의 것이었다. 다른 물건을 챙겨 한 꾸러미로 묶었다. 내 전 재산인 20실링이 들어 있는 지갑은 주머니에 넣었다. 밀짚모자를 끈으로 동여매고 단단히 여민 뒤 짐꾸러미를 들고 신발을 손에 든 채 살그머니 방에서 빠져나왔다.

"친절한 페어팩스 부인, 안녕히 계세요."

나는 그녀의 방 앞을 지나가며 속삭였다.

"사랑스러운 아델, 잘 지내."

아델의 방을 바라보며 말했다. 방에 들어가 아델과 이별의 포옹을 할 수는 없었다. 예민한 귀를 가진 사람에게 들키지 말아야 했다. 지금 그는 귀를 기울이고 있을지도 몰랐다. 나는 로체스터 씨의 침실 앞을 머뭇거리지 않고 그대로 지나치려 했다. 그러나 그 방 앞을 지나는 순간 내 심장 박동이 멈추고 자연히 발걸음도 멈췄다. 그는 깨어 방 안 이쪽저쪽을 왔다 갔다 하고 있었다. 쉬지 않고 한숨을 내쉬는 소리도 들렸다. 내가 마음만 바꿔먹으면 비록 잠시나마 이 방 안은 천국이 될 터였다. 나는 그저 들어가서 이렇게 말하기만 하면 됐다.

'로체스터 님, 죽는 날까지 당신을 사랑해요. 당신과 함께 살 거예요.'

그러면 내 입술에서 환희의 샘물이 솟구칠 것이다. 나는 이런 생각도 했다.

'지금 잠 못 이루는 자상한 주인은 초조하게 아침이 오기만을 기다리고 있어. 아침이 되면 나를 부르러 사람을 보내겠지. 하지만 나는 떠나고 없을 거야. 나를 찾아보았지만 소용이 없자 그는 버림받았다고 생각하겠지. 그래서 슬퍼하다가 결국 자포자기하게 될지도 몰라.'

이런 생각이 들자 손이 문고리를 향해 저절로 움직였다. 그러나 나는 손을 도로 내리고 발소리가 나지 않도록 걸었다.

나는 쓸쓸히 계단을 내려왔다. 무엇을 해야 할지 알고 있었기 때문에 자동적으로 움직였다. 우선 부엌에서 쪽문 열쇠를 찾았다. 기름병과 깃털도 찾아 열쇠와 자물쇠에 칠했다. 최근 기력이 약해져 쓰러지기라도 할까 봐 먼 길을 걷기 전 물을 마시고 빵도 좀 먹었다. 나는 작은 소리조차 내지 않고 일을 마쳤다. 그러고는 문을 열고 밖으로 나가 살며시 문을 닫았다. 어느새 마당에는 새벽 어스름이 깔리고 있었다. 정문은 자물쇠로 잠겨 있었지만 샛문에는 빗장만 질러져 있었다. 나는 샛문으로 나와 다시 문을 닫았다. 이제 나는 손필드 밖으로 나와 있었다.

들판 너머로 1.6킬로미터쯤 가면 밀코트 반대 방향으로 나가는 길이 있었다. 가본 적은 없지만 어디로 가는 길인지 궁금해한 적이 있다. 나는 그쪽 방향으로 걸어갔다. 이제부터 절대 지난 일을 떠올려서는 안 된다. 뒤돌아봐서도 안 되고 앞을 봐서도 안 된다. 과거뿐 아니라 미래도 전혀 생각하지 말아야 한다. 과거라는 책장은 천국처럼 달콤하고 지독하게도 슬픈 페이지였다. 그중 한 줄이라도 읽었다가는 내 용기는 모두 사라지고 힘도 빠져버릴 것이다. 그리고 미래는 무시무시하게 빈 페이지다. 홍수가 휩쓸고 지나간 뒤의 세상처럼 말이다.

해가 뜰 때까지 나는 들판과 산울타리, 오솔길을 따라 걸어갔다. 아름다운 여름날 아침이었다. 집을 나서며 신은 신발이 어느새 젖어 있었다. 나는 환하게 미소 짓는 하늘과 잠에서 깨어나는 자연을 돌아보지 않았다. 단두대로 끌려가는 사람은 아름다운 풍경을 지나면서도 길가에 핀 꽃 따위는 생각할 겨를이 없다. 오직 단두대와 도끼날, 뼈와 혈관이 잘려나가는 순간과 마지막으로 입을 쩍 벌린 무덤만 떠오른다. 나 또한 외로운 도피와 오갈 데 없는 방랑생활만을 생각했다. 그리고 두고 온 사람을 생각하며 괴로워했다. 그것만큼은 마음대로 되지 않았다. 지금쯤 방에서 떠오르는 해를 보며 내가 어서 자신과 함께 살겠다고, 자신의 사람이 되겠다고 말하기만 바라고 있을 그를 생각했다. 나는 그의 사람이 되고 싶었다. 돌아가기를 간절히 바랐다. 지금도 늦지 않았다. 아직 그에게 헤어짐의 쓰라린 고통을 주지 않을 수 있다. 내가 떠난 줄도 모를 테니까. 나는 돌아가서 그를 위로하고 그의 자부심을 세워주고 불행과 고통으로부터 그를 구해주고 싶었다. 아, 그가 자포자기할 거라는 두려움에 (내 자포자기보다 훨씬 두려운) 얼마나 괴로웠던가. 마치 가시 돋친 화살촉이 가슴에 박힌 듯했다. 뽑으려 할수록 더욱 찢어지고, 떠올릴수록 더욱 깊이 박혀 나를 아프게 했다. 풀숲과 잡목 숲에 있던 새들이 노래를 부르기 시작했다. 새들은 제 짝에게 충실하다. 그래서 새들을 사랑의 상징이라고 하지 않던가. 그런데 나는 뭐지? 나는 가슴속으로 고통스러워하면서까지 원칙을 지키려고 미친 듯이 애쓰는 나 자신을 증오했다. 내 행동을 정당화해도 전혀 위로가 되지 않았다. 심지어 자존심조차 아무 위로가 되지 못했다. 나는 주인을 다치게 하고 상처 입힌 채 버렸다. 내가 생각해도 그런 나 자신이 혐오스러웠다. 그러나 나는 한 발짝도 되돌아가지 않았다. 하느님이 틀림없이 나를 인도해주실 것이다. 그럼에도 엄청난 슬픔이 내 의지를 짓밟고 양심을 눌렀다. 나는 고독한 길을 걸으며 미친 듯이 울었다. 정신 나간 사람처럼 휘적휘적 걸어갔다. 그러다가 속에서부터 점점 힘이 빠지더니 팔다리에 기운이 없어져 쓰러지고 말았다. 나는 아침 이슬이 내려앉은 잔디에 얼굴을 묻고 한참을 바닥에 엎드려 있었다. 여기서 죽을지도 모른다는 두려움, 아니 그런 희망이 생겼다. 하지만 나는 곧 일어섰다. 두 손과 두 무릎으로 기어가다가 다시 두 다리로 일어나 걸었다.

드디어 큰길에 도착했을 때 나는 산울타리 밑에 주저앉아 쉬어야 했다. 잠시 후 역마차 바퀴 소리가 들리더니 곧이어 마차 한 대가 다가왔다. 일어나 손을 들자 마차가 멈췄다. 어디까지 가는지 묻자 마부는 머나먼 지명을 이야기했다. 분명 로체스터 씨와는 아무런 관련도 없는 곳이었다. 얼마면 거기까지 태워다 주겠느냐고 묻자 그는 30실링이라고 대답했다. 내가 20실링밖에 없다고 하자 마부는 어떻게든 해보자며 태워주겠다고 했다. 게다가 마차 안이 비어 있어 안으로 들어가게 해주었다. 마차 문이 닫히고 마차는 달리기 시작했다.

친애하는 독자 여러분, 그때 내 심정을 여러분은 절대 느끼지 않기를 바란다. 여러분의 두 눈에서 가슴 쥐어짜는 듯 폭풍처럼 흘러내리는 이 뜨거운 눈물을 결코 흘리지 않기를! 그때 내 입술에서 흘러나온, 절망과 고뇌에 가득 찬 기도를 하지 않기를! 그리고 나처럼 진심으로 사랑하는 사람에게 불행을 가져다주었다고 두려워하지 않기를!

제7장

　이틀이 흘렀다. 마부는 저녁 무렵 나를 휘트크로스라는 곳
에 내려주었다. 내가 낸 돈으로는 더 이상 태워줄 수 없었던 것
이다. 내 수중에는 이제 1실링도 남아 있지 않았다. 마차는 벌
써 2킬로미터 넘게 멀어지고 나는 홀로 남겨졌다. 그 순간 나
는 안전하게 보관하겠다며 마차 짐칸에 내 짐꾸러미를 넣어두
고 꺼내지 않았다는 사실을 깨달았다. 짐꾸러미를 그대로 두고
내린 것이다. 나는 완전히 빈손이었다.
　휘트크로스라는 곳은 도시나 조그만 마을이 아닌, 그저 사
거리가 만나는 곳에 세워진 하얀 돌기둥 하나였다. 멀리 떨어
진 곳이나 어둠 속에서 잘 보이도록 하얗게 칠한 듯했다. 돌기
둥 꼭대기에는 기다란 표지판이 달려 있었다. 적혀진 바로는 여

기서 가장 가까운 마을은 약 16킬로미터, 가장 먼 마을은 약 32킬로미터 떨어져 있었다. 그 마을들의 이름을 들어보니 내가 어느 주에 와 있는지 알 수 있었다. 을씨년스러운 황야가 펼쳐지고 산맥으로 둘러싸인 북중부 지방이 바로 내 눈앞에 펼쳐졌다. 등 뒤와 양 옆도 넓은 황야였다. 발아래 있는 저 깊은 골짜기 너머로 먼 산들이 물결 모양을 이루고 있었다. 이곳은 살고 있는 주민도 얼마 안 되는지 길을 지나는 사람이 한 명도 보이지 않았다. 동서남북으로 하얗고 넓은 길이 쓸쓸히 뻗어 있었다. 모든 길의 끝에는 황야가 펼쳐져 있고 히스가 무성하게 자라 길가 가장자리를 뒤덮었다. 우연히 어느 나그네와 마주칠지도 모를 일이었다. 하지만 지금 나는 누구의 눈에도 띄고 싶지 않았다. 사람들은 분명 길을 잃은 듯 이정표 앞을 서성이는 내 모습을 보면 뭘 하고 있는지 궁금해할 것이다. 어쩌면 내게 와서 물어볼 수도 있다. 그러면 나는 믿을 수 없는 대답을 할 테고 결국 사람들의 의심만 불러일으킬 것이다. 지금 이 순간 나를 인간 사회와 연결시켜주는 끈은 없었다. 인간이 있는 곳으로 나를 불러줄 주문이나 희망도 없었다. 아마 어느 누구도 내게 친절이나 호의를 베풀지 않을 것이다. 내게는 '자연'이라는 모두의 어머니 말고는 다른 가족이 없었다. 나는 이제 그녀의 품에서 쉬어야 한다.

　나는 곧장 히스가 무성한 황야로 들어섰다. 갈색빛의 황야에 깊은 고랑을 파놓은 구덩이가 보여 무릎까지 자라난 수풀을 헤치며 걸어 들어갔다. 길을 따라 굽이굽이 돌아 들어가자 잘 보이지 않는 곳에 까맣게 이끼가 낀 화강암 바위가 있었다. 나는 그 바위 밑에 앉았다. 황야가 높은 둑처럼 내 주위를 둘러쌌다. 바위가 내 머리 위를 보호해주었고 그 위로는 하늘이 있었다.

여기서조차 꽤 오랜 시간이 흐른 뒤에야 내 마음은 겨우 평온을 찾았다. 들소가 가까이 있지 않을까, 사냥꾼이나 밀렵꾼이 나를 보면 어쩌나 하고 막연히 두려웠다. 벌판에 한바탕 바람이라도 휩쓸고 지나가면 황소가 돌진해오는 건 아닌지 두려워 고개를 들어 주변을 살폈다. 물떼새가 울기만 해도 사람인가 하고 생각했다. 그러나 해가 지고 사방이 적막해지자 나를 감쌌던 불안감이 쓸데없는 걱정이었음을 알고 이내 마음이 안정되었다. 나는 그때까지 귀를 기울이고 눈을 동그랗게 뜬 채 불안해하느라 뭔가 생각할 겨를이 없었다. 하지만 이제야 이것저것 돌아볼 여력이 생겼다.

이제 뭘 해야 하지? 어디로 가야 하지? 할 수 있는 것도, 갈 곳도 없는 지금으로선 정말 참을 수 없는 질문이었다. 후들거리는 다리로 먼 길을 가야 사람 사는 곳이 나오는 데다가 하룻밤 잠자리라도 얻으려면 싸늘한 자비심에 호소해야 한다. 또 거절당할 각오로 내 사정을 이야기하고 마지못한 동정심에라도 구걸해야 필요한 것 중 하나라도 얻을 수 있을 것이다.

나는 히스를 만져보았다. 말랐지만 한여름 낮의 열기가 남아 있어 따뜻했다. 나는 하늘을 바라보았다. 산등성이 위로 별 하나가 반짝거렸다. 이슬이 내렸지만 오히려 상쾌했고, 바람 한 점 없었다. 이처럼 자연은 내게 자비롭고 친절했다. 버려진 나를 사랑해주는 것만 같았다. 사람들한테서는 불신과 거절과 모욕밖에 얻을 게 없었던 나는 부모를 사랑하는 자식의 마음으로 자연에 매달렸다. 적어도 오늘 나는 자연의 자식이므로 자연의 손님이 될 것이다. 그리고 내 어머니인 자연은 돈을 받거나 대가를 바라지 않고 받아줄 것이다.

　내게는 아직 빵 한 조각이 남아 있었다. 우연히 찾은 동전으로 점심때쯤 지나치던 마을에서 사먹고 남은 빵이었다. 그 동전이 내 마지막 돈이었다. 나는 잘 익은 산앵두가 마치 흑구슬처럼 히스 사이로 여기저기 반짝이는 것을 보고 한 주먹 따서 빵과 함께 먹었다. 은둔자의 식사로 심한 배고픔을 조금이나마 채운 나는 식사를 마치고 저녁 기도를 올린 뒤 잠자리를 골랐다.

　바위 옆에는 히스가 무성했다. 바닥에 눕자 발이 히스에 파묻혔다. 양쪽에 히스가 높이 자라 있어 밤공기가 들어올 틈이 없을 정도로 좁았다. 나는 숄을 반으로 접어 이불로 덮었다. 그리고 나지막하게 이끼가 돋아난 바닥을 베개 삼아 누웠다. 이렇게 하니 초저녁까지는 춥지 않았다.

슬프지만 않았어도 꽤 행복하게 쉬었을 것이다. 커다란 상처와 피 흘리는 마음, 끊어진 인연의 끈 때문에 너무 슬퍼하지 않았다면 말이다. 로체스터 씨와 그의 불행한 운명을 생각하며 떨었고 그에게 지독한 연민을 느꼈으며 그를 끝없는 갈망으로 원했다. 양쪽 날개가 모두 부러진 새처럼 무력하면서도 상한 날개를 부질없이 저으며 그를 찾으려 했다.

고통스러운 생각에 지쳐 나는 무릎을 꿇고 앉았다. 밤이 되자 하늘에 별들이 나타났다. 평온하고 고요한 밤이었다. 너무나 평화로워 무엇 하나도 두렵지 않았다. 사람들은 하느님이 어디에나 계시다는 것을 알고 있다. 하지만 하느님의 역사가 우리 앞에서 어마어마한 규모로 펼쳐질 때에야 우리는 그분의 존재를 확실하게 느낀다. 또한 하느님이 창조하신 세계가 궤도를 따라 선회하는 저 맑은 밤하늘을 보면서 그분의 무궁하심과 전능하심, 편재하심을 깨닫는다. 나는 로체스터 씨를 위해 기도하려고 무릎을 꿇었다. 눈물로 흐릿해진 눈을 들어 하늘을 쳐다보니 웅장한 은하수가 보였다. 은하란 무엇인가? 셀 수도 없을 만큼 많은 세계가 은은한 빛의 흔적처럼 우주에 퍼져 있다고 생각하자 하느님의 힘과 권력이 느껴졌다. 나는 하느님께 자신이 창조한 것을 구원하시는 능력이 있음을 굳게 믿었다. 그리고 이 땅과 이 땅이 소중히 여기는 인간을 결코 소멸시키시지 않을 거라고 믿었다. 내 기도는 감사기도로 바뀌었다. 생명을 창조하신 하느님은 영혼도 구원해주신다. 그러니 로체스터 씨는 별일 없을 것이다. 하느님이 만드셨으니 지켜주시리라 믿고 나는 다시 언덕의 품에 누웠다. 오래지 않아 나는 잠들었고 슬픔을 잊을 수 있었다.

이튿날 창백하고 헐벗은 내게 굶주림이 찾아왔다. 상쾌한 아침 시간, 작은 새들이 둥지를 떠나고 이슬이 마르기 전 히스의 꿀을 모으려고 꿀벌들이 몰려온 지도 한참이 지났다. 길었던 그림자가 짧아지고 태양이 천지에 가득할 때쯤에서야 나는 일어나 주위를 둘러보았다. 얼마나 고요하고 포근하며 완벽한 날이란 말인가! 황금빛 사막처럼 황야가 드넓게 펼쳐졌다. 온 사방에 햇빛이 비치고 있었다. 나는 그 가운데, 그 위에서 살고 싶었다.

바위 위로 도마뱀이 기어가고 꿀벌이 산앵두나무 사이를 부지런히 날아다녔다. 그 순간 나는 벌이나 도마뱀이 되어 여기서 영원히 적당한 먹이를 찾아다니며 살고 싶었다. 그러나 나는 인간이었고 인간에게는 기본적으로 필요한 욕구가 있다. 그 욕구들이 하나도 충족되지 않는 곳에서 계속 머물 수 없는 노릇이었다. 나는 일어나 지난밤 누워 있던 잠자리를 보았다. 앞날에 대한 희망이라곤 없는 내가 바라던 건 오직 하나였다. 나를 만드신 하느님이 어젯밤 내가 잠자고 있는 사이에 내 영혼을 데려가시는 것이었다. 그리고 죽은 뒤에는 내 지친 육체가 더는 운명과 싸우지 않고 조용히 썩어 평온한 황무지에서 평화롭게 흙과 섞이기를 바랐다. 하지만 나는 아직도 목숨을 부지한 채 욕구와 고통과 책임을 짊어지고 있었다. 결코 스스로는 이 짐들을 내려놓을 수가 없었다. 욕구는 충족시켜야 하고 고통은 견뎌야 하며 책임은 다해야 했다. 그래서 나는 걷기 시작했다.

나는 휘트크로스로 되돌아갔다. 뜨겁게 내리쬐는 해가 높이 떠 있어서 해를 등지는 방향으로 걸었다. 길을 선택하는 데 해 말고 달리 생각할 것이 없었다. 그렇게 오랫동안 걸었다. 못 견디게 피곤해진 나는 이제 포기해도 괜찮겠지, 이 강행군을 멈추고 그만 쉬어야겠다고 생각하며 근처에 보이는 돌 위에 앉았다. 마음뿐 아니라 손발까지 무감각해져 어쩔 도리가 없었다. 그때 종소리가 들려왔다. 교회 종소리였다.

나는 일어나서 소리 나는 쪽으로 향했다. 한 시간 전부터 더는 바뀌는 풍경에 관심을 두지 않았는데, 지금 보니 낭만적이고 나지막한 언덕 사이로 한 마을과 교회 첨탑이 보였다. 오른쪽 골짜기는 온통 풀밭과 보리밭, 숲이었다. 개울은 다양한 푸른빛을 띠고 있는 풀숲과 익어가는 곡식, 어두컴컴한 숲, 햇살 가득한 초원 사이를 반짝거리며 흘러갔다. 문득 앞쪽에서 마차 바퀴가 덜컹거리는 소리가 들려와 나는 퍼뜩 정신을 차렸다. 짐을 가득 실은 마차가 힘겹게 언덕길을 올라가는 중이었다. 그리고 가까운 곳에서 한 사람이 암소 두 마리를 끌고 가는 모습이 보였다. 인간의 삶과 노동이 가까이에 있었다. 이제 나도 다른 사람들처럼 고군분투하며 살아야 한다.

오후 두 시쯤 되어 나는 마을에 들어섰다. 하나뿐인 길 아래쪽으로 조그만 빵 가게가 있었다. 창가에 진열해둔 빵을 보니 너무나 먹고 싶었다. 조금이라도 먹으면 어느 정도 기운을 차릴 수 있을 것 같았다. 그러지 않으면 여기서 한 발짝도 움직이지 못할 듯했다. 사람들이 사는 곳에 돌아오자마자 힘과 활기를 되찾고 싶은 생각이 들었다. 작은 마을의 길바닥에서 배고파 쓰러지는 게 수치스럽게 느껴졌다. 저 빵 하나와 바꿀 만한 게 뭐 있을까? 아무것도 없나? 생각해보니 작은 비단 손수건을 목에 두르고 있었다. 나는 남자건 여자건 사람들이 극도로 궁핍한 상황에서 어떻게 하는지 몰랐다. 이런 물건들도 받아줄까 싶었다. 아마 안 될 것 같았지만 시도는 한번 해봐야 했다.

나는 가게로 들어갔다. 한 여자가 앉아 있었다. 내가 점잖게 차려입고 있어서 귀부인으로 보였는지 공손히 다가와 물었다.

"뭘 드릴까요?"

나는 너무 창피해서 차마 준비한 말을 입 밖에 꺼낼 수가 없었다. 닳아빠진 장갑이나 구겨진 손수건을 내밀 용기도 나지 않았다. 문득 말도 안 되는 짓이라는 생각이 들었다. 나는 그저 피곤하니 잠시만 앉아 있어도 되겠느냐고 물었다. 손님인 줄 알고 기대했다가 실망했는지 그녀는 쌀쌀맞게 그러라며 의자 하나를 가리켰다. 나는 의자에 주저앉았다. 엉엉 울고 싶은 심정이었다. 그러나 그 꼴이 얼마나 난데없어 보일까 싶어 힘들게 참았다.

　잠시 후 나는 그녀에게 말을 걸었다.

　"이 마을에 재봉사나 바느질꾼이 있나요?"

　"네, 두세 명쯤요. 일거리만큼 있는 정도죠."

　나는 곰곰이 생각했다. 지금 나는 궁지에 몰려 굶주린 상태였다. 생활을 이어갈 아무런 방법도 친구도 돈도 없는 처지였다. 뭔가 해야만 했다. 뭘 해야 하지? 우선 일자리를 구해야 한다. 그렇다면 어디서 일자리를 구하지?

　"혹시 이 근처에 하인 구하는 집이 있을까요?"

　"아니요, 모르겠네요."

　"이 마을에서는 주로 어떤 일을 하세요?"

　"농사짓는 사람들이 있긴 한데, 대부분은 올리버 씨의 바늘 공장이나 주물 공장에서 일해요."

　"올리버 씨 공장에서 여자도 쓰나요?"

　"아뇨, 남자들이 하는 일이죠."

　"그럼 여자들은 무슨 일을 해요?"

　"모르겠네요. 이런 일도 하고 저런 일도 하고. 가난한 사람들이야 할 수 있는 건 다 하는 거죠."

　그녀는 내가 계속 꼬치꼬치 캐묻자 귀찮은 듯 말했다. 내가 무슨 권리로 남들을 성가시게 하며 질문을 할 수 있겠는가? 곧 이어 마을 사람이 한두 명 들어왔고 내가 앉아 있는 의자가 필요해 보였다. 나는 말없이 가게를 나왔다.

거리를 걸으며 양쪽 집들을 자세히 살펴보았다. 그러나 어느 집에도 들어갈 핑계나 구실을 찾을 수 없었다. 나는 걸어갔다가 되돌아오기를 반복하며 조그만 마을을 한 시간이 넘게 돌아다녔다. 나는 너무 지치고 극심한 배고픔에 시달리다 오솔길로 접어들어 산울타리 아래에 주저앉았다. 그러나 금세 다시 일어나 최소한의 방법을 알려줄 사람을 찾아 나섰다. 좁은 길 끝에 정원이 딸린 아담하고 예쁜 집이 한 채 서 있었다. 아주 아름답게 가꾼 정원에는 꽃이 활짝 피어 있었다. 나는 그 집 앞에서 멈춰 섰다. 무슨 용건으로 새하얀 대문으로 걸어가 반짝거리는 문고리를 두드리지? 이 집 사람들이 나를 도와준다고 무슨 이득이 있겠는가? 하지만 나는 다가가 문고리를 두드렸다. 깔끔한 옷차림에 온화해 보이는 젊은 부인이 문을 열었다. 나는 절망적인 마음과 금방이라도 쓰러질 듯한 몸에서 나올 법한 아주 가여운 낮은 목소리로 더듬거리며 혹시 이 집에 하녀가 필요한지 물었다.

"아니요, 우린 하녀 안 써요."

그녀가 대답했다.

"그럼 뭐든 일자리 얻을 수 있는 곳을 알려주실 수 없을까요?"

그러고서 재빨리 덧붙였다.

"다른 고장에서 와서 이 지역에 아는 사람이 없어서요. 일자리가 필요해요. 무슨 일이라도 상관없어요."

그러나 그녀에게는 내 일자리를 구해줄 아무런 이유가 없었다. 게다가 내 성품이나 신분, 말하는 내용이 얼마나 의심스러워 보였겠는가! 여자가 고개를 가로저으며 말했다.

"미안하지만 알려드릴 게 없네요."

그녀는 하얀 문을 천천히 그리고 점잖게 닫았다. 나는 그 집에서 그렇게 내쫓겼다. 만약 그녀가 그 문을 조금만 더 늦게 닫았더라면 나는 틀림없이 그 여자에게 빵 한 조각만 달라며 구걸했을 것이다. 당시 내 상황은 벌써 바닥까지 와 있었다.

인색한 데다가 도움 받을 길이 없어 보이는 마을로는 도저히 돌아갈 수 없었다. 나는 차라리 여기서 벗어나 근처 숲으로 가고 싶었다. 울창한 숲이 매력적인 피난처가 될 것 같았다. 하지만 너무 배가 고파서 괴롭고 기운이 없었다. 나는 본능적으로 음식이 있을 만한 집 근처를 계속해서 배회했다. 굶주림이 독수리처럼 부리와 발톱으로 내 옆구리를 쪼아대는 동안은 고독하지도 않고 쉴 수도 없었다.

나는 집 주변에서 다가갔다가 멀어지기를 반복했다. 누군가에게 뭔가를 요구하거나 세상으로부터 고립된 내게 관심을 가져주길 기대할 권리가 없다는 생각에 매번 발길을 돌리고 말았다. 내가 길을 잃고 굶주린 채 거리를 배회하는 사이 어느덧 오후가 지나가고 있었다. 들판을 가로지르는데 교회의 첨탑이 보였다. 나는 서둘러 그곳으로 걸어갔다. 교회 묘지 근처의 정원 한가운데 작지만 튼튼한 집 한 채가 있었다. 목사관이 틀림없었다. 아는 사람 하나 없는 낯선 고장에 와서 일자리를 구할 때는 대개 목사에게 소개나 도움을 부탁한다는 사실이 기억났다. 목사라면 자기 힘으로 살아가려는 사람들을 돕는 게 당연하니 여기서는 나도 도움을 청할 권리가 있다는 생각이 들었다. 용기를 얻은 나는 힘을 내어 걸어갔다. 드디어 그 집에 도착해 부엌문을 두드리자 노파가 나왔다. 나는 여기가 목사관인지 물어보았다.

"네."

"목사님 계세요?"

"아니요."

"금방 돌아오시나요?"

"아뇨, 일이 있어서 좀 걸리실 거예요."

"멀리 가신 건가요?"

"멀지는 않고 5킬로미터 거리쯤 되죠. 목사님 아버님께서 갑자기 돌아가셔서 마시 엔드에 가셨어요. 앞으로 이 주일 정도 그곳에 계실 거예요."

"사모님은 안 계신가요?"

"네, 나 말고는 아무도 없어요. 나는 가정부예요."

독자 여러분, 나는 기진맥진해 있었지만 그녀에게 도와달라고 말할 수 없었다. 차마 구걸할 수가 없어 기어 나오다시피 그곳을 나왔다.

나는 손수건을 풀었다. 오전에 본 그 작은 빵가게에 있던 빵이 떠올랐던 것이다.

'아아, 딱딱한 빵 껍질만이라도 좋아. 딱 한 입만 먹어도 허기가 가라앉을 것 같은데.'

나는 본능적으로 마을로 향했다. 그리고 가게를 찾아 들어갔다. 아까 본 그 여자 말고 다른 사람들도 있었지만 나는 용기를 내어 부탁했다.

"돈 대신 이 손수건을 받고 빵 한 조각만 주실 수 있을까요?"

그 여자는 의심스럽다는 눈빛으로 나를 쳐다보았다.

"안 돼요. 그런 식으로는 물건 안 팔아요."

자포자기 심정이 되어 나는 필사적으로 빵 반쪽이라도 달라고 말했다. 여자는 역시 거절하며 말했다.

"그 손수건이 어디서 났는지 누가 알겠어요?"

"그럼 이 장갑은 받으시겠어요?"

"그걸 어디다 쓰겠어요?"

독자 여러분, 나 또한 이런 상세한 일들까지 곱씹는 게 절대 즐겁지 않다. 어떤 사람들은 고통스러웠던 과거를 되돌아보면서 즐겁다고도 하는데 나는 아직까지도 그 당시의 일을 떠올리면 너무 괴롭다. 몸이 괴로워 정신까지 피폐해졌던 그때의 일을 떠올리는 게 너무 힘겹다. 나는 나를 쫓아냈던 사람들을 비난할 생각은 없다. 당연히 그럴 거라 예상했고, 또 어쩔 수 없는 일이었다. 남루한 거지들도 의심받는 일이 허다한데 잘 차려입은 거지라니, 당연히 수상할 수밖에 없었다. 나는 일자리를 얻고 싶었다. 하지만 누가 내 일자리를 구해주겠는가? 나를 처음 만나 전혀 모르는 사람들은 당연히 내 일자리를 책임질 이유가 없다. 그리고 빵집 여자도 내 제안이 수상쩍은 데다가 자기한테 좋을 게 없는 일이니 당연히 빵을 내 손수건과 바꿔주지 않은 것이다. 자, 이제 이 지긋지긋한 이야기를 짧게 끝내야겠다.

날이 어두워질 무렵 나는 어느 농가 앞을 지나갔다. 농부가 열린 문가에 앉아 치즈와 빵을 먹고 있었다. 나는 걸음을 멈추고 말했다.

"빵 한 조각만 주시면 안 될까요? 너무 배가 고파서요."

농부는 깜짝 놀라 나를 바라보았다. 그러나 아무 말 없이 자신의 빵을 두툼하게 잘라 건네주었다. 나를 거지가 아니라 검은 빵을 먹는 모습을 본 순간 자기도 먹고 싶어진 별난 여자라고 생각한 모양이었다. 나는 농가가 보이지 않는 곳까지 오자마자 쪼그리고 앉아 빵을 먹었다.

지붕 아래에서 자는 것은 꿈도 꿀 수 없어 좀 전에 말한 숲에서 잠자리를 마련하기로 했다. 그러나 그날 밤 잠자리는 형편 없었다. 잠깐이라도 편히 쉴 수가 없었다. 땅은 축축하고 밤공기는 차가웠다. 게다가 무언가가 몇 차례 내 곁을 지나가는 바람에 잠자리를 여러 번 옮겨야 했다. 잠시도 마음이 놓이지 않았다. 새벽녘부터는 비가 내리기 시작하더니 종일 계속됐다.

여러분, 그날 이야기를 자세히 이야기해달라고 하지 말아 주길 바란다. 나는 전날과 마찬가지로 일자리를 찾아 헤맸고, 전날과 마찬가지로 쫓겨났으며, 전날과 마찬가지로 굶주렸다. 그러나 딱 한 번 음식을 먹기는 했다. 어느 조그만 집 문 앞에서 한 소녀가 돼지 여물통에 다 식어버린 보리죽 한 사발을 쏟으려 하고 있었다. 그래서 부탁했다.

"그거 나한테 주지 않을래?"

소녀는 나를 빤히 쳐다보더니 소리쳤다.

"엄마! 어떤 아줌마가 돼지죽을 달래요."

집 안에서 여자 목소리가 들렸다.

"그래? 거지면 줘버리렴. 돼지는 먹지도 않을 거야."

소녀는 내 손바닥에 걸쭉하게 굳은 죽 덩이를 쏟아주었다. 나는 그걸 게걸스럽게 먹었다.

황혼이 짙어질 무렵, 나는 한 시간 넘게 걷고 있던 쓸쓸한 마찻길에서 멈춰 섰다. 그리고 중얼거렸다.

"기운이 다 빠졌어. 이제 더는 못 가겠어. 오늘 밤도 부랑자

186

처럼 자야 하나? 이렇게 비가 쏟아지는데, 비에 흠뻑 젖은 차가운 땅에 머리를 뉘어야 하나? 하지만 그것밖엔 방법이 없어. 누가 나를 받아주겠어. 그렇지만 굶주림과 현기증, 오한, 외로움…… 이렇게 한 치의 희망도 보이지 않는 상태로 밤을 지새우면 끔찍할 거야. 아침이 되기 전에 죽고 말겠지. 그런데 왜 나는 죽음을 받아들이지 못하는 걸까? 왜 무가치한 삶을 유지하려고 애쓰는 걸까? 그것은 로체스터 씨가 살아 있다고 믿기 때문이야. 그리고 인간은 굶어 죽거나 얼어 죽는 운명을 순순히 받아들이기 어려운 법이지. 아아, 하느님! 조금 더 살게 해주소서! 조금만 더 도와주소서! 어디로 갈지 이끌어주소서!"

나는 멍한 눈으로 어둑어둑하고 안개가 자욱한 주위를 둘러보았다. 마을이 전혀 보이지 않는 걸 보니 꽤 멀리까지 온 것 같았다. 마을을 둘러싸고 있는 밭조차 보이지 않았다. 나는 갈림길과 샛길을 거쳐 다시 넓은 들판으로 나갔다. 이제 어두컴컴한 언덕 사이에는 거의 히스 들판과 마찬가지인 거칠고 황폐한 밭들뿐이었다.

나는 생각했다.

'그래, 길거리나 사람이 많이 오가는 길바닥에서 죽느니 저기서 죽는 게 나을 거야. 빈민구제원의 관 속에 갇혀 빈민 묘지에서 썩느니 까마귀가 있을지는 모르겠지만 갈까마귀한테 뜯어 먹히는 편이 나아.'

나는 언덕으로 향했다. 이제 남은 것은 몸을 숨길 수 있는 웅덩이를 찾는 일이었다. 그러나 들판은 어디를 보아도 평평했다. 빛깔이 좀 다를 뿐 거의 같았다. 골풀과 이끼가 무성히 자란 늪지대는 녹색이었고 히스밖에 자라지 않은 마른 땅은 검은 빛이었다. 날은 점점 어두워졌지만 색은 구분할 수 있었다. 하지만 해가 지면서 색깔마저 사라지고 명암이 바뀌는 것만 겨우 확인할 수 있었다.

　나는 여전히 황량한 풍경 속으로 사라져버린 음침한 언덕과 들판 주위를 두리번거릴 뿐이었다. 그때 저 멀리 늪지대와 언덕 사이에서 불빛이 반짝였다. 처음에는 '도깨비 불이겠지'라고 생각했다. 그런데 곧 사라질 거라고 생각했던 불빛이 계속 반짝였다.

　'그럼 이제 막 켜진 모닥불인가.'

　한동안 그 불빛이 퍼지는지 지켜보았지만 커지지도 작아지지도 않았다.

　'집에 켜놓은 촛불인가 보다. 그렇다 해도 저기까지는 절대 못 갈 거야. 불빛이 눈앞에 있다고 한들 무슨 소용이야. 문을 두드리면 바로 쫓아버릴 텐데.'

　나는 그 자리에 털썩 주저앉아 땅바닥에 얼굴을 묻었다. 한동안 움직이지 않고 그대로 있었다. 언덕을 타고 넘어온 밤바람이 나를 쓸고 지나가더니 멀리서 신음 소리를 냈다. 다시 비가 쏟아지기 시작했다. 몸이 꽁꽁 얼어붙고 죽어서 아무 감각도 못 느끼게 되면 비가 퍼부어도 아무렇지 않을 것이다. 하지만 아직 살아 있는 내 몸은 추위에 벌벌 떨었다. 나는 금세 몸을 일으켰다.

희미하지만 그 불빛은 빗속에서도 여전히 반짝거리고 있었다. 나는 지친 팔다리를 끌며 걸으려고 애썼다. 빛에 이끌려 넓은 늪지대를 지나 비스듬히 언덕을 가로질러 내려갔다. 겨울이었다면 그 늪을 건너가지 못했을 것이다. 심지어 한여름에도 늪은 질퍽하고 위험했다. 두 번이나 넘어졌지만 힘을 내어 다시 일어났다. 그 빛은 내게 남은 단 하나의 희망이었다. 나는 그곳까지 가야만 했다.

늪을 건너자 들판에 하얀 작은 길이 나타났다. 나는 그 길로 걸어갔다. 도로거나 사람들이 다니면서 만들어진 길인 듯했다. 길은 불빛이 있는 곳까지 쭉 뻗어 있었다. 불빛은 어두운 가운데서도 전체적인 형태나 나뭇잎 모양의 특징으로 보아 전나무 숲 가운데 있는 작은 언덕에서 새어나오고 있었다. 그런데 내가 가까이 다가가자 내게 별과 같았던 빛이 사라졌다. 장해물이 나타나 나와 불빛 사이를 가로막았다. 나는 손을 뻗어 내 앞의 시커먼 물체를 만져보았다. 야트막한 돌담의 울퉁불퉁한 돌이었다. 그 위로 말뚝 울타리가 있고 안쪽에는 가시로 뒤덮인 산울타리가 있었다. 나는 손으로 더듬으며 걸어갔다. 또

다시 하얀 물체가 내 앞에서 어슴푸레 빛났다. 쪽문이었다. 문을 밀자 돌쩌귀가 움직였다. 양쪽으로 호랑가시나무인지 주목인지 검은 덤불이 우거져 있었다.

안으로 들어가 관목을 지나치자 집의 낮고 기다란 윤곽이 드러났다. 그러나 나를 여기까지 이끌어준 불빛은 어디에도 없었다. 온 사방이 캄캄했다. 이 집 사람들 모두 잠자리에 들었나? 틀림없이 그런 것 같아 불안해졌다. 출입문을 찾아 모퉁이를 돌자 잔잔한 불빛이 반짝였다. 바닥에서 30센티미터 정도의 높이에 나 있는 창살이 달린 작은 마름모꼴의 창문에서 불빛이 비치고 있었다. 담쟁이 같은 덩굴식물의 이파리들이 두텁게 가리고 있어서 창은 실제보다 더 작아 보였다. 좁은 창문에는 커튼이나 덧문 같은 건 필요하지 않아 보였다.

몸을 숙여 창을 가린 나뭇가지를 한쪽으로 치우자 집 안이 훤히 들여다보였다. 깔끔하게 정논된 모래 색쌀 바닥의 방이 보였다. 붉게 빛나는 토탄 불빛이 백랍 접시들이 여러 줄로 가지런히 진열된 호두나무 찬장에 반사되고 있었다. 괘종시계와 흰 전나무 탁자, 의자 몇 개도 보였다. 나를 여기로 이끌어준 촛불은 탁자 위에서 타고 있었다. 그 옆에는 조금 촌스러운 듯 보이지만 주위에 있는 물건처럼 아주 깔끔한 차림을 한 노파가 양말을 뜨고 있었다.

나는 집 안을 무심히 들여다보았다. 특별한 것은 없었다. 그런데 눈길을 끄는 것이 있었다. 바로 장밋빛의 평화롭고 따스한 분위기를 풍기며 난롯가에 앉아 있는 사람들이었다. 여러 모로 귀부인으로 보이는 젊고 우아한 숙녀들이었는데 한 명은 낮은 흔들의자에, 다른 한 명은 그보다 낮은 의자에 앉아 있었다. 둘 다 상복을 입고 있었다. 검은 상복 때문에 그들의 아름다운 목과 얼굴이 돋보였다. 한 아가씨의 무릎에는 크고 늙은 포인터 한 마리가 머리를 기대고 있고, 다른 아가씨의 무릎에는 검은 고양이가 앉아 있었다.

이렇게 허름한 부엌에 이런 사람들이 앉아 있다니! 저 숙녀들은 누굴까? 탁자 앞에 앉은 노파의 딸일 리가 없었다. 노파는 시골 사람처럼 보였지만 그녀들은 우아하고 세련돼 보였기 때문이다. 나는 지금까지 어디서도 두 숙녀와 같은 얼굴들을 본적이 없었다. 그들의 얼굴을 들여다보고 있자니 이목구비가 친근하게 느껴졌다. 아름답다고 하기에는 몹시 창백하고 엄숙해 보였다. 각자 고개를 숙여 책을 읽을 때도 심각해 보일 정도로 깊이 생각에 잠긴 표정이었다. 두 여자 사이에 있는 탁자 위에는 또 다른 촛불 한 자루와 두꺼운 책 두 권이 놓여 있었다. 그녀들은 사전을 들여다보며 번역하듯 손에 있는 작은 책과 두꺼운 책을 연신 번갈아가며 쳐다보았다. 사람들은 그림자 같았고 환하게 밝은 방은 그림처럼 고요했다. 너무 조용해 난로에서 석탄 재 떨어지는 소리, 어두운 구석에서 틱틱거리며 시계 바늘이 움직이는 소리, 노파가 뜨개바늘을 부딪치는 소리까지 들릴 것만 같았다. 이상한 고요함을 깨뜨리며 누군가의 목소리가 들렸다.

"다이애나 언니, 이것 좀 들어봐."

열심히 책을 들여다보던 두 사람 중 한 사람이 말했다.

"프란츠와 늙은 다니엘은 밤에 함께 있어. 프란츠가 무서워 잠에서 깬 뒤에 꿈 이야기를 하는 거야. 들어봐."

그녀는 차분한 목소리로 뭔가를 읽었다. 그런데 한 마디도 알아들을 수가 없었다. 프랑스어도 라틴어도 아니었다. 그리스어인지 독일어인지는 알 수 없었다.

"강렬한 문구야. 이 부분이 정말 좋아."

다 읽고 난 뒤 그녀가 말했다. 고개를 들고 이야기를 듣던 다른 숙녀가 난롯불을 쳐다보며 방금 들은 내용 중 한 구절을 암송했다. 나는 한참 뒤에야 그녀들이 말하던 언어와 책 제목을 알게 되었다. 그래서 나는 여기에 그 구절을 인용해보고자 한다. 처음 그 말을 들었을 때는 금관 악기의 소리처럼 듣고도 전혀 이해할 수 없었지만 말이다.

"'그때 누군가 별이 빛나는 밤하늘을 보려고 걸어 나오도다.' 멋져, 정말 멋지다! 위대한 천사장의 흐릿한 모습이 눈앞에 딱 나타나는 것 같아! 이 한 줄이 쓸모없는 문장 백 페이지보다 낫지. '나는 그 생각들을 분노의 저울에 올려놓고 그 업적을 분노의 추로 달아보노라(실러의 희곡 《군도》 제5막 중 일부—옮긴 이).' 특히 이 문장이 마음에 쏙 들어!"

그녀는 까맣고 깊은 눈을 반짝거리며 외쳤다.

그러고서 두 사람은 다시 말없이 책을 읽기 시작했다.

"그런 말을 쓰는 나라가 있어요?"

뜨개질을 하던 노파가 고개를 들고 물었다.

"네, 영국보다 훨씬 큰 나라예요. 그 나라 사람들은 다 이런 말을 써요."

"그 말을 사람들이 어떻게 알아듣는지 모르겠네요. 아가씨들은 그 나라에 가면 사람들의 말을 다 알아들으시겠어요?"

"아마 어느 정도는 알아듣겠지만 다는 아니에요. 우리는 해나가 생각하는 것만큼 똑똑하지 않아요. 게다가 독일어로 말하지 못하고 사전을 보지 않으면 읽을 수도 없어요."

"그럼 독일어가 아가씨들한테 무슨 소용이래요?"

"나중에 독일어를 가르치려고요. 기초만이라도 배워두면 지금보다 돈을 더 많이 벌 수 있거든요."

"그렇군요. 하지만 이제 그만하세요. 오늘 밤에는 이만하면 됐어요."

"그런 것 같네요. 좀 피곤하긴 해요. 메리, 너는 어때?"

"나도 엄청 피곤해. 선생님 없이 달랑 사전만 가지고 말을 배우려니 힘드네."

"맞아. 독일어는 멋있기는 해도 읽기 어려워서 더 그런 것 같아. 그런데 오빠는 언제 오지?"

"이제 막 열 시가 됐으니까(허리띠에서 작은 금시계를 꺼내 들여다보며) 틀림없이 금방 올 거야. 해나, 비가 쏟아지네요. 거실 난롯불 좀 봐줄래요?"

노파가 일어나 문을 열자 그 사이로 어둑한 복도가 보였다. 안쪽 방에서 노파가 난롯불을 뒤적이는 소리가 들리더니 곧이어 그녀가 돌아왔다.

"아가씨들, 지금은 저 방에 들어가기가 참 괴롭네요. 한쪽 구석에 치워 놓은 빈 의자가 너무 외로워 보여요."

노파가 앞치마로 눈물을 훔치며 말했다. 숙녀들의 엄숙하던 표정이 슬픈 표정으로 바뀌었다.

"하지만 주인님께서는 더 좋은 곳으로 가셨으니 여기 계시길 바라면 안 되겠죠. 그리고 주인님처럼 평온하게 임종을 맞으신 분도 없을 거예요."

해나가 말했다.

"아버지께서 우리 이야기는 한 마디도 안 하셨다고 했죠?"

한 숙녀가 물었다.

"그럴 틈이 없었어요. 순식간에 돌아가셨거든요. 그 전날처럼 약간 편찮기는 했지만 전혀 심각하지 않으셨어요. 세인트 존 도련님이 두 분 중 한 분이라도 불러올까 하고 여쭤봤지만 아버님은 그냥 웃으셨어요. 그리고 다음 날 그러니까 이 주일 전쯤 머리가 약간 무겁다고 하시면서 잠자리에 드셨는데 다시 못 일어나셨어요. 도련님이 방에 들어갔을 때는 몸이 거의 뻣뻣하게 굳어 있었대요. 그게 마지막이었어요. 어르신과 마님께서는 아가씨들과 도련님을 정말 사랑하셨어요. 두 분은 어머님과 많이 비슷하지요. 마님도 공부하는 걸 좋아하셨거든요. 메리 아가씨는 어머님을 빼다 박았고 다이애나 아가씨는 아버님을 좀 더 닮았지요."

내 눈에는 그들이 매우 비슷해 보여서 늙은 하녀(나는 그렇게 결론을 내렸다)의 눈에 어디가 달라 보이는지 도무지 알 수 없었다. 둘 다 얼굴빛이 희고 호리호리하며 기품과 지성미가 넘쳐흘렀다. 한쪽 숙녀는 확연히 머리색이 약간 더 검었으며 머리 모양도 서로 달랐다. 메리는 연갈색 머리카락을 양 갈래로 나눠 느슨하게 땋았고 다이애나는 치렁치렁한 짙은 색 곱슬머리를 목덜미까지 늘어뜨렸다. 시계가 열 시를 울렸다.

"저녁 드셔야겠어요. 세인트 존 도련님도 들어오시면 차려 드려야 하고요."

해나는 이렇게 말한 뒤 식사를 준비하기 시작했다. 두 숙녀도 일어났다. 응접실로 가려는 듯했다. 나는 그들의 모습과 대화 내용이 흥미로워 귀를 기울이고 있었다. 내 비참한 처지를 거의 잊고 있다가 그 순간 정신이 번뜩 들었다. 그들과 대비되는 내 모습에 그 어느 때보다 더 외롭고 절망스러웠다.

이 집 사람들에게 내가 얼마나 배가 고프고 슬픈지를 보여주고 그들의 마음을 움직여 갈 곳 없는 내게 쉴 자리를 마련해주도록 하는 것이 거의 불가능해 보였다. 나는 더듬더듬 문을 찾아 잠시 망설이다가 두드렸다. 그러면서도 마음속으로는 절대 나를 재워주지 않을 거라고 생각했다. 노파가 문을 열었다.

"무슨 일이세요?"

노파가 들고 있던 촛불로 나를 위아래로 훑어보며 놀란 목소리로 물었다.

"숙녀분들께 드릴 말씀이 있는데요."

내가 말했다.

"그 이야기를 나한테 해보시구려. 어디서 오셨소?"

"다른 지방에서 왔어요."

"그런데 여긴 이 시간에 무슨 일이오?"

"헛간이든 어디든 상관없으니 하룻밤만 재워주세요. 그리고 빵을 조금만 나눠 주실 수 없을까요?"

믿지 못하겠다는 표정이 그녀의 얼굴에 스쳤다. 바로 내가 두려워하던 것이었다.

"빵은 한쪽 줄게요."

그녀는 잠시 멈추었다가 다시 말했다.

"하지만 부랑자를 재워줄 수는 없어요. 절대 그럴 순 없지."

"제가 숙녀분들께 직접 말씀드려 볼게요."

"아니, 안 돼요. 아가씨들도 해주실 수 있는 게 없어요. 지금 시간에 돌아다니지 말아요. 아주 수상해 보인다고요."

"할머니마저 저를 쫓아내시면 갈 곳이 없어요. 지금 어디 가서 무얼 할 수 있죠?"

"댁이 어디 가서 뭘 할지 그건 당신이 알겠지. 다만 나쁜 짓은 하지 말아요. 1페니 줄 테니 이제 가요."

"1페니로는 사 먹을 게 없어요. 더는 걸을 힘도 없고요. 제발 문을 닫지 말아 주세요. 아, 제발요."

"닫아야 해요. 비가 들이치고 있잖아요."

"아가씨들한테 말씀 좀 전해주세요. 만나게 해주세요."

"안 된다니까 그러네. 제정신이 아니구먼. 아니면 이렇게 소란을 피울 리가 있나. 어서 돌아가요."

"이렇게 쫓아내시면 저는 분명 죽을 거예요."

"그럴 리 없지. 무슨 나쁜 계획이 있어서 이렇게 늦은 시간에 사람들 집을 돌아다니는 거요? 이 근처 어디에 강도든가 뭐 그런 놈들이 기다리고 있으면 가서 전해요. 이 집엔 우리만 있는 게 아니라 남자도 있고 개도 있고 총도 있다고 말이오!"

충직하지만 완고한 노파는 문을 쾅 닫고 들어가더니 빗장을 질렀다.

이제 끝이 다가오고 있었다.

격렬한 고통, 진정한 절망의 고통으로 가슴이 찢어지고 숨이 막히는 것 같았다. 이제 너무 지쳐 더는 한 걸음도 뗄 수가 없었다. 나는 신음하며 비에 젖은 현관 계단 위에 쓰러졌다. 두 손을 움켜쥐었다. 그리고 너무나 괴로워서 눈물을 쏟고 말았다. 아, 죽음의 유령이여! 아, 두려움 속에서 다가오는 마지막 순간이여! 아, 같은 인간에게 버림받았다는 이 외로움이여! 순간이었지만 희망의 닻뿐 아니라 용기를 낼 수 있는 발판마저 사라지고 말았다. 그러나 나는 마지막으로 기운을 내려고 애썼다.

"이제 죽는 것밖에 할 수 있는 게 없구나. 나는 하느님을 믿어. 조용히 하느님의 뜻을 기다려보자."

나는 이 말을 속으로 한 게 아니라 입 밖으로 내어 말했다. 그리고 온갖 슬픈 생각을 조용히 가슴속에 묻어두려고 애썼다.

그때 가까이서 누군가의 목소리가 들려왔다.

"사람은 누구나 죽습니다. 하지만 당신이 여기서 굶어 죽는다면 그건 당신의 운명이지 모든 사람이 당신처럼 방황하다가 일찍 죽는 건 아닙니다."

"누구세요?"

나는 뜻밖의 목소리에 깜짝 놀라 물었다. 이제는 어떤 도움도 받지 못할 거라고 절망하고 있는데, 가까이서 사람의 모습이 보였다. 칠흑같이 어두운 밤인 데다가 눈도 흐릿해져 잘 보이지 않아 형체를 똑똑히 알아보기가 어려웠다. 그 사람은 요란하게 오랫동안 문을 두드렸다.

"세인트 존 도련님이세요?"

노파가 물었다.

"그래요. 얼른 문 열어요."

"아이고! 날씨가 이렇게 궂어 얼마나 축축하고 춥겠어요! 들어오세요. 아가씨들이 얼마나 걱정하셨는데요. 거기다 주변에 나쁜 놈들이 돌아다니나 봐요. 거지 여자도 하나 있었는데, 틀림없이 아직 이 근처에 있을 거예요! 저기 누워 있네요. 일어나! 창피한 줄도 몰라! 가라니까!"

"그만둬요, 해나! 저 여자한테 할 말이 있어요. 해나는 저 여자를 한 번 쫓아낸 걸로 할 일을 다했고, 이제는 내가 저 여자를 집 안에 들여놓을 의무를 다하겠소. 아까 나는 근처에서 두 사람이 하는 이야기를 듣고 있었소. 좀 특별한 사정이 있는 것 같으니 한번 자세히 들어봐야겠소. 아가씨, 일어나서 집으로 들어가요."

나는 간신히 집 안으로 들어갔다. 드디어 그 밝고 깨끗한 부엌의 난로 앞에 서 있었다. 나 자신이 비바람에 시달려 더없이 초라하고 험한 모습이라는 걸 느끼면서 오들오들 떨었다. 두 아가씨와 오빠인 세인트 존 그리고 노파가 말없이 나를 바라보고 있었다.

"오빠, 누구예요?"

한 사람이 물었다.

"모르겠어, 문 앞에 있더군."

그가 대답했다.

"얼굴이 정말 창백해요."

해나가 말했다.

"진흙이나 시체처럼 창백해. 저러다간 쓰러질 것 같은데, 우선 앉혀야겠어."

그런데 정말로 머리가 핑 돌면서 나는 쓰러졌다. 그러나 의자 하나가 나를 받쳐주었다. 아직 의식은 있었지만 말을 할 수가 없었다.

"물이라도 마시면 기운을 차릴 거야. 해나, 물을 좀 가져와요. 뼈와 가죽밖에 없네. 어쩌면 이렇게 마르고 이처럼 창백할 수 있을까!"

"꼭 유령 같아요."

"아파서 그럴까, 아니면 굶어서 그럴까?"

"굶어서 그렇겠지. 해나, 그거 우유인가? 이리 줘봐요. 빵도 좀 가져오고."

다이애나가 (내게 몸을 굽히자 난롯불 앞으로 긴 고수머리가 늘어진 걸 보고 그녀인 줄 알았다) 빵을 조금 떼어 우유를 찍은 뒤 내 입에 넣어주었다. 그녀의 얼굴이 아주 가까이에 있었다. 얼굴에는 연민이 어려 있고 가쁜 숨소리에서는 동정심이 느껴졌다. 그녀의 짧은 말에는 진통제와 같은 따뜻한 감정이 담겨 있었다.

"먹어봐요."

"그래요, 좀 먹어요."

메리도 다정하게 말했다. 그리고 내 젖은 모자를 벗겨주고 고개도 들어주었다. 나는 그들이 주는 걸 먹었다. 처음에는 힘없이 먹기 시작했지만 나중에는 정신없이 먹었다.

"굶다가 갑자기 너무 많이 먹으면 안 돼. 좀 쉬었다가 먹여. 그만하면 충분해."

그녀의 오빠는 이렇게 말한 뒤 우유 컵과 빵 접시를 가져갔다.

"조금만 더 주세요, 세인트 존. 먹고 싶어 하잖아요."

"지금 더 먹으면 안 된다니까. 이제 말할 수 있는지 말을 시켜봐. 이름부터 물어봐."

나는 말할 수 있을 것 같아 그렇다고 대답했다.

"제 이름은 제인 엘리엇이에요."

내가 누군지 밝혀질까 봐 나는 가명을 쓰기로 마음먹었다.

"어디 사시죠? 아는 분들은요?"

나는 잠자코 있었다.

"누구 아는 분을 불러다 드릴까요?"

나는 고개를 흔들었다.

"자신에 대해 말해줄 수 있습니까?"

나는 고개를 가로저었다. 일단 이 집 현관에 들어와 집주인들과 얼굴을 마주하고 보니, 이제 쫓겨나지 않아도 되고 여기저기 떠돌아다니지 않아도 되며 넓은 세상에서 버림받은 게 아니라는 생각이 들었다. 나는 용기를 내어 구걸을 그만두고, 내 본래의 태도와 성격으로 돌아가기로 마음먹었다. 나는 다시 한 번 나 자신이 어떤 상태인지 돌아보기 시작했다. 그리고 세인트 존이 내 사정을 설명해달라고 했을 때 몸이 너무 쇠약한 나머지 당장은 말을 할 수가 없어서 잠깐 사이를 두었다가 이렇게 말했다.

"저, 오늘 밤에는 자세한 말씀을 드릴 수가 없어요."

"그럼 내가 어떻게 해주었으면 좋겠소?"

그가 물었다.

"아무것도 없어요."

내가 대답했다. 나는 힘이 없어 짧은 대답밖에 할 수가 없었다. 다이애나가 그 말을 받아 말했다.

"이제 필요한 도움은 다 받았다는 말인가요? 그러니 비 내리는 한밤중에 황야로 내보내 달라는 건가요?"

나는 그녀를 보았다. 위엄 있고 선의를 가진 예쁜 얼굴이었다. 나는 용기를 내어 그녀의 동정 어린 눈빛에 미소로 답하며 말했다.

"저는 당신을 믿어요. 설령 제가 주인 없는 길 잃은 개라 할지

202

라도 당신은 오늘 밤 저를 난롯가에서 쫓아내시지 않을 거예요. 이렇게 해주시니 이젠 정말로 아무 두려움도 없어요. 좋으실 대로, 마음대로 하세요. 하지만 제발 긴 이야기는 시키지 말아 주세요. 말을 하면 숨이 차서 몸에 경련이 일어날 것 같아요."

세 사람은 모두 나를 바라볼 뿐 말이 없었다.

드디어 세인트 존이 입을 열었다.

"해나, 우선 그냥 앉아 있게 해요. 아무것도 묻지 말고 십 분쯤 후에 나머지 우유와 빵을 주세요. 메리와 다이애나, 우리는 거실에서 이야기 좀 하자."

그들은 모두 나갔다. 잠시 후 한 아가씨가 되돌아왔다. 누군지 알 수 없었다. 따뜻한 난롯가에 앉아 있으니 기분 좋게 정신이 혼미해지는 듯했다. 그녀는 해나에게 몇 가지 지시를 내렸다. 곧이어 나는 노파의 도움을 받아 간신히 계단을 올라갔다. 그리고 물방울이 뚝뚝 떨어지는 옷을 갈아입고 곧 따뜻하고 보송보송한 침대에 누웠다. 나는 하느님께 감사했다. 그리고 기진맥진한 가운데서도 감사의 기쁨을 느끼며 잠이 들었다.

제8장

　그 후 사흘 낮밤 동안의 기억은 가물가물하다. 그사이 어떤 기분은 생각이 나기도 하지만 거의 아무 생각 없이 손가락 하나 까딱하지 않은 채 지냈다. 나는 어떤 조그만 방 안에 놓인 좁은 침대 위에 누워 있었다. 마치 침대와 한 몸이라도 된 듯 돌처럼 꼼짝하지 않고 누워 지냈다. 침대에서 한 발짝이라도 움직이면 죽을 것만 같았다. 오전이 오후가 되고 오후가 저녁이 되었지만 나는 시간이 얼마나 흘렀는지도 몰랐다. 누군가 방에 들어왔다가 나가는 것 정도만 알고 그게 누군지는 몰랐다.

　내게 가까이 다가와서 하는 말은 알아들을 수 있었다. 그러나 대답을 할 수가 없었다. 입술을 떼는 일이 팔다리를 움직이는 것만큼 힘들었다. 해나가 누구보다 자주 나를 찾아왔다.

하지만 그녀가 나타나면 나는 마음이 불안해졌다. 그녀가 나를 내쫓고 싶어 하는 데다가 나나 내 처지를 이해하지 못해 내게 좋지 않은 편견을 갖고 있다는 느낌이 들었기 때문이다. 다이애나와 메리는 하루에 한두 번쯤 내 방에 들어왔다. 그리고 침대 곁에서 이런 이야기를 소곤거렸다.

"데리고 들어오길 정말 잘했어."

"그래. 밤새도록 밖에 있었으면 분명 다음 날 아침 문 앞에 죽어 있었을 거야. 도대체 무슨 일이 있었던 걸까?"

"별별 고생을 다 했겠지. 가엾게도 수척하고 핼쑥한 모습으로 떠돌아다녔나 봐!"

"말투를 들어보면 교양이 없는 사람 같지는 않아. 억양에 사투리가 섞여 있지도 않고 벗어놓은 옷도 흙탕물이 튀고 젖긴 했지만 거의 해어지지도 않고 좋은 거야."

"생김새도 개성 있어. 비쩍 마르고 초췌하긴 하지만 나는 마음에 들어. 다시 건강해지고 기운을 차리면 얼굴도 보기 좋아질 거야."

대화 내내 그들은 단 한 번도 나를 집에 들여 후회한다거나 뭔가 의심스럽다거나 싫다는 말을 하지 않았다. 그것만으로도 나는 마음이 편안해졌다.

세인트 존은 딱 한 번 내 방에 들렀다. 그는 나를 바라보며 내 혼수상태가 오랜 과로 때문이라며 의사는 필요 없고 자연적으로 해결될 테니 내버려두는 게 최선이라고 말했다. 그리고 몸의 온 신경이 너무 긴장하고 있었으니 한동안 푹 자는 게 몸에 좋을 거라고 덧붙였다. 다행히 병은 아니었다. 그는 침착하고 나지막한 목소리로 내 몸이 한번 회복되기 시작하면 금방 나을 거라고 말했다. 그리고 잠시 말을 멈췄다가 많은 말을 쏟아내는 게 약간 어색한 듯 이렇게 덧붙였다.

"흔치 않은 얼굴이야. 확실히 상스럽거나 천해 보이는 구석은 없군."

"정반대야, 세인트 존. 오히려 나는 저 조그맣고 가엾은 분이 좋아. 우리가 앞으로도 쭉 도움을 줬으면 좋겠어."

"그러긴 어려울 거야. 어쩌면 이 여자는 친구들과 오해가 생겨 무턱대고 집을 나온 아가씨일지도 몰라. 고집을 부리지 않는다면 다시 돌려보낼 수 있을지도 모르지. 하지만 얼굴을 보아하니 고분고분 말을 들을 것 같지 않아. 고집스러운 선이 보이거든."

그는 잠시 나를 바라보며 곰곰이 생각하더니 말했다.

"분별 있어 보이기는 하지만 전혀 예쁘진 않아."

"세인트 존, 아프니까 그렇지."

"아프든 건강하든 평소에도 예쁘지 않을 거야. 얼굴이 전혀 우아하거나 조화롭지가 않잖아."

사흘째가 되자 몸이 나아졌다. 그리고 나흘째 되는 날에는 말을 하거나 움직일 수 있었고 침대에서 몸을 일으키거나 돌아누울 수도 있게 됐다. 점심때라고 생각할 무렵 해나가 귀리죽과 아무것도 바르지 않은 토스트를 가져다주었다. 나는 맛있게 먹었다. 음식은 맛이 있었다. 열이 나서 삼키는 것마다 쓰던 입맛이 예전으로 돌아왔다. 그녀가 방을 나가자 꽤 힘이 나고 기운을 차린 듯한 기분이 들었다. 너무 오랜 휴식이 지겨웠는지 움직이고 싶다는 생각이 들었다. 나는 일어나고 싶었다. 하지만 무엇을 입지? 가진 옷이라고는 입은 채로 땅바닥에서 자고 늪에 빠져 흠뻑 젖어버린 흙투성이 옷밖에 없었다. 그런 옷차림으로 부끄러워 은인들 앞에 나설 수가 없었다. 하지만 그런 걱정은 할 필요가 없었다. 침대 맡에 놓인 의자 위에 깨끗이 빨아 말려놓은 내 옷이 놓여 있었다. 검은 비단 겉옷은 벽에 걸려 있었다. 늪에 빠졌던 흔적은 사라지고 물에 젖어 생긴 주름도 펴놓아서 꽤 괜찮아 보였다. 구두와 양말까지 깨끗이 손질되어 남들 앞에 나서도 될 만한 상태였다. 방 안에는 세면도구와 머리를 가다듬을 빗과 브러시도 있었다. 오 분마다 쉬어가면서 고생한 끝에 나는 혼자 옷을 입었다. 살이 너무 빠져 걸친 옷이 헐렁할 정도였다. 보기 싫은 부분을 숄로 덮자 다시 한 번 깨끗하고 점잖은 차림새가 되었다. 나를 형편없는 사람처럼 보이게 했던 더러운 얼룩이나 어지러운 흔적 등이 사라지자 깔끔하고 점잖아 보였다. 나는 난간에 의지해 돌계단을 기다시피 내려와 좁은 복도를 걷다가 부엌을 발견했다. 부엌에는 갓 구운 고소한 빵 냄새와 활활 타고 있는 난롯불의 온기가 가득했다.

해나는 빵을 굽고 있었다. 편견이란 교육을 통해 마음의 토양을 다듬거나 풍요롭게 하기 전에는 뿌리 뽑기가 매우 어렵다. 그것은 돌 틈에 솟은 잡초처럼 그곳에서 자라난다. 해나는 처음엔 냉정하고 무뚝뚝하게 굴었지만 이제 조금씩 누그러지기 시작했다. 내가 깔끔하게 차려입고 들어오는 모습을 보자 미소까지 지어 보였다.

"어머나, 일어났네. 그럼 이제 몸이 나은 건가? 난롯가에 있는 내 의자에 앉아요."

해나는 말하면서 흔들의자를 가리켰다. 나는 거기에 앉았다. 그녀는 가끔씩 곁눈질로 나를 살피면서 부산을 떨며 돌아다녔다. 그러고는 오븐에서 빵을 꺼내다가 뒤를 돌아보더니 불쑥 물었다.

"여기 오기 전에도 구걸하고 다닌 적이 있어요?"

잠시 화가 났지만 기분 나빠한들 아무 소용도 없는 데다가 당연히 그녀에게는 내가 거지로 보였을 거라고 생각했다. 나는 차분하지만 매우 단호하게 대답했다.

"나를 거지로 생각하다니 오해예요. 당신이나 여기 아가씨들과 마찬가지로 나는 거지가 아니에요."

잠시 말없이 서 있던 그녀가 말했다.

"무슨 소린지 모르겠네, 집도 없고 쇠도 없잖아요. 아니오?"

"집이나 쇠(아마 돈을 말하는 듯했다)가 없다고 다 거지는 아니에요."

"글은 배웠소?"

곧바로 해나가 물었다.

"네, 오래 배웠죠."

"그래도 학교에는 가본 적이 없을걸?"

"팔 년이나 다녔어요."

그녀는 놀랐는지 두 눈을 동그랗게 떴다.

"그럼 뭘 하든 혼자 먹고 살 만할 텐데요?"

"지금까지는 그래 왔어요. 앞으로도 혼자 힘으로 살아갈 수 있을 거라고 믿어요. 그런데 그 구스베리로는 뭐하려고요?"

그녀가 구스베리가 가득한 바구니를 꺼내자 물었다.

"파이를 만들려고요."

"이리 주세요. 내가 다듬을게요."

"아녜요, 그럴 필요 없어요."

"하지만 뭐든 해야 할 거 같아서요. 내가 할게요."

마침내 그녀는 허락했다. 그리고 내 무릎 위에 깔 깨끗한 수건을 갖다 주며 말했다.

"옷이 더러워질까 봐서요. 손을 보아하니 하인으로 일해본 적은 없는 모양이네. 재봉일은 해봤어요?"

"아니요. 하지만 내가 무슨 일을 했는지 신경 쓸 필요 없어요. 나 때문에 더는 골치 아플 일도 없고요. 그런데 내가 머물고 있는 이 댁의 이름이 뭐예요?"

"마시 엔드라고 하는 사람도 있고 무어 하우스라고 하는 사람도 있어요."

"그럼 여기 사시는 신사분의 성함은 세인트 존 씨고요?"

"아니요. 여기 사시는 건 아니에요. 그저 잠시 머물고 계시는 거지. 원래 사시는 곳은 모턴에 있는 교구예요."

"몇 킬로미터 떨어진 그 마을인가요?"

"네."

"어떤 일을 하세요?"

"목사님이세요."

나는 목사관에서 목사를 만나려고 했을 때 나이 든 가정부가 했던 대답이 떠올랐다.

"그러면 여기는 아버님이 사시던 집이군요?"

"그렇죠. 리버스 님의 아버님이 여기 사셨고 그전에는 그분의 아버님, 조부님, 증조부님까지 모두 여기 사셨죠."

"그러면 저 신사분의 성함은 세인트 존 리버스 씨인가요?"

"네, 세인트 존은 세례명이지요."

"두 분 누이동생의 이름은 다이애나 리버스와 메리 리버스 맞나요?"

"맞아요."

"아버님은 돌아가셨나요?"

"삼 주 전에 뇌졸중으로 돌아가셨죠."

"어머님은 안 계세요?"

"마님은 아주 오래전에 돌아가셨어요."

"이 댁에서 오래 계셨나 봐요?"

"삼십 년이나 있었지요. 저 세 분을 내가 다 키웠지."

"틀림없이 아주 정직하고 충직한 가정부셨나 봐요. 무례하게도 나를 거지라고 불렀지만."

그녀는 깜짝 놀란 눈으로 나를 바라봤다.

"내가 아가씨를 엄청나게 잘못 본 것 같아요. 하지만 워낙 사기꾼들이 설치고 돌아다니니 용서해주구려."

"게다가 개라도 내쫓으면 안 될 밤에 나를 문밖으로 쫓아내려고 했죠."

나는 다소 딱딱한 말투로 말했다.

"그래요, 내가 매정했지. 하지만 어쩌겠어요? 나는 나보다도 우리 아가씨들을 우선으로 생각해야 하는데. 가엾어라! 아가씨들은 나 말고 돌봐드릴 사람이 아무도 없잖소. 그러니 만만하게 보일 순 없었지요."

나는 한동안 입을 열지 않았다.

"나를 너무 나쁘게 생각하지는 말아줘요."

그녀가 다시 말했다.

"하지만 난 정말 나쁘다고 생각해요. 그 이유를 알려드릴게요. 그건 나를 하룻밤 재워주지 않아서도 아니고 사기꾼으로 생각해서도 아니에요. 그건 방금 집도 없고 '쇠'도 없다는 이유로 나를 비난했기 때문이에요. 과거에 훌륭한 사람들 가운데는 나처럼 찢어지게 가난한 사람들도 있었어요. 그리고 기독교인이라면 가난을 죄로 생각하면 안 되죠."

"앞으로는 그러지 않을게요. 세인트 존 도련님도 그렇게 말씀하셨어요. 나도 내가 뭘 잘못했는지 알아요. 이제 아가씨에 대해 갖고 있던 생각이 완전히 바뀌었어요. 바르고 점잖은 분으로 보여요."

그녀가 말했다.

"그러면 됐어요. 이제 용서할게요. 악수해요."

그녀는 밀가루가 묻은 거친 손으로 내 손을 잡았다. 전과 달리 다정한 미소를 짓고 있는 그녀의 주름진 얼굴이 밝게 빛났다. 그리고 그 순간 우리는 친구가 되었다.

해나는 말하기를 좋아하는 게 확실했다. 내가 과일을 골라 담는 동안 그녀는 파이 반죽을 하면서 돌아가신 주인과 주인마님 그리고 '애기들'이라고 부르는 남매들과 관련된 시시콜콜한 이야기까지 들려주었다.

그녀 말에 따르면 돌아가신 리버스 씨는 평범한 분이셨지만,

신사였고 그 어느 가문보다 역사가 깊은 집안 출신이었다. 마시 엔드는 지어진 이래로 리버스 가문의 소유였다. 그녀는 이렇게 말했다.

"모턴 계곡에 자리 잡은 올리버 씨의 웅장한 저택과 비교하면 작고 초라해 보일지 몰라도 2백 년도 더 된 걸요. 빌 올리버 씨의 아버지는 바늘을 만드는 일꾼이었던 걸로 기억해요. 하지만 리버스 가는 모턴 교회의 등록부를 보면 알 수 있듯 헨리 왕조 때부터 신사 계급이었어요."

그녀는 또 이런 말도 했다.

"돌아가신 전 주인님은 보통 사람들처럼 사냥이나 농사일에 푹 빠져 지내셨답니다."

그런데 주인마님은 달랐다고 한다. 그녀는 책을 많이 읽었고 공부도 열심히 했다. '애기들'은 어머니를 닮았다. 이 지역에 그들과 같은 사람은 아무도 없고 그전에도 없었다. 세 사람은 모두 말을 배울 시기부터 공부를 좋아했고 늘 스스로 깨쳤다. 세인트 존은 성인이 되자 대학에 가서 목사가 되기로 했고 아가씨들은 학교를 졸업하자마자 가정교사 자리를 구했다. 왜냐하면 리버스 씨가 믿고 있던 사람이 파산하는 바람에 엄청나게 많은 돈을 잃어 자식들한테 물려줄 재산이 없어 자기 힘으로 살아야 했기 때문이다.

세 사람은 아주 오랫동안 집에 오지 못하다가 아버지가 돌아가시자 몇 주간 와서 머무르고 있을 뿐이었다. 하지만 그들은 마시 엔드와 모턴, 주변의 벌판과 산을 매우 좋아했다. 런던뿐 아니라 다른 대도시에도 가보았지만 늘 고향처럼 좋은 곳은 어디에도 없다고 말하곤 했다.

세 사람은 사이가 매우 좋아서 언성을 높이는 일이 전혀 없었다. 해나는 이렇게 화목한 가족은 여태껏 한 번도 보지 못했다고 자랑했다. 구스베리를 모두 다듬은 나는 그들이 지금 어디 있는지 물어보았다.

"모턴까지 산책 나가셨어요. 삼십 분 안에 돌아와 차를 드실 거예요."

해나가 말한 대로 그들은 삼십 분 내로 돌아와 부엌문을 거쳐 집 안으로 들어왔다. 세인트 존은 나를 보자 그저 목례만 하고 지나쳤지만 자매는 멈춰 섰다. 메리는 아래층까지 내려올 정도로 내 몸이 나아졌다니 정말 기쁘다며 다정하고 차분하게 말했다. 다이애나는 내 손을 잡더니 고개를 가로저었다.

"내가 내려와도 되겠다고 말할 때까지 기다리지 그랬어요. 아직도 얼굴이 창백하고 몸도 너무 여위었어요. 가엾어라!"

다이애나의 목소리는 마치 비둘기가 구구대는 소리처럼 부드러웠다. 그리고 시선이 마주치면 즐거워지는 눈을 가지고 있었다. 그녀는 온 얼굴에 매력이 넘쳤다. 메리의 얼굴도 지성미가 넘쳤으며 아름다웠다. 하지만 표정은 좀 더 내성적이었고 태도도 친절하기는 하지만 어딘지 모르게 거리를 두는 듯했다.

다이애나의 표정이나 말투에는 확실히 위엄이 서려 있었고, 확고한 의지가 엿보였다. 나는 내 양심과 자존심이 허락하는 한도 내에서 그런 권위와 적극적 의지에 따르면서 자연스레 즐거워했다.

"그런데 여기엔 어쩐 일이에요? 여기 있으면 안 돼요. 메리나 나야 우리 집이니 자유롭게 제멋대로 하고 싶어서 가끔 부엌에 앉아 있기는 하지만 당신은 손님이잖아요. 손님은 객실로 가야죠."

다이애나가 말했다.

"저는 여기가 좋아요."

"천만에요. 해나가 부산을 떨고 다니면서 밀가루를 뒤집어씌우는걸요."

"그리고 이 불은 당신한테 너무 뜨거워요."

메리가 덧붙였다.

"맞아요. 그러니 이리 와요. 시키는 대로 해요."

다이애나는 이렇게 말하면서 내 손을 잡고 일으켜 세우더니 뒤 안쪽 방으로 데려갔다.

"저기 앉아요."

그녀는 나를 소파에 앉히면서 말했다.

"우리는 그동안 옷을 갈아입고 차 준비를 할게요. 우리가 하고 싶다는 생각이 들 때나, 해나가 빵을 굽거나 차를 끓인다든지 아니면 빨래나 다림질을 하느라 바쁘면 우리가 직접 식사 준비를 하기도 해요. 황야 위의 이 아담한 집에서 우리가 누릴 수 있는 특권 중 하나죠."

그녀는 방에 나와 세인트 존만 남겨놓은 채 문을 닫고 나가 버렸다. 세인트 존은 책인지 신문인지를 손에 든 채 맞은편 의자에 앉아 있었다. 나는 우선 방 안을 찬찬히 살펴본 다음 그의 얼굴을 바라보았다.

응접실은 매우 소박하게 꾸며놓은 자그마한 방이지만 깨끗하고 깔끔하며 잘 정리되어 있어 편안한 기분이 들었다.

고풍스러운 의자들은 반들반들 윤이 났고 호두나무로 만든 탁자도 마치 거울처럼 얼굴이 비칠 정도였다. 옛날 사람들을 그린 오래되고 약간 기이한 초상화 몇 점이 낡은 벽을 장식했고, 유리문이 달린 장식장에는 책 몇 권과 오래된 도자기 한 벌이 들어 있었다. 방 안에 불필요한 장식이라곤 하나도 없었다. 작은 탁자 위에 있는 두 개의 바느질 그릇과 자단목으로 만든 부인용 책상을 제외하고는 현대식 가구가 하나도 없었다. 카펫이나 커튼까지 포함해 모든 게 오랫동안 공들여 사용되고 잘 보존되어 있었다.

세인트 존은 벽에 걸린 먼지투성이의 초상화처럼 미동도 없이 앉아 책에 시선을 고정한 채 입술을 꼭 다물고 있어 찬찬히 살펴볼 수 있었다. 그가 사람이 아니라 조각상이었다 해도 관찰하기가 이보다 더 쉽지 않았을 것이다.

세인트 존은 스물여덟에서 서른 살쯤 되어 보이는 청년으로 키가 크고 호리호리했다. 그의 얼굴은 시선을 사로잡는 그리스 조각상 같았는데 얼굴선이 깔끔하고 쭉 뻗은 고전적인 코에 아테네인의 입과 턱을 가졌다. 영국 사람의 얼굴이 그처럼 고전적인 얼굴형에 가까운 것은 드문 일이다. 그런 조화로운 얼굴을 하고 있으니 제멋대로인 내 얼굴을 보고 놀랄 만도 했다. 그의 눈은 크고 파랬으며 눈썹은 갈색이었다. 상아처럼 희고 넓은 그의 이마에는 한쪽으로 무심하게 금빛 머리카락이 흘러내려 와 있었다.

독자들이여, 꽤 점잖은 신사를 묘사한 것 같지 않은가? 그러나 이렇게 묘사된 인물은 사실 점잖고 온순하고 감수성이 풍부한 인상을 주기는커녕 전혀 차분한 느낌이 들지 않았다. 꼼짝 않고 앉아 있는데도 그 콧구멍이나 입, 이마를 보면 불안하고 차가우며 뭔가를 열망하는 듯 보였다.

그는 누이동생들이 돌아올 때까지 내게 단 한 마디도 건네지 않았고 내 쪽으로 눈길조차 돌리지 않았다. 다이애나는 차를 준비하느라 방을 들락날락거리며 내게 오븐에 구운 작은 케이크를 가져다주었다.

"어서 들어요, 배고플 텐데. 해나가 그러는데 아침부터 지금까지 죽만 조금 먹었다면서요."

나는 사양하지 않았다. 식욕이 이미 왕성하게 되살아나 있었다. 세인트 존은 책을 덮고 탁자로 다가왔다. 그리고 자리에 앉더니 그림 같은 푸른 눈으로 나를 뚫어질 듯 바라보았다. 그의 시선은 무례할 만큼 솔직하고 대담했다. 이는 지금까지 낯선 내게 시선을 주지 않은 것이 무관심 때문이 아니라 다른 의도가 있다는 뜻이었다.

"배가 많이 고프셨군요."

그가 말했다.

"네."

나는 내 방식대로 대답했다. 나는 본능적으로 간결함에는 간결함으로 직설적인 데는 직설적으로 답하는 버릇이 있었다.

"지난 사흘간 미열이 있어 음식을 못 드신 게 오히려 다행이었네요. 처음부터 식욕이 당기는 대로 다 드셨다면 위험할 뻔했습니다. 이젠 드셔도 좋지만 아직 폭식은 안 됩니다."

"오랫동안 신세 지지는 않을게요."

나는 몹시 어설프고 서툴게 대답했다.

"그러진 않으시겠죠. 친구분 주소를 알려주면 편지를 써드리지요. 그러면 댁으로 돌아가실 수 있을 거예요."

그가 차갑게 말했다.

"솔직히 말씀드리지만, 알려드릴 수가 없어요. 집도 없고 친

218

구도 전혀 없으니까요."

내 대답에 세 사람은 하던 일을 멈추고 나를 바라보았다. 하지만 못 믿거나 의심하는 눈치는 아니었다. 오히려 호기심을 느끼는 듯했다. 그중에서도 두 처녀의 눈빛은 확실히 그랬다. 그러나 세인트 존의 두 눈은 말 그대로 맑지만 그 깊이를 헤아릴 수 없었다.

그는 자신의 두 눈을 자기 생각을 드러내는 자신의 일부가 아니라 남의 생각을 살피는 도구로 쓰는 듯했다. 그리고 그의 날카로움과 감정을 드러내지 않는 신중함이 어려 있어 다른 사람에게 힘을 북돋아주기보다는 당황스럽게 만들었다.

"그러니까 당신은 아무런 연고도 없는 완전히 혼자라는 말씀인가요?"

"네, 이 세상에 저와 관련 있는 사람은 아무도 없어요. 영국을 다 뒤져도 제가 마음대로 들어가겠다고 우길 수 있는 집도 없고요."

"당신 같은 나이에 참 흔치 않은 일이네요."

이때 그의 시선은 앞쪽 테이블 위에 맞잡아 올려놓은 내 두 손을 향했다. 그가 무엇을 찾는지 궁금했다. 그러나 그의 질문으로 내 궁금증은 곧 풀렸다.

"결혼은 안 하셨나 봐요. 독신이신가요?"

다이애나가 웃었다.

"어머나, 오빠. 많아야 열일곱 아니면 열여덟 살 정도밖에 안 보이는 아가씨한테."

"이제 곧 열아홉 살이 돼요. 하지만 결혼은 안 했어요. 절대 아니라고요."

내 얼굴이 후끈 달아올랐다. 결혼이라는 말에 쓰라린 기억이 떠올라 마음이 뒤흔들렸다. 그들 모두 당황하고 심란해하는 내 모습을 봤다. 다이애나와 메리는 내 부끄러움을 덜어주려고 새빨개진 내 얼굴에서 다른 곳으로 시선을 돌렸다.

그러나 냉정하고 가혹한 그들의 오빠는 내게서 눈을 떼지 않았다. 결국 나는 괴로움에 눈물까지 왈칵 쏟아내고 말았다.

"마지막으로 살았던 곳은 어디죠?"

그가 물었다.

"오빠, 너무 꼬치꼬치 캐묻고 있잖아."

메리가 나지막하게 속삭였다. 그러나 그는 테이블 위로 몸을 숙이며 대답하라는 듯 다시 한 번 단호하고 꿰뚫어보는 듯한 눈빛으로 나를 바라봤다.

"제가 살았던 곳이나 같이 산 사람의 이름은 알려드릴 수가 없어요."

나는 간결하게 대답했다.

"말하기 싫으면 세인트 존이건, 누구건 아무한테도 말하지 않아도 돼요."

다이애나가 말했다.

"하지만 당신이나 당신 과거를 아무것도 모르는데 도와드릴 순 없어요. 그런데 당신은 도움이 필요하죠, 안 그래요?"

그가 말했다.

"필요해요. 어떤 진정한 자선가의 도움으로 제가 할 수 있는 일자리를 찾고 그 보수로 먹고살 수 있게 되기를 바라요."

"내가 진정한 자선가인지는 모르겠지만 그렇게 순수한 목적이라면 있는 힘껏 도와드리고 싶습니다. 그러니까 우선 지금까지 어떤 일을 해왔고, 또 어떤 일을 할 수 있는지 말해보세요."

나는 차를 들이켰다. 차를 마시자 포도주를 마시고 힘이 세진 것처럼 기력이 솟았다. 덕분에 느슨해졌던 내 온 신경이 다시 팽팽해지면서 이 날카로운 젊은 판사와 침착하게 대화를 나눌 수 있었다. 나는 그가 나를 보듯 망설임 없이 솔직하게 그를 바라보며 말했다.

"리버스 님, 여러분은 제게 너무나 큰 도움을 주셨어요. 정말이지 훌륭한 사람들만이 같은 인간에게 베풀 수 있는 큰 도움을 받았어요. 여러분이 베풀어주신 고귀한 호의 덕분에 죽을 뻔했던 제가 겨우 살아날 수 있었어요. 그 은혜는 어떻게 해도 다 갚을 수 없을 거예요. 그리고 제 비밀을 털어놓으라고 하실 만도 하고요.

그럼 당신이 거둬주신 이 부랑자의 과거를 제 마음의 평화를 깨뜨리지 않는 한도 내에서, 도덕적으로나 육체적으로 저 자신뿐 아니라 다른 사람의 안전에도 위협이 되지 않는 선에서 말씀드리죠. 저는 고아입니다. 목사의 딸로 태어났지만 부모님은 제가 그분들을 알아볼 수 있는 나이가 되기도 전에 돌아가셨습니다. 친척 집에서 객식구로 자란 저는 자선기관에서 교육을 받았습니다. 이름도 알려드리지요. ○○ 주의 로우드 자선 학교예요. 거기서 육 년을 공부하고 이 년을 교사로 지냈습니다. 리버스 씨, 들어본 적 있으시겠지요? 로버트 브로클허스트 목사가 그 학교의 회계를 담당하셨죠."

"브로클허스트 씨에 대해 들은 적이 있고, 그 학교에 가본 적도 있지요."

"저는 이 년 전쯤 로우드 학교를 떠나 개인 가정교사가 되었습니다. 좋은 일자리를 얻게 되어 행복하게 지냈지요. 그러다가 여기 오기 나흘 전에 어쩔 수 없이 그곳을 떠나야만 했어요. 그 이유는 말씀드릴 수도 없고 말씀드려서도 안 됩니다. 굳이 말해드려도 아무 소용없고 위험하고 도저히 믿기 어려운 일일 테니까요. 하지만 제 탓은 아니었습니다. 저는 여기 계신 세 분과 마찬가지로 아무런 잘못도 하지 않았어요. 저는 지금 비참합니다. 틀림없이 당분간은 계속 그렇겠지요. 왜냐하면 천국이라 생각했던 그 집을 떠나야만 했던 사건은 기괴하고 끔찍한 불행이었기 때문입니다. 그 집을 떠날 생각을 하면서 제가 꼭 지키려 했던 두 가지는 빨리 그리고 아무도 모르게 떠나는 거였어요. 그러기 위해서 조그만 꾸러미 빼곤 가진 걸 다 두고 나올 수밖에 없었습니다. 그런데 마음이 급하고 심란하다 보니 휘트크로스까지 타고 온 마차에 그나마도 깜빡 잊은 채 두고 내렸습니다. 그래서 이 근처까지 정말 땡전 한 푼 없이 오게 된 거예요. 이틀 밤을 밖에서 잤고 집 문지방은 넘어보지도 못한 채 이틀 낮을 떠돌아다녔죠. 그동안 음식은 단 두 번밖에 먹지 못했어요. 굶주림과 피로와 절망으로 이게 마지막이구나 싶었을 때 바로 리버스 님께서 문 앞에 있던 제게 굶어 죽어서는 안 된다고 말한 뒤 집에 들이셨죠. 그 이후에 누이동생분들이 저를 위해 해주신 일은 다 알고 있습니다. 혼수상태인 듯했지만 의식은 있었으니까요. 복음을 위한 당신의 너그러움과 누이동생들의 자발적이고 진심에서 우러나온 따뜻한 동정심에 큰 빚을 졌습니다."

내가 말을 멈추자 다이애나가 말했다.

"오빠, 더는 말을 시키지 않는 게 좋겠어요. 엘리엇 양, 흥분하면 안 돼요. 이제 소파에 가서 앉아요."

'엘리엇 양'이라는 내 가명을 듣고 나도 모르게 깜짝 놀랐다. 깜빡 잊고 있었던 것이다. 빈틈이라곤 없는 리버스 씨가 단번에 눈치를 챘다.

"당신 이름이 제인 엘리엇이라고 했죠?"

그가 말했다.

"네, 당장은 그 이름으로 불리는 게 적당할 것 같아서요. 하지만 본명이 아니라 낯설게 들리네요."

"본명은 알려주지 않을 건가요?"

"네. 무엇보다도 제가 있는 곳을 들킬까 봐 두려워요. 무엇이든 그렇게 될 만한 건 피하려고요."

"맞아요. 오빠, 이제 잠깐 쉬게 내버려둬요."

그러나 세인트 존은 곰곰이 생각하더니 그 어느 때보다 냉정하고 예리하게 말했다.

"오랫동안 우리한테 신세 지고 싶지는 않겠죠. 내가 보기엔 당신은 되도록 빨리 동생들의 동정심이나 내 너그러움이 필요 없어지길 바랄 것 같은데요. 당신은 이 두 가지를 구분했어요. 그렇다고 해서 화가 난 건 아닙니다. 맞는 말이니까요. 어쨌든 자립하고 싶으시겠죠?"

"네. 이미 말씀드렸다시피 일할 방법이나 일자리 구하는 방법을 알려주세요. 그거면 됩니다. 그러면 다 쓰러져가는 집이라도 가겠어요. 그때까지만 여기 있게 해주세요. 집도 없이 굶주리는 끔찍한 일을 또 겪을까 봐 두려워요."

"그럼요, 여기 계세요."

다이애나가 흰 손을 내 머리 위에 올려놓으며 말했다.

"그래야죠."

메리도 타고난 듯 감정을 드러내지는 않았지만 진심을 담아 말했다.

"동생들은 기꺼이 당신을 도와드리려고 하네요. 추운 바람을 타고 창문으로 날아든 거의 얼어붙다시피 한 새 한 마리를 돌봐주듯 말이죠. 자신의 힘으로 살아갈 수 있게 해드리고 싶군요. 내가 돕지요. 하지만 내가 찾아볼 수 있는 범위는 좁습니다. 나는 그저 가난한 시골 목사니까요. 큰 도움이 되지 못할지도 몰라요. '작은 일의 날(〈스가랴서〉 4장 10절―옮긴이)'을 중요하게 여기지 않는다면 유능한 조력자를 찾아보는 게 좋겠어요."

"자신이 할 수 있는 일이라면 무엇이든 기꺼이 하겠다고 말했잖아요."

나 대신 다이애나가 대답해주었다.

"그리고 이분은 도와줄 사람을 가릴 처지가 아니에요. 오빠처럼 무뚝뚝한 사람이라도 어쩔 수 없이 참고 견딜 수밖에 없다고요."

"재봉사도 좋고 품팔이나 여공도 할 수 있어요. 그게 안 되면 하녀나 보모라도 하겠어요."

나는 다짐하듯 말했다.

"됐습니다. 그런 마음이라면 도와드리죠. 내가 편리한 때에 내게 편리한 방법으로 말입니다."

세인트 존은 매우 차갑게 말했다. 그리고는 차를 마시기 전에 읽고 있던 책을 다시 읽기 시작했다. 나는 곧 거실을 나왔다. 너무 오래 앉아 많은 말을 했더니 온몸의 힘이 다 빠져나가 버렸기 때문이다.

제9장

  알면 알수록 무어 하우스 사람들이 좋아졌다. 며칠 만에 나는 오래 앉아 있을 수도 있고 종종 산책도 나갈 수 있을 만큼 몸이 회복되었다. 나는 다이애나와 메리가 무얼 하든 함께했다. 그들과 원하는 만큼 대화를 나눴고 그들이 필요하다고 하면 언제든 도와주었다. 그들과 교제하면서 취향이나 감정, 생각 등에서 공감대를 이룰 수 있어 태어나서 처음으로 지적 즐거움을 맛보았다.

  다이애나와 메리가 즐겨 읽는 책은 나도 즐겨 읽었다. 그들이 즐기는 것은 내게도 재미있었고 그들이 인정하는 것은 나도 존중했다. 그들은 이 외딴집을 사랑했다. 나도 아담하고 고풍스러운 이 회색 집에 강하고 변치 않을 매력을 느꼈다. 나지막한 지붕, 격자 무늬 창문, 아담한 벽, 산바람에 떠밀려 비스듬하게 쓸려 자란 늙은 전나무가 늘어선 길, 주목과 감탕나무가 우거져 어둡고 생명력이 강한 꽃들 외에는 피지 않는 정원까지. 그들은 집 뒤편을 둘러싼 보랏빛 벌판과 대문에서부터 자갈을 깐 마찻길이 뻗어 내려간 움푹한 계곡에도 애착을 갖고 있었다. 마찻길은 고사리가 자라난 둑 사이를 구불구불 지나가다가 작은 풀밭들 사이를 지나쳐 나 있었다. 히스 들판과 맞닿아 있는 이 풀밭은 이끼처럼 매끈한 새끼 양을 데리고 다니는 회색 양떼가 풀을 뜯기에 좋은 곳이었다. 그들은 이 풍경을 무척 좋아했는데, 나도 그들만큼이나 진심으로 그 풍경에 애착을 가졌다. 나는 이 지역의 매력에 푹 빠졌고 신성한 고독함도 느낄 수 있었다. 나는 멀리까지 길게 펼쳐진 산 언덕길을 내다보았다. 그리고 이끼와 히스 꽃, 꽃을 뿌려놓은 듯한 잔디밭, 고사리의 선명한 빛과 화강암의 은은한 빛이 어우러진 산등성이와 골짜기의 빛깔을 마음껏 즐겼다. 나도 그녀들과 마찬가지로 이런 소소한 것들을 보며 순수하고 달콤한 기쁨을 느꼈다. 강한 돌풍과 부드러운 바람, 흐린 날과 평온한 날, 일출과 일몰, 밝은 달밤과 흐린 밤, 이 지방의 이런 모든 점은 그들뿐 아니라 내게도 매력적이었다. 그들을 매료시킨 것들에 나도 매혹되었다.

　집 안에서도 우리는 죽이 잘 맞았다. 두 사람은 나보다 재주도 많고 책도 더 많이 읽었다. 그래서 나보다 앞선 그들을 따라

잡기 위해 열심히 노력했다. 그들이 빌려준 책을 탐독했다. 낮에 읽은 책을 가지고 밤에 대화를 나눌 때가 가장 즐거웠다. 우리 셋은 생각이면 생각, 의견이면 의견 모든 것이 완벽하게 들어맞았다.

우리 셋 중에 가장 뛰어난 사람을 꼽으라면 바로 다이애나였다. 외적으로도 그녀는 나보다 뛰어났다. 아름다운 그녀는 끊임없이 활기가 넘쳐흐르는 듯했다. 그녀의 말은 나를 놀라게도 했고 내 이해력을 좌절시키기도 했다. 나는 활발하게 말을 하다가도 저녁이 되면 시간이 지날수록 말수가 적어졌다. 그리고 다이애나의 발치에 놓인 작은 의자에 앉아 그녀의 무릎에 머리를 기댄 채 이야기를 듣고만 있었다. 그러면 그들은 내가 시작한 문제에 점점 깊이 파고들었다. 다이애나는 내게 독일어를 가르쳐주겠다고 제안했다. 물론 나는 그녀에게 배우고 싶었다. 그녀는 남을 가르치는 것을 좋아했고 적성에도 맞았다. 그리고 나는 배우는 게 재미있고 또 즐거웠다. 그래서 우리는 성격이 딱 들어맞았다. 그러다 보니 서로에게 강한 애정을 느꼈다. 자매는 내가 그림을 그린다는 걸 알자 곧바로 연필과 물감을 쓰게 해줬다. 그림 솜씨만큼은 그들보다 내가 나아서 그들은 내 그림을 보더니 놀라고 금세 반해버렸다. 메리는 몇 시간이고 내 곁에 앉아 그림 그리는 모습을 지켜보더니 그림을 배우고 싶다고 했다. 그녀는 고분고분하고 영리하며 성실한 학생이었다.

이렇게 즐거운 시간을 보내는 동안 하루가 한 시간처럼, 일주일이 하루처럼 지나갔다.

두 자매와 자연스럽고 빨리 친해졌지만 오빠인 세인트 존과는 여전히 서먹서먹했다. 그 이유 중 하나는 그가 거의 집에 없었기 때문이다. 그는 교구에 흩어져 있는 가난한 사람들을 돌보는 데만 전념했다.

그는 날씨 따위에는 전혀 구애받지 않고 목회 활동에 나섰다. 맑은 날이건 궂은 날이건 아침 공부를 마치고 나면 그는 모자를 쓰고 아버지가 키우시던 늙은 포인터 카를로를 데리고 자신의 일을 사랑해서인지 아니면 의무감 때문인지 사명을 다하려고 집을 나섰다. 날씨가 너무 나쁘면 누이동생들이 말리는 때도 있었는데, 그러면 명랑하기보다는 엄숙한 특유의 미소를 지으면서 이렇게 말했다.

"바람 한 줄기 불고 비 좀 쏟아신나고 이런 쉬운 일을 제쳐두면 미래를 위해 무슨 준비를 할 수 있겠니?"

그러면 대개 다이애나와 메리는 한숨을 내쉬고 슬픈 표정으로 한동안 생각에 잠겼다. 그의 빈번한 외출 말고도 그와 친해질 수 없었던 이유가 또 하나 있었다. 그는 내성적이고 어딘가에 마음을 빼앗긴 듯 했으며 음울한 성격인 듯했다. 목사 임무에 열성적이며 일상생활과 습관도 흠잡을 데가 없지만, 독실한 기독교인이나 박애주의를 실천하는 사람들이 느끼는 마음의 평온이나 내적 만족감을 즐기는 것 같지는 않았다. 저녁이 되면 자주 종이를 앞에 두고 창가 책상에 앉아 있었는데, 독서를 하거나 글을 쓰지 않고 손으로 턱을 괸 채 생각에 잠겨 있었다. 무슨 생각을 하는지 알 수 없었지만, 눈을 자주 번득이고 끊임 없이 눈동자가 커지는 걸 보면 불안하고 흥분되는 일을 생각하는 듯했다.

그리고 누이동생들과 달리 자연도 그에게는 기쁨의 보고가 아닌 듯했다. 딱 한 번 내가 듣는 데서 울퉁불퉁한 언덕이 주는 강인한 매력과 그가 내 집이라고 부르는 검은 지붕과 낡은 벽에 대해 어릴 적부터 가지고 있던 애정을 드러낸 적이 있다. 그러나 그의 표현과 말투는 기쁘다기보다 우울했다. 결코 고요한 가운데 마음을 달래기 위해 들판을 거닐지도 않았고, 들판에 머물면서 꽃이 주는 엄청난 기쁨을 찾으려고 하지도 않았다.

이처럼 말수가 적은 세인트 존의 마음을 알아낼 기회를 얻기까지는 꽤 오랜 시간이 걸렸다. 나는 모턴에 있던 그의 교회에서 설교를 듣다가 처음으로 그의 재능이 뭔지 알아냈다. 그 설교 내용을 기록할 수 있으면 좋겠지만 내 능력으로는 어려웠다. 심지어 설교에서 내가 받은 감명을 제대로 표현할 수도 없었다. 그는 차분한 목소리로 설교를 시작했으며 한결같은 높낮이로 설교를 마무리했다. 진심이 느껴지면서도 절제된 열정이 명확한 어조에 담겨 있었고 힘찬 언어로 터져 나왔다. 압축

되고 간결하면서도 절제된 그의 말은 점점 설득력을 더해갔다. 그의 설교를 들은 이들의 가슴은 뛰고 정신이 번쩍 들면서 쉽게 진정되지 않았다. 묘한 비통함이 느껴졌기 때문에 온전히 마음에 위안을 주는 부드러운 설교는 아니었다. 하느님의 선택, 예정설, 정죄와 같은 칼뱅주의 교리에 대한 엄중한 암시가 자주 등장했고 그때마다 한 마디 한 마디가 마치 최종 판결을 내리는 듯했다. 그의 설교를 다 듣고 나자 기분이 더 좋아지거나 안정과 깨달음을 얻은 것이 아니라 되레 말로 표현할 수 없는 슬픔을 느꼈다. 다른 사람들은 모르겠지만 내가 듣기에 그의 설교가 실망이라는 찌꺼기가 가라앉고 끝없는 동경과 잠들지 않는 욕망으로 흔들리는 심연에서 솟아나오는 듯했기 때문이다. 세인트 존 리버스는 순결하게 살아왔고 성실하고 열정적이지만, '모든 지각에 뛰어난 하나님의 평강(〈빌립보서〉 4장 7절—옮긴이)'을 얻지는 못했다. 우상을 잃고 낙원을 잃어버린 엄청난 슬픔을 감추려고 애써도 여전히 그 슬픔이 나를 지배하며 무자비하게 짓누르고 있는 것처럼 그 또한 여전히 하느님의 평화를 찾지 못하고 있었다.

그렇게 한 달이 지나갔다. 다이애나와 메리는 곧 무어 하우스를 떠나 남부의 번화한 대도시로 돌아가야 했다. 여기와는 전혀 다른 생활과 환경이 그들을 기다리고 있었다. 자매는 부유한 집에 가정교사로 들어가 천한 고용인 취급을 받을 것이고, 그곳 사람들은 그들의 타고난 재능을 전혀 알아주지도 알려고 하지도 않을 것이다. 또한 그들이 가진 탁월한 자질을 요리사의 솜씨나 취향처럼 하나의 교양쯤으로 평가할 것이다. 세인트 존은 구해주기로 약속한 내 일자리에 대해서는 아직 아무런 말도 없었다. 그러나 나는 하루라도 빨리 일자리를 마련해야 했다.

어느 날 아침, 잠시 거실에 그와 나만 있게 되자 나는 용기를 내어 창가에 앉아 있는 그에게로 갔다. 그 자리는 바깥쪽으로 우묵하게 들어가 있는 창가 자리로 마치 서재처럼 그의 탁자와 의자, 책상이 놓여 있었다. 그와 비슷한 성격을 가진 사람들의 얼음장처럼 차가운 침묵을 깨뜨리는 건 무척이나 어려운 일이기 때문에 나는 어떻게 말을 꺼내야 할지 몰랐다. 그런데 내가 말을 걸려는 순간 그가 먼저 말을 건넸다. 더는 고민할 필요가 없었다.

내가 가까이 다가가자 그는 고개를 들고 물었다.

"물어볼 말이라도 있습니까?"

"네, 제가 할 수 있는 일자리를 찾아보셨는지 궁금해서요."

"삼 주일 전쯤 찾아놓은 일이 있습니다. 그런데 당신이 이 집에 보탬도 되고 이곳에서 지내는 게 행복해 보이더군요. 동생들도 분명 당신을 좋아하고 세 명이 함께 있으면 유난히 즐거워 보였어요. 그래서 동생들이 마시 엔드를 떠날 때까지는 그 안

락한 생활을 깨뜨리면 안 되겠다 싶었지요."

"동생분들은 사흘 뒤에 떠나시죠?"

"네, 그러고 나면 나도 모턴의 목사관으로 돌아갈 겁니다. 해나도 함께 가지요. 그리고 이 낡은 집은 잠가둘 겁니다."

나는 그가 일자리 이야기를 계속할 거라고 여기며 한참을 기다렸다. 그러나 그는 다른 생각에 잠긴 듯했다. 나나 내 일자리와는 상관없이 딴 데 정신이 팔려 있는 것 같았다. 하는 수 없이 내가 걱정하는 문제를 다시 한 번 상기시켜줘야 했다.

"리버스 씨, 생각해두신 일은 어떻게 된 건가요? 이렇게 미뤄두었다가 구하기 어려워지는 건 아닌가 싶어서요."

"아, 아닙니다. 내가 제안하는 일자리니까 당신은 수락하기만 하면 됩니다."

그는 다시 입을 다물었다. 계속 말하는 게 망설이는 듯했다. 나는 점점 조바심이 났다. 초조해하는 행동과 그의 얼굴에 고정된 열렬하고 간절한 내 눈빛은 말보다 더 강하게 내 마음을 그에게 전달했다.

그가 말했다.

"초조해할 필요 없습니다. 솔직히 말해 당신에게 적합하고 돈이 될 만한 일자리는 없습니다. 설명하기 전에 우선 내가 했던 말을 기억하고 있는지 모르겠군요? 내가 돕는다고 해도 장님이 절름발이를 돕는 정도밖에 안 된다고 했죠. 나는 가난해요. 아버지의 빚을 갚고 나니 남은 유산이라고는 다 쓰러져가는 이 낡은 집과 뒤뜰에 늘어선 시들한 전나무들, 집 앞에 있는 주목과 감탕나무 덤불이 있는 좁은 황무지뿐입니다. 게다가 나는 미천한 사람이고요. 리버스 집안은 유서 깊은 가문이지만 집안에서 현재 남은 자손은 셋밖에 되지 않고 그중 둘은 남에게 고용되어 밥벌이를 하고 나머지 한 사람은 살아 있을 때뿐 아니라 죽어서도 스스로를 이 나라의 이방인이라고 여기고 있습니다. 그래요, 그런 운명을 영광스럽게 여기고 또 그래야 합니다. 육체의 속박에서 벗어나 십자가를 어깨에 올려놓는 그날, 미천한 종이 속한 기독교인들의 우두머리이신 '그리스도'께서 일어나 '나를 따르라!'고 말씀하실 그날만을 간절히 바라야 합니다.”

세인트 존은 마치 설교하듯 차분하고 나지막한 목소리로 말했다. 얼굴색은 전혀 변하지 않고 눈빛만 반짝거렸다.

“내가 가난하고 미천한 사람이라 이런 일자리밖에 줄 수가 없습니다. 어쩌면 창피한 일이라고 여길 수도 있겠다는 생각이 듭니다. 왜냐하면 내가 보기에 당신은 소위 말하는 고상한 습관과 이상적인 취미를 가졌고 적어도 교양 있는 사람들 속에서 살아왔던 것 같으니까요. 하지만 인류 발전에 이바지하는 일이라면 어떤 일이라도 수치스럽지 않다고 생각합니다. 기독교인이라면 경작해야 할 땅이 메마르고 거칠수록 명예가 더 높아진다고 믿습니다. 이런 상황에서 그것은 개척자의 운명이죠. 복음서에서 최초의 개척자는 열두 제자였고 그 우두머리가 바로 구세주 예수였습니다.”

그가 다시 말을 멈추자 나는 재촉하듯 말했다.

“그래요? 계속 말씀하세요.”

말을 계속하기 전 그는 내 얼굴을 유심히 바라보았다. 마치 책장의 글자라도 천천히 읽듯 이목구비와 얼굴선을 뜯어보았다. 그런 다음 그는 자신이 관찰한 결과를 통해 내린 결론을 일부 들려주었다.

“당신이 내가 제안한 일자리를 받아들일 거라고 믿습니다. 당분간은 그 일을 하겠지만 영원히 하지는 않겠지요. 내가 지리적으로 외지고 좁아서 마음마저 좁아지는 한적하고 외딴 시골의 목사라는 자리를 영원히 지킬 수 없듯이 말이죠. 나와는 다른 종류시만 당신의 기질에도 정착할 수 없는 구석이 있어요.”

“자세히 설명해주세요.”

그가 또다시 말을 멈추자 나는 이번에도 재촉했다.

“그러죠. 내가 제안하려는 일이 얼마나 변변찮고 갑갑한 일인지 들어보세요. 아버지께서 이미 돌아가셨고 자유롭게 내 일을 결정하게 되었으니 나는 모턴에 오래 머무르지 않을 겁니다. 아마 일 년 후면 이곳을 떠날 겁니다. 하지만 여기 있는 동안에는 이곳의 발전을 위해 최선을 다할 생각입니다. 이 년 전

내가 모턴에 왔을 때는 학교가 없어 가난한 집 아이들은 공부는 꿈도 꾸지 못했죠. 그래서 먼저 남학교를 세웠고, 이번에는 여학교를 세우려고 합니다. 여선생이 머무를 수 있게 방 두 칸짜리 작은 집이 딸려 있는 건물도 빌려놓았어요. 보수는 일 년에 30파운드이고 올리버 양이 간소하지만 가구도 충분히 비치해주셨습니다. 올리버 양은 우리 교구에 속한 부잣집의 외동딸입니다. 올리버 씨는 골짜기에 있는 바늘 공장 겸 주물 공장을 소유하고 있죠. 올리버 양은 선생을 도와준다는 조건으로 구빈원에서 고아 한 명을 데려다가 교육비와 옷값을 대줄 겁니다. 선생은 가르치는 일로 바빠 집이나 학교 일에 관련된 잔일까지 할 틈이 없을 테니까요. 그 일을 맡아주시겠습니까?"

이번에는 그가 재촉하듯 물었다. 내가 화를 내거나 그의 제안을 업신여기며 거절할 거라고 반쯤 예상하는 듯했다. 짐작은 할지 몰라도 내 생각과 마음을 모두 알 수는 없으니 이 제안을 어떻게 생각할지 몰랐던 것이다. 정말로 하찮은 일자리이기는 했다. 그러나 나는 보호받을 수 있고 몸을 피할 수 있을 것이다. 꾸준히 일해야겠지만 부잣집 가정교사에 비하면 독립적인 일이었다. 가정교사는 낯선 이들과 함께 지내며 하인처럼 일해야 하는 두려움도 있었다. 그러나 이 일은 수치스럽거나 무가치하거나 영혼을 타락시키지 않는 일이었다. 나는 결정을 내렸다.

"리버스 씨, 그 일을 제안해주셔서 정말 감사합니다. 기쁜 마음으로 받아들이지요."

"내 말은 다 이해하신 거죠? 시골 학교예요. 학생들은 오두막에 사는 가난한 집안의 딸들로, 기껏해야 농부의 딸 정도겠지요. 뜨개질, 바느질, 읽기, 쓰기, 산수 정도밖에 가르치지 못할 거예요. 당신이 그동안 쌓은 학문과 재능은 어떻게 하겠습니까? 당신 마음속에 큰 비중을 차지하는 정서와 취미는 어쩌고요?"

"필요할 때까지 그냥 둬야죠. 아마 그대로 있을 거예요."

"그러면 당신이 맡게 될 일이 뭔지 아신다는 거죠?"

"네, 알고 있어요."

이제야 그가 미소를 지었다. 씁쓸하거나 슬픈 미소가 아니라 매우 기쁘고 만족스러운 듯한 미소였다.

"그럼 언제부터 일을 시작하겠습니까?"

"내일 제가 살 집으로 옮겨갈게요. 사정이 허락한다면 다음 주부터 학교 문을 열겠습니다."

"좋습니다. 그러세요."

그는 일어나 방 안을 서성였다. 그러고는 멈춰 서서 나를 쳐다보더니 고개를 저었다.

"리버스 씨, 마음에 안 드시는 거라도 있나요?"

"당신은 모턴에 오래 머물지 않을 것 같아요, 절대로!"

"왜요? 그렇게 말씀하시는 이유가 있나요?"

"눈빛으로 알 수 있거든요. 단조로운 일상을 계속할 눈빛이 아니에요."

"저는 야심이 없어요."

'야심'이라는 단어에 그가 흠칫 놀랐다.

"아니겠죠. 그런데 왜 야심이라는 단어를 떠올린 거죠? 누가 야심차다는 말입니까? 나야 자신이 야심차다는 걸 알지만, 당신이 그걸 어떻게 알았죠?"

"저는 제 이야기를 한 거예요."

"야심이 없다면 당신은……."

그가 입을 다물었다.

"뭐죠?"

"열정이 있다고 말하려고 했어요. 하지만 이 말을 오해하고 기분 나빠했겠죠. 당신을 강력하게 사로잡고 있는 건 인간적인 사랑과 연민이에요. 자극이라고는 전혀 없는 단조로운 일을 하면서 여가 시간마저 고독하게 보내는 데 오래 만족하지는 못할 거라는 생각이 드는군요."

그러면서 그는 강조하듯 덧붙였다.

"내가 늪지대에 묻히고 산속에 갇혀 하느님이 주신 천성과 타고난 재능을 썩혀가며 쓸모없이 살아가는 데 만족하지 못하는 것처럼요. 이제 내가 자기모순에 빠져 있다는 걸 알았겠지요. 아무리 하찮은 운명이라도 만족하라고 설교하면서 나무꾼이나 물장수 같은 직업도 하느님께 봉사하는 일이라고 정당화하면서 정작 나는 초조해서 미칠 지경이죠. 뭐, 그렇다고 해도 성향과 신념은 어떻게든 조화를 이루어야 합니다."

말을 마친 그는 방에서 나갔다. 이 짧은 대화에서 나는 지난 한 달간 그에 대해 알게 된 것보다 더 많은 사실을 알게 되었다. 하지만 여전히 그는 이해할 수 없는 사람이었다.

다이애나와 메리는 오빠와 헤어지고 고향을 떠날 날이 가까워지자 점점 더 슬퍼하며 말수까지 줄어들었다. 둘 다 평소처럼 보이려고 애썼지만 이겨내야 할 슬픔을 극복하거나 감출 수는 없었다. 다이애나는 이제까지 경험해보지 못한 이별이 될 거라고 넌지시 말했다. 아마도 세인트 존과는 앞으로 몇 년쯤, 아니면 평생 못 볼지도 모른다는 것이었다.

"오빠는 모든 걸 바쳐 마음먹은 일을 할 거예요. 애정보다 더 강한 감정까지도요. 제인, 오빠는 보기엔 조용해 보여도 가슴속에 열정을 감추고 있어요. 온화해 보여도 죽음처럼 냉혹하죠. 하지만 가장 곤란한 건 내 양심이 오빠의 확고한 결정을 말리도록 허락하지 않는다는 거예요. 절대 그를 탓할 수가 없어요. 옳고 거룩한 기독교인다운 결정이죠. 하지만 내 마음은 너무 아파요."

다이애나가 말했다.

그러더니 아름다운 두 눈에서 왈칵 눈물이 쏟아졌다. 메리는 하던 일을 멈추고 고개를 푹 수그린 채 중얼거렸다.

"이제 아버지도 안 계시는데 머지않아 고향 집과 오빠도 없어질 거예요."

그때 작은 사건이 일어났다. "불행은 절대 혼자 오지 않는다"라는 속담을 증명이라도 하듯 운명이 막판에 성가신 실수로 고통을 더하려고 일부러 만든 사건 같았다.

세인트 존은 편지 한 통을 읽으며 문을 지나쳐 방으로 오더니 말했다.

"존 외삼촌이 돌아가셨어."

자매는 모두 깜작 놀란 것 같았다. 그러나 충격을 받거나 당황스러워하지는 않았다. 슬픈 소식이라기보다 오히려 중요한 소식인 것 같았다.

"돌아가셨다고요?"

다이애나가 되물었다.

"응."

다이애나는 뭔가 살피는 듯한 시선으로 오빠의 얼굴을 계속해서 바라봤다.

"그래서 어떻게 됐어요?"

그녀가 나지막이 물었다.

"그래서라니? 다이애나? 그래서는 뭐가 그래서야, 끝이지. 읽어보렴."

그는 대리석처럼 표정 하나 변하지 않고 대답했다.

그러더니 다이애나의 무릎 위로 편지를 던졌다. 그녀는 편지를 읽어보고 메리에게 건넸다. 메리도 말없이 편지를 읽더니 오빠에게 돌려주었다. 세 사람은 서로 쳐다보며 쓸쓸하고 침울한 미소를 지었다. 마침내 다이애나가 말했다.

"아멘! 그래도 우리는 살 수 있어."

메리가 말했다.

"어쨌든 예전보다 못해지지는 않겠지."

"마음속으로는 '이럴 수도 있을까' 싶게 만들었지. 지금과는 너무 비교되게 말이야."

리버스 씨는 이렇게 말하며 편지를 접어 책상 서랍에 넣고 다시 나갔다.

한참 동안 아무도 입을 열지 않았다. 그러고 나서 다이애나가 내게 말했다.

"제인, 우리가 수수께끼 같은 이야기를 해서 무슨 일인지 궁금했을 거예요. 가까운 외삼촌이 돌아가셨는데도 슬퍼하지 않으니 매정하다고 생각하겠죠. 하지만 우리는 한 번도 외삼촌을 만난 적이 없어요. 엄마의 동생이었지만 어떤 분인지도 모르고요. 오래전에 아버지와 외삼촌이 다투셨어요. 외삼촌의 권유로 아버지가 전 재산을 투자했다가 망해버렸죠. 결국 아버

242

지는 파산하셨고 서로 책임을 떠넘기다가 싸우고 헤어져 끝까지 화해를 안 하셨어요. 그 후 외삼촌은 하신 사업이 잘돼서 재산을 2만 파운드나 모았대요. 외삼촌은 결혼을 안 하셔서 가족도 없고 친척이라고는 우리 셋하고 우리보다도 먼 사촌 하나밖에 없어요. 아버지는 늘 외삼촌이 재산을 우리한테 물려주면 용서해주려고 하셨어요. 그런데 편지를 보니 외삼촌은 우리한테 추모반지를 살 금화 30기니만 남기고 전부 다른 사촌에게 물려주셨다는군요. 물론 외삼촌이 원하시는 대로 할 권리가 있죠. 하지만 그 소식을 듣고 나니 잠깐이지만 실망했어요. 메리와 나는 각각 1천 파운드씩만 받아도 부자가 된 기분일 거고 오빠한테도 그 정도는 소중한 돈이거든요. 그 돈으로 좋은 일을 할 수도 있으니까요."

다이애나의 설명이 끝나자 이야기는 그것으로 끝났다. 세인트 존과 여동생들도 더는 그 이야기를 꺼내지 않았다.

다음 날 나는 모턴으로 떠났고, 다이애나와 메리는 그다음 날 마시 엔드를 떠나 멀리 떨어진 B 시로 향했다. 일주일 뒤 세인트 존과 해나마저 목사관으로 돌아가자 오래된 마시 엔드는 빈집이 됐다.

제10장

마침내 찾은 내 집은 벽이 하얗게 칠해져 있고 모래 빛깔 바닥이 깔린 작은 방이 있는 시골집이었다. 페인트칠을 한 의자 세 개, 탁자 하나, 괘종시계가 있고 찬장에는 두세 개의 크고 작은 접시, 델프트산 다기가 들어 있었다. 2층에는 부엌만 한 크기의 침실이 있었는데 전나무 침대와 옷장이 놓여 있었다.

옷장은 작지만 얼마 안 되는 내 옷가지를 채우기에는 너무 컸다. 그것도 친절하고 너그러운 친구들이 필요한 옷들을 챙겨 줘서 늘어난 것이다.

저녁이 되어 나는 잔심부름을 하는 소녀에게 오렌지 하나를 주어 보냈다. 그리고 난롯가에 혼자 앉아 있었다. 오늘 드디어 학교를 열었는데 학생이 스무 명이었다. 그러나 그중에 세 명만

이 글을 읽을 줄 알았고 글을 쓰거나 셈을 할 줄 아이는 아무도 없었다. 뜨개질과 조금이나마 바느질을 하는 아이는 여럿 있었다. 아이들은 사투리가 심해 당장은 서로의 말을 이해하기가 어려웠다. 어떤 아이들은 무지할 뿐 아니라 버릇없고 행동도 거칠어 다루기가 힘들었지만, 나머지는 순하고 배우려는 의지를 보여줘서 정말 기뻤다.

허름한 옷을 입은 가난한 농부의 아이들도 명문가 자제들 같은 훌륭한 인간이며 좋은 가문에서 태어난 아이들처럼 훌륭한 재능과 지성, 인정을 마음속에 품고 있다는 것을 잊어선 안 된다. 내 역할은 그 잠재력을 키워주는 것이었다. 분명 나는 이 일을 하면서 행복을 느낄 것이다. 내 앞에 펼쳐진 이 생활이 크게 기쁠 거라고 기대하지는 않지만, 틀림없이 마음을 다스리고 내 능력을 발휘하다 보면 하루하루 살아갈 보람 정도는 느낄 수 있을 것이다.

오늘 오전 시간을 보내며 변변한 가구 하나 없는 초라한 교실에서 나는 과연 신이 나고 만족스럽고 마음이 안정되었나? 나 자신을 속이지 않으려면 나는 이렇게 대답해야 한다. 아니었다. 나는 너무나 비참했다. 그랬다. 어리석게도 나는 자신이 천해진 기분이었다. 사회적 지위가 올라간 것이 아니라 한 단계 내려간 것 같았다. 무지와 가난, 미천함을 주변에서 보고 듣게 되자 실망했던 것이다. 그러나 이런 기분이 든다고 해서 나 스스로를 미워하거나 경멸하지 않을 것이다. 이것이 잘못된 생각이라는 걸 알고 있는 것만으로도 큰 발전이었다. 나는 이런 기분을 극복하려고 노력할 것이다. 내일이 되면 조금이나마 나아질 것이고 몇 주가 지나면 완전히 나아질 거라고 믿었다. 그리고 몇 달 지나면 싫증 내기보다는 발전과 변화를 보면서 기뻐하며 흡족해할 것이다.

그동안 스스로에게 한 가지 물어보자. 어느 쪽이 더 낫지? 유혹에 넘어가 열정을 좇으며 애써 노력하거나 몸부림치지도 않고 그저 비단결 같은 덫에 빠져 그 위를 덮은 꽃잎 위에서 잠들고 남국의 열기를 간직한 호화로운 별장에서 깨어나는 것. 그랬다면 지금쯤 로체스터 씨의 정부로 그의 사랑을 받으면서 내 삶의 절반을 기쁨에 겨워하며 프랑스에서 살고 있을 것이다. 그래, 그는 한동안 나를 열렬히 사랑했을 테니까. 그는 정말로 나를 사랑했다. 이제 어느 누구도 그만큼 나를 사랑하지는 않을 것이다. 다시는 아름다움과 청춘, 우아함에 바치는 찬사를 듣지 못하리라. 어느 누구도 내가 그런 매력을 갖고 있는지 모를 테니까. 그는 나를 좋아하고 자랑스러워했다. 그 말고는 그럴 사람이 아무도 없었다. 그런데 나는 지금 어디서 헤매고 있는 걸까? 나는 무슨 말을 하고 있는 거지? 무엇보다 나는 어떤 감정을 느끼고 있는 걸까? 나는 나 자신에게 물었다. 마르세유의 환상적인 낙원에서 노예가 되어 행복에 열광하다가

246

곧이어 후회와 치욕의 쓰디쓴 눈물에 목이 메는 것과 영국 중부의 산들바람이 부는 산골에서 자유롭고 정직하게 시골 학교의 선생으로 살아가는 것 중 어느 편이 더 좋을까?

그렇다. 나는 지금 그때 법과 원칙에 따라 순간적으로 흥분해 느꼈던 어리석은 충동을 억누르고 꺾어버리길 잘했다고 느낀다. 하느님은 내가 올바른 선택을 하도록 이끌어주셨다. 나는 올바른 길로 인도해주신 하느님의 뜻에 감사드렸다. 여기까지 생각이 미치자 나는 자리에서 일어나 문가로 갔다. 그리고 가을 하늘을 물들인 노을과 마을에서 8백 미터쯤 떨어진 곳에 위치한 학교 옆 내 집 앞에 펼쳐진 고즈넉한 들판을 바라보았다. 새들은 오늘의 마지막 노래(월터 스콧의 〈마지막 음유시인의 노래〉 중 한 구절—옮긴이)를 불렀다.

공기는 부드럽고 이슬은 향긋하네.

밖을 바라보며 나는 행복하다고 느꼈다. 그러나 잠시 후 울고 있는 나 자신을 발견하고 깜짝 놀랐다. 왜 울지? 로체스터 씨에게서 나를 떼어놓은 불행한 운명 때문이었다. 이젠 두 번 다시 볼 수 없는 그 때문이었고, 내가 떠났을 때 그가 느꼈을 처절한 슬픔과 극도의 분노 때문이었다. 어쩌면 그는 이제 돌아올 거라고 기대할 수조차 없을 정도로 멀리 잘못된 길로 빠

저버렸을지도 모른다. 이런 생각이 들자 해질 무렵의 아름다운 하늘과 쓸쓸한 모턴 계곡을 바라볼 수 없어 나는 고개를 돌려야 했다.

내가 '쓸쓸한' 모턴 계곡이라고 한 이유는 숲에 반쯤 가려진 교회와 목사관을 제외하고는 계곡 굽이에서 보이는 건물이라고는 하나도 없고 겨우 끝자락에서 이 지역 부호인 올리버 씨와 그의 딸이 사는 베일 저택의 지붕 정도만 볼 수 있었기 때문이다. 나는 눈을 감고 돌로 된 문설주에 머리를 기댔다. 그러나 조그만 정원과 풀밭 사이 쪽문 근처에서 작은 소리가 들려 고개를 들었다. 개 한 마리가 코로 문을 밀고 있었다. 나는 한눈에 리버스 씨의 늙은 포인터 카를로를 알아보았다. 리버스 씨는 팔짱을 긴 채 쪽문에 기대서서 미간을 찌푸리고 엄숙한 눈빛으로 나를 뚫어져라 바라보고 있었다. 내가 들어오라고 하자 그가 말했다.

"아니요, 금방 갈 거예요. 동생들이 당신한테 남기고 간 작은 꾸러미가 있어 가져다주러 온 겁니다. 물감 상자와 연필, 종이가 들어 있는 것 같소."

나는 가까이 다가가 꾸러미를 받았다. 고마운 선물이었다. 그런데 그가 내 얼굴을 유심히 살펴보는 듯했다. 분명 눈물 자국이 뚜렷이 보였을 것이다.

"첫날 일이 생각보다 힘들었나요?"

"아, 아니에요. 오히려 학생들과 아주 잘 지냈어요."

"그러면 집이나 가구 같은 것들이 기대에 못 미치던가요? 사실 모두 변변치 않기는 해요. 하지만……."

나는 그의 말을 가로막았다.

"이 집은 깨끗하고 비바람도 막아줘요. 가구도 충분하고 널찍널찍해요. 온통 고마운 것들뿐이지 실망스러운 건 하나도 없어요. 저는 절대 카펫이나 소파, 은그릇 같은 것이 없다고 서운해하는 바보가 아니에요. 물질주의자는 더더욱 아니고요. 게다가 오 주 전까지만 해도 저는 가진 게 아무것도 없었는걸요. 갈 곳 없는 부랑자였죠. 이제는 아는 사람도 있고 집도 있는 데다가 일자리까지 생긴 걸요. 저는 하느님의 은혜와 너그러운 친구들이 베풀어준 친절, 관대한 운명이 놀라울 뿐이에요. 불만 없어요."

"하지만 고독감에 시달리는 것 아닙니까? 당신 뒤의 저 작은 집은 어둡고 텅 비어 있잖아요."

"아직 고요함을 즐길 여유도 없는데 외로울 일이 뭐가 있겠어요."

"그럼 좋습니다. 말한 대로 만족하길 바랍니다. 당신은 분별력이 있으니 과거를 돌아보다 소금 기둥이 되었다는 롯의 아내(〈창세기〉 19장 26절―옮긴이)처럼 갈팡질팡하는 불안감에 무릎 꿇기에는 너무 이르다는 생각이 들 겁니다. 물론 나는 당신에

249

게 어떤 과거가 있는지 모르지만 과거를 되돌아보고 싶게 만드는 유혹을 단호하게 뿌리치세요. 몇 달 동안이라도 현재 맡은 일을 꾸준히 해나가기 바랍니다."

"저도 그럴 생각이에요."

그러자 세인트 존이 말했다.

"자신의 기질을 누르고 타고난 소질을 바꾸는 건 정말 힘들어요. 하지만 가능하다는 걸 나는 직접 경험으로 배웠지요. 하느님은 우리에게 얼마간 자기 운명을 개척할 능력을 주셨습니다. 우리가 필요한 양분을 얻지 못할 때도, 또 우리의 의지로는 따라갈 수 없는 길을 찾을 때도 우리는 굶어 죽을 이유도 절망에 빠져 옴짝달싹하지 못할 이유도 없습니다. 그저 마음이 맛보기를 갈망하지만 금단의 음식처럼 강렬하고, 어쩌면 더 순수한 또 다른 영양분을 찾기만 하면 됩니다. 그리고 설령 더 험한 길일지라도 운명이 가로막은 것만큼 곧고 넓은 길을 모험심으로 가득 차서 찾아 나서면 되는 겁니다. 일 년 전 나는 몹시 비참했어요. 목사의 길로 들어선 게 큰 실수라고 생각했죠. 판에 박힌 단조로운 일이 지겨워 죽을 것만 같았어요. 나는 좀 더 활동적인 삶을 살고 싶었어요. 문학가의 힘들지만 더 신나는 삶이나 예술가, 저자, 웅변가들의 운명을 애타게 바랐죠. 목사만 아니라면 뭐라도 좋을 거라고 생각했어요. 그래요. 부목사의 성직자복 아래서 정치가와 군인의 심장, 즉 명예를 추구하고 권력을 갈망하는 이의 심장이 뛰고 있었죠. 그래서 나는 이렇게 생각했습니다. '내 삶은 너무나 끔찍해. 바뀌지 않으면 틀림없이 죽게 될 거야.' 그런데 어둠 속에서 한동안 괴로워하던 끝에 한 줄기 빛이 나타나더니 마음이 구원을 받게 됐어요. 갇혀 있던 삶이 어느새 끝없는 벌판을 향해 펼쳐지고 일어나라는 하느님의 부름을 받아 온 힘을 다해 날개를 펴서 보이지 않는 저 너머로 날아올랐지요. 하느님께서 내게 사명을 주신 겁니다. 멀리까지 그 사명을 전달하려면 군인과 정치가 그리고 웅변가가 가진 재능과 용기, 설득력 같은 최고의 능력이 필요했습니다. 왜냐하면 모든 능력을 갖추어야 훌륭한 선교사가 될 테니까요.

나는 선교사가 되기로 마음먹었습니다. 그 순간부터 내 마음이 확 바뀌었어요. 내 능력을 속박하던 족쇄가 풀려나가고 시간이 지나면서 치유되는 아픔만이 남아 있을 뿐 속박의 흔적은 사라졌지요. 사실 아버지는 내 결정에 반대하셨죠. 하지만 아버지가 돌아가시고 나니 넘어야 할 장해물이 사라졌습니다. 몇 가지 일만 정리되고 모턴에 후임이 정해진 뒤 복잡하게 얽힌 한두 개의 감정을 풀거나 끊어버리면 인간의 나약함과 벌인 마지막 싸움에서도 이길 겁니다. 왜냐하면 이겨낼 거라고 맹세했거든요. 그러고 나면 나는 유럽을 떠나 동양으로 갈 겁니다."

세인트 존은 특유의 조용하면서도 단호한 목소리로 말했다. 말을 마친 뒤 그는 내가 아니라 지는 해를 바라보았다. 나도 같은 곳을 바라보았다. 그와 나는 들판에서 쪽문으로 올라오는 길을 등지고 있어 풀이 무성한 오솔길을 걸어오는 발소리를 듣지 못했다. 계곡을 흐르는 물소리만이 우리 두 사람의 마음을 달래주고 있었다. 그때 갑자기 은방울 소리처럼 명랑하고 듣기 좋은 목소리가 들려와 깜짝 놀랐다.

"안녕하세요, 리버스 씨. 안녕, 카를로? 목사님보다 개가 먼저 친구를 알아보네요. 제가 들판 끝자락에 들어섰을 때 벌써 귀를 쫑긋 세우고 꼬리를 흔들던데요. 목사님은 아직도 저를 등지고 계시는데 말이죠."

사실이었다. 리버스 씨는 음악처럼 아름다운 목소리가 들리자 마치 머리 위에서 벼락이라도 친 듯 깜짝 놀랐다. 그런데 낯선 방문자의 말이 끝났는데도 놀랐던 자세 그대로였다. 쪽문에 팔을 올려놓고 서쪽 하늘을 바라보며 서 있었던 것이다. 마침내 그는 아주 침착한 표정으로 천천히 돌아섰다. 도저히 현실에서는 볼 수 없을 것 같은 미녀가 그에게서 1미터쯤 떨어진 곳에 순백의 옷을 입고 우아하게 나타났다.

풍만하면서도 미끈하고 아름다운 몸매였다. 그녀가 허리를 굽혀 카를로를 쓰다듬고 고개를 들어 긴 베일을 젖히자 그의 눈앞에 완벽하게 아름다운 얼굴이 나타났다. 완벽한 아름다움이라는 표현이 강하기는 하지만 이 말을 취소하거나 바꿀 생각은 없다. 영국의 온화한 기후가 빚어낸 가장 아름다운 이목구비, 습기를 머금은 바람과 안개 낀 하늘이 심고 가꾼 장미와 백합의 더없이 맑은 빛깔이라는 게 알맞은 표현일 것이다. 매력이 넘치고 결점 같은 건 보이지도 않았다. 이 아가씨의 이목구비는 실로 균형 잡히고 우아했다. 그림에서나 보았던 크고 둥근 모양의 눈은 새까맸다. 아름다운 눈을 부드럽게 감싼 긴 속눈썹이 그늘을 만들었고 눈썹은 선명하게 그려져 있었다. 희고 반듯한 이마가 아름답고 선명한 빛깔과 색채에 안정감을 더해주었다. 갸름하고 생기 있는 매끈한 뺨, 역시나 생기 있고 건강해 보이는 붉은 입술, 가지런히 반짝이는 이, 보조개가 들어간 작은 턱, 풍성하고 윤기 있는 머리칼 등 간단히 말해 그녀는 이상적인 미인이 갖춰야 할 조건을 모두 갖췄다. 나는 놀라움을 금치 못하며 아름다운 여자를 바라보면서 진심으로 감탄했다.

자연이 그녀를 편애한 것이 틀림없었다. 늘 인색한 계모처럼 선물을 나눠주더니 사랑하는 여자한테는 너그러운 할머니처럼 아낌없이 내주었다. 세인트 존 리버스는 땅 위에 내려온 천사를 보고 무슨 생각을 할까?

돌아서서 그녀를 바라보던 그에게 나는 저절로 궁금증이 일었다. 그리고 그 답을 확인하기 위해 그의 얼굴을 보았다. 그러나 그는 어느새 아름다운 요정한테서 눈길을 거둬 길 옆에 핀 작은 들국화 덩굴을 보고 있었다.

"상쾌한 저녁이네요. 하지만 혼자 다니기엔 너무 늦은 시간 아닌가요."

그가 눈처럼 새하얀 꽃봉오리를 발로 뭉개며 말했다.

"아, S 시에 갔다가 돌아왔을 뿐이에요."

S 시는 30킬로미터쯤 떨어진 곳에 있는 대도시였다.

"오늘 오후에 아버지한테서 목사님 학교가 문을 열었고 선생님도 오셨다고 하시더군요. 그래서 차를 마신 뒤 선생님을 뵈려고 모자를 쓴 뒤 골짜기를 달려왔죠. 이분이 선생님이시죠?"

그녀가 나를 가리키며 물었다.

"네."

세인트 존이 대답했다.

"모턴이 마음에 드실 것 같아요?"

그녀는 솔직한 말투와 천진난만한 태도로 내게 물었다. 어린아이 같기는 했지만 기분은 좋았다.

"네, 마음에 들 만한 구석이 많네요."

"학생들은 기대하셨던 만큼 열심히 듣나요?"

"그럼요."

"집은 어떠세요?"

"아주 좋아요."

"살림살이는 제대로 갖춰져 있던가요?"

"정말 훌륭해요."

"심부름하는 엘리스 우드는 괜찮으세요?"

"네, 참 착한 아이예요. 말도 잘 듣고 손재주도 좋답니다."

이렇게 대답하고 나는 생각했다.

'그럼 이분이 올리버 양이구나. 타고난 미모에 재산까지 갖춘 상속녀네. 얼마나 많은 행운의 별들이 한데 모여서 그녀가 탄생하는 걸 지켜봤을까.'

"제가 가끔씩 올라와서 가르치시는 걸 도울게요. 이따금 여기 오면 기분 전환이 될 것 같아요. 새로운 걸 좋아해서요. 리버스 씨, 저는 S 시에서 정말 재미있게 보냈어요. 어젯밤, 아니 오늘 새벽 두 시까지 춤을 췄다니까요. 폭동이 일어난 다음부터 제○○ 연대가 주둔해 있는데, 정말이지 장교들은 세상에서 가장 멋진 사람들이에요. 우리 마을의 칼 가는 사람이나 가위 장수와는 비교도 할 수 없을 정도예요."

그 순간 세인트 존이 아랫입술을 내밀며 윗입술을 비죽거린 듯 보였다. 올리버 양이 웃으며 이런 이야기를 하자 확실히 그는 입을 앙다물었다. 얼굴 아래 부분도 평소와 달리 더욱 각져 보였다. 들국화를 보던 그는 고개를 들어 그녀를 보았다. 웃음기가 사라지고 뭔가를 살피는 듯한 의미심장한 눈빛이었다. 그녀는 그에게 웃음으로 답했다. 그녀의 젊음과 장밋빛 뺨, 보조개, 반짝이는 두 눈과 꼭 들어맞는 웃음이었다.

그가 말없이 진지하게 서 있자 그녀는 다시 몸을 숙여 카를로를 쓰다듬으며 말했다.

"카를로는 나를 좋아해요. 친구를 무뚝뚝하거나 서먹하게 대하지 않거든요. 말을 할 수만 있다면 내게 말을 걸었을 거예요."

나는 올리버 양이 타고난 우아한 몸짓으로 허리를 구부리고 개의 머리를 쓰다듬자 그 앞에 서 있던 젊고 근엄한 주인의 얼굴이 빨갛게 달아오르는 걸 보았다. 근엄한 두 눈은 갑작스러운 불길에 녹아버렸고 억누를 수 없는 감정에 흔들리고 있었다. 빨갛게 달아올라 빛나는 멋진 남자의 모습은 그녀의 미모에 견주어 부족하지 않을 정도였다. 그의 가슴이 갑자기 부풀어 올랐다. 마치 그의 심장이 가혹한 압박에 지쳐 의지와 달리 커지고, 자유를 얻기 위해 힘차게 고동치는 듯했다. 그러나 그는 의연한 기수가 앞발을 쳐든 말에게 재갈을 물리듯 자신의 심장을 억눌렀다. 부드럽게 다가가려는 그녀에게 말로든 행동으로든 아무런 반응을 보이지 않았다.

"아빠 말씀이 요즘 리버스 씨가 우리 집에 안 오신다고 그러던데. 베일 장원은 이제 기억도 잘 안 나시겠어요. 아빠 혼자 계시고 몸도 편찮으신데 저랑 같이 뵈러 가실래요?"

올리버 양이 그를 올려다보며 말했다.

"아버님을 찾아뵙기에는 적당한 시간이 아닙니다."

세인트 존이 대답했다.

"적당한 시간이 아니라고요? 오히려 가장 적당한 시간인걸요. 지금이 아빠에게 손님이 가장 필요하다고요. 공장 문을 닫았고 그날 일을 다 마치셨으니까요. 리버스 씨, 지금 같이 가요. 그런데 왜 그렇게 침울한 표정으로 망설이시는 거죠?"

그가 계속 말이 없자 그녀는 침묵을 깨뜨렸다. 어이없다는 표정으로 우아한 곱슬머리를 흔들며 말했다.

"아차! 잊고 있었네. 어쩜 이렇게 경솔하고 무심한 건지! 저하고 떠들 기분이 아니실 텐데 깜박 잊어버렸네요. 다이애나 양과 메리 양이 떠나고 무어 하우스가 텅 비어 무척 쓸쓸하시겠어요. 정말 유감이에요. 기분 전환도 할 겸 해서 저와 함께 아빠를 뵈러 가요."

"오늘 밤은 안 됩니다, 로저먼드 양."

세인트 존은 기계처럼 말했다. 얼마나 어렵게 거절했는지는 자신만이 알 것이다.

"그렇게 고집을 부리시면 할 수 없죠. 그럼 저는 가볼게요. 이슬이 내리기 시작해 더는 여기 있을 수가 없군요. 안녕히 계세요!"

그녀가 손을 내밀었지만 그는 살짝 건드리기만 했다.

"안녕히 가세요!"

그는 메아리처럼 공허하게 나지막한 목소리로 말했다.

올리버 양은 돌아섰다가 금방 뒤돌아서 물었다.

"어디 편찮으신 건 아니죠?"

그녀가 그렇게 물어보는 것도 당연했다. 세인트 존의 얼굴은 그녀의 새하얀 옷만큼이나 창백했다.

"아뇨, 괜찮습니다."

그는 이렇게 대답하고 나서 살짝 고개 숙여 인사한 다음 문을 나섰다. 두 사람은 서로 다른 방향으로 갔다. 그녀는 요정처럼 가볍게 들판을 걸어 내려가면서 걸음을 멈추고 두 번이나 그를 돌아다보았다.

다른 사람들이 자신의 감정을 억누르며 괴로워하는 모습을 지켜보며 나는 내 괴로움은 잊고 있었다. 언젠가 다이애나는 자기 오빠를 가리켜 '죽음처럼 냉정한 사람'이라고 했다. 결코 과장된 말이 아니었다.

제11장

　최선을 다해 열심히 성실하게 학교 일을 해나갔다. 처음에는 힘들었다. 갖은 노력에도 학생들과 그들의 성향을 이해하는 데 오랜 시간이 걸렸다. 교육을 받아본 적도 없고 재능도 없어 보여 희망이 보이지 않았다. 처음 봤을 때는 모든 아이가 똑같이 우둔해 보였다. 그러나 오래지 않아 내가 오해하고 있었다는 것을 깨달았다. 교육을 받은 사람들도 서로 다르듯 이 아이들도 차이가 있었다. 그리고 내가 그 아이들을 알게 되고 그들도 나를 알게 되자 그 차이는 순식간에 뚜렷해졌다. 처음에는 놀라서 입을 떡 벌린 채 둔해 보이던 시골 소녀들이 나와 내 말씨, 규칙과 방식에 익숙해지자 아주 총명하고 재치 넘치는 소녀들로 바뀌었다. 대부분의 아이들이 친절하고 사랑스러웠다. 그들

중 여럿은 재능도 훌륭한데다가 선천적으로 예의 바르고 자존감이 높아 나는 그들을 호의를 갖고 대할 뿐 아니라 칭찬도 많이 해주었다. 그런 아이들은 이내 주어진 일을 훌륭히 해내고, 규칙적으로 공부하며, 차분하고 질서 있게 행동하는 데 즐거움을 느꼈다. 발전하는 속도가 너무 빨라 나는 놀랍고도 자랑스럽고 행복했다. 더구나 훌륭한 학생들 중에서 특별히 예뻐하는 아이들이 생겼는데, 그들도 나를 좋아했다. 농부인 아버지를 둔 거의 다 큰 처녀들도 있었는데, 이미 읽기와 쓰기는 물론이고 바느질도 할 줄 알았다. 나는 이 아이들에게 기초적인 문법과 지리, 역사, 좀 더 복잡한 자수를 가르쳤다. 학생들 가운데는 향학열이 매우 높은 아이들도 있어 나는 그녀들의 집에 저녁 초대를 받아 즐거운 시간을 보내기도 했다. 그녀들의 부모(농부와 그 아내)는 신경 써서 나를 대접해 주었다. 그들의 소박한 친절을 받아들이고 그들의 감정을 꼼꼼하게 살피면서 배려해 그 친절에 보답하는 것도 즐거웠다. 이런 일이 그들에게 익숙하지 않았겠지만 그들의 마음에도 들고 유익하기도 했다. 왜냐하면 자신들이 보기에 품격이 높아진 듯하고, 또 스스로 공손한 대접을 받을 만한 사람이 되기 위해 노력하도록 만들었기 때문이다.

나는 마을 사람들에게 사랑받는 사람이 된 듯했다. 외출할 때마다 사방에서 사람들이 인사말을 건네고 다정한 미소로 반겨주었다. 그저 노동자의 존경심이라 할지라도 많은 사람에게 존경받으며 산다는 것은 햇살을 받으며 앉아 있는 듯 달콤하고 편안했다. 그러면 마음속 감정이 햇살 아래서 봉우리를 피우는 듯했다. 이 시절에는 실의에 빠져 있을 때보다 고마움에 가슴이 부풀어 오를 때가 훨씬 더 많았다.

　독자 여러분, 그러나 솔직히 말해 나는 낮 동안 학생들 사이에서 고귀한 일을 하고 저녁이면 만족스러워하며 그림을 그리거나 책을 읽으며 조용히 지내는, 말하자면 평온하고 다른 사람에게 보탬이 되는 삶을 살아가면서도 밤이 되면 기이한 꿈을 꾸기도 했다. 꿈들은 다채롭고 불안했으며 이상적인 모습으로 신이 나면서도 파란만장했다. 낯선 풍경 속에 모험이 가득하며 두려운 위기와 로맨틱한 사건이 일어나는 가운데 나는 자주 로체스터 씨를 만나곤 했다. 그리고 그때마다 흥미진진한 위기 상황에서 나는 늘 그의 품에 안겨 그 목소리를 듣고 눈을 맞추고 그의 손과 뺨을 어루만지며 그와 사랑하며 평생 살고 싶은 바람이 걷잡을 수 없이 솟구쳤다. 그럴 때면 잠에서 깨어나 내가 지금 어디에 있으며 어떤 처지에 있는지를 떠올렸다. 나는 온몸을 부들부들 떨며 커튼 없는 침대 위에서 벌떡 일어나 앉았다. 그리고 어둡고 조용한 한밤중에 홀로 절망에 빠져 몸부림치며 격렬한 감정을 쏟아낸 채 흐느껴 울었다. 그러다 다음 날 아침 아홉 시가 되면 나는 차분하고 안정된 마음으로 학교 문을 열고 어제와 똑같은 일과를 시작했다.

　로저먼드 올리버 양은 학교를 방문하겠다던 약속을 지켰다. 대개는 아침 승마를 하는 길에 학교를 방문했는데, 말을 탄 하인이 그 뒤를 따랐다. 그녀는 학교 문 앞까지 망아지를 타고 왔다. 자줏빛 승마복을 입고 뺨을 스치며 어깨 위에서 찰랑대는 긴 곱슬머리에 그리스 전설 속 여장부와 같은 검은 벨벳 승마 모자를 쓴 그녀의 모습은 그 누구보다 아름다웠다. 올리버 양이 그런 모습으로 허름한 건물 안으로 미끄러지듯 걸어 들어오면 줄지어 앉아 있던 시골 소녀들은 눈이 부신 듯한 표정으로 바라보았다. 보통은 리버스 씨가 맡고 있는 교리문답 시간에 방문했는데, 그녀의 눈빛은 젊은 목사의 가슴을 날카롭게 꿰뚫는 것 같았다. 그는 보지 않아도 본능적으로 그녀가 들어오는 것을 아는 듯했다. 문에서 먼 쪽을 바라보고 있을 때도 그녀가 나타나면 그의 뺨이 불그레해졌다. 대리석 같은 표정은 누그러지지는 않았지만 어딘지 모르게 변했다. 그리고 억눌린 열정은 얼굴 근육이 움직이거나 눈빛이 흔들릴 때보다 무표정한 얼굴에서 훨씬 더 두드러졌다.

　물론 올리버 양은 자신의 힘을 알고 있었다. 그리고 세인트 존은 그녀에게 그 사실을 숨길 수가 없었다. 금욕적인 기독교인이었지만 그녀가 그에게 부드러운 미소를 지으며 격려의 말을 건네면 그의 손은 파르르 떨리고 눈동자는 타오르는 듯했다. 그가 직접 말한 것은 아니지만 슬프고 단호한 표정으로 이렇게 말하는 것 같았다.

'당신을 사랑하오. 당신도 나를 좋아하는 걸 알고 있소. 내가 말 못 하는 이유는 사랑이 이루어지지 않을까 봐 두려워서가 아니오. 내가 마음을 고백하면 당신은 받아줄 거요. 하지만 내 마음은 벌써 신성한 제단 위에 놓여 있고, 그 주변을 불길이 에워싸고 있소. 내 마음은 곧 타버린 제물이 될 뿐이오.'

그러면 올리버 양은 실망한 듯 어린아이처럼 입술을 뿌루퉁하게 내밀었다. 우울한 먹구름이 몰려와 밝게 빛나던 얼굴에 그림자를 드리우면 그녀는 서둘러 그의 손에서 자기 손을 빼고 토라진 표정으로 영웅 같고 순교자 같은 그의 얼굴을 외면하는 것이었다. 그녀가 이렇게 떠나버리면 세인트 존은 틀림없이 어떤 희생을 치르더라도 그녀를 쫓아가 되찾고 싶을 것이다. 그러나 그는 천국으로 갈 기회를 절대 놓치지 않았다. 그녀와의 사랑이라는 이 땅의 낙원을 위해 영원하고 진정한 낙원에 이르는 희망을 포기하지도 않았다. 게다가 그는 자신 속에 잠재된 방랑가, 야심가, 시인, 목사의 모든 기질을 단 하나의 정열에 쏟아부을 수는 없었다. 베일 저택의 거실과 평화로운 삶을 위해 전도라는 거친 싸움을 포기하지 않았다. 언젠가 용기를 내어 그의 마음에 어렵게 접근해 이런 이야기를 알아냈다.

올리버 양이 자주 내 집을 방문했기 때문에 나는 그녀의 성격을 완전히 파악했다. 그녀는 숨기거나 속이는 성격이 아니었다. 애교를 부리지만 무정하지 않았고 까다롭지만 쓸데없이 이기적이지도 않았다. 태어나면서부터 하고 싶은 것은 다 하고 자랐지만 완전히 제멋대로는 아니었다. 약간 성격이 급하지만 명랑했고, 허영심이 있었지만(거울에 어딜 비춰봐도 아름답기만 하니 그럴 수밖에 없으리라) 우쭐대지는 않았다. 관대하지만 부유하다고 거드름을 피우지 않았으며, 한편 순진하고 영리하고 활발하긴 하지만 경솔하기도 했다. 간단히 말해 나 같은 여자가 봐도 매력적이었지만 흥미롭다거나 깊은 인상을 남기지는 않았다. 예를 들면 세인트 존의 여동생들하고는 성격이 전혀 딴판이었다. 그러나 나는 아델을 좋아했던 것처럼 그녀를 좋아했다. 물론 똑같이 마음이 끌려도 어른보다는 가르치며 지켜본 아이에게 더 친밀한 애정을 느끼기는 하지만 말이다.

올리버 양은 내게도 스스럼없이 내키는 대로 행동했다. 어느 날은 내가 리버스 씨와 비슷하다고 했다. (물론 그녀는 "당신은 멋지고 좋은 분이지만 천사 같은 리버스 씨의 외모에는 그 10분의 1도 못 미친다"고 말했다.) 선하고 영리하며 침착하고 단호한 점이 그와 닮았다는 것이다. 그녀는 내가 시골 학교 선생치고는 유별나고 잘은 모르지만 예전에 있었던 일들이 알려진다면 재미있는 소설이 될 거라고 말했다.

어느 날 저녁 올리버 양은 여느 때와 다름없이 어린아이처럼 굴면서 아무 생각 없이 기분 나쁠 정도는 아닌 호기심을 가지고 작은 부엌의 찬장과 책상 서랍을 뒤지고 있었다. 그러다가 프랑스어 책 두 권과 실러의 책 한 권, 독일어 문법책과 사전 등을 발견했다. 그리고 그림 도구와 스케치 몇 장도 찾아냈다. 내 학생 중 한 명을 그린, 작은 천사처럼 예쁜 소녀의 얼굴 스케치와 모턴 계곡을 비롯해 주변의 벌판을 그린 풍경화 같은 것들이었다. 그녀는 깜짝 놀란 표정으로 한참 바라보다가 곧 전기라도 통한 듯 신이 나서 말했다.

"선생님이 다 그린 거예요? 프랑스어와 독일어도 하시나 봐요? 훌륭해요! 정말 놀라워요! S 시에서 제일가는 학교 선생님보다 더 잘 그리는걸요. 아빠한테 보여드리게 내 초상화도 좀 그려주시면 안 돼요?"

"좋아요. 기꺼이 그려줄게요."

나는 이처럼 완벽하고 빛나는 모델을 그리다니 생각만 해도 기뻐 화가로서 가슴이 두근거렸다. 그녀는 팔과 목이 드러난 짙은 파란색의 비단 옷을 입고 있었다. 물결치듯 자연스럽고 우아하게 어깨 위에 흘러내린 갈색 곱슬머리가 유일한 장식이었다. 나는 두껍고 질이 좋은 종이를 한 장 가져와 신중하게 윤곽을 그렸다. 색칠까지 하려고 마음먹었지만 너무 늦은 시간이라 내일 다시 와달라고 말했다.

집에 가서 내 이야기를 했는지 그녀는 다음 날 저녁 아버지를 모시고 나타났다. 올리버 씨는 키가 크고 덩치도 좋은 반백의 중년 신사였다. 그의 곁에 있으니 사랑스러운 로저먼드 양이 마치 하얀 탑에 핀 화려한 꽃 한 송이처럼 보였다. 그는 말수가 적고 자존심이 강해 보였으나 나를 꽤 친절하게 대해주었다. 그는 딸의 초상화 스케치를 보더니 크게 기뻐하며 완성해 달라고 말했다. 그리고 다음 날 저녁에 베일 저택으로 나를 초대했다.

찾아가 보니 베일 저택은 집주인의 부유함이 곳곳에 잘 드러난 아름다운 곳이었다. 로저먼드 양은 내가 머무는 내내 즐거워하며 신이 나 있었다. 성격이 서글서글한 그녀의 아버지는 차를 마신 뒤 대화를 나누면서 모턴 학교에서 내가 한 일들을 높이 평가하며 칭찬을 아끼지 않았다. 또한 그가 듣기로는 내가 이 자리를 맡기기에는 너무 훌륭한 사람이라서 금방 더 좋은 곳으로 가버릴까 봐 걱정스럽다고 말했다.

"정말이에요, 아빠! 상류층 가정교사를 해도 될 정도로 똑똑하다고요."

로저먼드 양이 외쳤다.

이 말을 듣는 순간 지금 여기가 어떤 상류층 집에 있는 것보다 훨씬 더 좋다는 생각이 들었다.

올리버 씨는 리버스 씨와 리버스 가문에 대해 대단히 공손하게 이야기했다. 리버스 가문은 이 지방에서 매우 유서 깊은 가문이며 선조들이 아주 부유했고 한때는 모턴 지역이 전부 리버스 집안의 소유였다는 것이다. 지금도 리버스 가문이 마음만 먹으면 훌륭한 가문과 혼인할 수 있다고 했다. 그런데 그처럼 훌륭하고 재능 많은 청년이 외국으로 가서 선교사가 되려는 계획을 갖고 있다니 귀중한 인생을 허비하는 거라며 애석해했다.

로저먼드 양과 리버스 씨의 결혼에 올리버 씨는 장애가 되지는 않을 듯 보였다. 분명 그는 젊은 목사가 좋은 가문 출신인 데다가 신성한 직업을 가지고 있으니 재산이 없는 것쯤은 문제가 되지 않는다고 생각하는 게 분명했다.

그날은 11월 5일 일요일이었다. 심부름하는 이이는 집 청소를 도와주고 그 대가로 1페니를 받자 아주 기뻐하며 돌아갔다. 싹싹 닦은 마루, 반짝반짝 윤이 나는 쇠창살과 잘 닦은 의자 등 집 안은 티끌 하나 없이 깨끗했다. 나도 깔끔하게 차려입고 이제부터 남은 오후 시간을 즐기기로 했다.

독일어 책을 몇 쪽 번역하는 데 한 시간이 꼬박 걸렸다. 그러고 나서 팔레트와 연필을 들고 로저먼드 올리버 양의 초상화를 마무리하기 시작했다. 독일어 번역보다 더 쉽고 마음도 가라앉힐 수 있었다. 머리는 이미 채색이 다 끝났다. 이제 배경을 칠하고 옷 주름에 명암을 넣은 뒤 도톰한 입술을 다시 바르고 길고 부드러운 곱슬머리는 더욱 물결치게, 푸른 눈꺼풀 아래 속눈썹 그늘은 좀 더 짙게 칠하면 끝이었다. 세세한 부분까지 마무리하며 몰두하고 있는데, 누군가 다급하게 문을 두드리더니 문이 열리면서 세인트 존 리버스 씨가 들어왔다.

"휴일을 어떻게 보내시나 해서 와봤습니다. 생각에 잠겨 있는 건 아니었죠? 아니군요, 다행이네요. 그럼 그럴 때는 외롭지 않을 거예요. 나는 아직도 당신을 잘 못 믿겠어요. 여태까지는 너무 잘해왔지만 말입니다. 그래서 저녁에 위안 삼으시라고 책을 한 권 가져왔습니다."

그는 탁자 위에 새로운 책 한 권을 올려놓았다. 시집이었다. 현대 문학의 황금기에 행운의 독자들에게 주어졌던 진본 중 하나였다. 슬프게도 우리 시대의 독자들은 이런 혜택을 받지 못하고 있다. 그러나 힘내시라! 주저앉아 불평만 하고 있을 수는 없으니. 시는 죽지 않고 천재 시인도 사라지지 않는다. 부의 신일지라도 이 두 가지를 꽁꽁 묶어두거나 죽일 수는 없다. 시와 시인은 언젠가는 다시 그들의 생명을, 그들의 존재를, 그들의 자유와 힘을 보여줄 것이다. 시와 시인, 강력한 천사들이여, 하늘에서 편히 쉬어라! 추악한 영혼이 승리하고 나약한 영혼이 패배의 눈물을 흘릴 때 그들은 미소 짓는다. 시는 말살되었는가? 시인은 추방당했는가? 아니다! 평범한 인간이여, 질투심에 눈이 멀어 그런 생각을 하지 말기를……. 시와 시인은 살아남을 뿐만 아니라 권력을 잡고 지위를 찾게 될 것이다. 그 신성한 힘이 없다면 당신들은 비천함이라는 지옥에

갇히게 될 것이다.

세인트 존이 건네준 《마미온》(1808년 월터 스콧이 쓴 서사시— 옮긴이)의 훌륭한 시구를 열중해 읽는 동안 그는 몸을 굽혀 내 그림을 살펴보았다. 그러더니 깜짝 놀란 듯 기다란 몸을 쭉 펴고 섰지만 아무 말도 없었다. 내가 쳐다보자 그는 내 눈을 피했다. 나는 그가 무슨 생각을 하는지, 그의 마음이 어떤지 확실히 알 수 있었다. 그 순간 나는 그보다 더 차분하고 냉정했다. 잠시나마 그보다 유리한 상태에 있을 때 그런 일이 가능하다면 그에게 도움을 주고 싶었다.

나는 생각했다.

'아무리 의지가 굳고 자제심이 강하다고 해도 스스로를 너무 괴롭히는 거라고. 모든 감정과 괴로움을 절대 표현하지도 고백하지도 남에게 알리는 법도 없지. 그는 자신이 절대 결혼해서는 안 된다고 생각하지만, 내가 사랑스러운 로저먼드 양의 이야기를 조금 들려주면 도움이 될 거야. 이야기를 꺼내보자.'

"리버스 씨, 앉으세요."

내가 먼저 말했다. 그러나 그는 평소와 다름없이 오래 있을 수 없다고 대답했다. 나는 속으로 대꾸했다.

'좋아요. 원하면 서 계셔도 상관없어요. 하지만 아직은 가시지 못하게 할 거예요. 고독은 나뿐만 아니라 당신한테도 좋지 않아요. 당신이 마음속에 간직한 비밀을 알아낼 거예요. 대리

석처럼 딱딱한 마음에 연민의 향유가 단 한 방울이라도 스며들 틈이 있는지 찾아내겠어요.'

"이 초상화가 비슷한가요? 닮긴 했나요?"

내가 불쑥 물었다.

"비슷하다고요? 누구랑? 자세히 안 봐서요."

"자세히 보셨잖아요, 리버스 씨."

그는 예상치 못한 내 말을 듣고 그는 움찔하더니 깜짝 놀란 눈으로 나를 바라보았다.

나는 속으로 중얼거렸다.

'어머나, 아직 시작도 안 했어요. 당신이 좀 뻣뻣하게 나와도 절대 당황하지 않을 거예요. 어떻게든 해볼 작정이니까요.'

"가까이서 똑똑히 보셨잖아요. 하지만 다시 보셔도 상관없어요."

나는 일어나 그림을 그의 손에 건네주었다.

"그림이 훌륭하네요. 색이 은은하면서도 선명해요. 정말 잘 그렸어요."

"네, 그럼요. 그건 저도 알아요. 그런데 비슷한 건 어때요? 이 그림이 누구랑 닮았나요?"

그는 망설이다가 마지못해 대답했다.

"올리버 양 같은데요."

"맞아요. 자, 잘 맞추셨으니 상으로 똑같은 초상화를 한 장

더 그려서 드릴게요. 물론 받으신다고 하면요. 쓸데없다고 생각하시는 선물에 시간과 노력을 낭비하고 싶지는 않으니까요."

그는 계속해서 그림을 들여다보았다. 갈수록 점점 더 세게 붙잡고 있는 걸 보니 더욱 갖고 싶어지는 모양이었다.

"닮았어! 눈을 정말 잘 그렸어. 색이며, 밝기, 표정까지 완벽해. 웃고 있는 것 같아!"

그는 낮은 목소리로 중얼거렸다.

"그와 비슷한 그림을 갖게 되면 위안이 될까요? 아니면 마음의 상처가 될까요? 알려주세요. 목사님께서 마다가스카르나 희망봉, 인도에 계실 때 이 기념품을 갖고 계시면 위로가 될까요, 아니면 그림을 보면서 옛 추억이 떠올라 힘이 빠지고 괴로울까요?"

그는 가만히 눈을 들어 우물쭈물 어찌할 바를 모르겠다는 눈빛으로 나를 바라보았다. 그리고 다시 그림을 쳐다보았다.

"당연히 이 그림을 갖고 싶어요. 그게 적절하고 현명한지는 다른 문제지만요."

세인트 존보다 고상하지 못한 나는 로저먼드 양이 진심으로 그를 사랑하고 그녀의 아버지가 두 사람의 결혼을 반대하지 않으리라는 것을 알게 되자 두 사람의 결혼을 돕고 싶어졌다. 그가 올리버 씨의 많은 재산을 물려받게 되면, 열대 지방의 태양 아래서 천부적인 재능을 썩히고 에너지를 허비하는 것만큼이나 좋은 일을 많이 할 수 있을 것이다. 나는 확신이 들자 이렇게 말했다.

"제가 보기에는 그 그림의 주인공을 얻으시는 게 훨씬 더 현명한 일이라는 생각이 드는데요."

세인트 존은 자리에 앉아 탁자 위에 그림을 올려놓고 두 손으로 이마를 받친 채 애정 어린 시선으로 내려다보고 있었다. 내 당돌한 말에 놀라거나 화를 내지 않았다. 자신이 감히 범접할 수 없는 문제를 솔직히 털어놓고 자유롭게 대화할 수 있어서 기쁘고 바라지도 못했던 위안이 되는 듯했다.

내성적인 사람은 외향적인 사람보다 자신의 감정이나 고민을 솔직히 말할 필요가 있다. 엄격해 보이는 금욕주의자도 결국은 인간일 뿐이다. 그러므로 선의를 가지고 과감하게 그들의 영혼이 떠다니는 '침묵의 바다로 뛰어드는' 것이 그들을 돕는 일이다.

나는 그의 뒤에 서서 말했다.

"틀림없이 그분도 목사님을 사랑할 거예요. 그리고 그분의 아버지는 목사님을 존경하고요. 게다가 올리버 양은 정말 사랑스럽잖아요. 그분이 사려 깊지는 않아도 목사님이 충분히 사려 깊으시니까 두 분 모두를 생각할 수 있을 거예요. 그러니 꼭 결혼하세요."

"그녀가 나를 좋아해요?"

그가 물었다.

"물론이죠. 그 누구보다 목사님을 좋아해요. 끊임없이 목사님 이야기만 해요. 그만큼 좋아하는 이야기가 없다는 듯 다른 이야기는 거의 하지 않는걸요."

"그런 이야기를 들으니 기쁘네요. 십오 분만 더 그 이야기를 해보시죠."

그는 정말로 시계를 꺼내더니 탁자 위에 놓고 시간을 재기 시작했다.

"계속해봐야 무슨 소용이 있겠어요. 목사님은 무쇠처럼 단단히 받아칠 준비를 마치고 마음을 꽁꽁 가둬놓을 쇠사슬도 갖고 계신데요."

"그렇게 냉정하게 생각하지 말아요. 지금처럼 마음이 녹아내려 그분 생각만 한 적은 없으니까요. 내 마음에는 이제 샘솟기 시작한 샘물처럼 인간다운 애정이 솟아나 지금껏 공들인 일과 선의와 자제라는 계획의 씨를 뿌려놓은 밭에까지 온통 넘쳐흘러 홍수가 났습니다. 감미로운 홍수로 물에 잠긴 새싹처럼 내 마음은 달콤한 독이 퍼져 썩어가고 있습니다. 내 눈에는 지금 내가 베일 저택의 거실에서 로저먼드 양의 발치에 놓인 나지막한 의자에 누워 있는 모습이 보이네요. 그녀는 달콤한 목소리로 내게 말하지요. 당신이 훌륭한 솜씨로 똑같이 그려놓은 그 눈으로 나를 내려다보며 산홋빛의 입술로 미소 짓고 있어요.

그녀는 내 것이고 나는 그녀의 것입니다. 나는 지금의 삶과 스쳐가는 세상만으로 충분해요. 쉿! 아무 말도 하지 말아요. 내 마음은 기쁨이 가득해요. 내 모든 감각이 무아지경에 빠졌어요. 내가 정한 십오 분 동안은 이렇게 편히 보내도록 해줘요."

나는 그가 바라는 대로 해주었다. 시계는 째깍째깍 움직이고 그는 나지막이 가쁘게 숨을 쉬었다. 나는 말없이 서 있었다. 고요한 가운데 십오 분이 흘렀다. 그는 시계를 도로 집어넣더니 그림을 내려놓았다. 그리고 일어나 난로 앞으로 가서 말했다.

"자, 나는 짧은 시간 동안 망상과 공상에 빠져 있었어요. 나는 유혹의 품에 내 머리를 기대고 목에는 꽃으로 만들어진 유혹의 멍에를 걸고 유혹의 술잔도 맛보았습니다. 베개는 불탔고 화환 속에는 작은 독사가 숨어 있었고 술은 쓰디썼습니다. 유혹의 약속은 공허했고 유혹의 제안은 거짓이었습니다. 이제야 모든 걸 보고 알게 되었습니다."

나는 황망한 표정으로 그를 바라보았다.

"이상한 일이에요. 이처럼 열렬히, 강렬한 첫사랑의 열정을 다해 로저먼드 올리버 양을 사랑하는데…… 더할 나위 없이 우아하고 매력적인 여성이지만, 그녀는 내게 좋은 아내가 될 수 없고 어울리는 배우자도 아니에요. 결혼하고 일 년도 지나지 않아 나는 그 사실을 깨닫고 황홀하게 열두 달을 보낸 뒤 남은 시간을 후회하며 살 거라는 걸 똑똑히 깨닫게 됩니다."

"정말 이상하네요!"

나는 이렇게 소리치지 않을 수 없었다. 그는 계속 말했다.

"내 마음 한구석이 그녀에게 강렬한 매력을 느끼면서도 다른 한편으로는 그녀의 단점들을 매우 크게 느끼죠. 단점이란 내가 열망하는 일에 그녀가 전혀 공감하지 못한다는 거예요. 내가 가려는 길을 따라오지 못한다는 거죠. 로저먼드 양이 수난자, 노동자, 하느님의 사도가 될 수 있을까요? 선교사의 아내가 될 수 있을까요? 천만에요!"

"그러니 목사님이 꼭 선교사가 될 필요는 없잖아요. 그 계획을 포기할 수도 있는 거 아닌가요."

"뭐요! 포기라니! 내 천직을 말이오? 내 위대한 사명, 천국의 집을 위해 이 땅 위에 놓은 내 초석을 말입니까? 개인의 야망을 영광스러운 포부에 모두 녹여버린 선택받은 사람들 가운데 하나가 되고 싶은 희망 말인가요? 인류를 발전시키고 무지한 땅에 진리를 알리며 전쟁 대신 평화를, 억압 대신 자유를, 미신 대신 종교를, 지옥의 공포 대신 천국의 희망을 가져다주겠다는 포부 말인가요? 그걸 포기하라고요? 그건 내 혈관을 타고 흐르는 피보다 소중합니다. 그것은 내 삶의 목표이자 살아가는 이유예요."

한참 지난 뒤 내가 말했다.

"그럼 올리버 양은요? 그분의 실망과 슬픔엔 전혀 관심이 없다는 건가요?"

"올리버 양은 언제나 구혼자와 아첨꾼에게 둘러싸여 있습니다. 그러니 한 달도 되지 않아 내 모습은 그녀의 마음에서 지워질 겁니다. 그녀는 나를 잊고 자신을 행복하게 해주는 남자와 결혼하겠지요."

"정말 냉정하게 말씀하시네요. 하지만 계속 갈등하며 힘들어하시잖아요. 점점 수척해지고 계세요."

"아닙니다. 좀 야위었다면 결정되지 않은 내 미래가 걱정돼서 그럴 겁니다. 출발 날짜가 계속해서 미뤄지고 있거든요. 오늘 아침에도 오랫동안 기다리던 후임자가 3개월 안에 올 수 없다는 통보를 받았어요. 어쩌면 6개월로 늘어날지도 모르고요."

"올리버 양이 교실에 들어올 때마다 목사님 얼굴이 달아오르고 몸도 떠시던데요."

또다시 그의 얼굴에 당황한 표정이 나타났다. 그는 여자가 남자에게 감히 이렇게 이야기를 하리라고 생각지도 못했던 것 같다. 그러나 나는 이런 대화가 편안했다. 나는 남자건 여자건 의지가 강하고 분명하며 교양 있는 사람들과는 관습적인 신중함이라는 장벽을 지나고 신뢰의 문턱을 넘어 마음속 화롯가에 자리 잡기 전에는 편히 대화를 할 수가 없었다.

"당신은 독창적인 사람이에요. 사람을 꿰뚫어보는 눈만 가진 게 아니라 마음속에 대범한 구석이 있군요. 하지만 장담하건대 당신은 내 감정을 조금 오해하고 있어요. 실제보다 더 깊고 강렬하다고 생각하는 것 같군요. 그리고 필요 이상으로 더 많이 나를 동정하고요. 올리버 양 앞에서 얼굴을 붉히거나 몸을 떨어도 나는 나 자신을 불쌍하게 생각하지 않아요. 다만 유약함이 창피할 뿐이죠. 수치스러운 일이에요. 그저 육체의 흥분일 뿐 영혼의 떨림은 아니거든요. 영혼은 잠들지 않는 깊은 바닷속에 박힌 바위처럼 절대 흔들리지 않아요. 내가 이런 차갑고 매정한 사람이라는 걸 알아주세요."

나는 믿지 못하겠다는 미소를 지었다.

"당신은 내 비밀을 순식간에 캐내 버렸어요. 비밀을 너무 많이 들켰네요. 인간적인 결함을 덮어주는 그리스도의 피로 씻어낸 법의를 벗으면 나라는 사람은 그저 차갑고 냉정하고 야심에 찬 사람일 뿐이에요. 모든 감정 중에서 내게 변치 않는 유일한 감정은 혈육에 대한 애정뿐입니다. 나는 감정이 아니라 이성에 따르지요. 내 야망은 끝이 없어요. 더 높이 올라가고 싶고 남보다 더 많은 일을 하고 싶다는 욕망이 결코 채워지지 않아요. 나는 인내, 성실, 노력, 근면, 재능을 무엇보다 중요하게 생각해요. 그것을 통해 위대한 목표를 이루고 높은 영예에 이를 수 있으니까요. 나는 당신의 생활을 관심 있게 살펴보고 있어요. 당신이 근면하고 질서정연하고 활기찬 여성이기 때문이지, 당신의 과거나 그로 인해 여전히 괴로워하는 당신을 깊이 동정해서 가 아니랍니다."

"자기 자신을 꼭 이교도 철학자처럼 설명하시네요."

"아니요. 나와 이교도 철학자와는 이런 차이가 있지요. 나는 하느님을 믿고 복음을 믿어요. 그러니 당신의 칭호는 틀렸어 요. 나는 이교도 철학자가 아니라 기독교 철학자예요. 예수 그 리스도의 제자로서 순수하고 자비와 은총이 가득한 교리를 믿 습니다. 나는 이 교리를 믿으며 널리 전파하기로 맹세했어요. 어릴 때부터 종교를 믿었기 때문입니다. 혈육에 대한 사랑이라 는 극히 작은 싹이 인류애라는 거대한 나무로 자라난 거죠. 인 간의 정직함이라는 가느다란 자연의 뿌리에서 하느님의 정의라 는 정당한 의식이 자라난 겁니다. 미천한 자신을 위해 권력과 명성을 모으려던 야망이 주님의 왕국을 넓히고 십자가 깃발을 얻으려는 야망으로 발전한 거예요. 종교는 내게 많은 걸 해주 었어요. 타고난 자질을 좋은 곳에 사용하고 본질적인 모습을 깎아내고 훈련할 수 있게 해주었죠. 하지만 '이 죽을 것이 죽지 아니함을 입으리로다(〈고린도전서〉 15장 53절—옮긴이)'라고 했 듯이 종교라 해도 본성을 뿌리 뽑을 수는 없지요."

이렇게 말하고 나서 그는 탁자 위의 팔레트 옆에 놓인 모자 를 집어 들었다. 그리고 다시 한 번 초상화를 바라보며 중얼거 렸다.

"정말 아름다워. 이 세상의 장미라는 이름과 딱 어울려."

"같은 그림을 하나 더 그려드릴까요?"

"무슨 소용이 있겠습니까? 그럴 필요 없어요."

그는 내가 도화지를 더럽히지 않으려고 손 밑에 까는 얇은 종이로 초상화를 덮었다. 그 순간 빈 종이에서 무엇을 보았는지 모르겠지만 그의 눈길이 한 곳에 머물렀다. 그는 낚아채듯 종이를 집어 들고 가장자리를 살펴보았다. 그러고는 말할 수 없이 기묘하고 도저히 알 수 없는 눈빛으로 나를 바라보았다. 내 몸매와 얼굴, 옷차림 등을 빠짐없이 살펴보았다. 그의 눈길이 번개처럼 빠르고 예리하게 내 온몸을 훑고 지나갔다. 뭔가 말을 하려는 듯 입술을 뗐으나 무슨 일인지 그는 말을 삼켜버렸다.

"왜요?"

"아무것도 아닙니다."

그는 짧게 대답했다. 나는 그가 종이를 제자리에 놓으면서 끝부분을 교묘하게 조금 떼어내어 장갑 안에 넣는 것을 보았다. 그는 서둘러 목례를 하며 인사말을 하더니 빠른 걸음으로 사라졌다.

"이거 참, 당최 무슨 일인지!"

나는 이 지방 특유의 표현을 빌려 외쳤다.

이번에는 그 얇은 종이를 찬찬히 살펴보았다. 하지만 붓에

묻은 물감을 확인하려고 칠한 부분에 거무스름한 얼룩이 몇 개
묻은 것 말고는 아무것도 없었다. 무슨 일인지 잠시 생각해봤
지만 도무지 알 길이 없었다. 그래서 중요한 일이 아니라고 생
각하고 깨끗이 잊어버렸다.

제12장

　세인트 존이 떠난 뒤 눈이 내리기 시작하더니 밤새도록 눈보라가 휘몰아쳤다. 다음 날은 살을 에는 듯한 바람이 불며 앞을 분간할 수조차 없을 정도로 세차게 눈이 쏟아졌다. 땅거미가 질 무렵이 되자 계곡이 눈에 파묻혀 사람들이 거의 지나다닐 수 없는 지경이 돼버렸다. 나는 덧문을 닫고 눈이 들이치지 않도록 깔개를 가져다 문아래 쪽에 대어놓았다. 그러고는 난롯불을 더 키우고 그 앞에 앉아 한 시간째 맹렬하게 휘몰아치는 폭풍이 잦아들기 바라며 문밖의 소리에 귀를 기울였다. 그리고 촛불을 켠 뒤《마미온》을 꺼내 읽기 시작했다.

　해가 지네, 노햄의 성벽에

트위드의 넓고 깊은 강물에

체비어트의 산맥에

거대한 탑들, 단단한 아성,

그들을 둘러싼 성벽에

황금빛이 퍼지네.

나는 어느새 눈보라를 잊고 시의 운율에 빠져들었다. 그런데 무슨 소리가 들렸다. 처음에는 바람에 문이 흔들리는 소리인 줄 알았다. 하지만 아니었다. 걸쇠를 벗기고 차디찬 눈 폭풍과 칠흑 같은 어둠 속에서 나타난 사람은 다름 아닌 세인트 존 리버스였다. 키가 큰 그의 몸에 걸친 외투는 빙하처럼 새하얗게 얼어붙어 있었다. 나는 깜짝 놀랐다. 이 밤에 온통 눈으로 막힌 골짜기를 지나 이곳까지 올 손님이 있을 거라고는 전혀 생각하지 못했기 때문이다.

"나쁜 소식이라도 있나요? 무슨 일 있어요?"

"아닙니다. 왜 그리 쉽게 놀라세요!"

그는 외투를 벗어 문에 걸어놓고 들어오면서 움직인 깔개를 원래 자리로 밀어놓았다. 그리고 발을 쿵쿵 굴러 장화에 붙은 눈을 털어냈다.

"깨끗한 바닥을 더럽혔네요. 용서하세요."

그는 난롯불 근처로 다가와 불 위에서 손을 녹이며 말했다.

"여기 오는 데 정말 힘들었습니다. 허리까지 눈에 파묻히는 곳도 있더군요. 다행히 아직까지는 눈이 얼지 않아서 부드러웠어요."

"그런데 무슨 일로 오신 거예요?"

나는 이렇게 궂은 날씨에 무슨 일인지 묻지 않을 수 없었다.

"손님에게는 좀 야박한 질문이네요. 하지만 물어보니 대답하죠. 이야기를 하고 싶어 왔습니다. 텅 빈 방에서 책만 읽고 있는 게 지겨워져서 말이에요. 게다가 어제 이야기를 반밖에 듣지 못했더니 나머지를 듣고 싶어 참을 수가 없더군요."

그는 자리에 앉았다. 나는 어제 그가 이상한 행동을 했던 것이 떠올라 정신이 약간 이상해진 게 아닌지 진심으로 걱정되기 시작했다. 그러나 제정신이 아니라고 하기에는 너무 차분했다. 그가 눈에 젖은 머리카락을 이마 위로 쓸어 넘기자 하얀 이마와 뺨이 난로 불빛에 비쳤다. 그의 모습은 마치 대리석 조각상처럼 아름다웠는데, 나는 이때처럼 아름다운 그의 모습을 본 적이 없었다. 하지만 그의 얼굴에 새겨진 근심과 슬픔의 흔적을 보자 가슴이 아팠다. 적어도 내가 알아들을 수 있는 이야기를 할 거라고 기대하며 말없이 기다렸다. 그러나 그는 손으로 턱을 괴고 손가락을 입술에 댄 채 생각에 잠겨 있었다. 그 손도 얼굴처럼 야위었다. 쓸데없는 연민이 솟구쳐 이렇게 말했다.

"다이애나와 메리가 돌아와서 함께 사시면 좋겠다는 생각이

들었어요. 혼자 생활하시는 게 너무 안됐어요. 더구나 목사님
은 본인 건강은 전혀 안 챙기시잖아요."

"천만에요. 필요할 때는 신경을 쓰지요. 지금은 괜찮아요. 어
디 안 좋아 보입니까?"

그가 무심하게 물었다. 전혀 쓸데없는 걱정이라는 투여서 나
는 입을 다물어버렸다. 그는 여전히 손가락으로 윗입술을 문
지르고 있었다. 그리고 꿈이라도 꾸는 듯한 눈으로 벽난로 쇠
살대를 바라보았다. 나는 무슨 말이든 해야 할 것 같아 그에게
등 뒤에 있는 문에서 찬바람이 들어오지 않는지 물었다.

"아니, 안 들어와요."

그의 짧고 퉁명스러운 대답에 나는 속으로 말했다.

'그래요? 말하기 싫으면 가만히 계세요. 나는 당신한테 관심
끊고 읽던 책이나 읽을 테니까요.'

나는 촛불 심지 끝을 질라내고 다시 《마미온》을 읽었다. 잠
시 후 움직이는 기척을 느끼고 그 쪽을 쳐다보았다. 그는 모로
코 가죽 수첩을 꺼냈을 뿐이다. 그는 거기서 편지 한 통을 꺼내
읽더니 다시 집어넣고는 생각에 잠겼다. 속을 알 수 없는 사람
이 꼼짝 않고 앉아 있으니 도무지 책의 내용이 눈에 들어오지
않았다. 더는 가만히 있을 수 없어 대답하든 말든 나는 질문을
던졌다.

"최근 다이애나와 메리한테서는 소식이 없었나요?"

"일주일 전에 보여드린 편지 이후로는 없네요."

"목사님 계획에 바뀐 건 없고요? 예정보다 일찍 떠나시게 되는 건 아닐까요?"

"그런 일은 아마 없을 겁니다. 나 같은 사람한테 그런 좋은 기회가 올 리 없죠."

그를 당해낼 재간이 없어 나는 화제를 돌리기로 했다. 학교 이야기를 하기로 한 것이다.

"메리 개럿은 어머니 건강이 나아지셔서 오늘부터 학교에 다시 나오게 되었어요. 그리고 다음 주에는 주물 공장에서 학생 네 명이 새로 들어올 거예요. 눈만 내리지 않았으면 오늘 왔을 텐데."

"그렇군요."

"올리버 씨가 두 사람 학비를 내주신대요."

"그래요?"

"크리스마스에는 학생들 전체한테 한턱내신대요."

"알고 있어요."

"목사님이 제안하신 거예요?"

"아니에요."

"그럼요?"

"따님이겠지요."

"그분답네요. 정말 착한 분이세요."

"그래요."

또다시 침묵이 흘렀다. 시계가 여덟 시를 알렸다. 그 소리를 듣고 정신을 차린 듯 그는 꼬았던 다리를 풀고 꼿꼿한 자세로 나를 돌아봤다.

"잠시 책을 내려놓고 난롯가로 좀 더 가까이 와요."

그가 말했다. 무슨 일인가 싶었지만 궁금해해봤자 부질없는 짓이라 싶어 나는 시키는 대로 했다.

"삼십 분 전에 내가 나머지 이야기를 듣고 싶어 참을 수가 없다고 했지요. 그런데 생각해보니 내가 말하고 당신이 듣는 게 더 나을 것 같아요. 이야기를 시작하기 전에 미리 말하지만 좀 지루할 수도 있어요. 하지만 알고 있는 이야기라도 다른 사람을 통해 들으면 색다를 수도 있지요. 아무튼 아는 이야기건 모르는 이야기건 간에 내용은 짧습니다. 이십 년 전 가난한 부목사가 있었어요. 지금 그 사람의 이름은 중요하지 않아요. 그는 부잣집 딸을 사랑했는데 그 아가씨도 그를 사랑했죠. 두 사람은 주위의 반대에도 불구하고 결혼했어요. 그 결과 모든 친척과 친지가 그들과 인연을 끊었습니다. 무모했던 그 부부는 결혼한 지 이 년도 채 안 되어 둘 다 죽었고 무덤에 나란히 묻혔습니다. 나도 그들의 무덤을 본 적이 있어요. ○○ 주의 큰 공업 도시에 있죠. 새까맣게 그을린 음산하며 낡고 큰 교회의 마당 한구석에 묘지가 있어요. 그들은 딸 하나를 남겼는데 갓난아이

286

는 세상에 나오자마자 자선 고아원의 품에 안겼죠. 오늘 밤 내가 거의 빠질 뻔했던 눈구덩이처럼 차가운 고아원에 말이에요. 그 후 의지할 곳 없는 아이는 부유한 외가 친척 집으로 가게 되었고, 외숙모인 게이츠헤드의 리드 부인이 키워주셨죠. 놀라시네요? 무슨 소리라도 들렸나요? 쥐들이 교실 위쪽 서까래를 뛰어다니는 소리일 겁니다. 헛간을 개조했는데 헛간에는 쥐가 많으니까요. 계속하죠. 리드 부인은 십 년 동안 그 아이를 길렀어요. 그동안 그 아이가 행복했는지 어쩐지는 들은 이야기가 없어 모르겠어요. 아무튼 부인은 그 아이를 십 년 동안 데리고 있다가 당신노 아는 곳으로 보냈어요. 당신이 오랫동안 시냈던 로우드 학교로요. 거기서 그녀는 매우 우수한 학생이었나 봅니다. 당신처럼 학생에서 선생이 되었더군요. 그러고 보니 당신 이력이랑 비슷한 점이 참 많네요. 그 여자는 가정교사가 되기 위해 학교를 떠났어요. 이것도 당신과 비슷하군요. 여자는 로체스터 씨라는 사람이 키우는 아이의 교육을 맡게 되었죠."

"리버스 씨!"

내가 말을 가로막았다.

"당신 기분은 알겠지만 잠시만 참아주세요. 이야기가 거의 다 끝나가니까. 나는 로체스터 씨가 어떤 사람인지 잘 모릅니다. 하지만 그가 이 젊은 아가씨한테 정식으로 청혼했고, 그 여자는 결혼식 당일 교회 제단 앞에서 그에게 정신병자인 부인이 있다는 걸 알게 되었습니다. 그후 그가 어떻게 행동했고 그녀에게 어떤 제안을 했는지는 추측할 수밖에 없습니다. 그런데 그 가정교사에게 어떤 소식을 전해야 하는데, 그녀가 이미 그곳을 떠난 걸 알게 됐죠. 언제 어디로 어떻게 갔는지 아무도 몰랐어요. 그녀는 한밤중에 손필드 저택을 빠져나간 거예요. 아무리 찾아봐도 소용없었어요. 그 일대를 다 뒤져보았지만 아무런 단서도 못 찾았죠. 그 여자를 찾는 건 매우 중요하고 긴급한 일이었대요. 모든 신문에 사람을 찾는다는 광고도 냈고요. 나 또한 지금 말한 내용이 적힌 편지를 브리그스라는 변호사한테 받았습니다. 정말 이상한 이야기 아닙니까?"

"이것 한 가지만 말씀해주세요. 그 일에 대해 많은 것을 알고 계시니 물론 대답해주실 수 있을 거예요. 로체스터 씨는 어떻게 되셨나요? 어디서 어떻게 지내세요? 건강하신 거죠?"

"로체스터 씨에 대해서는 아는 바가 전혀 없습니다. 내가 받은 편지에는 남을 속이고 법에 위배된 계획만 적혀 있었으니까요. 그보다 그 가정교사의 이름이 더 궁금하지 않나요? 무슨 일로 그녀를 찾는지 그게 더 궁금하지 않나요?"

"손필드에 가본 사람은 없나요? 로체스터 씨를 만나지도 않고요?"

"그런 것 같습니다."

"하지만 로체스터 씨한테 편지는 보냈겠죠?"

"물론이죠."

"그래, 뭐라고 답장이 왔나요? 답장은 누가 갖고 있죠?"

"브리그스 씨 말로는 로체스터 씨한테 온 게 아니라 어떤 부인한테서 온 편지였다고 합니다. '엘리스 페어팩스'라고 서명되어 있었다더군요."

한기가 느껴지면서 매우 실망스러웠다. 그렇다면 내가 두려워하던 일이 벌어진 것이다. 그는 결국 자포자기 심정으로 영국을 떠나 그전에 머물던 유럽 대륙으로 건너간 것이 틀림없었다. 그는 극심한 고통을 잊기 위해 어떤 진통제를 구했을까? 무엇에다 강한 열정을 쏟아붓기로 했을까? 감히 이 물음에 대답할 용기가 나지 않았다. 오, 나의 가여운 주인님, 한때 남편이 될 뻔한 수없이 '사랑하는 에드워드'라고 불렀던 사람이여!

"그 사람, 참 나쁜 사람이었나 보군요."

리버스 씨가 말했다.

"그분을 잘 모르면서 그런 말씀하지 마세요."

내가 흥분해서 말했다.

그러자 그가 차분하게 대답했다.

"그러지요. 사실 내 머릿속은 그 사람이 아니라 다른 일로 복잡하네요. 우선 내 이야기를 하죠. 당신이 그 가정교사 이름을 물어보지 않으니 내가 말하겠습니다. 잠깐만요. 여기 있네요. 중요한 것들은 적어놓는 게 좋거든요."

그는 다시 수첩을 조심스럽게 꺼내 안을 뒤져 급하게 찢은 듯 모서리가 꼬깃꼬깃한 종잇조각을 꺼냈다. 나는 종이 질감이나 군청색, 진홍색, 주황색 물감이 얼룩진 것으로 보아 어제 초상화 위에 덮어놓았던 얇은 종이라는 것을 알았다. 그는 일어나더니 종잇조각을 내 앞에 내밀었다. 내가 먹물로 '제인 에어'라고 쓴 것이었다. 아, 내가 무심코 쓴 글씨였다.

"브리그스 씨는 편지에 제인 에어라는 사람에 대해 썼어요. 광고는 제인 에어라는 사람을 찾았고요. 내가 아는 사람은 제인 엘리엇이지만, 솔직히 나는 의심하고 있었어요. 그런데 바로 어제 오후에 그 의심이 확신으로 바뀌었어요. 당신 본명이 제인 에어죠?"

"네, 그래요. 브리그스 씨는 어디 계신가요? 아마도 그분이 로체스터 씨의 소식을 더 잘 아시겠죠?"

"브리그스 씨는 런던에 있어요. 하지만 로체스터 씨에 관해서는 아무것도 모를 겁니다. 그 사람은 로체스터 씨에게 관심이 없어요. 그건 그렇고 당신은 사소한 일을 궁금해하느라 정작 자신에 관한 중요한 일은 잊고 있군요. 브리그스 씨가 당신을 왜 찾는지도 물어보지 않고요."

"그분이 왜 저를 찾는데요?"

"당신 삼촌인 마데이라의 에어 씨가 돌아가셨어요. 그리고 전 재산을 당신한테 물려주셨어요. 그래서 당신은 부자가 되었다는 거예요. 그게 전부예요, 다른 건 없어요."

"제가요? 부자라고요?"

"그래요. 당신은 부자예요. 엄청난 상속을 받게 되었어요."

잠시 침묵이 흘렀다.

"물론 본인이 제인 에어라는 사실을 증명해야 해요. 전혀 어렵지 않은 절차예요. 그것만 확인되면 금방 상속받을 거예요. 당신의 재산은 영국 국채로 증여되었고, 브리그스 씨가 유언장이랑 필요한 서류를 가지고 있어요."

이렇게 새로운 카드 패가 펼쳐졌다. 독자 여러분, 가난한 사람이 하루아침에 부자가 되는 건 멋진 일이다. 무척이나 멋진 일이다. 그러나 당장은 실감이 나지 않아 나는 기뻐할 수가 없었다. 인생에는 이보다 더 가슴 뛰고 황홀한 일이 많다. 하지만 이것은 상상이 아니라 실제로 일어난 일이었다. 관련된 모든 생각뿐 아니라 그 뒤에 벌어진 일들도 확실하고 틀림없는 사실이었다. 부자가 되었다는 소식을 들은 사람은 방방 뛰며 기뻐하거나 흥분해서 "만세!" 하고 소리 지르지 않는다. 그에 대한 책임과 해야 할 일들을 먼저 떠올리게 된다. 만족스러우면서도 걱정과 염려가 생기고 스스로를 자제하면서 이 행운을 진지한 자세로 생각해보게 된다. 더구나 상속이니 유산이라는 단어는 죽음과 장례라는 단어와 나란히 붙어 다니게 마련이다. 유일한 혈육이었던 삼촌이 돌아가셨다. 삼촌이 계시다는 말을 들은 이

후 늘 언젠가는 뵙게 되겠지 하고 생각했다. 그런데 이제는 만날 수 없게 되었다. 그리고 그분의 재산을 고스란히 내가 물려받게 되었다. 함께 기뻐할 가족도 없는, 세상천지 아무도 없는 나 혼자에게 남겨진 것이다. 틀림없이 그것은 대단한 은혜였다. 혼자 힘으로 살아갈 수 있을 정도의 재산이 있다는 건 정말 기쁜 일이다. 그렇다. 나는 그런 기분이 들었다. 그러자 가슴이 벅차올랐다.

"드디어 이마에 주름이 펴졌네요. 메두사가 쳐다봐서 돌이라도 된 줄 알았습니다. 그럼 이제는 물려받은 액수가 궁금하겠지요?"

"얼마나 되나요?"

"아, 얼마 안 되더라고요! 이렇다 할 정도도 안 되지요. 2만 파운드라고 하던가, 별것 아니죠?"

"2만 파운드요?"

나는 다시 한 번 놀랐다. 기껏해야 4천에서 5천 파운드쯤 될 거라고 생각했던 것이다. 이 소식에 나는 숨이 턱 막혔다. 그러자 세인트 존이 소리 내어 웃었다. 그의 웃음소리를 들어 본 것은 그때가 처음이었다.

"음, 당신이 사람을 죽였는데 그 죄가 들통 났다고 알려줘도 지금처럼 놀라지는 않겠네요."

"액수가 크네요. 뭔가 착오가 있는 건 아닐까요?"

"전혀요."

"아마 숫자를 잘못 보셨겠죠. 2천 파운드일지도 몰라요!"

또다시 남들만큼만 먹는 사람이 1백 인분의 음식이 차려진 식탁에 혼자 앉아 있는 듯한 기분이었다. 그때 세인트 존이 자리에서 일어나 외투를 입었다.

"혼자 있는 모습이 너무 쓸쓸해 보이네요. 날씨가 이렇게 궂지만 않으면 해나를 말동무나 하라고 보낼 텐데. 하지만 해나는 다리가 짧아 나처럼 눈길을 헤치고 걸어올 수가 없을 거요. 어쩔 수 없지만 슬퍼하는 당신을 혼자 남겨두고 가야겠네요. 잘자요."

그가 걸쇠를 들어 올리는데 순간적으로 내게 어떤 생각이 떠올랐다.

"잠깐만요!"

"네?"

"궁금한 게 있어요. 브리그스 씨가 왜 목사님께 편지로 제 이야기를 쓴 거죠? 그분이 어떻게 목사님을 아는 거죠? 이런 외딴 곳에 사는 분이 왜 저를 찾게 도와줄 거라고 생각한 거죠?"

"아! 나는 목사니까요. 사람들은 목사들에게 이상한 부탁도 많이 하잖소."

다시 걸쇠가 덜그럭거렸다.

"아뇨, 그 대답으론 부족해요. 그런 어설픈 설명으로는 호기심이 채워지기는커녕 더 궁금해지기만 하죠."

그리고 잠시 뒤 덧붙였다.

"정말 이상한 일이에요. 좀 더 알아야겠어요."

"다음번에요."

"아뇨, 지금이오!"

그가 나를 향해 돌아서자 재빨리 그와 문 사이를 가로막았다. 그는 난감해하는 표정이었다.

"다 말해주기 전까진 절대 가실 수 없어요!"

"지금은 이야기하지 않는 게 좋겠어요."

"안 돼요. 꼭 해주세요!"

"다이애나와 메리한테 알려주라고 할게요."

이런 식으로 거절하니 더욱 궁금해 미칠 것 같았다. 나는 꼭 들어야겠다고 말했다. 그것도 지금 당장 말이다. 그러자 그가 말했다.

"예전에도 말했지만 나는 고집이 센 편이라서 설득하기 쉽지 않을 거요."

"제 고집도 만만치 않다고요. 이 일은 절대 다음으로 미룰 수 없어요."

"나는 차가운 사람이라 어떤 열의에도 꿈쩍하지 않아요."

"저는 뜨거운 사람이에요. 그런데 불은 얼음을 녹이죠. 목사님 외투에 얼어붙은 눈도 난롯불에 다 녹아버렸잖아요. 물이 바닥에 흘러 진창이 돼버렸네요. 리버스 씨, 제 부엌을 더럽힌 큰 죄를 용서받으려면 얼른 대답해주세요."

"이거 참, 내가 졌네요. 당신 열의가 아니라 끈기에 진 겁니다. 낙숫물이 댓돌을 뚫는 것처럼 말이죠. 더구나 당신도 언젠가는 알게 될 일이니까요. 이름이 제인 에어 맞죠?"

"네, 아까도 맞다고 말씀드렸는데요."

"나와 성이 같다는 건 아직 모르죠. 내 이름은 세인트 존 에어 리버스입니다."

"전혀 몰랐어요! 그러고 보니 빌려주신 책들에 적힌 머리글자에 'E' 자가 적혀 있었어요. 하지만 그게 무슨 이름인지는 물어보지 않았어요. 그러면 뭐죠? 설마⋯⋯."

나는 말을 멈췄다. 별안간 머릿속에 떠오르는 어떤 생각이 점점 강하게 확신으로 변했다. 그대로 가슴에 묻어둘 수도 없고, 그렇다고 말로 할 수도 없었다. 여러 가지 상황이 짜이고 맞춰지더니 곧 정리되었다. 형체도 없이 쌓여 있던 고리 더미가 똑바로 줄을 늘어서더니 각각의 고리뿐 아니라 연결도 완전해졌다. 세인트 존의 다음 이야기를 듣기도 전에 나는 본능적으로 알아챘다. 그러나 독자 여러분은 나와 같은 직감이 들지 않을 수 있으니 그의 설명을 전하도록 하겠다.

"내 어머니의 성이 에어였습니다. 어머니한테는 남동생이 둘 있었죠. 한 분은 목사였는데 게이츠헤드의 제인 리드 양과 결혼했고, 또 한 분은 얼마 전까지 마데이라의 푼샬에서 무역을 했던 존 에어 씨입니다. 에어 씨의 변호사인 브리그스 씨가 지난 8월 우리한테 외삼촌이 돌아가셨다는 소식을 전해주었죠. 외삼촌과 아버지는 다투고 난 뒤 끝까지 화해하지 않으셨습니다. 그래서 외삼촌은 우리는 빼고 돌아가신 형의 딸에게 재산을 물려주었죠. 그런데 몇 주일 전에 브리그스 씨한테서 편지가 왔는데 상속인이 사라졌다는 거예요. 그러면서 아는 것이 있느냐고 물어보더군요. 그러다 종이에 적힌 이름을 보고 내가 상속인을 찾아내게 된 거죠. 나머지는 당신도 아는 이야기고요.”

그는 다시 나가려고 했으나 내가 문에 기댄 채 가로막았다.

“잠깐 제 이야기도 들어주세요. 숨 돌리고 생각할 시간도 좀 주시고요.”

그는 내 앞에서 모자를 들고 차분한 얼굴로 서 있었다. 나는 말을 이었다.

“목사님의 어머니가 제 아버지의 누님이시죠?”

“네.”

“그럼, 제 고모님이신 거네요?”

그가 고개를 끄덕였다.

“존 삼촌이 목사님의 외삼촌이고요? 목사님과 다이애나와 메리는 그분의 누님이 낳으셨고요. 저는 그분 형님의 딸이고요.”

“맞아요.”

"그럼 여러분은 제 사촌이네요. 절반은 같은 핏줄이고요."

"맞아요. 우리는 사촌간입니다."

나는 그를 찬찬히 살펴보았다. 오빠를 찾은 듯했다. 자랑할 수도 있고 사랑할 수도 있는 오빠와 두 언니를 말이다. 남남으로 만나 알게 되었을 때도 나는 그들을 진심으로 좋아하고 존경했다. 비에 젖은 땅바닥에 무릎 꿇고 무어 하우스 부엌의 낮은 창문을 통해 호기심과 절망감이 뒤섞인 쓰디쓴 심정으로 바라보았던 두 아가씨가 내 가까운 친척이었다. 그리고 문 앞에서 죽어가던 나를 발견한 젊고 위엄 있는 신사가 내 혈육이었다. 외롭고 가엾은 사람에게 이 얼마나 즐거운 일인가. 이것이야말로 진정한 재산이었다! 마치 순수하고 따뜻한 애정의 광산을 찾은 것 같았다. 크고 육중한 황금을 선물 받는 것도 기쁘기는 하지만, 그 무게 때문에 정신이 번쩍 들었다. 나는 갑자기 손뼉을 쳤다. 내 심장이 마구 뛰고 혈관 속으로 전율이 흘렀다.

"아! 기뻐요. 정말 기뻐요!"

나는 소리쳤다. 세인트 존은 미소 지으며 말했다.

"사소한 일에 신경 쓰느라 중요한 걸 잊고 있다고 했죠? 재산을 물려받았다고 할 때는 심각한 표정을 짓더니 지금은 아무것도 아닌 일에 들떠 있네요."

"무슨 말씀이세요! 목사님한테는 아무것도 아닌 일일지 몰라요. 누이동생이 두 명이나 있어 사촌 같은 건 상관없을 테니까요. 하지만 저는 아무도 없잖아요. 어느 날 갑자기 세 사람이, 목사님은 끼워 넣지 말라고 하신다면 두 명의 친척이 갑자기 제 앞에 나타났어요. 다시 한 번 말하지만 너무 기뻐요!"

나는 잰걸음으로 방 안을 이리저리 걸어 다니다가 멈춰 섰다. 앞으로 어떻게 될지, 뭘 해야 하고, 뭘 할 수 있는지 이런저런 생각들이 받아들여 이해하고 정리할 새도 없이 떠올라 숨이 막힐 것만 같았다. 나는 텅 빈 벽을 바라보았다. 마치 별들이 가득 떠오른 하늘 같았다. 기쁘게도 별들이 하나하나가 나를 비추는 듯했다. 지금까지 나는 내 생명의 은인들을 마음 깊이 사랑하기만 했을 뿐 아무런 보답도 하지 못하고 있었지만, 이제 은혜를 갚을 수 있게 되었다. 그들은 멍에를 지고 있으며 나는 그 멍에를 자유롭게 풀어줄 수 있다. 흩어져 사는 그들을 다시 모여 살게 해줄 수 있다. 내가 누리는 자립이라는 풍요로움을 그들도 누릴 수 있을 것이다. 우리 넷이서 2만 파운드를 똑같이 나누면 한 사람한테 5천 파운드가 돌아간다. 그거면 충분하다. 공평하게 나누면 모두가 행복해질 것이다. 이제는 재산이 나를 무겁게 짓누르지 않았다. 내가 물려받은 건 단순히 돈이 아니라 새로운 삶과 희망과 기쁨이었다. 머릿속에서 이런 생각이 폭풍처럼 휘몰아칠 때 내가 어떤 표정을 짓고 있었는지는 모르겠다. 그러나 리버스 씨는 내 뒤에 의자를 갖다놓고 나를 거기에 앉히려고 하면서 침착하라고 말했다. 그는 내가 감정을 주체하지 못하고 정신 나간 듯 보인다는 뜻인 것 같았다. 그의 태도에 화가 난 나는 손을 뿌리치고 다시 방 안을 서성였다.

"당장 다이애나와 메리한테 편지를 쓰세요. 얼른 집으로 돌아오라고요. 다이애나는 1천 파운드만 있으면 부자처럼 느껴질 거라고 했는데 5천 파운드가 생기면 충분할 거예요."

"찬물이 어디 있죠? 마음을 가라앉혀 보려고 해봐요."

세인트 존이 말했다.

"필요 없어요! 그런데 그 유산으로 목사님은 뭘 하실 거예요? 영국에 남아서 올리버 양과 결혼한 다음 평범하게 사시겠어요?"

"잠꼬대 같은 소리를 하는군요! 머리가 혼란스러워 그럴 거요. 내가 너무 갑작스러운 소식을 전해 감당하지 못할 정도로 흥분해 있소."

"리버스 씨! 무슨 말씀이세요. 저는 지금 정신이 말짱하다고요. 못 알아듣는 건 당신이에요. 아니면 그런 척하는 거든지."

"그러면 좀 더 자세히 설명해봐요."

"설명이라니요! 무슨 설명이 더 필요하죠? 2만 파운드를 조카 넷이 똑같이 나누면 각자 5천 파운드씩 갖게 되잖아요. 그러니까 얼른 동생들한테 편지를 보내 재산이 생겼다고 알려주시라고요."

"당신한테 생긴 거잖소."

"벌써 말씀드렸잖아요. 더 이상 다른 생각을 할 필요도 없어요. 저는 이기적인 사람도 아니고, 맹목적으로 불공평하게 구는 사람도 아니며, 악마처럼 배은망덕한 사람은 더더욱 아니에요. 더구나 저는 한집에서 가족들과 함께 살기로 마음먹었어요. 저는 무어 하우스가 정말 좋아요. 거기서 살 거예요. 제가 좋아하는 다이애나와 메리랑 평생 같이 지낼 거예요. 5천 파운드를 가지면 기쁨과 도움이 되지만 2만 파운드는 고통과 부담만 될 뿐이에요. 더구나 법적으로는 제 것이겠지만 도의적으로는 제 것일 수 없어요. 그래서 제 몫보다 많은 나머지를 드린다는 거예요. 거절하지 마시고 상의할 필요도 없어요. 모두 동의하고 바로 결정해요."

"충동적으로 든 생각일 거요. 며칠간 깊이 생각해봐요. 그래야 당신 말이 타당하게 받아들여질 겁니다."

"제 말이 진심인지 의심하는 거라면 안심이네요. 그렇다면 제 의견이 정당하다고 보시는 거죠?"

"어느 정도 옳다는 생각은 들지만 관례적으로는 그렇지 않죠. 그리고 유산은 당신한테 권리가 있어요. 외삼촌이 자기 힘으로 모은 재산을 자기가 주고 싶은 사람에게 물려주는 건 외삼촌 자유예요. 그분이 그 재산을 당신에게 물려주었으니, 당신이 받는 것도 정당한 거죠. 그 모든 재산을 당신이 다 가진다고 해도 양심에 찔릴 일은 전혀 없어요."

"제게 이 일은 양심의 문제이면서 감정의 문제이기도 해요. 저는 마음대로 하겠어요. 그동안 그러고 싶어도 그럴 기회가 전혀 없었거든요. 당신이 일 년에 걸쳐 의논하고 반대하고 가로막아도 저는 벌써 맛본 기쁨을 포기할 수 없어요. 큰 은혜를 조금이라도 갚고 평생 함께할 친구들을 얻는 기쁨이오."

"지금은 그렇게 생각할 수도 있어요. 왜냐하면 당신은 재산을 소유하거나 그것을 즐길 줄 모르니까요. 2만 파운드로 뭘 할 수 있는지, 사회적으로 어떤 지위를 얻을 수 있을지, 또 어떤 미래가 열려 있는지 상상도 못 하지요. 그리고 또……."

나는 그의 말을 가로챘다.

"목사님은 제가 형제간의 사랑을 얼마나 갈망했는지 전혀 모르세요. 지금까지 저는 한 번도 제 집이나 형제자매를 가져본 적이 없어요. 하지만 이제 가지게 됐고 가질 거예요. 저를 누이동생으로 삼기가 싫으신 거예요?"

"에어 양, 나는 당신의 오빠가 되어줄 거예요. 내 누이동생들은 당연히 당신의 언니가 되어줄 거고. 당신의 정당한 권리를 희생하고 안 하고는 상관없어요."

"오빠요? 그래요, 천리만리나 떨어져 사는 오빠 말이에요? 언니들? 낯선 사람들 속에서 하인처럼 일하는 언니들이죠. 그리고 저 혼자만 부자로 살라고요. 제가 번 것도 아니고 받을 자격도 없는 돈을 잔뜩 쌓아놓고서는 말이죠. 세 분은 무일푼이고요! 평등하고 우애가 넘치네요. 참 화목하고 돈독한 가족이죠."

"하지만 에어 양, 당신이 원하는 가족 간의 유대나 행복은 그것 말고 다른 방법으로도 얼마든지 얻을 수 있어요. 결혼하면 되잖소."

"또 쓸데없는 말씀을 하시네요! 저는 결혼하고 싶지 않아요. 절대 안 할 거예요."

"말이 지나쳐요. 그렇게 단정하는 건 지나치게 흥분했다는 증거죠."

"아니요, 지나친 말이 아니에요. 저는 제 마음을 알아요. 결혼은 생각만 해도 싫어요. 저를 사랑해서 아내로 맞이할 사람은 아무도 없을 거예요. 돈 때문에 결혼하겠다는 사람은 싫어요. 더구나 성향과 성격이 다른 사람도 싫어요. 서로 마음이 잘 맞고 공감할 수 있는 가족을 원해요. 제 오빠가 되어주겠다고 다시 한 번 말해주세요. 조금 전 그렇게 말하셨을 때 정말 기쁘고 행복했어요. 한 번만 더 말해주세요. 진심으로요."

"그럴게요. 나는 항상 누이동생들을 사랑했어요. 그 사랑이 어디서 시작되었는지도 알고 있어요. 그것은 그들의 됨됨이와 재능을 존중하는 가운데 시작되었지요. 당신은 지조 있고 의지가 강한 사람이에요. 다이애나, 메리와 취미나 기질도 비슷하고요. 당신하고 있으면 늘 즐겁고 이야기를 나눌 때 많은 위안을 얻었어요. 그러니 자연스럽게 당신을 내 셋째이자 막냇동생으로 받아들일 수 있을 거 같소."

"고맙습니다. 오늘 밤은 그걸로 만족해요. 그럼 이제 가시는 게 좋겠어요. 더 계시면 조금 미심쩍다느니 하면서 다시 저를 안달 나게 하실 것 같아요."

"그럼 에어 양, 학교는 어떻게 할 생각이오? 이제 문을 닫아야 하는지 묻고 있는 거요?"

"아니요, 후임을 구할 때까지 계속해야지요."

그는 동의한다는 듯 미소를 지었다. 우리는 악수를 했고 그는 돌아갔다. 내가 원하는 대로 유산 상속을 마무리하려고 얼마나 많은 의논과 논쟁을 벌였는지 굳이 자세히 말할 필요도 없을 것이다. 그건 매우 어려운 일이었다. 그러나 내 결심은 확고했다. 그리고 마침내 사촌들은 재산을 똑같이 분배하려는 내 결심이 흔들리지 않는다는 것을 알았다. 그들은 이 문제를 중재재판에 맡기는 데 동의했다. 판사는 올리버 씨와 유능한 변호사였는데, 둘 다 내 의견과 일치해 내 뜻대로 할 수 있었다. 우리 네 사람은 작성된 양도증서에 따라 각각 상당한 재산을 갖게 되었다.

제13장

　모든 일이 마무리되었을 때는 크리스마스가 가까워졌을 무렵이었다. 축제의 계절이 다가왔다. 나는 그제야 모턴 학교를 닫으면서 민숭민숭하게 헤어질 수 없다고 생각했다. 놀랍게도 행운이 찾아오면 마음만 열리는 게 아니라 손까지 열린다. 큰 행운을 얻었을 때 그중 얼마를 남에게 베풀면 평소와 달리 솟아오르는 감정을 드러낼 수 있다. 기쁘게도 오래전부터 나는 시골 학생들이 대부분 나를 좋아하는 걸 느낄 수 있었고, 헤어질 무렵이 되자 더욱 확실히 알 수 있었다. 학생들은 나를 매우 좋아하고 있음을 있는 그대로 솔직히 보여줬다. 내가 그들의 순박한 마음 한구석에 자리 잡고 있다는 사실을 알게 되자 진심으로 기뻤다. 그래서 앞으로 일주일에 한 번 그들을 찾아와

한 시간씩 수업을 해주기로 약속했다.

세인트 존이 학교에 왔을 때 나는 육십 명에 달하는 학생이 줄지어 내 앞을 지나가고 난 뒤 문을 잠그고 손에 열쇠를 든 채 대여섯 명의 모범생과 각별한 인사를 나누고 있었다. 그들은 영국 소작농의 자녀들 가운데 가장 침착하고 고상하며 겸손하고 교양 있는 소녀들이었다. 이것은 대단한 일이다. 왜냐하면 영국의 소작농들은 유럽의 다른 어느 나라 소작농들보다도 제대로 된 교육을 받고 가장 예의 바르며 자존심이 강하기 때문이다. 그 뒤로 프랑스와 독일의 시골 여자들도 만나봤지만, 그들 가운데 가장 나은 사람도 모턴의 소녀들에 비하면 무지하고 상스러우며 우둔해 보였다.

학생들이 떠난 뒤 세인트 존이 물었다.

"한 학기 동안 고생한 보람이 있었어? 젊은 시절에 뭔가 좋은 일을 했다고 생각하니 뿌듯하지 않아?"

"물론이죠."

"겨우 몇 달 했을 뿐인데. 그렇다면 인류를 갱생시키는 일에 평생을 바친다면 더욱 보람 있지 않을까?"

"그렇죠. 하지만 평생을 이렇게 지낼 수는 없어요. 다른 사람들의 재능을 계발하는 것도 좋지만 저도 제 재능을 좀 누려야죠. 이제부터 그럴 셈이니 제 몸과 마음을 모두 학교로 불러들이지 마세요. 이제 일을 다 끝냈으니 나가서 오롯하게 휴식을 즐길 거예요."

그러자 그가 심각한 표정으로 말했다.

"무슨 일이지? 왜 갑자기 열의가 넘쳐서 그러는 거야? 무얼 하려고?"

"최대한 활발하게 움직여볼 거예요. 우선 오빠는 해나를 보내주세요. 시중 들 사람은 따로 구하시고요."

"해나가 필요해?"

"네, 해나랑 무어 하우스에 가려고요. 일주일 뒤에 다이애나 언니랑 메리 언니가 올 테니 그전에 전부 정리해둘 거예요."

"알았어. 난 여행이라도 가려나 했네. 그 편이 낫겠다. 해나와 같이 가도록 해."

"그럼 해나한테 내일까지 떠날 준비를 끝내라고 일러두세요. 여기 교실 열쇠예요. 집 열쇠는 내일 아침에 드릴게요."

그가 열쇠를 건네받았다.

"무척이나 신이 나서 돌려주네. 왜 그렇게 마음이 가벼운지 모르겠다. 학교를 그만두고 뭘 하려는 건지, 지금 어떤 목표와 목적과 야망을 가지고 있는 건지?"

"제 첫 번째 목표는 청소하는 거예요. 청소라는 말을 충분히 이해하고 계신지는 모르겠지만, 무어 하우스를 침실부터 지하 창고까지 구석구석 깨끗하게 청소할 거예요. 두 번째는 헝겊에 밀랍과 기름을 발라 반짝반짝 윤이 날 때까지 닦을 거예요. 세

번째는 의자, 탁자, 침대, 카펫 등을 아주 정확하게 정리하고 그다음에 오빠 재산이 바닥날 정도로 석탄과 목탄을 마음껏 써서 온 집 안을 따뜻하게 해놓을 거예요. 마지막으로 언니들이 도착하기 이틀 전부터 헤나와 달걀을 휘젓고 건포도를 고르고 양념을 갈고 크리스마스 케이크를 반죽하고 민스파이 재료도 다질 거예요. 그리고 오빠처럼 아는 게 없는 사람한테는 말해봤자 제대로 알 리 없는 방법으로 요리를 할 거예요. 간단히 말하면 제 목적은 다음 주 목요일 전까지 다이애나 언니와 메리 언니를 맞기 위한 준비를 완전히 끝내는 거예요. 제 야망은 두 분을 가장 이상적인 모습으로 맞이하는 거죠."

세인트 존은 희미하게 미소를 지었지만 여전히 뭔가 만족스럽지 않은 듯했다.

"당장이야 좋겠지만 한껏 들떴던 기분이 가라앉으면 가족 간의 사랑이나 가사 일의 즐거움보다는 좀 더 고귀한 일을 찾지 않을까?"

"그게 바로 이 세상에서 가장 좋은 일이에요."

나는 그의 말을 가로막으며 말했다.

"제인, 아니야. 그렇지 않아. 결실을 맺는 곳은 이 세상이 아니야. 그렇게 하려고 해서도 안 되고 쉬어도 안 되고 나태해져서도 안 돼."

"그 반대로 바쁘게 움직일 거라니까요."

"당분간은 용서해주겠어. 두 달 정도는 제인이 새로운 역할을 마음껏 즐기고 뒤늦게 찾은 혈육과 즐거운 시간을 보내는 기쁨을 누리도록 허락하지. 하지만 그다음에는 무어 하우스와 모턴 그리고 언니들과 어울리는 일이나 풍족한 문화생활이 주는 이기적인 평온함과 세속적인 쾌락 너머에 있는 것들을 찾아보기 바란다. 그리고 그때 다시 한 번 주체할 수 없을 정도의 기운이 흘러넘치기를 바랄게."

나는 놀란 표정을 지어 보이며 그를 바라보았다.

"그런 말씀을 하시다니 참 짓궂으시네요. 지금 여왕이라도 된 듯 흡족한데, 오빠는 또다시 저를 흔들어 불안하게 만들려고 하시잖아요. 왜 그러는 거예요?"

"하느님이 네게 주신 재능을 좀 더 좋은 일에 사용하라는 거지. 틀림없이 언젠가는 하느님께서 꼼꼼하게 설명해보라고 하실 거야. 제인, 미리 말해둘게. 나는 너를 가까이서 유심히 지켜볼 거야. 평범한 가정 안의 즐거움에 안주하려고 열정을 쏟는 건 너와 어울리지 않으니 자제해봐. 혈육 관계에 지나치게 매달리지 말고. 지금의 네 열정을 더 적당한 목표를 위해 아껴둔 채 진부하고 일시적인 일에 낭비하지 마. 제인, 듣고 있지?"

"네, 그런데 오빠 말이 제게는 알아듣지 못하는 그리스어처럼 들려요. 저는 충분히 행복할 이유가 있고 또 행복할 거예요. 안녕히 가세요!"

나는 무어 하우스에서 행복하게 지내며 열심히 일했다. 해나도 마찬가지였다. 온통 뒤죽박죽 엉망진창이 된 집에서 아주신이 나서 먼지를 털고 바닥을 닦고 음식을 요리하는 나를 그녀는 재미있다는 듯 바라봤다. 하루 이틀은 매우 어수선했지만하나둘 정리되자 즐거웠다. 나는 그전에 미리 S 시에 가서 가구몇 점을 사왔다. 사촌들에게 집을 마음대로 바꿔도 좋다는 허락도 미리 받아두었고 구입할 돈도 따로 마련해놓았다. 늘 사용하는 침실과 거실은 거의 그대로 놔두었다. 다이애나와 메리는 최신 가구로 바뀐 광경보다는 낡고 수수한 탁자나 의자, 침대를 다시 보는 걸 더 좋아할 것 같았다. 하지만 두 사람이 돌아왔을 때 뭔가 깜짝 놀라게 해주고 싶었다. 그래서 결국 아름다운 검은색 카펫과 커튼, 까다롭게 고른 도자기나 청동제 골동품, 새로 장만한 덮개, 거울, 화장대에 놓는 화장품 상자 등을 구입했다. 그것들은 지나치게 화려하지 않으면서도 신선해보였다. 쓰지 않는 응접실과 침실은 오래된 마호가니 가구와진홍색 실내 장식으로 완전히 새롭게 꾸몄다. 복도에는 캔버스천을 깔고 계단에는 카펫을 깔았다. 모든 일을 마치자 바깥은겨울철의 불모지와 황야의 쓸쓸함이 가득했지만 무어 하우스의 내부는 밝고 수수한 아늑함 그 자체였다.

드디어 결전의 목요일이 되었다. 언니들은 해가 진 뒤 도착하기로 되어 있어 땅거미가 내리기 전에 2층과 아래층에도 불을 커두었다. 부엌은 말끔하게 정리되었다. 해나와 내가 옷을 갈아입고 나니 모든 준비가 끝났다.

세인트 존이 가장 먼저 도착했다. 모든 준비가 끝날 때까지는 집 근처에 오지 말라고 미리 부탁해두었다. 그는 지저분한 집 안에서 소소한 난리가 벌어지고 있다는 생각만 해도 지레 겁에 질려 뒷걸음질 쳤을 것이다. 내가 차와 함께 먹을 쿠키가 구워지는 걸 지켜보고 있을 때 그가 부엌으로 들어왔다. 그리고 난롯가로 다가서며 물었다.

"하녀 일에 만족하고 있는 건가?"

나는 대답 대신에 내가 고생한 결과를 같이 둘러보자고 말했다. 그리고 어렵사리 그를 설득해 집 안을 둘러보았다. 내가 문을 열면 그는 문 앞에 서서 방 안을 들여다보기만 했다. 2층과 아래층까지 전부 둘러보고 나더니 그는 그 짧은 시간 동안 어섬 여기저기 많이도 바꿔놓았는지 고생했고 피곤하겠다고 말했다. 그러나 집이 달라진 모습을 보고 단 한 마디의 말로도 기쁜 내색을 하지 않았다.

그것 때문에 나는 의기소침해졌다. 혹시 그가 소중히 생각하는 옛 추억이라도 망가뜨린 게 아닌가 싶었다. 약간 풀이 죽은 목소리로 그런 거냐고 물었더니 그는 이렇게 대답했다.

"천만에! 오히려 내가 소중히 여기는 모든 추억거리를 세심하게 잘 챙겼는걸. 이런 부분에 필요 이상으로 신경을 많이 썼을까 봐 걱정이야. 예를 들어 이 방의 가구 배치를 정하려고 얼마나 오랫동안 고민했을까 하고 말이야. 말이 나왔으니 말인데 찾을 책이 있는데 물건들이 어디 있을까?"

나는 선반 위에 꽂힌 책을 가리켰다. 그는 책을 꺼내 늘 앉던 창가의 움푹 들어간 곳으로 가서 읽기 시작했다.

독자 여러분, 나는 이런 점이 마음에 들지 않았다. 세인트 존은 좋은 사람이지만, 시간이 흐를수록 자신이 차갑고 냉정한 사람이라던 그의 말이 사실이라는 생각이 들기 시작했다. 그는 인간적이고 즐거운 삶에는 아무런 매력을 느끼지 못했다. 평화롭게 인생을 즐기는 것에도 관심이 없었다. 말 그대로 오직 선하고 위대한 것만 추구하며 살았다. 자기 자신도 절대 쉬지 않거니와 남들이 쉬는 것까지 마뜩잖게 여겼다. 나는 흰 돌처럼 창백하고 높은 이마와 책 읽기에 열중하고 있는 잘생긴 그의 얼굴을 바라보면서 별안간 '이 남자는 좋은 남편이 될 리 없어. 그의 아내가 되면 너무 괴로울 거야'라는 생각이 들었다. 그리고 올리버 양에 대한 그의 사랑이 무엇인지 직감했다. 그것이 그저 사랑이라는 감정에 불과하다는 데 동감했다. 그가 사랑의 열병에 걸린 듯 들떠 있는 자신을 얼마나 경멸했을지, 그런 감정을 억누르고 없애버리려고 얼마나 노력했을지, 그런 사랑으로는 자신이나 그녀가 영원히 행복할 수 없을 거라고 얼마나 확신했을지 알 수 있었다. 자연은 그를 위인(기독교도든 이교도든)이나 법률가, 정치가, 정복자들과 같은 재료로 만들었을 것이다. 그러니 대의를 위한 일이라면 의지할 수 있는 믿음직한 성채가 되겠지만, 집 안의 난롯가에서는 차갑고 거추장스러운 기둥처럼 음울하고 전혀 어울리지 않았다.

나는 생각했다.

'그는 이 거실에 어울리지 않아. 오히려 히말라야 산맥이나 카피르족이 사는 오지, 흑사병이라는 저주를 받은 기니 해안의 늪지대가 더 어울린다고. 평온한 가정생활을 하지 않으려는 것도 당연해. 그는 가정 안에서 안주할 수 없을 거야. 재능을 썩히기만 하고 발전하거나 돋보이지도 않겠지. 갈등과 위험이 도사리고 있는 곳에서 그는 지도자로서 그리고 위인으로서 말하고 행동할 거야. 불굴의 용기를 드러내고 능력을 발휘할 수 있는 곳 말이야. 이런 난롯가에는 명랑한 아이가 더 어울린다고. 그가 선교사의 길을 택한 건 정말 잘한 일이야. 이제 알겠어.'

"오시네요! 오고 계세요!"

해나가 거실 문을 활짝 열며 외쳤다. 그러자 늙은 카를로도 신이 나서 짖어댔다. 나는 밖으로 뛰어 나갔다. 캄캄한 밤이었지만 덜커덩거리는 마차 소리가 또렷이 들렸다. 해나는 얼른 등불을 켰다. 쪽문 앞에서 마차가 멈추더니 마부가 마차 문을 열었다. 눈에 익은 두 사람이 마차에서 차례대로 내렸다. 나는 모자 아래 드러난 메리의 보드라운 뺨과 다이애나의 물결치는 곱슬머리 사이에 얼굴을 묻으며 언니들과 포옹했다. 그들은 밝게 웃으며 나와 해나에게 차례로 입맞춤을 했다. 또 기뻐 날뛰는 카를로를 쓰다듬으며 우리에게 잘 지냈느냐고 묻더니 그렇다는 대답을 들은 뒤에야 서둘러 집 안으로 들어갔다.

언니들은 휘트크로스에서 여기까지 먼 길을 덜컹거리는 마차를 타고 오느라 차디찬 밤공기에 몸이 꽁꽁 얼어붙어 있었다. 그러나 활활 타오르는 따뜻한 난롯불에 몸을 녹이자 얼굴에 다시 생기가 돌았다. 마부와 해나가 짐을 들여놓는 사이 그녀들은 세인트 존이 어디 있는지 물었다. 그때 그가 거실에서 나왔다. 두 사람은 그를 보자마자 그의 목에 매달렸다. 그는 한 사람씩 천천히 입을 맞추고 나지막한 목소리로 잘 왔다는 인사를 몇 마디 건넸다. 그러고는 그들의 이야기를 잠시 들어주고는 조금 있다 보자며 도망치듯 다시 거실로 가버렸다. 나는 그들이 2층으로 올라갈 수 있게 촛불을 켜주었다. 다이애나는 함께 온 마부를 대접해주라고 한 다음 나를 따라왔다. 그들은 새 커튼과 새 카펫, 화려한 도자기 화병 등으로 새롭게 꾸민 자신들의 방을 보고 기뻐하며 거듭 고맙다고 말했다. 기쁜 마음으로 집에 돌아온 언니들에게 더 큰 즐거움을 안겨준 것 같아 정말 뿌듯했다. 한껏 기분이 좋은 사촌 언니들이 쉬지 않고 수다를 쏟아내는 바람에 세인트 존이 말을 하지 않아도 상관없었다. 그는 누이동생들과 다시 만나 진심으로 기뻐하긴 했지만, 그녀들의 타오르는 열정과 넘치는 기쁨에는 공감하지 못하는 듯했다. 동생들이 집으로 돌아온 것이 기쁘기는 해도 그것으로 수선을 피우거나 떠들썩하게 환영하는 일은 귀찮았던 것이다. 그는 어서 내일이 되어 조용해지기만을 바라는 눈치였다. 차를 마시고 한 시간쯤 지나 즐거운 분위기가 무르익었을 때 현관문을 쿵쿵 두드리는 소리가 들렸다. 그러더니 해나가 방으로 들어와 말했다.

"늦은 시간에 어떤 가난한 청년이 목사님을 모시러 왔네요. 자기 어머니가 돌아가실 것 같대요."

"집이 어디인지 말했어요?"

"휘트크로스 브로에서 위로 쭉 올라간대요. 6킬로미터쯤 떨어진 곳인데 가는 길이 온통 황무지와 늪이에요."

"간다고 해요."

"안 가시는 게 좋을 것 같아요. 이렇게 어두운 밤에 가시기에는 너무 힘든 길이에요. 늪지대라서 따로 길도 없다고요. 더구나 날씨가 얼마나 추운지 몰라요. 이렇게 살을 에는 듯한 차가운 바람은 처음이에요. 내일 아침 일찍 가겠다고 하시는 게 좋겠어요."

그러나 그는 어느새 복도에서 외투를 걸치고 있었다. 귀찮다거나 불평하는 기색이 전혀 보이지 않았다. 아홉 시에 집을 나선 그는 자정이 넘어서야 돌아왔다. 지치고 배도 고플 텐데 떠날 때보다 더 행복해 보였다. 그는 최선을 다해 임무를 마쳤고 자신의 능력을 실감하고 나자 상당히 뿌듯한 듯했다.

그 뒤로 한 주 동안 세인트 존은 인내심을 시험해야 했다. 크리스마스 주간이었던 것이다. 우리는 정해진 일정도 없이 이런저런 일을 하면서 즐겁게 시간을 보냈다. 들판의 공기, 자유로운 내 집, 새로 시작된 풍요로운 삶은 다이애나와 메리에게 마치 생명을 준 명약 같았다. 그들은 아침부터 저녁까지 온종일 유쾌했고 이야기가 끊이지 않았다. 나는 재치 넘치고 간결하면서도 기발한 대화에 푹 빠져 그들의 이야기를 듣고 함께하는 것이 무척 즐거웠다. 세인트 존은 쾌활한 우리를 나무라지는 않았지만 멀리 떨어져 지냈다. 집에는 거의 오지 않았다. 그의 교구는 넓었고 사람들이 여기저기 흩어져 살았기 때문에 이곳저곳 환자와 가난한 사람들을 방문하느라 매일 바쁘게 지냈다.

어느 날 아침 식사를 하고 있는데 다이애나가 수심이 가득한 표정을 짓더니 세인트 존에게 물었다.

"오빠 계획은 아직 안 바뀐 거예요?"

"바뀌지 않았고 바뀔 수도 없어."

그는 이렇게 대답하더니 내년에 확실히 떠날 거라고 말했다.

"그럼 로저먼드 올리버 양은요?"

메리가 말했다. 자기도 모르게 이 말이 입 밖으로 튀어나온 듯했다. 말을 내뱉자마자 그녀는 당황스러워하며 다시 주워 담고 싶어 했다. 책을 읽고 있던 세인트 존은 책을 덮고 고개를 들었다. 식사 자리에서 책을 읽는 것은 사교적이지 못한 습관이었다.

"로저먼드 올리버 양은 곧 그랜비 씨와 결혼할 거야. S 시에서도 가장 훌륭하고 존경받는 가문의 사람이고 프리드리히 그랜비 경의 손자이자 상속인이야. 어제 올리버 양 아버지께서 말씀해주시더군."

누이동생들은 서로 마주 본 뒤 나를 쳐다보았다. 그리고 우리 셋은 그를 바라보았다. 그의 얼굴은 유리처럼 평온했다.

"틀림없이 허둥지둥 결정했을 거예요. 알게 된 지 얼마 되지 않았을 텐데."

다이애나가 말했다.

"두 달 됐지. 두 사람은 지난 10월 S 시에서 열린 무도회에서 만났거든. 이렇게 아무런 장해물도 없이 모든 게 바람직한 혼사를 오래 끌 이유가 없지. 두 사람은 프리드리히 경이 물려준 S 시의 저택 개축이 마무리되는 대로 결혼식을 올릴 거야."

이 소식을 들은 뒤 혼자 있는 세인트 존을 볼 때면 이 일로 괴로운 게 아닌지 물어보고 싶었다. 그러나 그는 동정 같은 건 필요하지 않은 듯했다. 나는 동정의 말을 건네기는커녕 지난번

용기 내어 했던 이야기가 생각나서 부끄러웠다. 더구나 요즘은 그와 이야기할 시간도 거의 없었다. 그는 다시 얼음처럼 말이 없어졌고 내 솔직한 마음도 얼어붙어 버렸다. 그는 나를 누이동생들처럼 대해주겠다고 약속해놓고는 그 약속을 지키지 않았다. 계속해서 내게 쌀쌀맞게 굴어 우리는 전혀 가까워지지 못했다. 오히려 내가 그와 친척이라는 사실을 알게 되고 한 지붕 아래 사는 지금이 시골 학교의 선생으로 그와 알고 지내던 예전보다 더 멀게 느껴졌다. 한때 비밀까지 털어놓았던 그가 지금은 왜 이렇게 냉랭하게 구는지 이해하기가 어려웠다.

그때 책상 앞에서 고개를 숙이고 뭔가를 읽고 있던 그가 갑자기 고개를 들어 말을 건네자 나는 적잖게 놀랐다.

"제인, 드디어 전쟁에서 승리를 거뒀어."

갑작스러운 그의 말에 놀라 나는 금방 대꾸하지 못했다. 잠시 머뭇거린 끝에 나는 대답했다.

"너무 비싼 대가를 치르고 승리를 얻은 것 같지 않아요? 한 번 더 승리했다가는 아주 폐인이 되겠어요."

"아냐, 그렇다 해도 상관없어. 또다시 그런 승리를 얻겠다고 싸우는 일은 없을 테니까. 이번 싸움에서 확실히 결론이 났어. 이제 내가 갈 길이 확실해졌어. 하느님께 진심으로 감사드리고 싶어."

그렇게 말하고 그는 다시 말없이 책을 읽기 시작했다.

우리, 즉 다이애나와 메리 그리고 나 사이의 행복한 기분이 조금씩 차분해지면서 우리는 일상으로 돌아왔고 규칙적으로 공부도 하기 시작했다. 그러자 세인트 존이 집에 있는 시간도 늘어 우리와 몇 시간씩 한 방에 같이 있을 때도 있었다. 메리는 그림을 그리고 다이애나는 전부터 의욕적으로 하고 있던 백과사전 통독(놀랍고 존경스럽다)을 계속했고 나는 열심히 독일어 공부를 했다. 그동안 그는 신비로운 공부를 하고 있었다. 동양어 같았는데 자신의 계획을 실행하려면 꼭 익혀둘 필요가 있다고 생각하는 것 같았다.

이처럼 세인트 존은 늘 우묵하게 들어간 창가 자리에 앉아 조용히 공부에만 전념하는 듯 보였다. 그러나 이따금씩 그의 푸른 눈은 이상한 문법책을 떠나 두리번거리다가 곁에서 공부하는 우리를 호기심 가득한 시선으로 바라보곤 했다. 눈이 마주치면 곧바로 시선을 피했지만 때론 살펴보듯이 우리 쪽으로 되돌아오곤 했다. 그리고 내가 매주 모턴의 학교에 아이들을 가르치러 가는 것처럼 대수롭지 않은 일을 하기라도 하면 어김없이 흐뭇해했다. 눈이나 비가 오거나 바람이 거세게 몰아치는 날이면 그의 누이동생들은 가지 말라고 나를 붙잡는데도 항상 동생들의 만류는 무시하고 날씨 따위에 굴하지 말고 해야 할 일을 하라며 나를 격려했다. 도대체 그가 무슨 생각을 하는 건지 알 수 없었다.

그는 이렇게 말하곤 했다.

"제인은 너희가 생각하는 것처럼 나약한 사람이 아니야. 산 위로 부는 돌풍이나 눈, 비 정도는 우리 못지않게 잘 이겨낼 수 있어. 건강하고 적응도 잘하는 체질이라서 건장한 사람보다 변덕스러운 날씨 따위는 더 잘 이겨낼 수 있지."

그래서 이따금 학교에 다녀오느라 궂은 날씨에 시달리고 몹시 지친 날에도 감히 투덜거릴 수가 없었다. 그가 못마땅해하리라는 것을 알았기 때문이다. 어떤 일이라도 내가 꿋꿋하게 해내면 그는 기뻐했고 그렇지 않으면 유난히 조바심을 내곤 했다.

그러던 어느 날 오후, 나는 지독한 감기로 밖에 나갈 수가 없어 다이애나와 메리가 나를 대신해 모턴의 학교에 갔다. 나는 앉아서 실러의 책을 읽고 그는 알아보기 어려운 동양의 두루마리 책을 해석했다.

번역을 하던 나는 연습문제를 풀어볼까 하고 고개를 들었다가 우연히 그를 보았다. 그때 그의 푸른 눈이 유심히 나를 지켜본다는 것을 알아챘다. 내 일거수일투족을 얼마나 오래 지켜보고 있었는지 알 수 없었다. 그의 눈빛이 너무 날카롭고 차가워 그 순간 나는 무시무시한 무언가와 한 방에 있는 것처럼 소름이 끼쳤다.

"제인, 뭘 공부하고 있니?"

"독일어요."

"독일어는 그만두고 힌두스타니어를 배우면 좋겠는데."

"농담이시죠?"

"진심으로 꼭 그래 줬으면 좋겠어. 왜 그런지도 알려줄게."

그러면서 그는 지금 힌두스타니어를 공부하고 있는데 새로운 것을 배우면 자꾸 앞부분을 잊어버리게 된다고 했다. 하지만 누군가를 가르치면 기초를 반복하는 연습을 하게 되어 완전히 외울 수 있으니 큰 도움이 될 거라고 했다. 그래서 한동안 나와 여동생들 가운데 누구를 가르칠까 고민했는데 자신이 보기에 셋 중 내가 가장 끈기가 있는 것 같아 나로 결정했다고 말했다. 그러고는 자기 부탁을 꼭 들어달라고 했다. 오래도 아니고 떠나기 전까지 겨우 3개월이면 될 거라면서 말이다.

세인트 존의 부탁을 거절하기가 힘들었다. 괴로운 일이든 즐거운 일이든 한번 기억하면 그의 마음속에 깊이 새겨져 지워지지 않았기 때문이다. 결국 나는 그렇게 하겠다고 했다. 다이애나는 집에 돌아와 이 이야기를 듣고 깔깔대며 웃었다. 그리고 다이애나와 메리 모두 자기들 같으면 그런 말에 절대 넘어가지 않았을 거라고 했다. 그는 차분히 대답했다.

"나도 알고 있어."

그는 참을성 있고 인내심이 강했지만 매우 엄격한 선생이었다. 내게 많은 것을 기대했고, 내가 그 기대를 만족시키면 자신만의 방식으로 아낌없이 칭찬해줬다. 그런데 시간이 흐를수록 그에게 어떤 영향력이 생겨나 내 마음의 자유를 빼앗아가기 시작했다. 그의 칭찬과 관심은 무관심보다 더 강력하게 나를 구속했다. 그와 함께 있으면 나는 편하게 말도 잘 못 했다. 직감적으로 그가 (적어도 나의) 명랑함을 못마땅해한다는 느낌이 들어 괴로웠다. 진지한 마음가짐으로 일하는 것만 인정하는 그와 함께 있으면 다른 기분으로 다른 일을 하려고 해봤자 소용없는 노릇이라는 것쯤은 잘 알고 있었다. 나는 마법에 걸려 몸이 마비된 기분이었다. 그가 가라고 하면 갔고 오라고 하면 왔으며 하라고 하면 했다. 나는 하인처럼 순종하기 싫어 그가 계속해서 나를 무시했으면 좋았을 거라고 생각하기에 이르렀다.

어느 날 밤 잠자리에 들 시간이 되어 그의 누이동생들과 나는 그에게 잘 자라는 인사를 건넸다. 그는 평소와 다름없이 누이동생들에게 입맞춤을 하고 내게는 손을 내밀었다. 이때 장난기가 발동한 다이애나가(그녀는 오빠 말을 꽤나 안 듣는 편이었는데, 다른 의미에서 그녀도 오빠만큼이나 의지가 강했기 때문이다) 말했다.

"오빠는 말로는 제인이 셋째 동생이라고 하면서 왜 동생처럼 대하지 않아요? 제인한테도 입맞춤을 해주세요."

그러면서 나를 세인트 존 앞으로 떠다밀었다. 나는 그녀가 무척 얄미웠다. 또한 거북할 정도로 당황스러웠다. 내가 그런 생각을 하는 동안 그는 내 쪽으로 고개를 숙였다. 그리스 조각 같은 그의 얼굴이 눈앞에 다가와 내 눈을 뚫어질 듯이 바라보았다. 그러고는 내게 입맞춤을 했다. 성직자인 사촌 오빠의 입맞춤은 대리석이나 얼음처럼 차가웠다. 그리고 만약 그런 말이 있다면 그것은 실험적인 입맞춤이었다. 그는 입맞춤을 하고 나서 그 결과를 확인하려는 듯 나를 쳐다보았다. 나는 아무런 감흥도 없고 얼굴이 달아오르지도 않았다. 오히려 약간 창백해진 듯했다. 왜냐하면 그의 입맞춤이 마치 족쇄에 찍는 봉인처럼 느껴졌기 때문이다. 그 후로 그는 마치 의식을 치르듯 내게 입맞춤을 해주었다. 말없이 엄숙하게 입맞춤을 받는 내 태도에 어떤 매력을 느끼는 듯했다.

나는 날마다 조금씩 더 그를 기쁘게 해주고 싶었다. 하지만 그러기 위해서는 날마다 나를 버리고 내 재능의 절반을 억눌러야 하며 내 취향을 억지로 상대에 맞추고 소질 없는 일까지 억지로 해야 한다는 생각이 들었다. 그는 나를 훈련시켜 절대 닿을 수 없는 수준까지 끌어올리고자 했다. 그런데 그가 정한 높은 수준에 이르기 위한 매시간이 내게는 고통의 연속이었다. 그것은 마치 제멋대로 생긴 내 이목구비를 그처럼 정확하고 전형적인 틀에 맞추려 하거나 다양한 색을 띠는 내 초록빛 눈동자를 자기 눈처럼 엄숙한 눈빛과 파란 색깔을 입힐 순 없는 것처럼 불가능한 일이었다. 그러나 당시 나를 지배하며 구속한 것은 그뿐만이 아니었다. 나는 툭하면 슬픈 표정을 지었다. 마음을 좀먹는 병, 바로 불안이라는 병이 내 가슴속에 자리 잡고 내 행복을 갉아먹고 있었다.

독자 여러분은 아마 내가 환경과 운명이 바뀌는 가운데 로체스터 씨를 잊어버렸을 거라고 생각할 것이다. 그러나 나는 단 한순간도 그를 잊은 적이 없다. 그는 늘 내 마음속에 있었다. 햇빛을 받으면 공기 중으로 사라지는 수증기도 아니고 폭풍에 씻기고 햇빛에 지워지는 모래로 만든 초상도 아니었기 때문이다. 그것은 대리석 판에 새겨놓은 이름이며 대리석이 존재하는 한 영원히 사라지지 않을 운명을 가진 이름이었다. 나는 언제 어디서나 그가 어떻게 지내는지 몹시 궁금했다. 모턴에서 지낼 때는 매일 밤 그를 생각하며 집으로 돌아왔고, 무어 하우스에서 지내는 매일 밤 그를 생각하며 잠자리에 들었다.

유언장에 관한 일로 브리그스 씨와 서신을 주고받으면서 혹시 로체스터 씨가 어디서 지내는지, 건강은 어떤지 아느냐고 묻기도 했다. 그러나 세인트 존의 예상대로 브리그스 씨는 로체스터 씨의 소식을 전혀 몰랐다. 결국 나는 페어팩스 부인에게 편지를 보내 소식을 물었다. 이렇게 하면 틀림없이 금방 알 수 있을 거라고 생각했다. 금방이라도 답장이 올 것 같았다. 그러나 놀랍게도 이 주일이 지나도 감감무소식이었다. 매일 편지들이 도착했지만 내가 기다리는 소식은 두 달이 지나도 오지 않왔다. 그러자 몹시 불안해지기 시작했다.

나는 또다시 편지를 썼다. 첫 번째 편지는 분실되었을 수도 있었다. 새롭게 뭔가를 시도하니 새로운 희망이 생겼다. 지난번처럼 처음에는 희망이 넘쳤지만 몇 주가 지나자 곧 사그라지기 시작했다. 어떤 소식도 오지 않았던 것이다. 헛된 기대로 6개월을 허비한 후에야 희망이 완전히 사라졌음을 인정할 수 있었다. 그리고 나는 캄캄한 절망에 빠졌다.

주변에는 화창한 봄날이 찬란하게 빛나고 있었지만, 나는 즐길 수가 없었다. 어느새 여름이 다가와 있었다. 다이애나는 내 기운을 북돋아주려고 애썼다. 그러면서 병이라도 난 것 같다며 함께 여행을 가자고 했다. 그러나 세인트 존은 반대했다. 내게 필요한 것은 기분 전환이 아니라 일이라고 하면서 지금은 목적 없는 삶을 살고 있으니 확실한 목표가 있어야 한다고 했다. 또한 부족함을 채우기라도 하려는 듯 힌두스타니어 공부 시간을 늘리고 어서 말을 익히라며 나를 재촉했다. 나는 바보처럼 그의 뜻을 거역할 생각은 꿈에도 하지 못했다. 도저히 거부할 수가 없었다.

어느 날 나는 그 어느 때보다 더 침울한 기분으로 공부를 시작했다. 그날 따라 절망감이 가슴에 사무쳐 한껏 의기소침해 있었다. 아침나절에 해나가 내게 편지 한 통이 왔다고 하기에 마침내 기다리던 소식이 온 거라고 확신하며 내려가 받아보니 브리그스 씨가 일과 관련해 보내온 시답지 않은 편지였다. 쓰라린 마음에 왈칵 눈물이 쏟아졌다. 그리고 인도의 필경사가 쓴 알아보기 어려운 글씨와 장황한 수사적 표현을 들여다보고 있자니 또다시 눈에 눈물이 고였다.

세인트 존은 나를 불러 자기 옆에 와서 읽어보라고 했다. 그러나 목이 메어 도저히 소리가 나오지 않았다. 단어들이 흐느낌 속으로 사라져버렸다. 거실에는 우리 둘뿐이었다. 다이애나는 응접실에서 악기를 연주하고, 메리는 정원을 손질하고 있었다. 바람이 솔솔 불어오는 맑고 화창한 5월의 어느 날이었다. 구름 한 점 없이 맑은 하늘에서 햇살이 비치고 산들바람도 솔솔 불어왔다. 그는 감정이 북받친 나를 보고도 놀라거나 그 이유를 묻지 않았다. 그저 이렇게 말했다.

"제인, 마음이 진정될 때까지 잠시 그대로 있어."

그러고는 내가 허둥지둥 솟구치는 눈물을 애써 삼키는 동안 책상에 기댄 채 참을성 있게 앉아 있었다. 마치 병이 악화되리라고 예상하던 환자를 의학이라는 학문적인 시선으로 바라보고 있는 의사처럼 말이다. 나는 간신히 흐느낌을 멈추고 눈물을 닦아냈다. 그리고 오늘은 아침부터 기분이 좋지 않았다고 중얼거리며 다시 공부를 시작했다. 공부를 마치자 세인트 존은 내 책과 자기 책을 치우고 책상 서랍을 잠그더니 말했다.

"제인, 나랑 같이 산책 좀 하자."

"다이애나와 메리 언니도 불러올게요."

"아니, 오늘 아침엔 둘이서 산책하고 싶어. 제인하고 말이야. 준비를 마치고 부엌문으로 나가서 마시 글렌 쪽으로 가는 길로 걸어가. 나도 금방 따라갈게."

나는 중용을 지킬 줄 모른다. 평생 나와 정반대되는 독단적이고 냉정한 성격을 가진 사람들을 대할 때면 철저한 복종과 단호한 거절 사이에서 중용을 지켜본 적이 없다. 가끔 화산처럼 격렬히 반항하기도 했지만 그전까지는 늘 충실히 따랐다. 그리고 지금 상황이나 내 기분이 반항할 때도 아니고 해서 나는 조심스레 그의 말을 따랐다. 십 분쯤 지난 뒤 나는 그와 나란히 골짜기를 따라 난 오솔길을 걷고 있었다.

서쪽에서 부드러운 산들바람이 불어왔다. 히스와 골풀의 달콤한 향기를 품고 바람이 언덕을 넘어 불어왔다. 하늘은 구름한 점 없이 새파랬나. 골짜기 아래로 흐르는 개울물은 황금빛을 띤 햇살과 쪽빛의 하늘을 머금은 채 흘러가고 있었다. 조금 더 걸어가 오솔길을 벗어난 우리는 이끼처럼 부드럽고 에메랄드 같은 초록빛을 띤 포근한 잔디 위를 걸어갔다. 잔디는 아주 작은 하얀 꽃으로 뒤덮여 있었고 별 모양의 노란 꽃이 시선을 끌었다. 언덕 한가운데로 감긴 계곡을 향해 걸어 들어가다 보니 어느새 언덕이 우리를 둘러싼 채 가려주었다.

"여기서 쉬자."

산기슭을 지키는 바위 군단에서 홀로 떨어진 바위가 나타나자 세인트 존이 말했다. 바위 너머로 개울물이 폭포처럼 쏟아져 내리고 있었다. 그리고 조금만 더 가면 산이 잔디와 꽃을 벗고 히스만 입은 채 바위로 장식을 하고 있었다. 그곳에서 산은 황량함을 사나움으로 치장하고, 상쾌함은 불쾌함으로 바꾼 채 고독이라는 부질없는 희망과 침묵을 위한 마지막 피난처를 제공해주고 있었다.

나는 자리에 앉고 세인트 존은 내 곁에 섰다. 그는 산길을 올려다보고 계곡을 내려다보았다. 그의 눈길은 시냇물을 따라 멀리까지 이리저리 둘러보다가 다시 시냇물을 파랗게 물들인 구름 한 점 없이 맑은 하늘로 향했다. 그가 모자를 벗자 부드러운 산들바람이 그의 머리카락을 휘날리며 이마를 스치고 지나갔다. 그는 자주 찾아오던 이곳의 수호신과 교감하고 있는 듯 보였다. 그리고 무언가에게 눈빛으로 작별인사를 건네는 듯했다.

그가 소리 내어 말했다.

"난 이곳을 다시 보게 될 거야. 갠지스 강변에서 잠들면 그리고 더 먼 훗날 그보다 더 어두운 저승의 시냇가에서 또다시 영원한 잠에 들게 되면 다시 보게 되겠지."

기묘한 사랑을 담은 고백이었다! 조국에 대한 준엄한 애국자의 열정이었다! 그가 자리에 앉았다. 그리고 삼십 분 동안 우리는 아무 말도 하지 않았다. 서로에게 아무런 말도 건네지 않았다. 그렇게 시간이 흐른 뒤 그가 입을 열었다.

"제인, 나는 육 주 뒤에 떠날 거야. 6월 20일에 떠나는 동인도행 배를 예약했어."

"하느님이 지켜주실 거예요. 그분의 일을 하고 계시니까요."

"맞아, 그곳에 내 영광과 기쁨이 있지. 나는 항상 옳으신 주님의 종이니까. 나는 인간들의 인도에 따라, 나와 같은 나약한 인간들이 만든 불완전한 법률과 그릇된 통치에 따라 떠나는 게 아니야. 나의 왕, 나의 입법자, 나의 선장은 전능하신 하느님이시지. 내 주변 사람들이 나와 같은 기치 아래서 같은 과업에 참여하기 위해 열정을 태우지 않는 게 나로서는 정말 이상해 보여."

"모든 사람이 오빠와 같은 능력을 가진 건 아니니까요. 나약한 사람들이 강한 사람과 함께 걸어가는 건 어리석은 짓이에요."

"나는 약한 사람들을 염두에 두고 말하는 게 아냐. 오직 이 일을 할 자격이 있고 완벽하게 이 일을 해낼 만한 능력이 있는 사람들을 두고 하는 말이지."

"그런 사람은 많지 않고 또 찾기도 어려울 거예요."

"맞는 말이야. 하지만 찾게 되면 그들을 일깨워주는 게 좋아. 그 일에 힘쓰도록 설득하고 타이르며 자신이 어떤 재능을 받았고 왜 받게 됐는지 알려줘야 해. 그리고 그들에게 하느님 말씀을 전하고 그분이 정하신 지위를 그분의 뜻에 따라 그들에게 내려줘야 해."

"하지만 정말로 그 일을 할 자격이 있다면 마음속에서부터 스스로 깨닫게 되지 않을까요?"

끔찍한 마법의 힘이 나를 둘러싸더니 차츰 조여오는 듯했다. 그 즉시 풀 수 없는 치명적인 주문이라도 들은 듯 온몸이 파르르 떨렸다.

"제인의 마음은 지금 뭐라고 하는데?"

"제 마음에선 아무 소리도 들리지 않아요. 지금 아무 소리도 안 들려요."

나는 깜짝 놀라 덜덜 떨면서 대답했다.

"그럼 내가 대신 말해줄게."

그가 나지막한 목소리로 거침없이 말했다.

"제인, 나와 같이 인도로 가자. 배우자이자 동료로 말이야."

산골짜기와 하늘이 빙글빙글 돌고 언덕이 굽이쳤다. 나는 마치 하늘의 부르심을 받은 것 같았다. 사도 바울의 환상 속에 마케도니아의 전령 같은 사람이 나타나 "와서 우리를 도우라!"고 말하는 듯했다. 그러나 나는 사도도 아니고 전령도 보지 못했으니 그 부름을 받을 수가 없었다.

"아, 세인트 존! 용서하세요!"

나는 외쳤다.

그는 의무라고 믿는 일을 할 때는 어떤 용서와 후회 따위도 몰랐지만 나는 호소했다. 그가 계속해서 말을 이었다.

"하느님과 자연은 제인을 전도사의 아내로 만드셨어. 그래서 아름다운 외모가 아니라 지적인 재능을 주신 거라고. 제인은 사랑이 아니라 과업을 이루려고 태어난 거야. 전도사의 아내가 되어야 해. 그렇게 될 거야. 내 아내가 되는 거지. 나는 네가 필요해. 내가 기쁘기 위해서가 아니라 하느님께 봉사하기 위해서 말이야."

"저는 그 일에 어울리지 않아요. 저는 하느님의 부름도 받지 못했고요."

그는 벌써 내가 거절할 거라고 예상한 듯 화를 내지 않았다. 굳은 얼굴로 팔짱을 낀 채 등 뒤 바위에 기대서 있는 모습을 보자 나는 그가 힘들고 오랜 거절에 대비해 끝까지 버틸 충분한 인내심을 준비해두었다는 생각이 들었다. 그리고 결국은 자신이 이기게 될 거라고 믿는 듯했다.

"제인, 겸손은 기독교가 가진 미덕의 기본이야. 네가 이 일에 어울리지 않는다고 말한다는 건 바람직해. 그런데 그렇다면 누가 이 일에 적합하겠어? 아니, 실제로 하느님의 부름을 받은 사람들 중에서 과연 자신이 그럴 만한 자격이 있다고 생각하는 사람이 있을까? 예를 들어 나는 그저 먼지나 재 같은 존재일 뿐이야. 사도 바울처럼 나는 나 자신이 '죄인 중에 괴수(〈디모데전서〉 1장 15절—옮긴이)'라고 생각해. 하지만 내가 약하다고 느끼고 괴롭기는 해도 기죽지 않아. 나를 이끄시는 하느님이 전능하실 뿐 아니라 공정하시다는 걸 알고 있거든. 하느님은 나약한 인간을 선택해 대업을 이루게 하시면서 목적을 이루기 위한 수단으로서 인간의 부족함을 끝없는 섭리로 채워주시지. 제인도 나처럼 생각해. 나를 믿어봐. '영원한 반석(〈이사야〉 26장 4절—옮긴이)'에 의지해야 해. 그 반석이 너의 인간적인 나약함의 무게까지도 감당해줄 거라고 굳게 믿어봐."

"저는 선교사의 삶이 어떤 건지 몰라요. 전도 사역에 대해 생각해본 적도 없고요."

"부족하지만 내가 도와줄 수 있어. 그때그때 해야 할 일을 알려주고 항상 옆에서 도와줄게. 처음에는 그렇게 해줄 수 있어. 하지만 제인은 능력이 뛰어나니까 머지않아 나만큼 강해지고 또 적응해서 내 도움이 필요하지 않을 거야."

"하지만 제가 그런 일을 할 만한 능력이 있을까요? 그런 능력이 있는 것 같지 않아요. 오빠가 말씀하시는 동안에도 제 마음속에는 아무 소리도 들리지 않고 흔들리지도 않았어요. 불꽃이 타오르거나 활기가 넘치지도 않아요. 조언이나 격려를 해주시는 목소리도 안 들린다고요. 아, 이 순간 제 마음이 한줄기 빛도 들지 않는 지하 감옥 같다는 걸 보여드리고 싶어요. 족쇄를 차고 앉아 공포에 잔뜩 움츠리고 있어요. 제가 할 수 없는 일을 하라고 오빠가 강요하실까 봐 두려워하는 마음으로요."

"내가 대신 대답해줄 테니 들어봐. 나는 너를 처음 만났을 때
부터 계속해서 지켜보았어. 열 달 동안 연구한 거라고. 그리고
다양한 방법으로 시험했어. 내가 무엇을 알아내고 무엇을 밝혀
냈을까? 너는 시골 학교에서 자기 습관이나 성향에 맞지 않은
일을 제시간에 정확히 해냈어. 재능과 요령으로 일한 거지. 학
생들을 통제하면서도 마음을 얻었고 갑자기 부자가 되었다는
소식을 듣고도 침착한 너를 보면서 나는 네가 속세에 이끌려
말씀을 어기는 '데마의 죄(〈디모데후서〉 4장 10절—옮긴이)'를 짓
지 않을 사람이라는 걸 알게 됐어. 재물에 휘둘리지 않는 거지.
그래서 공평해야 한다면서 재산을 4등분해서 그중 4분의 1만
가지고 나머지 4분의 3은 기꺼이 단호하게 포기했지. 나는 그
태도를 보면서 네 영혼이 희생의 열정과 흥분에 기쁨을 느낀다
는 것을 알았어. 또 본인이 좋아하는 공부를 포기하고 내가 바
라는 대로 내가 좋아하는 공부를 시작하는 걸 보면서 순종적
이라는 것도 알았지. 그 뒤로도 계속 꾸준히 공부하는 모습에
서 지칠 줄 모르는 부지런함과 어려운 난관에 부딪혔을 때 꺾이
지 않는 열정과 흔들리지 않는 차분함을 봤어. 내가 찾던 자질
을 모두 갖춘 사람이라는 걸 알게 된 거지. 제인, 너는 순하고
부지런한 데다가 욕심 없고 성실하며 한결같고 용감하면서도
매우 온화하고 의지가 넘치는 사람이야. 너 자신을 믿어. 나는

전적으로 너를 믿어. 인도의 학교 선생이자 인도 여성들의 후원자로서 제인의 도움은 더없이 소중할 거야."

무쇠로 지은 수의가 내 몸을 조여오는 듯했다. 그는 천천히 그리고 확신에 차서 나를 설득하기 시작했다. 눈을 감고 있어도 이 마지막 말이 앞으로 펼쳐질 꽉 막힌 듯한 길을 비교적 분명하게 보여주었다. 그가 이야기할수록 너무나 막연하고 희망도 없이 산만해 보이던 내 일이 하나로 응축되면서 구체적인 형태를 띠기 시작했다. 그는 내가 대답하기를 기다렸다. 나는 십오 분만 생각할 시간을 달라고 했다.

"얼마든지."

그는 이렇게 대답하고 일어나 길을 좀 더 걸어 올라가서 히스가 많이 자란 둔덕에 갑자기 드러누웠다.

'나는 그가 시키는 일을 할 수 있다. 그런 사실을 알아야 하고 인정해야 한다. 내가 살아 있는 한 말이다. 하지만 인도의 태양 아래서 오래 살 수 있을 것 같지는 않다. 그럼 어쩌지? 그는 그런 건 전혀 상관하지 않아. 내가 죽게 되면 그는 그저 침착하고 성스럽게 나를 만드신 하느님 손에 맡기겠지. 그건 분명하다. 영국을 떠난다는 건 사랑하지만 텅 빈 땅을 떠나는 것이다. 로체스터 씨가 없으니까. 하지만 그가 내 옆에 있다고 해도 그게 나와 무슨 상관인가. 이제 그 없이 살아가야 한다. 상황이 바뀌어 그와 다시 만날 수 있을지 모른다는 기대를 하면서 하루하루 근근이 살아가는 건 너무나 어리석은 짓이다. 물론 나는 (세인트 존의 말처럼) 새로운 삶의 낙을 찾아야 한다. 방금 그가 내게 제안한 일은 인간이 선택할 수 있고 하느님이 맡기신 일들 가운데 가장 영광스러운 일이 아닐까? 고결한 노동과 숭고한 결실은 무너진 희망이 남기고 간 공허함을 채워줄 최선의 방법이 아닐까?'

나는 "네"라고 대답해야 한다고 생각하면서도 몸서리가 쳐졌다.

'아아, 세인트 존과 함께 간다면 내 절반은 버려야 한다. 인도로 가면 나는 내 수명보다 빨리 죽게 될 것이다. 그리고 영국에서 인도로 가서, 그곳에서 다시 무덤으로 가는 동안에는 무엇을 하지? 아, 나는 잘 알고 있다. 무엇을 해야 할지 눈에 훤히 보였다. 세인트 존의 마음에 들 때까지 온몸이 부서져라 안간힘을 쓰며 살 것이다. 그의 기대에 하나부터 열까지 다 맞추어주면서 그를 흡족하게 하겠지. 정말로 그와 함께 가서 그가 강요하는 희생을 하게 된다면 나는 철저히 희생할 것이다. 내 몸과 마음을 모두 완전히 하느님의 제단에 바칠 것이다. 그는 결코 나를 사랑하지 않을 것이다. 다만 나를 인정하긴 할 것이다. 여태껏 그가 보지 못한 열정과 짐작조차 하지 못했을 능력을 보여주리라. 그렇지. 나는 그에 못지않게 조금도 망설이지 않고 열심히 일할 수 있다. 그러면 그의 제안을 받아들일 수도 있을 것이다. 그러나 한 가지 두려운 점이 있다. 그가 내게 아내가 되어달라고 한 것이다. 저기 보이는 골짜기에서 거품을 일으키며 쏟아져 내려오는 시냇물 위로 불쑥 얼굴을 내민 위압적이고 가파른 험준한 바위만큼이나 남편으로서 내게 애정이 없는데도 말이다. 마치 군인이 훌륭한 무기를 소중하게 다루듯 나를 소중히 여기겠지. 하지만 그뿐이다. 그와 결혼하지 않아도 나는 절대 슬프지 않을 것이다. 그런데 과연 그가 해놓은 계산대로 그의 계획을 실행하고 그 결과로 결혼까지 해낼 수 있을까? 영혼은 전혀 없다는 걸 알면서도 그에게 결혼 반지를 받고 (그는 분명 이 형식들을 성실히 따를 것이다) 그의 모든 애정 표현이 도의적인 희생이라는 사실을 알고도 감당할 수 있을까? 그럴 수는 없다. 그런 순교는 도저히 말이 되지 않는다. 그런 일은 생각만 해도 끔찍하다. 그의 사촌 여동생으로는 함께 갈 수도 있다. 그렇지만 그의 아내로는 안 된다. 그렇게 말해야 한다.'

둔덕을 바라보니 세인트 존은 쓰러진 기둥처럼 가만히 누워 있었다. 그가 내 쪽으로 고개를 돌렸다. 그의 눈은 날카로웠고 긴장하는 기색이 보였다. 그가 일어나 내게 다가왔다.

"자유의 몸이라면 인도에 갈게요."

"그 대답에는 설명이 필요하군. 분명히 말해줘."

"당신은 제 사촌 오빠예요. 저는 사촌 여동생이고요. 앞으로도 그렇게 지내요. 결혼은 하지 않는 편이 더 나아요."

그가 고개를 가로저었다.

"남매로는 안 돼. 네가 친동생이었다면 다르겠지만. 결혼하지 않아도 데리고 갈 수는 있겠지. 하지만 지금 우리는 둘 중 하나를 선택해야 해. 신성한 결혼으로 맺어지거나 아예 그만두거나. 다른 방법은 현실적으로 장애가 많아서 모두 불가능해. 모르겠니? 잠깐 생각해봐. 분별력이 뛰어나니까 무슨 말인지 알 거야."

나는 정말로 곰곰이 생각해봤다. 그러나 내 분별력으로는 우리가 아내와 남편으로서 서로 사랑하지 않는다는 사실밖에 알 수가 없었다. 우리 두 사람은 결혼할 수 없다는 뜻이었다. 나는 그렇게 말했다.

"저는 당신을 오빠로 생각해요. 당신도 저를 여동생으로 생각하고요. 그러니까 그냥 이대로 지내요."

"안 돼, 그럴 순 없어."

짧지만 분명한 결심을 담아 그가 대답했다.

"그렇게는 안 돼. 너는 나와 함께 인도에 가겠다고 말했잖아. 기억해봐. 네가 그렇게 말했어."

"조건에 따라서요."

"그렇지. 하지만 가장 중요한 점은 거절하지 않았어. 나와 같이 영국을 떠나 앞으로 내 과업을 함께 수행하겠다는 것 말이지. 너는 이미 이 일에 발을 담근 거라고. 너처럼 지조 있는 사람이 말을 바꾸고 약속을 저버리지는 않겠지. 이제부터 한 가지 목표만 바라보는 거야. 어떻게 하면 네가 맡은 일을 가장 잘해낼 수 있을지 말이야. 복잡한 관심사나 감정, 생각, 소원, 목적 같은 건 단순하게 만들어 정리하고 모든 생각을 하나의 목표 안에 녹여야 해. 온 힘을 다해 위대한 하느님의 사명을 완수하겠다고 말이야. 그러려면 너도 오빠가 아니라 조력자가 필요해. 남매간의 유대는 부부 사이처럼 끈끈하지 않아. 나도 여동생은 필요 없어. 언제라도 누군가 채갈지 모르니까. 나는 아내가 필요해. 평생 내가 이끌 수 있고 죽을 때까지 내 곁을 떠나지 않을 유일한 협력자 말이야."

그의 말을 들으면서 나는 몸서리를 쳤다. 내 골수에까지 그의 영향력이 느껴졌다. 그가 내 팔다리를 강하게 붙잡고 있는 듯했다.

"세인트 존, 그럼 저 대신 다른 사람을 찾아봐요. 오빠한테 어울리는 사람이 있을 거예요."

"내 목적에 맞는 사람을 말하는 거겠지? 내 사명에 적합한 사람. 다시 말하지만 내가 바라는 배우자는 인간의 이기적인 감정을 가진 보잘것없는 보통 사람이 아니라 선교사야."

"그러니 선교하는 일에 저 자신이 아니라 온 힘을 바치겠다고요. 오빠가 바라는 건 다만 그거라면서요. 저 자신을 드린다는 건 그저 알맹이에 껍질이나 껍데기를 씌우는 것밖에 안 돼요. 껍데기는 필요 없잖아요. 그러니까 그냥 제가 갖고 있을게요."

"그럴 수는 없어. 그러면 안 돼. 하느님이 반쪽짜리 제물을 받고 흡족해하실까? 팔다리가 잘린 제물을 받아주실까? 나는 하느님의 대의를 따라 그분의 깃발 아래로 너를 데려갈 거야. 그러니 하느님을 대신해 반쪽짜리 충성심은 거절하겠어. 온전한 충성심이어야 한다고."

"그럼 하느님께 제 마음을 바칠게요. 오빠한테 그런 건 필요 없잖아요."

독자 여러분, 이렇게 말하던 그때의 내 말투와 감정에 빈정대는 기미가 전혀 없지는 않았다. 그때 나는 속으로 세인트 존이 두려웠다. 왜냐하면 그가 어떤 사람인지 몰랐기 때문이다. 그를 제대로 헤아리지 못해 경외심을 품고 있었다. 얼마나 성자 같고, 얼마나 평범한 인간 같은지 알지 못했다. 그러나 그 대화를 나누면서 그의 실체가 밝혀졌다. 내 눈으로 그의 본성을 파악했다. 그도 실수를 하는 불완전한 인간이었다. 나는 그걸 깨달았다. 히스가 우거진 둔덕 위에 아름다운 남자와 마주 앉아 있던 그때 내가 오류에 빠지기 쉬운 한 남자의 발치에 앉아 있다는 사실을 깨달은 것이다. 냉정하고 독단적인 성격 위에 덮여 있던 베일이 벗겨졌다. 그가 불완전한 인간일 뿐이라는 사실을 알게 되자 용기가 생겼다. 나는 서로 논쟁을 벌일 수 있고 내가 옳다는 생각이 들면 반대할 수도 있는 그런 사람과 함께 있었다.

내가 말을 마친 뒤에도 그는 말이 없었다. 나는 과감하게 그의 얼굴을 올려다보았다.

나를 내려다보는 그의 눈에 순간 놀라는 기색이 역력했다. 그의 눈빛은 이렇게 묻고 있었다.

'이 여자가 지금 빈정대는 건가? 아니면 비꼬는 건가? 도대체 무슨 뜻이지?'

그가 말했다.

"이건 중대한 문제라는 걸 잊지 마. 경솔하게 생각하고 말한다면 죄가 될 수도 있어, 제인. 하느님께 마음을 바치겠다는 말이 진심이라는 걸 믿어. 내가 바라는 건 그것밖에 없어. 일단 마음을 사람한테서 하느님께 돌리면 이 땅 위에서 그분의 왕국을 확장하는 일에 가장 큰 기쁨을 얻고 노력하게 될 거야. 그리고 목적을 이루기 위해 무슨 일이든 할 준비를 하겠지. 우리가 결혼해서 육체적으로도, 정신적으로도 맺어지면 나와 네 노력이 얼마나 큰 힘이 될지 알게 될 거야. 결혼이라는 결합만이 운명과 계획에 영원성을 부여해줄 거라고. 그러니까 사소한 어려움이나 미묘한 감정은 집어던지고 단순한 개인적 성향이 어느 정도의 수준이고 어떤 종류인지, 어떤 힘을 가졌는지, 얼마나 민감한지 등 모든 사소한 변덕도 버리고 서둘러 결합해야 한다고."

"그런가요?"

나는 짧게 되물었다. 그리고 아름답게 조화를 이루고 있지만 표정의 변화 없이 이상하리만치 무섭게 느껴지는 그의 얼굴을 바라보았다. 위엄은 있지만 시원스럽지 않은 이마와 맑고 깊으며 날카롭지만 결코 부드럽지 않은 눈, 훤칠한 키와 눈길을 끄는 모습을 보며 그의 아내가 된다고 상상해보았다. 아! 조금도 어울리지 않았다. 부목사나 동료라면 모든 게 괜찮을 것이다. 그런 위치라면 그와 함께 바다를 건너고 동방의 불타는 태양 아래서도, 아시아의 사막 한가운데서도 땀 흘리며 일할 수 있다. 그의 용기와 헌신과 열정에 감탄하고 나도 그만큼 노력하고 조용히 그를 따르리라. 사라지지 않는 그의 야망에도 태연히 미소 지으며 그의 기독교적인 면과 인간적인 면을 나눠서 전자는 진심으로 존경하고 후자는 너그럽게 용서하리라. 물론 이런 자격으로 그와 함께 일해도 괴로운 일이 많을 것이다. 내 몸은 무거운 멍에를 매게 될 것이다. 하지만 내 마음과 정신만은 자유로울 수 있다. 때때로 말라죽지 않은 나 자신을 의지할 수도 있을 것이다. 또 외로울 때면 어디에도 종속되지 않은 자연스러운 내 감정과 이야기를 나눌 수도 있을 것이다. 내 마음속에 그가 들어올 수 없는 나 혼자만의 은신처를 만들 것이다. 그리고 그곳에서 그의 엄격함에도 시들지 않고 자로 잰 듯 행진

하는 걸음에도 밟히지 않도록 내 감정을 생생하고 온전하게 키울 것이다. 그러나 그의 아내가 된다면 그 곁에서 항상 구속받으며 감정을 억눌러야 한다. 또한 내 본성의 불길을 끝없이 낮추고 갇혀버린 불길을 마음속으로만 태우면서 차례차례 버려도 소리 한 번 못 지른다는 것은 정말이지 참을 수가 없다.

"세인트 존!"

생각이 여기에 이르자 나는 소리쳤다.

"왜?"

그가 냉랭하게 대구했다.

"다시 말하지만 저는 동료 선교사로서는 같이 가도 아내로서는 함께 가지 않을 거예요. 오빠와 결혼하거나 일부가 될 순 없어요."

"너는 꼭 내 일부가 돼야 해. 안 그러면 모든 약속은 무효야. 어떻게 서른도 안 된 내가 열아홉 살짜리 처녀를 결혼도 안 하고 인도에 데려가겠어? 외딴 곳에 가거나 야만족들이 있는 곳에 가게 될 수도 있는데 어떻게 결혼하지 않고 영원히 함께 다니겠어?"

그가 침착하게 말했다.

"상황에 따라 친동생이 되었다가 같은 일을 하는 동료가 되었다가 하면 되죠."

나는 간단히 대답했다.

"네가 친동생이 아니라는 건 이미 알려진 사실이잖아. 너를 그렇게 소개할 순 없어. 그랬다간 우리 둘 다 의심만 사게 될 걸. 게다가 네가 남자처럼 강인한 머리를 가졌다고 해도 마음은 여자야. 그러니까 안 돼."

나는 무시하듯 단호하게 말했다.

"돼요. 그것도 아주 완벽하게 된다고요. 저는 여자의 마음을 갖고 있어도 오빠를 마음속에 품고 있지 않아요. 오빠한테는 동료로서의 의리밖에 없어요. 전우로서의 정직함과 동지애 같은 거죠. 초심자가 사제에게 갖는 존경심과 복종심 말고 더는 없어요. 그러니 걱정 말아요."

그러자 그가 혼잣말로 중얼거렸다.

"내가 바라는 게 그거야. 딱 내가 원하는 거지. 하지만 우리 앞에는 장해물이 있어. 그걸 쓰러뜨려야만 해. 제인, 나와 결혼하면 절대 후회하지 않을 거야. 믿어봐. 우리는 꼭 결혼해야 해. 다시 말하지만 다른 방법은 없어. 결혼하고 나면 틀림없이 우리의 결합이 옳았다고 여길 만큼 우리 사이에 충분한 사랑이 생겨날 거야."

나는 벌떡 일어나 그와 마주 서서 바위에 등을 대고 외쳤다.

"저는 오빠의 애정관을 경멸해요. 오빠가 말하는 허울뿐인 감정을 경멸한다고요. 그래요, 세인트 존. 그런 사랑을 하는 당신도 경멸해요."

그는 뚫어지게 나를 바라보며 잘생긴 입술을 꾹 다물었다. 화가 난 건지, 놀란 건지 아니면 다른 어떤 기분이 들었는지는 모르겠다. 그는 얼굴 표정을 자유자재로 통제할 수 있는 사람이었기 때문이다.

"네가 그런 말을 할 줄은 꿈에도 몰랐어. 나는 경멸받을 만한 행동이나 말은 하지 않았다고 생각하는데."

나는 그의 부드러운 말투에 마음이 흔들렸고 그의 오만하고 침착한 표정에 위압감을 느꼈다.

"그런 말을 해서 죄송해요. 하지만 제가 흥분해서 그런 말을 내뱉은 데는 오빠의 책임도 있어요. 오빠가 우리 성격상 의견이 전혀 다른 주제를 꺼냈잖아요. 절대 이야기해서는 안 되는 문제 말이에요. 우리는 사랑이라는 이름만으로도 불화가 싹트게 될 거예요. 정말 사랑이 필요해지면 어쩌죠? 어떻게 사랑을 느껴야 하죠? 오빠, 결혼 계획은 제발 포기하세요. 빨리 잊어버리시라고요."

"안 돼, 오랫동안 세워온 계획이야. 게다가 나의 위대한 목표를 이루게 해줄 유일한 방법이지. 하지만 지금은 더 이상 설득하지 않겠어. 나는 내일 여길 떠나서 케임브리지로 갈 거야. 작별 인사를 해야 할 친구들이 있거든. 이 주일 정도 집을 비울 테니 그동안 내 제안을 잘 생각해봐. 그래도 네가 거절한다면 그건 내가 아니라 하느님을 거절하는 거야. 잊지 마. 하느님은 나라는 수단을 통해 네게 숭고한 삶을 펼쳐주시려는 거야. 그런데 내 아내가 되어야 그 삶에 들어설 수 있어. 아내가 되길 거부한다면 이기적인 안락함과 황량한 어둠 속에 영원히 너를 가두게 될 거야. 신앙을 거부한 이교도보다 더 못한 사람이 되지 않도록 주의해야 해."

그는 말을 마치고 내게서 고개를 돌렸다. 그러고는 다시 한 번 '강을 바라보고 언덕을 바라보았다(월터 스콧의 〈마지막 음유 시인의 노래〉 중 일부—옮긴이)'.

이번에 세인트 존은 자기 감정을 가슴속에 꽁꽁 묻어두고 있었다. 나는 들을 자격이 없었다. 둘이 나란히 집으로 걸어오면서 그의 강철 같은 침묵에서 그가 내게 어떤 감정인지 충분히 알 수 있었다. 냉정하고 독단적인 사람이 순순히 따를 거라고 생각했던 곳에서 거부당하자 실망한 것이다. 차갑고 고지식한 사람이 공감할 수 없는 감정이나 의견과 부딪혔을 때 느끼는 반감이었다. 그는 남자로서 여자인 나를 강제로 복종시키고 싶은 것이었다. 내 고집을 끈기 있게 참아주고 참을성 있게 들어주고 다시 한 번 생각하고 뉘우칠 시간과 기회를 준 것은 그가 착한 기독교인이기 때문이다.

그날 밤 세인트 존은 누이동생들에게 잘 자라는 입맞춤을 하고 나서 나와는 악수도 하지 않는 게 낫다고 생각했는지 말도 없이 방에서 나가버렸다. 그를 사랑하진 않아도 가깝다고 여기던 나는 이렇게 노골적으로 가버리는 그에게 너무나 섭섭해서 눈물이 나올 정도였다.

"제인, 낮에 산책하다가 오빠랑 싸웠나 보네. 어서 따라가봐. 지금 복도에서 서성거리며 너를 기다리고 있어. 화해하고 싶은 걸 거야."

다이애나가 말했다.

나는 그런 일에는 크게 자존심을 내세우지 않았다. 체면을 차리느니 마음 편한 게 더 좋았다. 뒤따라 나가보니 그가 계단 아래에 서 있었다.

"안녕히 주무세요."

"너도 잘 자."

그가 차분하게 대답했다.

"이제 우리 악수해요."

내가 말했다.

그때 내 손을 잡던 그의 손이 얼마나 차갑고 힘이 없었는지 모른다. 낮의 일로 매우 기분이 상한 것이다. 진심으로 대해도 얼어붙은 그의 마음을 녹일 수 없고 눈물을 흘려도 그의 마음은 움직이지 않았다. 그와는 행복하게 화해할 수가 없었다. 그에게서 격려의 미소와 너그러운 말도 받지 못할 터였다. 그러나 여전히 기독교인으로서 그는 인내심이 강하고 차분했다. 내가 용서해줄 수 없겠느냐고 묻자 자기는 오래도록 화를 가슴에 품고 있는 사람이 아니며 화난 일도 없으니 용서할 것도 없다고 했다. 그런 다음 가버렸다. 나는 차라리 그가 나를 두들겨 패는 게 낫겠다는 생각이 들었다.

제14장

　말과는 달리 세인트 존은 다음 날 케임브리지로 떠나지 않
았다. 출발을 일주일 뒤로 미룬 것이다. 그리고 그 일주일 동안
선하지만 엄격하고, 양심적이지만 고집 센 사람이 자신을 화나
게 한 상대한테 얼마나 끔찍한 벌을 줄 수 있는지 내게 똑똑히
보여줬다. 한 번도 노골적으로 적대감을 드러내거나 비난을 하
지는 않았지만 그는 매 순간 내가 철저히 자신의 관심 밖에 있
다고 느끼도록 행동했다.

　그가 기독교인답지 않게 내게 앙심을 품고 있었다는 말이 아
니다. 마음만 먹으면 가능했을 테지만 그는 내 머리카락 한 올
도 건드리지 않았다. 천성뿐만 아니라 신념상으로도 그가 비열
한 복수심 따위로 만족할 리 없었다. 그는 자신과 자신의 애정

을 경멸한다고 말한 나를 용서했지만 그 말은 잊지 않았다. 그와 내가 살아 있는 한 절대 잊지 않을 것이다. 나를 보는 그의 표정을 보면 우리 둘 사이 공간에 늘 그 말이 쓰여 있는 것 같았다. 내가 말을 할 때마다 내 목소리에 그 말이 실려 그의 귀로 들어갔고, 그가 하는 모든 대답도 그 말이 한데 섞여 내게 들리는 듯했다.

세인트 존은 나와의 대화를 피하진 않았다. 심지어 평소와 다름없이 매일 아침 자기 책상으로 나를 불렀다. 인간적으로 야비한 면은 바로 이런 것이었다. 그의 마음속에 어딘가 타락한 구석이 있어 진정한 기독교라면 알 수 없을 뿐 아니라 절대 즐기지 않는 어떤 쾌감을 느끼는 건 아닌가 하는 생각이 들었다. 그는 겉으로는 아무렇지 않은 듯 행동하고 말하면서도 지금까지 그의 말과 말투를 매력적으로 보이게 해주던 다정한 말이나 칭찬은 쏙 빼버렸다. 이제 나는 그가 사람이 아니라 대리석처럼 느껴졌다. 눈은 차갑게 빛나는 파란 보석이었고 혀는 말하는 기구일 뿐이었다.

이 모든 것 때문에 참을 수 없이 고통스러웠다. 이 고문은 아주 교묘하게 계속됐다. 내 마음속에서는 분노의 불길이 꺼지지 않았고 나는 슬픔으로 말미암아 끝없이 몸부림쳐야 했다. 정말 괴롭고 힘들었다. 내가 그의 아내였다면 햇빛도 들지 않는 깊은 곳에 위치한 샘물같이 깨끗하고 착한 목사가 내 몸에서 피

한 방울 흘리지 않고 또 수정같이 투명한 양심에 털끝만큼의
거리낌도 없이 나를 죽일 수 있겠다는 생각이 들었다. 특히 애
써 그의 비위를 맞출 때면 그런 느낌이 더 강하게 들었으며, 내
가 슬퍼할 때 같이 슬퍼해주지 않았고, 우리 사이가 서먹서먹
해도 전혀 불편하지 않은 듯했다. 화해할 생각이 전혀 없어 보
였다. 걸핏하면 눈물이 쏟아져 함께 읽고 있던 책을 적시곤 했
지만, 돌이나 무쇠로 만들어졌는지 그의 마음은 도무지 움직일
줄 몰랐다. 그러나 누이동생들한테는 평소보다 더 다정하게 굴
었다. 내게 쌀쌀맞게 구는 걸로는 내가 따돌림을 당하고 있다
는 사실을 잘 모를 수 있다고 생각하는지 확실하게 비교되도록
보여준 것이다. 물론 이것도 악의를 품고 한 게 아니라 신념에
따라 그랬을 것이다.

케임브리지로 떠나기 바로 전날 해질 무렵 나는 우연히 그가
정원을 산책하는 모습을 보았다. 그를 보고 있자니 지금은 이
렇게 사이가 멀어졌지만 한때 내 생명을 구해준 은인이고 여전
히 가까운 친척이라는 사실이 떠올랐다. 그래서 마지막으로 우
정을 되찾기 위해 힘써보고 싶다는 마음이 생겼다. 나는 작은
문에 기대서 있는 그에게 다가가 단도직입적으로 말했다.

"세인트 존, 저는 아직도 오빠가 화를 풀지 않아서 정말 속상
해요. 우리 사이좋게 지내요."

"잘 지내고 있는 거 아닌가."

냉정한 대답이 돌아왔다. 달이 떠오르는 모습을 보고 있던 그는 내가 가까이 다가가도 여전히 눈길을 돌리지 않았다.

  "아니에요. 예전만큼 친하지 않아요. 아시잖아요."

  "아니라고? 오해하고 있군. 나는 네가 아프지 않고 잘 지내기를 바라는데."

  "저도 그렇게 믿어요. 누군가 아프길 바랄 분이 아니니까요. 하지만 저는 사촌이니까 모르는 사람한테도 베풀어주는 그런 사랑이 아니라 더 깊은 사랑을 받고 싶어요."

  "물론이지. 그렇게 바라는 게 당연해. 그리고 나도 너를 절대 남처럼 생각하지 않아."

  차가우면서 차분한 그의 말투에 나는 화가 나는 동시에 몹시 당황스러웠다. 내가 자존심과 분노에 따라 행동했더라면 당장 그 자리를 떠났을 것이다. 그러나 이상하게도 그보다 더 강한 무언가가 내 마음속에서 움직이고 있었다. 나는 사촌 오빠의 재능과 신념을 진심으로 존경하고 그와의 우정이 너무나 소중했다. 그걸 잃는다는 건 너무 괴로운 일이었다. 그래서 우정을 회복할 수 있는 기회를 금방 포기할 수가 없었다.

  "이런 식으로 헤어져야 해요? 따뜻한 말 한 마디 없이, 이렇게 저를 두고 인도로 가실 거예요?"

  달만 처다보던 그가 그제야 고개를 돌려 나를 보았다.

  "제인, 너를 두고 간다고? 그게 무슨 소리지? 너도 인도에 가는 거 아니었어?"

 "결혼하지 않고서는 같이 갈 수 없다면서요!"

 "그러면 나와 결혼하지 않겠다는 말이군! 계속 그렇게 고집을 부리겠단 말이지."

 독자 여러분, 냉정한 사람들이 던지는 얼음장 같은 말 한 마디가 얼마나 공포스러운지 아는가? 그들의 분노가 얼마나 무서운 산사태를 불러오는지, 그들의 불쾌감이 얼마나 요란하게 얼어붙은 바다를 깨뜨리는지 아는가? 나는 잘 알고 있다.

 "세인트 존, 저는 오빠와 결혼하지 않을 거예요. 제 결심은 그대로예요."

 눈사태가 일어나 앞으로 밀려 내려오긴 했지만 아직 무너지지는 않았다.

 "다시 한 번 물어보지. 왜 거절하는 거야?"

 "전에는 오빠가 저를 사랑하지 않기 때문이었어요. 그런데 이제는 저를 미워하다시피 하니까요. 우리가 결혼한다면 오빠는 저를 죽일 거예요. 지금도 서서히 죽이고 있다고요."

 그의 입술과 뺨이 백짓장처럼 변했다.

 "내가 너를 죽일 거라고? 지금도 죽이려 한다고? 그런 말은 절대 입에 담아서 안 돼. 폭력적이고 여성답지도 않은 데다가 거짓말이잖아. 제대로 된 정신 상태로는 그런 말을 할 수 없지. 호된 꾸중을 들어야 마땅한, 용서받을 수 없는 일이야. 하지만 일곱 번씩 일흔 번까지 형제를 용서하는 것이 인간의 의무지."

이제는 다 끝났다. 나는 진심으로 그에게 남긴 상처를 지워주고 싶었지만, 완강한 그의 마음에 마치 낙인을 찍듯 더 깊은 상처만 하나 더 새겨놓고 말았다.

"이젠 정말 저를 미워하겠군요. 화해하려고 해봐도 소용이 없겠네요. 오빠와 영원히 원수가 돼버린 것 같아요."

이렇게 말한 것도 잘못이었다. 진심을 말했으니 더 그랬다. 핏기 없는 그의 입술이 순간적으로 파르르 떨렸다. 내가 그의 마음속에 무쇠 같은 분노를 불러일으켰다는 것을 알았다. 나는 마음이 아팠다. 그래서 그의 손을 잡으며 말했다.

"제 말을 완전히 오해하셨어요. 저는 오빠를 슬프게 하거나 마음 아프게 할 생각은 전혀 없어요. 정말이에요."

그는 쓸쓸한 미소를 지은 채 단호하게 내 손을 뿌리쳤다.

"지금 약속을 깨는 거로군. 인도에 가지 않겠다는 거지?"

잠시 말없이 서 있던 그가 입을 열었다.

"갈 거예요. 조수로 간다면요."

한동안 침묵이 흘렀다.

그사이 그가 타고난 본성과 하느님의 은총 사이에서 어떤 싸움을 벌였는지 모르지만, 눈에서 기괴한 빛이 번득이더니 뭔지 모를 그림자가 그의 얼굴을 스쳐 지나갔다. 마침내 그가 말했다.

"제인, 너처럼 어린 나이의 미혼인 아가씨가 내 나이의 미혼인 남자한테 함께 외국으로 나가자고 하는 건 말도 안 되는 소리라고 전에 말했잖아. 단단히 일러두었다고 생각해 다시는 이런 소리를 꺼내지 않을 줄 알았는데 또다시 이런 말을 하다니!"

나는 그의 말을 가로막았다. 노골적으로 비난하는 소리를 들으니 갑자기 용기가 생겼다.

"세인트 존, 상식적으로 생각해보세요. 터무니없는 소리를 하고 있잖아요. 제가 한 말에 충격을 받은 척하지만 사실은 놀라지 않았죠. 똑똑하신 분이니 제 말뜻을 잘못 알아듣거나 못 알아들었을 리가 없어요. 다시 한 번 말하지만 원하시면 부목사가 될 수는 있어요. 하지만 절대 아내가 되지는 않을 거예요."

얼굴이 다시 창백해지긴 했지만 그는 여전히 자신의 감정을 완벽하게 통제하고 있었다. 그리고 나지막한 목소리로 단호하게 말했다.

"아내가 아니라면 여자 부목사는 필요 없어. 나와는 함께 못 갈 것 같군. 하지만 진심으로 가고 싶다면 런던에 머무는 동안 다른 선교사에게 말해두지. 그분의 부인에게 조수가 필요하다고 했으니까. 네 재산이라면 복음전도협회의 지원 없이도 지낼 수 있을 거야. 그러면 함께 가기로 했던 선교단과의 계약을 어기고 약속을 저버렸다고 망신당할 일도 없지."

독자 여러분도 아시다시피 나는 공식적으로 어떤 약속도 한

적이 없고 어떤 계약도 맺은 적이 없다. 지금 그의 말은 너무나 매정하고 독선적이었다.

"망신당할 일도, 약속을 저버린 일도, 계약을 어긴 일도 없어요. 저는 인도에 가야 할 의무가 전혀 없어요. 더구나 누군지도 모르는 사람과는요. 오빠와 함께라면 용기를 내볼 거예요. 오빠를 존경하고 믿고 동생으로서 사랑하니까요. 하지만 언제 누구와 함께 가더라도 그런 날씨라면 그리 오래 살지 못할 것 같아요."

"아, 자기 몸이 걱정돼서 그러는 거였군."

그는 입술을 삐죽거리며 말했다.

"맞아요. 하느님이 주신 생명을 함부로 굴릴 수는 없죠. 오빠가 시키는 대로 따라 하는 건 자살이나 마찬가지라는 생각이 들기 시작했어요. 그리고 영국을 떠나기로 마음을 굳히기 전에 세가 이 나라를 떠나는 게 머무르는 것보다 더 큰 보탬이 될지 확실히 알아야겠어요."

"무슨 뜻이지?"

"설명하려고 해봤자 소용없을 거예요. 하지만 오랫동안 괴로울 정도로 궁금하던 게 있어요. 어떻게든 그 의문이 풀릴 때까지 저는 아무 데도 갈 수 없어요."

"지금 네 마음이 어디를 향해 있고 무엇에 집착하는지 알아. 그런데 네가 간직한 호기심은 법에도 어긋날 뿐 아니라 하느님도 허락하시지 않을 거야. 그런 생각은 오래전에 지워버렸어야 했어. 방금 그 말을 입에 담은 것 자체만으로도 부끄러운 일이야. 로체스터 씨를 생각하고 있는 거지?"

사실이었다. 나는 침묵으로 인정했다.

"로체스터 씨를 찾아갈 건가?"

"그분이 어떻게 되셨는지 알아야겠어요."

"그렇다면 나는 하느님께 네가 잘못된 길을 걷지 않게 해달라고 진심으로 기도해야겠군. 나는 네가 하느님이 선택한 사람들 중 한 명이라고 생각했어. 하느님이 보시는 건 우리가 보는 것과 달라. 결국은 하느님의 뜻대로 될 거야."

그는 문을 열고 나가 골짜기로 성큼성큼 걸어 내려갔다. 그의 모습은 내 시야에서 금방 사라졌다. 다시 거실로 들어가니 다이애나가 창가에 서서 깊은 생각에 빠져 있었다. 나보다 키가 훨씬 더 큰 그녀는 내 어깨에 손을 얹고 몸을 숙여 내 표정을 살폈다.

"제인, 요즘 늘 불안해 보였는데 지금은 얼굴이 창백하기까지 하네. 틀림없이 무슨 일이 있어. 오빠하고 무슨 일이 있는지 말해봐. 몰래 봐서 미안하지만 삼십 분 넘게 두 사람을 지켜봤어. 그리고 한동안 생뚱맞은 생각을 했어. 요즘 오빠가 이상해서 말이야."

거기서 다이애나는 말을 끊었다. 내가 아무 말도 하지 않자 그녀는 다시 입을 열었다.

"오빠가 너를 특별하게 생각하는 게 분명해. 지금까지 누구한테도 보이지 않았던 각별한 관심을 네게 쏟고 그런 눈으로 쳐다보니 말이야. 왜지? 난 오빠가 제인을 사랑해서 그런 거면 좋겠는데, 제인은 어때?"

나는 그녀의 차가운 손을 잡아 내 뜨거운 이마에 갖다 댔다.

"아니에요. 전혀요."

"그럼 왜 오빠가 제인한테서 눈을 떼지 못하는 걸까? 왜 늘 제인과 단둘이 있으려 하고 계속 자기 곁에 두려고 하지? 메리와 나는 오빠가 제인과 결혼하고 싶어 한다고 결론을 내렸어."

"네, 결혼하자고 말했어요."

내 말에 다이애나가 손뼉을 쳤다.

"그게 우리가 바라던 바야. 결혼할 거지, 제인? 그러면 오빠도 영국을 떠나지 않을 거야!"

"오히려 그 반대예요. 나와 결혼하려는 유일한 이유가 인도에서 사역하는 데 내가 꼭 맞는 조수가 될 거라고 생각하기 때문이거든요."

"뭐? 제인을 인도로 데려간다고?"

"네."

"미쳤나 봐! 제인은 그곳에 가면 석 달도 못 버틸 거야. 절대 안 돼. 당연히 거절했지?"

"결혼은 거절했어요."

"그래서 오빠는 화가 난 거고?"

"아주 많이요. 나를 절대로 용서하지 않을까 봐 걱정이에요. 그래도 동생으로서 가는 거라면 같이 가겠다고 했어요."

"제인, 말도 안 되는 소리하지 마. 거기서 해야 할 일을 생각해 보라고. 쉴 새 없이 일해야 해. 건강한 사람도 쓰러질 텐데 제인처럼 허약한 사람은 절대 못 견딜 거야. 오빠가 어떤 사람인지는 너도 알잖아. 절대 하지 못할 것 같은 일도 시킬 거라고! 오빠는 한낮의 땡볕 아래서 일해도 쉴 틈을 주지 않을 거야. 그런데 너는 오빠가 시키는 일은 억지로라도 하는 것 같더니 이번에는 용기내어 청혼을 거절했구나! 놀랐어. 너는 오빠를 사랑하지 않아?"

"남편으로는 아니에요."

"그래도 잘생겼잖아."

"나는 못생겼죠. 그래서 우리 두 사람은 안 어울려요."

"네가 못생겼다고? 너는 산 채로 캘커타(콜카타의 전 이름—옮긴이)의 뜨거운 태양 아래서 익어가기에는 너무 예쁘고 착해."

다이애나는 세인트 존과 같이 갈 생각일랑은 절대 하지 말라고 단단히 일렀다.

"그럴게요. 방금 부목사 자격으로 따라가겠다니까 체면을 구기는 일이라면서 펄쩍 뛰더라고요. 결혼을 안 하고 함께 가겠다고 말하는 것 자체가 무슨 큰 잘못이라도 되는 것처럼 생각하는 것 같았어요. 마치 내가 처음부터 자기가 오빠가 아니기를 바랐고 지금도 줄곧 그렇게 생각해왔던 것처럼요."

"그런데 왜 오빠가 너를 사랑하지 않는다고 생각해?"

"그건 오빠한테 직접 들으세요. 자신을 위해서가 아니라 자신의 일 때문에 나와 결혼하려는 거라고 여러 번 말했거든요. 그리고 나는 사랑이 아니라 일을 하려고 태어난 사람이라고 했어요. 그건 맞아요. 하지만 사랑하기 위해 태어난 게 아니면 결혼에도 안 맞는 거잖아요. 나를 자기한테 필요한 도구쯤으로 여기는 사람과 평생을 함께한다는 건 정말 말도 안 되는 일 아닌가요?"

"말도 안 되지. 참을 수 없는 일이야."

나는 계속해서 말했다.

"지금은 여동생으로서 오빠를 사랑하지만 어쩔 수 없이 오빠의 아내가 된다면 나는 괴상하고 고통스러운 사랑을 하게 될 거예요. 오빠는 재능이 뛰어나고 외모와 태도, 말솜씨까지 멋지니까 나는 정말 비참해질 거예요. 또 오빠는 내 사랑을 바라지도 않고 내가 애정 표현을 해도 쓸데없고 어울리지 않는 짓이라고 생각할 거고요. 확실해요."

"오빠는 착한 사람이야."

"착하고 위대하시죠. 하지만 위대한 야망을 좇느라 다른 사람들의 감정이나 권리 같은 건 상관하지 않아요. 그러니까 보통 사람들은 그분이 가시는 길에 방해가 되지 않도록 비키는 게 나아요. 오셨네요. 나는 이만 가볼게요."

나는 세인트 존이 정원으로 들어오는 모습을 보고 서둘러 2층으로 올라갔다. 그러나 어쩔 수 없이 저녁 식사 때 그와 다시 마주칠 수밖에 없었다. 식사하는 내내 그는 여느 때와 다름없이 차분하게 행동했다. 나는 그가 내게 말도 거의 걸지 않고 결혼 이야기도 더는 꺼내지 않을 거라고 생각했다. 그러나 조금 뒤 그 두 가지 다 틀렸다는 것을 알았다. 그는 최근 하던 대로 내게 공손하게 말을 걸었다. 성령의 힘으로 분노를 가라앉히고 또다시 나를 용서한 게 틀림없었다.

세인트 존은 기도하기 전 성경 봉독 시간에 〈묵시록〉 제21장을 골랐다. 나는 그의 목소리로 성경 말씀을 듣는 것이 좋았다. 하느님 말씀을 전달할 때면 그의 멋진 목소리는 그 어느 때보다 부드럽고 깊이가 있으며 태도는 기품 있고 소박해 보였다. 그날 밤 온 가족이 함께한 가운데 그의 목소리는 더욱 경건하고 그의 태도는 한층 더 감동적이었다. (5월의 달빛이 커튼이 걷힌 창문을 넘어 탁자 위의 촛불이 필요 없을 정도로 식당 안을 밝게 비추고 있었다.) 그는 자리에 앉아 커다랗고 낡은 성경책 위로 고개를 숙이고 새로운 하늘과 새로운 땅의 모습을 묘사했다. 하느님이 어떻게 인간들 속에 살면서 인간의 눈에서 눈물을 닦아주시는지 알려주고 과거의 하늘과 땅은 사라졌으니 더는 죽음과 슬픔, 아픔은 없을 거라 약속하셨다고 했다.

나는 그다음 이어지는 말을 듣고 묘한 감동을 느꼈다. 특히 미묘하게 목소리가 바뀌면서 나를 보며 말할 때는 더 큰 감동을 느꼈다. 그는 성경을 천천히 또박또박 읽어 내려갔다.

"이기는 자는 이것들을 상속으로 받으리라. 나는 그의 하나님이 되고 그는 내 아들이 되리라. 그러나 두려워하는 자들과 믿지 아니하는 자들과 …… 불과 유황으로 타는 못에 던져지리니 이것이 둘째 사망이라(〈요한계시록〉 21장 7~8절—옮긴이)."

그때 나는 세인트 존이 나로 말미암아 어떤 운명이 닥칠까 봐 두려워하는 것이 무엇인지 알게 됐다. 장엄한 마지막 문구를 읽던 그의 목소리에는 간절한 바람뿐 아니라 은근한 승리감이 묻어났다. 그는 이미 자기 이름이 어린 양의 생명책에 쓰여 있다고 믿었다. 그리고 땅 위의 왕들이 자기늘의 영광과 명예를 가지고 들어가는 성 예루살렘에 함께 들어갈 날만을 기다리고 있었다. 그곳에서는 하느님이 영광을 밝혀주시고 어린 양이 등불이 되시니 해와 달도 필요하지 않았다.

성경 봉독을 마친 세인트 존은 이어진 기도에서 온 힘을 다해 모든 열의를 일깨우고자 했다. 그는 진심으로 하느님을 붙들고 승리를 다짐했다. 마음이 약한 자들에게는 힘을 주고, 우리에서 나와 헤매는 양을 이끌어달라고 애원했다. 심지어 속세와 육체의 유혹에 이끌려 좁은 문에서 멀어져가는 사람들이 마지막 순간에라도 바른 길로 돌아오기만을 바란다고 기도했다. '불붙는 가운데서 **빼낸** 나무 조각(〈아모스 4장 11절〉―옮긴이)'과 같은 은혜를 간절히 바라고 갈구하며 청했다. 열의는 늘 경건함을 지닌다. 처음 기도를 시작할 때 나는 그의 열의를 의심했다. 그러나 기도가 계속되고 무르익어 가자 나는 감동했고 끝날 때쯤에는 외경심마저 품었다. 그는 진심으로 자신의 목적이 선하며 위대하다고 믿었으며, 그의 기도를 듣는 사람들도 충분히 그런 진심을 느낄 수 있었다.

기도를 마친 뒤 우리는 세인트 존과 작별인사를 했다. 다음 날 아침 일찍 출발할 예정이었기 때문이다. 다이애나와 메리는 그에게 입을 맞추고 먼저 방을 나갔다. 그가 슬쩍 귀띔을 한 모양이었다. 나는 그에게 손을 내밀고 즐거운 여행이 되길 바란다고 말했다.

"제인, 고마워. 지난번에 말했듯이 나는 케임브리지에 갔다가 두 주 뒤에 돌아올 거야. 그때까지 곰곰이 다시 한 번 생각해봐. 내가 자존심을 내세우는 사람이었다면 더는 결혼 이야기를 꺼내지 않았을 테지만, 나는 늘 내 의무를 중요시하고 하느님의 영광을 위해서라면 뭐든 한다는 내 첫 번째 목표를 생각해. 하느님은 인내심이 강한 분이시지. 그러니까 나도 그럴 거야. 나는 너를 '진노의 그릇(〈로마서〉 9장 22절―옮긴이)'처럼 파멸에 빠지게 하지 않을 거야. 아직 시간이 남아 있을 때 회개하고 마음을 다잡아봐. 하느님은 낮 동안 일하라고 하셨어. 그리고 '밤이 오리니 그때는 아무도 일할 수 없느니라(〈요한복음〉 9장 4절—옮긴이)'고 경고하셨다는 걸 명심해. '이 세상에서 좋은 것을 가졌던 부자의 운명'을 잊지 마. 하느님이 네게 '빼앗기지 아니할(〈누가복음〉 10장 42절—옮긴이)' 더 나은 선택을 할 힘을 주시기를 빌게."

세인트 존은 마지막 말을 마치며 내 머리 위에 손을 얹었다. 부드럽지만 진심이 담긴 목소리였다. 그러나 그의 표정은 사랑하는 여인을 바라보는 남자가 아니라 길을 잃고 헤매는 어린 양을 부르는 목자에 가까웠다. 아니, 그보다는 자신이 책임지고 있는 사람을 지켜보는 수호천사의 표정이었다. 누구나 감정이 있든 없든, 광신자든 야심가든 폭군이든 간에 재능을 가진 사람이 진심을 다하면 사람들을 압도하고 좌지우지하게 되는 순간을 맞게 된다. 나는 세인트 존에게 경외심을 느꼈다. 그 경외심이 너무나 강하게 들어 내가 피해왔던 곳으로 나를 다시 밀어 넣을 정도였다. 나는 이제 더 이상 그와 싸우고 싶지 않았다. 그라는 존재의 심연으로 흘러들어 가는 의지의 물살에 뛰어들어 나 자신을 잊어버리고 싶었다. 전에는 다른 이유로 다른 사람 때문에 괴로웠지만 그때만큼이나 지금도 괴로웠다. 지난번이나 지금이나 나는 어리석었다. 지난번에 무릎 꿇었다면 신넘이 잘못된 것이고 지금 굴복한다면 판단이 잘못된 것이리라. 시간이 흘러 지난 위기를 돌이켜보니 그런 생각이 들었다. 그러나 그 당시에는 내가 어리석다는 것을 깨닫지 못했다.

나는 목사의 손아래에서 꼼짝도 하지 못하고 그대로 서 있었다. 거부할 생각도 하지 못한 채 두려움도 맥을 못 추고 싸울 힘마저 마비돼버린 듯했다. '불가능'했던 세인트 존과의 결혼이 순식간에 '가능'으로 변하고 있었다. 별안간 모든 것이 한꺼번에 바뀌어버릴 듯했다. 신앙이 부르고 천사가 손짓하며 하느님이 명령하셨다. 생명은 두루마리처럼 돌돌 말리고 죽음의 문이 열리면서 그 너머로 영겁의 미래가 보였다. 내세의 평안과 천국의 기쁨을 누리기 위해 이 세상의 모든 것을 포기할 수 있을 것 같았다. 어두운 방 안에 온통 환영이 가득했다.

"지금 결정할 수 있겠어?"

전도사는 부드러운 목소리로 물었다. 그리고 역시 부드럽게 나를 끌어당겼다. 그 부드러움은 힘보다 훨씬 더 강력했다. 나는 그의 분노에는 저항할 수 있어도 그의 다정한 태도에는 갈대처럼 유순해졌다. 그러나 지금 굴복하면 이후 언제든 지난날 로체스터 씨를 거절했던 일을 후회하게 될 것만 같았다. 한 시간 동안 엄숙하게 기도한다고 해서 그의 성격이 변하는 것은 아니었다. 그저 고무되었을 뿐이다.

"오빠와 결혼하는 게 하느님의 뜻이라는 확신만 생기면 지금 당장이라도 하겠어요. 그 이후야 어떻게 되든 말이에요."

"내 기도를 들어주셨어!"

세인트 존이 외쳤다. 그러더니 자기 것이라는 듯 내 머리를 힘껏 눌렀다. 그리고 나를 사랑하는 것처럼 다른 팔로 끌어안았다(나는 '사랑하는 것처럼'이라고 했다. 사랑받는 느낌이 어떤 것인지 알고 있어 그 둘의 차이를 알았기 때문이다. 그러나 이때는 나도 그와 마찬가지로 사랑 같은 건 제쳐두고 의무만 생각했다). 나는 아직도 내 안에서 검은 환영들과 싸우고 있었다. 그 환영들 뒤로는 구름만이 뭉게뭉게 떠 있었다. 나는 진정으로 옳은 일을 하고 싶었다. 그것뿐이었다.

"가르쳐주세요. 어디로 가야 할지 길을 가르쳐주세요."

하느님께 진심으로 애원했다. 그 어느 때보다 나는 흥분해 있었다. 그래서 그 후에 일어난 일이 흥분 때문인지 아닌지는 독자 여러분의 판단에 맡기겠다.

온 집 안이 고요했다. 세인트 존과 나 빼고는 모두 잠자리에 들었기 때문일 것이다. 하나 남은 촛불마저 꺼져가고 있었다. 달빛이 방 안을 가득 채웠다. 내 심장은 거칠고 빠르게 뛰었다. 쿵쾅거리는 소리가 내 귀에도 들렸다. 그런데 갑자기 심장 박동이 멈췄다. 뭐라 표현할 수 없는 감정이 심장을 전율시키더니 어느새 머리뿐 아니라 손끝과 발끝까지 퍼져나갔다. 전기 충격과는 다른 느낌이었지만 그에 못지않게 날카롭고 묘해 움찔했다. 지금까지 내 모든 감각이 마비되어 있었다가 방금 마비가 풀린 느낌이었다. 눈이 휘둥그레지고 귀는 쫑긋 섰으며 뼈 위의 근육들이 떨렸다.

"무슨 소리가 들렸어? 뭘 봤어?"

세인트 존이 물었다. 아무것도 보이지 않았다. 하지만 어디선가 나를 부르는 목소리가 들렸다.

"제인! 제인! 제인!"

그걸로 끝이었다.

"오, 하느님! 무슨 소리죠?"

순간 헉 소리와 함께 숨이 막혔다.

나는 하마터면 "어디세요?"라고 물어볼 뻔했다. 왜냐하면 그 목소리는 방 안이나 집 안, 정원에서 들려오는 소리가 아닌 듯했기 때문이다. 하늘이나 땅속에서 울리거나 바로 머리 위에서 들려오는 소리가 아니었다. 어디서 들리는지 결코 알 수 없었지만 그 소리를 똑똑히 들었다. 그것은 사람의 목소리였다. 내가 생생히 기억하고 있는 익숙한 목소리, 바로 에드워드 페어팩스 로체스터의 목소리였다. 고통과 슬픔 속에서 거칠고 다급하게 외치고 있었다.

"갈게요! 기다려요, 내가 갈게요!"

나는 소리쳤다. 그리고 문으로 뛰어가 복도를 내다보았다. 온통 캄캄했다. 나는 정원으로 뛰쳐나갔다. 그러나 아무도 없었다.

"어디 계세요?"

나는 소리쳤다.

마시 글렌 너머 산에서 어렴풋이 메아리가 되돌아왔다.

"어디 계세요?"

나는 귀를 기울였다. 그러나 전나무 숲에서는 한숨 쉬듯 나지막한 바람 소리만 들렸다. 아무도 없는 벌판은 쓸쓸했고 늦은 밤 주위는 물을 끼얹은 듯 고요하기만 했다.

"귀신아 사라져라!"

나는 문가에 서 있는 검은 주목 옆에서 시커먼 유령이라도 본 듯 소리쳤다.

"이것은 속임수도 아니고 마법도 아니야. 자연이 한 거지. 자연이 기적을 일으킨 게 아니라 능력을 발휘한 거야."

나는 뒤따라와서 붙잡으려넌 세인트 존을 밀쳐냈다. 이번에는 내가 주도권을 잡을 차례였다. 나는 온 힘을 다해 그에게 아무것도 묻지 말고 아무 말도 하지 말라고 했다. 그냥 내버려두라고 말했다. 나는 혼자 있고 싶었으며, 꼭 그래야만 했다. 그는 곧바로 내 말을 따랐다. 강하게 명령하면 반드시 따르게 되어 있다. 나는 내 방으로 올라가 방문을 걸어 잠갔다. 그리고 무릎 꿇고 앉아 내 방식대로 기도를 올렸다. 세인트 존의 기도와 다르기는 해도 나름 효과가 있었다. 성령에 가까이 다가

간 듯했다. 나는 감사하는 마음으로 그 발밑에 뛰어가 엎드렸다. 그리고 감사기도를 드린 뒤 일어나서 한 가지 결심을 했다. 이제 더 이상 두렵지 않았다. 나는 깨달음을 얻은 채 날이 밝기만을 기다리며 자리에 누웠다.

제15장

날이 밝아오고 있었다. 나는 새벽녘에 자리에서 일어났다. 집을 떠나 있는 동안 두고갈 물건들을 정리해두고 싶었다. 나는 한두 시간쯤 분주하게 서랍과 옷장 그리고 방 안에 있는 내 물건들을 바쁘게 정리했다. 그때 세인트 존이 방에서 나오는 소리가 들렸다. 그러더니 내 방문 앞에서 멈춰 섰다. 문을 두드리지 않을까 걱정했지만 그는 대신 종이쪽지를 방문 틈 사이로 밀어 넣었다. 집어 든 쪽지에는 이런 내용이 쓰여 있었다.

어젯밤에 너무 갑작스럽게 떠나버리더구나. 조금만 더 있었으면 그리스도의 십자가와 천사의 관 위에 네 손을 얹을 수도 있었을 텐데. 두 주 뒤에 돌아와서 확실한 네 결심을 듣게 되길 기대할게. 그동안 "시험에 들지 않게 깨어 기도하라. 마음에는 원이로되 육신이 약하도다!(〈마태복음〉 26장 41절—옮긴이)"라는 말씀을 잊지 마. 매 순간 너를 위해 기도할 거야.

세인트 존

'나도 진심으로 옳은 일을 하고 싶어요. 나도 제 육신이 하느님의 뜻을 분명히 알게 됐을 때 그 뜻을 이룰 수 있을 만큼 강하기를 바라고요. 어쨌든 의혹이라는 안개 속에서 묻고 더듬어가면서 빠져나갈 길을 찾아 확신으로 가득 찬 화창한 날을 만날 수 있을 정도로 강건해질 거예요.'

나는 마음속으로 대답했다.

그날은 6월 1일이었다. 하지만 아침에는 구름이 하늘을 뒤덮고 있었고 쌀쌀했다. 빗줄기가 창문을 세차게 두드렸다. 세인트 존이 현관문을 열고 나가는 소리가 들렸다. 창문을 통해 보니 그가 정원을 가로질러 가고 있었다. 그는 안개가 자욱한 벌판을 지나 휘트크로스로 가 거기서 역마차를 탈 것이다.

'몇 시간만 있으면 나도 오빠를 따라 그 길을 갈 거예요. 나도 휘트크로스에서 역마차를 탈 생각이에요. 나도 영원히 영국을 떠나기 전에 만나서 안부를 물어야 할 사람이 있어요.'

아침 식사 시간까지는 아직 두 시간이 남아 있었다. 그사이 나는 조용히 방 안을 서성거리며 머릿속으로 계획을 세우도록 만든 그 목소리를 곰곰이 생각해보았다. 그리고 그때 느꼈던 감정을 떠올려보았다. 지난 밤 경험한 말로 표현할 수 없는 낯선 기분까지 오롯이 되살아났다. 그때 들리던 목소리도 떠올려보았다. 어디서 들려왔는지 궁금했지만 이번에도 역시 소용없었다. 바깥세상이 아니라 내 안에서 터져나온 소리인 듯했다. 그렇다면 너무 신경을 써서 듣게 된 환청일까? 나는 나 자신에게 물어보았다. 이해할 수도 없고 믿을 수도 없었다. 그것은 오히려 영감에 가까웠다. 그때의 경이롭고 충격적인 기분은 마치 바울과 실라(〈사도행전〉에 등장하는 인물들로 복음을 전하다가 감옥에 갇힘—옮긴이)가 있던 감옥의 밑바닥을 뒤흔들던 지진과 비슷했다. 그 기분은 내 영혼의 감옥 문을 열고 족쇄를 풀어주었다. 잠들어 있던 영혼을 깨운 것이다. 영혼은 벌벌 떨며 일어나 귀를 기울이고는 혼비백산해 그 감옥을 뛰쳐나왔다. 그러고는 깜짝 놀란 내 귀와 떨리는 가슴 그리고 두려워하지도 충격받지도 않는 내 마음을 관통해 세 번이나 외친 것이다. 내 영혼은 두려워하거나 떨지 않았다. 오히려 성가신 육체의 구속에서 벗어나 오직 마음만으로 노력한 끝에 이룬 성공을 기뻐할 뿐이었다.

'며칠 있으면 어젯밤 나를 부른 목소리의 주인이 어떻게 지내는지 알 수 있겠지. 편지는 소용이 없었으니 직접 찾아가 봐야겠어.'

나는 아침 식사를 하면서 다이애나와 메리에게 여행을 떠나 적어도 나흘 이상 집을 비울 거라고 말했다.

"혼자?"

그들이 물었다.

"네, 오랫동안 걱정하던 친구를 만나려고요. 아니면 소식이라도 듣고 싶어서요."

두 사람은 내게 자기들 말고는 친구가 한 명도 없는 줄 알았다고 했다. 사실 그렇게 생각할 만도 했다. 종종 그렇게 말하곤 했으니까 말이다.

그들은 나를 배려해 더는 별말 하지 않았다. 다만 다이애나가 여행을 할 수 있을 정도로 몸이 나아졌는지 물었을 뿐이다. 그녀는 내 안색이 창백해 보인다고 했다. 나는 마음이 불안해서 그런 것일 뿐 별 문제 없고 불안감도 곧 사라질 거라고 대답했다.

그다음 여행 준비를 하는 건 쉬웠다. 질문이나 억측에 시달리지 않았기 때문이다. 당장은 내 계획을 정확하게 밝힐 수 없다고 하자 그들은 말없이 내 의견을 받아들여 주었다. 내 마음대로 하게 해준 것이다. 그들이 내 상황이었다면 나도 그들에게 똑같이 해주었을 것이다.

나는 오후 세 시에 무어 하우스를 떠나 네 시를 조금 넘자 휘트크로스의 이정표 아래에 도착했다. 여기서 저 멀고 먼 손필드로 나를 데려다줄 역마차를 기다렸다. 고독한 길과 황량한 산 사이의 적막함을 뚫고 달려오는 마차 소리가 들렸다. 일 년 전 여름 나를 여기에 내려주었던 바로 그 마차였다. 얼마나 외롭고 절망적이며 정처 없던 여행이었던가! 내가 손짓하자 마차가 멈췄고 나는 마차에 올라탔다. 지금은 차비를 내려고 전 재산을 털 필요가 없었다. 다시 손필드를 향해 가면서 나는 마치 집으로 돌아가는 비둘기 전령이 된 듯한 기분이었다.

서른여섯 시간이나 걸리는 여정이었다. 화요일 오후에 휘트크로스를 출발한 마차는 이틀 뒤인 목요일 아침 일찍 길가에 잠시 멈춰 서서 말에게 물을 먹였다. 푸른 산울타리와 넓은 들판 그리고 나지막한 언덕의 풀밭(영국 북중부 모턴의 엄숙하고 황량한 벌판에 비해 얼마나 완만하고 푸르던지!)이 마치 한때 알고 지내던 사람의 얼굴처럼 보였다. 꽤 낯익은 풍경이었다. 목적지가 가까워졌다는 뜻이다.

"여기서 손필드까지 얼마나 걸리나요?"

여관 마부에게 물었다.

"저 들판을 가로질러 3킬로미터 정도 더 가야 합니다."

'이제 다 왔구나' 싶었다. 나는 마차에서 내려 여관 마부한테 다시 찾으러 올 때까지 짐을 보관해달라고 부탁했다. 그리고 마차 삯도 후하게 쳐주었다. 눈부신 햇살이 여관 간판을 비추었는데, 간판에는 황금색 글씨로 '로체스터 암스'라고 쓰여 있었다. 나는 가슴이 두근거렸다. 벌써 주인의 영지에 들어와 있었던 것이다. 그러나 이내 가슴이 차분해졌다. 이런 생각이 들었기 때문이다.

'어쩌면 로테스터 씨는 영국 해협을 건너 유럽 대륙으로 가셨을지도 몰라. 그리고 지금 네가 허둥지둥 가고 있는 손필드에 있다 해도 그 곁에 누가 있지? 그의 미친 아내가 있겠지. 이제 너는 그와 상관없는 사이야. 감히 말을 건넨다든지, 만나기를 바라서는 안 돼. 너는 지금 쓸데없는 짓을 하고 있어. 더는 가지 않는 것이 좋을 거야.'

내 마음속에서 감시자가 나를 설득했다.

'대신 여관에 가서 사람들에게 그분 소식을 물어봐. 물어보면 전부 알려줄 거고, 궁금증도 금방 풀릴 거야. 저 남자한테 가서 로체스터 씨가 손필드에 있는지만 물어봐.'

합리적인 제안이었지만 나는 선뜻 그렇게 할 수가 없었다. 나를 절망하게 만들 대답을 듣게 될까 봐 너무 두려웠던 것이다. 질문을 미루는 것은 희망을 남겨두는 것과 같다. 나는 희망의 별빛 아래서 손필드를 보게 될지도 모른다. 눈앞에 산울타리 층계가 보였다. 손필드 저택을 도망쳐 나오던 날, 복수심에 불타는 영혼에 쫓기고 괴로워하며 보지도 듣지도 못한 채로 허둥지둥 들판을 뛰어갔었다. 어느 길로 갈지 정하기도 전에 나는 벌써 들판 한가운데까지 와 있었다. 얼마나 빨리 걸었던지! 그리고 얼마나 뛰었던가! 낯익은 저 숲을 빨리 보게 되길 얼마나 바랐던가! 익숙한 숲과 풀밭, 그 사이에 있는 언덕을 나는 어떤 마음으로 반겼던가?

드디어 숲이 나타났다. 떼까마귀가 시커멓게 무리지어 있다가 아침의 고요함을 깨뜨렸다. 나는 묘한 기쁨에 힘을 얻어 걸음을 재촉했다. 또다시 들판을 지나고 오솔길을 이리저리 빠져나가자 안마당 담장과 창고가 나왔다. 그러나 저택은 여전히 떼까마귀 무리에 가려져 있었다. 나는 결심했다.

'우선 저택의 정면을 보자. 그러면 우뚝 솟은 흉벽의 당당한 모습을 볼 수 있을 거야. 그리고 로체스터 씨 방의 창문도 단번에 찾아낼 수 있겠지. 아침 일찍 일어나니까 어쩌면 창가에 서 계실지도 몰라. 아니면 지금쯤 과수원이나 집 앞 도로를 산책하고 계실지도 몰라. 잠시만이라도 볼 수 있다면! 그때 미친 듯이 그에게 날려가지 않을 수 있을까? 모르겠다. 자신 없다. 그리고 그렇다 한들 뭐 어때? 어떻게 되는 거지? 아아! 어떻게 될까? 내가 그분의 눈길을 받는 삶을 다시 한 번 누린다고 해서 누가 피해를 보겠어? 내가 무슨 소리를 하는 거지. 어쩌면 그분은 지금 피레네 산맥 위로 떠오르는 아침 해나 밀물과 썰물이 없는 남쪽 바다에서 떠오르는 해를 바라보고 계실지도 몰라.'

과수원의 야트막한 담장을 따라 걸어가다가 모퉁이를 돌았다. 그러자 바로 앞에 문이 나타났다. 꼭대기에 둥근 공 모양을 한 돌이 놓인 두 개의 돌기둥 사이를 지나가면 풀밭이 나온다. 나는 한쪽 돌기둥 뒤에 몸을 숨기고 몰래 저택의 정면을 볼 생각이다. 나는 조심스레 고개를 내밀고 덧문을 내리지 않은 방이 남아 있는지 살펴보았다. 내가 숨어 있는 곳에서는 흙벽과 창문, 건물의 기다란 정면까지 모두 보였다.

이렇게 살피고 있는 내 모습을 머리 위를 날아다니던 까마귀들이 지켜보았을 것이다. 그 녀석들이 나를 어떻게 생각할지 궁금했다. 틀림없이 처음에는 아주 신중하고 소심하다고 생각했을 것이다. 그러다 몹시 대담하고 무모해진다고 생각했을 것이다. 몰래 엿보고 나서는 한동안 똑바로 쳐다보고 숨어 있던 곳을 벗어나 초원으로 들어갔다. 그리고 거대한 저택 앞에서 갑자기 걸음을 멈추고 대담하게도 오랫동안 건물을 바라보았다. 까마귀들은 이렇게 생각했을지도 모른다.

'처음에 망설이던 그 태도는 뭐였지? 왜 지금은 이처럼 무턱대고 대담한 거야?'

독자 여러분에게 예를 한 가지 들어보겠다. 한 남자가 자신이 사랑하는 여자가 이끼 낀 둑 위에 잠들어 있는 것을 발견한다. 남자는 그녀를 깨우지 않고 그녀의 아름다운 얼굴을 보고 싶었다. 그는 소리를 내지 않으려고 조심스럽게 살금살금 풀밭을 걸어간다. 그러다가 갑자기 그가 멈춰 선다. 여자가 몸을 뒤척이는 줄 알았기 때문이다. 절대 들키고 싶지 않은 마음에 그는 슬며시 물러난다. 사방이 고요하다. 그러자 그는 다시 다가간다. 그는 그녀 위로 몸을 숙인다. 그녀의 얼굴 위에는 얇은 베일이 씌어져 있다. 그는 베일을 들어 올리고 더 가까이 몸을 숙인다. 이제 그의 눈은 기대에 가득 차 있다. 마음 따뜻하고 활짝 핀 꽃처럼 한창 피어나는 듯 사랑스럽게 잠들어 있는 그녀의 모습을 보리라 기대하면서 말이다. 그는 얼마나 서둘러 바라보았겠는가! 그러나 그의 시선은 너무 놀라 굳어버렸다! 그는 방금까지만 해도 감히 손끝도 대보지 못한 그녀의 몸을 별안간 와락 껴안는다. 큰 소리로 이름을 부르고 마음껏 그녀를 바라보는 것이다! 그렇게 그는 그녀를 껴안고 울부짖으며 그녀를 바라본다. 왜냐하면 더 이상 그가 어떤 소리를 내고 어떻게 움직이든 그녀를 깨울 수 없기 때문이다. 달콤한 잠을 자고 있는 줄 알았던 그의 연인은 이미 돌처럼 굳은 주검으로 변해 있었다.

　나는 주저하면서도 기쁜 마음으로 위풍당당한 저택을 바라보았다. 그러나 내 눈앞에는 시커먼 폐허만이 남아 있었다. 문기둥 뒤에 숨을 필요가 전혀 없었다. 방 창문을 엿보며 집 안에 누군가 깨어 있을까 걱정할 필요도 없었다. 혹시 문이 열리지 않나 싶어 귀를 기울일 필요도 없었다. 포장길과 자갈길을 걷는 소리가 날지 모른다고 조심할 필요도 없었다. 잔디밭과 마당은 짓밟혀 폐허가 되어 있었다. 문짝이 떨어져 나간 정문은 허공에 입을 벌리고 있었으며, 저택의 정면은 언젠가 꿈에서 본 것처럼 창문 대신 구멍이 뚫려 있었다. 뼈대만 남은 벽 하나가 유일하게 높이 서 있었는데 그 또한 금방이라도 무너질 것 같았다. 지붕도 흙벽도 굴뚝도 없었다. 하나도 남김없이 모두 무너져 내린 것이다.

그 주변에는 죽음 같은 고요함과 쓸쓸한 황야의 적막감이 맴돌고 있었다. 여기로 보낸 편지의 답장을 받지 못한 게 당연했다. 마치 교회 마당 한쪽 구석에 있는 납골당으로 편지를 보낸 것과 같았다. 오싹하게도 시커멓게 그슬린 돌들이 저택에 닥친 운명을 말해주었다. 큰불이 난 것이다. 그런데 어쩌다 불이 난 걸까? 이번 화재에는 무슨 사연이 숨겨져 있을까? 회반죽과 대리석 그리고 목조 건물이 타버린 것 말고 또 어떤 피해를 입었을까? 인명 피해는 없었을까? 누군가 다치진 않았을까? 그랬다면 누구일까? 끔찍한 질문이었다. 그리고 이 질문에 대답해줄 사람은 아무도 없었다. 무언의 표시나 단서 같은 것도 전혀 없었다.

무너진 담장 주위와 폐허가 된 집 안 여기저기를 둘러보니 불이 최근에 난 게 아니라는 증거가 여기저기서 나타났다. 겨울 눈이 텅 빈 아치형 문으로 날아들었고 겨울비는 빈 창틀을 때렸을 것이다.

봄이 되어 흠뻑 젖은 쓰레기 더미 속에서 식물들이 자랐고,

무너져내린 석재와 서까래 사이 여기저기에 잡초가 무성했다. 아아, 그런데 불행하기 그지없는 이 폐허의 주인은 어디에 있는 걸까? 어디로 갔단 말인가? 누군가의 도움을 받았을까? 나도 모르는 사이 내 눈은 이 저택의 대문 가까이 있는 잿빛의 교회 탑으로 향했다. 그리고 물었다.

'그분의 조상인 데이머 드 로체스터 씨가 잠들어 계시는 좁은 대리석 집에 함께 있나요?'

어떻게든 이 질문의 답을 알아내야만 했다. 그 대답을 들을 수 있는 곳이라고는 여관밖에 없었다. 나는 서둘러 여관으로 돌아갔다. 여관 주인이 직접 아침 식사를 방까지 가져왔다. 나는 그에게 물어볼 것이 있으니 앉아보라고 했다. 그러나 그가 막상 내 앞에 앉자 어디서부터 물어봐야 할지 생각이 나지 않았다. 끔찍한 대답이 돌아올까 봐 두려웠기 때문이다. 하지만 폐허를 보고 어느 정도 놀라운 이야기를 들을 마음의 준비가 되어 있었다. 여관 주인은 점잖게 생긴 중년 남자였다.

"손필드 저택을 아시죠?"

나는 간신히 입을 열었다.

"네, 한때는 거기 살았죠."

"그러세요?"

나는 속으로 '내가 없을 때였나 봐. 전혀 모르는 사람인데'라고 생각했다.

"돌아가신 로체스터 씨의 집사였어요."

그가 덧붙였다. '돌아가신'이라니! 나는 그렇게 피하려고 애쓰던 한방을 제대로 얻어맞은 기분이었다.

"아니, '돌아가신'이라고요? 돌아가셨어요?"

나는 숨이 턱 막혔다.

"지금 주인이신 에드워드 님의 아버지를 말하는 겁니다."

그가 설명했다. 그제야 잠시 굳었던 피가 다시 돌기 시작했다. 에드워드 님, 나의 로체스터 씨는(어디 계시든 신의 가호가 함께하길!) 적어도 살아 있다는 뜻이었다. 지금 '주인'인 것이다. 이 얼마나 기쁜 말인가! 이제부터는 무슨 이야기든 비교적 침착하게 들을 수 있을 것 같았다. 그가 무덤 속에 있지 않으니 지구의 반대편에 있다 해도 견딜 수 있었다.

"로체스터 씨는 지금 손필드에서 살고 계신가요?"

물론 나는 어떤 대답이 나올지 알고 있었다. 하지만 그가 어디 있는지 아직 물어볼 용기가 없어 잠깐 미루기 위해 던진 질문이었다.

"아니요, 천만에요! 거긴 아무도 안 살아요. 손님은 이 지역에 처음 오셨나 보군요. 그렇지 않으면 작년 가을에 있었던 사건을 들으셨을 텐데요. 손필드 저택은 폐허가 돼버렸지요. 막 추수를 시작할 때쯤 불이 나서 다 타버렸어요. 끔찍한 화재였죠. 그렇게 엄청난 재산이 몽땅 파괴됐으니까요. 불이 일어난 게 한밤중이었는데 밀코트에서 소방차가 도착하기도 전에 저택은 이미 불길에 완전히 휩싸였어요. 정말 끔찍한 광경이었지요. 내가 직접 봤거든요."

"한밤중이라고요!"

나는 중얼거렸다. 그렇다. 손필드에서 흉흉한 사건이 일어나는 것은 늘 한밤중이었다.

"어디서 불이 났는지는 밝혀졌나요?"

"짐작만 하는 거죠. 추측이오. 하지만 내가 볼 때는 확실해요. 아마 손님은 모르실 거예요."

그는 탁자 쪽으로 의자를 살짝 끌어당기며 나지막한 목소리로 이야기했다.

"그 집에 여자가…… 미친 여자가 있었다네요."

"그 비슷한 이야기를 들어본 적이 있어요."

"그 여자를 꽁꽁 숨겨놓았다고 하더군요. 그래서 사람들은 몇 년 동안 그런 여자가 있다는 걸 눈치도 못 챘답니다. 아무도 그 여자를 본 적이 없었으니까요. 그저 그런 사람이 있다는 말을 들었을 뿐 그게 누군지, 어떤 사람인지는 아무도 몰랐대요. 에드워드 님이 외국에서 데려왔다고 하기도 하고, 한때 그분의 정부였다는 말도 있었죠. 그런데 일 년 전에 참으로 이상한 일이 벌어졌어요. 정말 별난 일이었죠."

나는 내 이야기를 듣게 될까 봐 두려웠다. 지금은 내 이야기를 듣고 싶지 않았다. 그래서 원래 주제로 되돌아가도록 유도했다.

"그래서 그 여자는 누구였어요?"

"그 여자는 로체스터 님의 아내로 밝혀졌습니다. 그런데 그 일이 이상한 방법으로 밝혀지게 됐습니다. 그 댁에 젊은 가정교사 아가씨가 있었는데, 로체스터 님이 그 아가씨를……."

"그런데 불은 어쩌다 나게 된 거죠?"

"금방 말씀드릴게요. 로체스터 님이 그 가정교사에게 반해버린 거죠. 하인들이 그러는데 주인님처럼 사랑에 푹 빠진 사람을 처음 봤다고 하더라고요. 온종일 그 아가씨를 쫓아다니셨대요. 아시겠지만 하인들은 늘 주인님을 지켜보니까요. 그분은 그 아가씨를 끔찍이 아끼셨답니다. 그분 말고는 아무도 예쁘다고 생각하지 않는 여자였는데 말이죠. 어린아이처럼 몸집이 작고 어린 여자였다고 하더군요. 나는 한 번도 본 적이 없지만 당시 그 댁에서 일하던 리어라는 그 집 하녀가 그랬어요. 리어도 그 아가씨를 꽤 좋아했어요. 로체스터 님은 마흔 살인데 그 아가씨는 스무 살도 안 되었어요. 아시겠지만 그 나이의 남자가 젊은 아가씨를 사랑하게 되면 뭐에 홀린 것처럼 굴거든요. 그래서 그 처녀와 결혼하려고 하셨죠."

"그 이야기는 다음에 들려주세요. 지금은 화재에 대해 자세히 알고 싶어요. 그럴 만한 사정이 있어서요. 그 미치광이 로체스터 부인이 화재와 어떤 관련이 있나요?"

"바로 그거죠. 틀림없이 그녀 짓일 거예요. 불을 지를 사람이 그 여자 말고 또 누가 있겠습니까? 풀 부인이라고, 그 여자의 시중을 드는 사람이 있었는데 일도 아주 잘하고 믿을 만한 사람이었대요. 그런데 한 가지 단점이 있었죠. 보모나 간호사들이 주로 가지는 단점이었죠. 그 부인도 술병을 몰래 숨겨두고 마시다가 가끔씩 너무 많이 마실 때가 있었답니다. 너무 고된 생활이니까 이해는 되지만 그래도 굉장히 위험한 짓이었죠. 풀 부인이 술에 취해 쓰러져 잠들면 마녀같이 교활한 그 미친 여자는 풀 부인의 주머니에서 열쇠를 훔쳐 방을 빠져나와 온 집 안을 돌아다니면서 아주 못된 짓을 했다고 해요. 한번은 침대에서 자고 있는 남편을 태워 죽일 뻔하기까지 했대요. 하지만 그 일에 대해서는 확실하게 아는 게 없습니다. 어쨌든 그날 밤, 미친 여자가 자기 바로 옆방 커튼에 불을 지르고 나서 아래층으로 내려가기 전 그 가정교사가 쓰던 방으로 갔답니다. 앞뒤 사정을 다 알고 있어 가정교사를 미워했던 게 아닐까 하는 생각이 들어요. 그리고 그 방 침대에도 불을 질렀어요. 다행히 그때 그 방에는 아무도 없었지요. 가정교사는 이미 두 달 전에 집을 떠나버리고 없었거든요. 로체스터 씨는 세상에서 가장 소중한 걸 잃어버린 것처럼 백방으로 수소문했지만 결국 아무 소식도 못 들었지요. 그후로 그분은 난폭해지셨어요. 실망한 나머지 그렇게 돼버린 거죠. 절대로 거친 성격이 아니었는데 그 아가씨가 떠난 뒤엔 아주 위험한 분이 되어버렸습니다. 게다가 사람을 싫어하게 돼서 가정부인 페어팩스 부인도 먼 지방에 사는 부인의 친구한테로 보내버렸습니다. 하지만 잘 대해주시기는 했어요. 부인에게 평생 받을 수 있는 연금까지 주셨으니까요. 사실 그 부인도 그런 대우를 받을 만한 아주 착한 분이었죠. 주인께서 돌봐주시던 아델 양은 학교로 보내버렸어요. 그다음부터는 상류층 신사분들과도 연락을 모두 끊고 저택에 틀어박혀 혼자 지내세요."

"그럼 영국을 떠나신 게 아니네요?"

"영국을 떠나다니요? 에이! 그분은 해가 떠 있으면 그 댁의 문지방도 넘지 않으신데요. 그러다가 밤이 되면 정원이나 과수원을 유령처럼 이리저리 돌아다니신답니다. 내 생각에는 로체스터 님도 제정신이 아닌 것 같았어요. 그 조그만 가정교사가 망쳐놓기 전까지는 그분처럼 기백이 넘치고 대담하고 똑똑한 신사는 없었을 겁니다. 남들처럼 술이나 노름, 경마 같은 걸 좋아하지 않으셨죠. 그리고 얼굴이 잘생기긴 않으셨어도 누구 못지않은 용기와 강한 의지를 가지고 계셨습니다. 나는 그분이 어렸을 때부터 쭉 지켜봤거든요. 그래서 내 마음 같아서는 그 에어 양이라는 여자가 손필드로 오기 전 바다에라도 빠져버렸다면 얼마나 좋았을까 생각하곤 했어요."

"불이 났을 때 로체스터 씨는 집에 계셨나요?"

"그랬죠. 저택이 불길에 휩싸였을 때 직접 다락방으로 올라가 자고 있던 하인들을 깨워 아래로 내려오게 하시고 나서는 미친 부인을 데리러 다시 들어가셨죠. 그때 피신한 사람들 모두 부인이 지붕 위에 있다고 소리를 질렀어요. 정말로 부인은 지붕 위에 올라서서 흉벽 너머로 칼을 휘두르면서 1킬로미터 밖에서도 들릴 만큼 고래고래 소리를 지르고 있었죠. 그 모습을 직접 이 두 눈으로 보고 이 두 귀로 들었어요. 정말로 덩치가 크고 머리칼이 길고 검었어요. 우리는 그 여자가 그 위에 서 있을 때 타오르는 불길을 배경으로 머리채를 흩날리고 있는 모습을 보았죠. 나하고 몇몇 사람은 로체스터 님이 천장을 통해 지붕으로 올라가시는 걸 보았습니다. 그분은 '버사!' 하고 그 여자를 부르시며 다가갔습니다. 그랬더니 그 여자가 소리를 지르면서 허공으로 쨀썩 뛰었어요. 그리고 다음 순간 포장된 길 위에 떨어져 누워 있었습니다."

"죽은 거예요?"

"죽었느냐고요? 그렇다마다요. 깨진 머리와 피가 사방에 튀었어요."

"끔찍했겠군요!"

"그렇죠, 끔찍했죠."

그가 몸을 부르르 떨었다.

"그러고 나선 어떻게 됐어요?"

나는 걱정스러운 마음에 그를 재촉했다.

"뭐, 그 뒤로 저택은 홀랑 불타버려서 지금은 벽만 조금 남아 있죠."

"또 죽은 사람이 있나요?"

"없습니다만…… 있는 편이 더 좋았을 뻔했습니다."

"그게 무슨 말씀이죠?"

"가엾은 에드워드 님!"

그는 갑자기 큰 소리로 외쳤다.

"그분의 그런 모습을 보게 될 거라고는 꿈에도 생각지 못했어요. 어떤 사람들은 그분이 저렇게 된 게 첫 번째 결혼을 비밀로 하시고 부인이 있는데도 또 결혼하려고 해서 벌을 받은 거라고 말하죠. 그래도 나는 그분이 불쌍합니다."

"그분이 살아 계시다고 말했잖아요?"

나는 급한 마음에 큰 소리로 물었다.

"네, 네, 살아 계십니다. 하지만 다들 차라리 돌아가시는 게 나았을 거라고 말하죠."

"왜요? 어째서죠?"

내 피가 싸늘하게 식어가기 시작했다.

"어디 계시죠? 영국에 계신가요?"

"네, 영국에 계십니다. 영국을 떠나실 수가 없을 겁니다. 이젠 몸도 잘 움직일 수 없으니까요."

이건 또 무슨 일이란 말인가! 그런데 여관집 주인은 내 고통을 끝내지 않으려고 결심한 듯했다.

드디어 그가 입을 열었다.

"그분은 장님이 되셨어요. 네, 아무것도 안 보이는 장님이 되셨죠. 에드워드 님께서요."

나는 그보다 더 심각한 사태를 각오하고 있었다. 그분도 미쳐버리지 않았을까 두려워했던 것이다. 나는 용기를 내어 어떻게 그런 일이 일어났는지 물어보았다.

"그분의 용기 때문이었죠. 친절한 마음씨 때문이라고 말하는 사람도 있겠죠. 집 안의 모든 사람이 대피하기 전까지 밖으로 안 나오셨거든요. 로체스터 부인이 흉벽에서 몸을 던진 뒤에야 계단을 내려오셨는데 그때 무시무시한 굉음이 나면서 온 저택이 무너져내렸습니다. 그 잔해 속에서 끌어내 보니 로체스터 님은 살아 계시기는 했지만 심각한 부상을 입으셨어요. 서까래 하나가 다행히 어느 정도 그분을 막아주기는 했지만, 한쪽 눈이 튀어나오고 한쪽 팔은 아주 으스러져서 외과의사인 카터 선생이 곧바로 수술해서 절단했습니다. 그런데 남은 한쪽 눈마저 염증을 일으켜 실명하고 말았죠. 그분은 이제 장님인 데다 불구가 되고 말았어요."

"어디 계시죠? 지금 어디 살고 계세요?"

"편딘에 계세요. 여기서 50킬로미터쯤 떨어진 곳에 있는 그분의 농장 안에 있는 저택입니다. 아주 황량한 곳이에요."

"누가 같이 계세요?"

"존 영감 부부요. 다른 사람은 싫다고 하셔서요. 몸이 아주 쇠약해지셨다고 하더군요."

"지금 거기까지 타고 갈 만한 게 있을까요?"

"이륜마차가 한 대 있습니다. 아주 훌륭한 마차예요."

"당장 준비해주세요. 만약 마부가 오늘 해지기 전까지 그곳에 데려다주면 당신과 마부에게 보수를 두 배로 줄게요."

제16장

펀딘의 저택은 아주 오래전에 지어진 집이었다. 적당한 크기에 겉치레라고는 찾아볼 수 없는 건물이 숲 속 깊숙이 파묻혀 있었다. 전에 이 저택에 관해 들어본 적이 있다. 로체스터 씨가 종종 이야기하고 이따금 다녀오기도 했기 때문이다. 그의 부친이 사냥에 사용할 용도로 사들였다고 했다. 로체스터 씨는 이집을 세 주려고 했지만 살기에 적당하지 않고 건강에도 썩 좋지 않은 곳이라서 들어와 살 사람을 구할 수가 없었다. 그래서 펀딘의 저택은 사냥철에 주인이 지낼 방 두어 개를 제외하고는 가구도 없이 텅 비어 있었다.

저녁 무렵 해가 지기 전 저택에 도착했다. 우중충한 하늘 아래 차가운 바람이 몰아치고 계속해서 내리는 이슬비에 옷 속까지 젖혔다. 약속했던 대로 보수를 두 배로 준 뒤 마차를 보내고 남은 1킬로미터 정도를 걸어갔다. 저택 코앞까지 왔는데도 건물이 보이지 않을 정도로 숲이 우거져 있었다. 화강암 기둥 사이에 있는 철문을 발견하고 안으로 들어가자 어느새 나는 빽빽하게 늘어선 나무 그늘 아래에 서 있었다. 회백색의 마디투성이 나무들과 나뭇가지들이 엉켜 만들어진 아치 밑으로 잡초 무성한 길이 숲을 향해 나 있었다. 나는 곧 건물에 도착할 거라고 생각하며 길을 따라걸어갔다. 그러나 길은 끝없이 계속 구불구불 이어졌고 꽤 걸어왔는데도 집이나 마당이 나타날 기미가 보이지 않았다.

나는 내가 방향을 잘못 잡아 길을 잃어버린 줄 알았다. 밤의 어둠과 숲이 만들어낸 어둠이 밀려왔다. 혹시나 싶어 주위를 둘러봤지만 다른 길은 없었다. 주변에는 온통 뒤엉킨 덩굴들과 기둥처럼 둥글게 뻗은 나무 몸통 그리고 여름철의 우거진 나뭇잎이 빽빽하게 들어차 있어 탁 트인 곳이 없었다.

나는 계속해서 앞으로 걸어갔다. 마침내 길이 넓어지더니 나무들이 듬성듬성 자리를 잡고 서 있었다. 곧이어 울타리가 보이고 집이 나타났다. 이렇게 어둑어둑한 시간에는 나무들과 거의 분간하기도 어려울 정도로 그 집 벽은 축축하게 푸르스름한 빛을 띤 채 썩어가고 있었다. 걸쇠만 걸어둔 문을 열고 들어서자 울타리가 쳐진 마당이 나왔다. 반원형의 마당에는 나무도 꽃도 화단도 없었다. 잔디밭을 둘러싼 폭이 넓은 자갈길 하나가 나 있었는데, 이것 역시 숲 한가운데 끼워져 있는 듯했다. 건물 정면에는 두 개의 박공이 붙어 있고 좁은 창문에는 격자가 쳐져 있었다. 현관문도 좁고 그 앞에 계단도 한 칸뿐이었다. 로체스터 암스의 주인이 말한 대로 '꽤나 황량한 곳'이었다. 그리고 평일의 교회처럼 고요하기 그지없었다. 주변에서는 숲 속의 나뭇잎 위로 후두둑 떨어지는 빗방울 소리밖에 들리지 않았다.

나는 속으로 '이런 곳에서 사는 사람이 있을까?'라고 생각했다.

그런데 있었다! 살아 있는 무언가가 거기 있었다. 인기척이 들리더니 좁은 현관문이 서서히 열리더니 한 남자가 땅거미가 내린 어둠 속에서 나타나 계단 위에 섰다. 모자도 쓰지 않고 있었다. 그는 비가 오는지 알아보려는 듯 한 손을 앞으로 뻗었다. 어둑어둑했지만 나는 그를 알아보았다. 내 주인, 에드워드 페어팩스 로체스터였다.

걸음을 멈추고 숨까지 참으며 가만히 서서 그를 지켜보았다. 나는 몸을 숨긴 채 그를 살펴보았다. 아아! 그는 나를 볼 수가 없었다. 정말 뜻밖의 만남이었다. 기쁨보다는 슬픔이 더 컸다. 나는 터져 나오려는 목소리를 억누르며 그에게 달려가고 싶은 내 발걸음을 붙잡았다. 그는 여전히 튼튼하고 건장해 보였다. 꼿꼿한 자세에 검은 머리칼에는 윤기가 흘렀다. 살이 빠지거나 외모가 변하지도 않았다. 일 년의 시간이 흘렀지만 슬픔도 그의 강한 체력과 넘치는 활력을 앗아가지 못한 듯했다.

그러나 그의 표정은 달라졌다. 우울하고 자포자기한 듯 보였다. 그 모습은 마치 사슬에 묶여 학대당하고, 큰 고통에 빠져 있어 다가갈 수 없을 정도로 위험한 야수나 맹금 같았다. 독수리가 금빛 테를 두른 두 눈을 잔인하게 뽑힌 채 새장에 갇혀 있다면 저 눈먼 삼손과 같은 모습일 것이다.

독자 여러분, 눈이 멀고 광포한 로체스터 씨를 내가 두려워했을 거라고 생각하는가? 만약 그랬다면 여러분은 나를 전혀 모르는 것이다. 나는 슬픔 가운데서도 곧 있으면 저 바위 같은 이마와 그 아래 굳게 다문 입술에 입 맞출 거라고 생각하며 달콤한 희망에 부풀었다. 그러나 아직은 아니다. 그에게 다가가 말을 건네서는 안 된다.

로체스터 씨는 하나뿐인 계단을 내려섰다. 그리고 천천히 손을 더듬어 잔디밭을 향해 걸어갔다. 성큼성큼 당당하게 걷던 발걸음은 어디로 사라졌을까? 그러다 그가 걸음을 멈췄다. 어느 방향으로 가야 할지 모르는 듯했다. 그는 손을 들어 눈꺼풀을 들어 올렸다. 그리고 허공을 바라보며 하늘과 주위를 둘러싼 숲을 보려고 안간힘을 썼다. 그에게는 온 세상이 새카만 어둠뿐이라는 걸 한눈에 알 수 있었다. 그는 오른손을 뻗었다(잘린 왼팔은 품 안에 감추고 있었다). 주위에 뭐가 있는지 만져보고 싶은 것 같았다. 그러나 손끝에 닿는 것은 없었다. 나무는 그에게서 몇 미터나 떨어져 있었다. 결국 그는 포기하고 빗속에서 팔짱을 낀 채 말없이 가만히 서 있었다. 모자를 쓰지 않아 머리 위로 비가 쏟아졌다. 그때 어디선가 존이 그에게 다가왔다.

"주인님, 제 팔을 잡으시겠어요? 큰비가 쏟아질 것 같아요. 들어가시는 게 좋겠어요."

"놔둬."

존은 말없이 돌아갔다. 그는 나를 보지 못했다. 로체스터 씨는 이리저리 걸어보려고도 했지만 소용이 없었다. 모든 것이 자신 없어 보였다. 그는 더듬더듬 길을 찾으며 집으로 돌아가 문을 닫았다. 그제야 나도 집으로 다가가 현관문을 두드렸다. 존의 아내가 문을 열고 나왔다.

"잘 있었어요, 메리?"

그녀는 마치 유령이라도 본 것처럼 깜짝 놀랐다. 나는 그녀를 진정시켰다.

"정말 선생님이세요? 이렇게 늦은 시각에 이런 외딴 곳까지 오신 거예요?"

나는 대답 대신에 메리의 손을 꼭 잡고 그녀를 따라 부엌으로 들어갔다. 활활 타는 난롯가에 존이 앉아 있었다. 나는 손필드에 무슨 일이 일어났는지 다 들었고 로체스터 씨를 만나러 왔다고 말했다. 그리고 존에게 마차를 돌려보낸 통행세 요금소

392

에 가서 맡겨둔 내 짐을 가져다줄 것을 부탁했다. 그러고는 모자와 숄을 벗으며 메리에게 오늘밤 여기서 잘 수 있을지 물었다. 메리는 불편하기는 하겠지만 안 되는 건 아니라고 대답했다. 그래서 나는 오늘 머물겠다고 말했다.

그때 거실에서 종이 울렸다.

"들어가서 어떤 사람이 드릴 말씀이 있어 찾아왔다고 전해주세요. 내 이름은 말하지 말고요."

"만나주시지 않을 거예요. 아무도 만나시지 않거든요."

메리가 말했다.

그녀가 돌아오자 나는 그가 뭐라고 했는지 물었다.

"이름과 용건을 밝히시래요."

그녀는 이렇게 대답하고 나서 유리잔에 물을 따라 촛불과 함께 쟁반 위에 올려놓았다.

"불러서 이걸 가져오라고 하시던가요?"

"네, 앞이 보이지 않으면서도 캄캄해지면 늘 촛불을 가져오라고 하세요."

"쟁반은 나한테 줘요. 내가 갖고 들어갈게요."

나는 쟁반을 건네받았다. 그러자 메리가 손가락으로 거실 문을 가리켰다.

손이 떨리면서 쟁반도 흔들려 유리잔 밖으로 물이 튀었다. 내 심장이 크고 빠르게 고동쳤다. 메리는 문을 열어준 뒤 내가 안으로 들어가자 뒤에서 문을 닫았다. 거실은 어두컴컴했다. 아무렇게나 내버려둔 난롯불은 힘없이 사그라지고 있었다. 앞이 안 보이는 방 주인은 높다란 구식 벽난로에 머리를 기댄 채 난롯불 위로 몸을 구부리고 있었다. 그의 늙은 개 파일럿이 그가 지나는 길을 피해 한쪽 구석에 누워 있었다. 실수로 밟히기라도 할까 봐 두려운 듯 몸을 움츠리고 있었다. 내가 들어가자 파일럿은 귀를 쫑긋 세우더니 멍멍 짖고 낑낑거리며 달려와 내게 뛰어올랐다. 나는 하마터면 쟁반을 떨어뜨릴 뻔했다.

나는 쟁반을 탁자 위에 올려놓고, 파일럿을 쓰다듬으며 부드러운 목소리로 "앉아!"라고 말했다. 로체스터 씨는 이게 무슨 소란인가 싶어 반사적으로 고개를 돌렸다. 그러나 아무것도 보이지 않으니 이내 다시 몸을 돌리며 한숨을 내쉬었다.

"메리, 물 줘."

나는 물이 반밖에 남지 않은 잔을 들고 그에게 다가갔다. 파일럿은 여전히 신이 나서 나를 졸졸 따라다녔다.

"무슨 일이야?"

그가 물었다.

"파일럿, 앉아!"

나는 다시 말했다. 로체스터 씨는 잔을 입술로 가져가다 말고 귀를 기울이는 듯 보였다. 그는 물을 마신 뒤 잔을 내려놓더니 말했다.

"메리, 당신 맞지?"

"메리는 부엌에 있어요."

내가 대답했다.

그는 재빨리 손을 뻗었지만, 내가 어디 있는지 볼 수 없기 때문에 나를 건드리지 못했다.

"누구야? 당신 누구야?"

그는 보이지 않는 눈으로 보려고 애쓰며 얼굴을 찡그렸다. 그 노력이 어찌나 부질없고 애처롭던지!

"대답해. 다시 말해봐!"

그가 고압적인 말투로 크게 소리쳤다.

"물 좀 더 드실래요? 컵의 물을 절반이나 쏟았어요."

내가 말했다.

"누구야? 누가 지금 말하고 있는 거냐고!"

"파일럿은 저를 알아보는 것 같아요. 존과 메리도 제가 여기 온 걸 알고요. 방금 도착했어요."

내가 대답했다.

"이런! 내가 망상에 빠진 건가? 아니면 기분 좋게 점점 미쳐 가는 건가?"

"망상도 아니고 미쳐가는 것도 아니에요. 망상에 빠지기에는 정신력이 너무 강하고 미치기에는 너무 건강해요."

"그러면 누가 말하는 거지? 목소리만 있나? 아! 나는 볼 수가 없소. 그러니 만져봐야겠소. 그러지 않으면 내 심장이 멎고 머리는 터져버릴 거요. 당신이 뭐든 누구든 만져보게 해줘요. 그러지 않으면 죽을 것 같아!"

그가 손을 이리저리 더듬었다. 나는 공중을 휘젓고 있는 그의 손을 내 양손으로 감싸 쥐었다.

"그녀의 손가락이야! 작고 가냘픈 그녀의 손가락! 그렇다면 그녀 몸의 다른 부분들도 있겠지."

그는 이렇게 외치더니 억센 손으로 내 손을 뿌리치고는 내 팔을 잡았다. 그리고 내 어깨와 목, 허리를 잡더니 끌어안았다.

"제인이야? 누구지? 이건 그녀의 몸매야. 그녀의 체구인데."

"그리고 이건 제인의 목소리예요."

내가 덧붙였다.

"제가 여기에 있어요. 제 마음도요. 하느님, 감사합니다. 다시 당신과 이렇게 가까이 있게 되다니 꿈만 같아요."

"제인 에어! 제인 에어!"

그는 내 이름을 반복해서 외쳤다.

"내 소중한 주인님, 제인 에어예요. 결국 당신을 찾아냈어요. 당신 곁으로 다시 돌아왔어요."

"정말이오? 여기 와 있다고? 살아 숨쉬는 제인으로?"

"만져보고 껴안고 계시잖아요. 시체처럼 차갑지도 않고 공기처럼 만질 수 없는 것도 아니고요, 그렇죠?"

396

"살아 있었어, 내 사랑! 분명 이것은 그녀의 팔다리, 그녀의 얼굴이야. 그 모든 불행이 지나가고 나니 이런 축복을 받는군. 이건 꿈이야. 밤이면 나는 이런 꿈을 꾸곤 했어. 지금처럼 그녀를 품에 안고 입을 맞추고 그녀가 나를 사랑하는 걸 느끼면서 절대 나를 떠나지 않을 거라고 믿었지."

"앞으론 절대 떠나지 않을 거예요."

"절대 떠나지 않겠다고 환영이 말한 건가? 하지만 늘 깨고 나면 아무것도 없는 허공이 나를 조롱했지. 그러면 나는 버림받았다는 생각에 고독해지지. 그리고 음울하고 외롭고 희망도 없이 살아갈 뿐이라고. 목마른 내 영혼의 갈증은 풀리지 않고 굶주린 마음은 채워지지 않소. 지금 내 팔에 안긴 부드럽고 달콤한 꿈이여, 당신 자매들이 그랬듯 당신도 날아가 버리겠지. 하지만 사라지기 전에 키스해줘. 제인, 나를 안아줘."

"그래요, 주인님. 그럴게요."

나는 한때 눈부시게 빛났지만 이제는 빛을 잃어버린 그의 두 눈에 입을 맞췄다. 그리고 그의 이마에도 머리칼을 쓸어올리고 입을 맞췄다. 그가 갑자기 기운을 차렸다. 모든 게 현실이라는 확신이 생긴 듯했다.

"정말 당신이오, 제인 맞소? 내게 돌아온 거요?"

"네, 저예요."

"어느 개울 아래 도랑에 빠져 죽지 않은 거지? 부랑자가 되어 낯선 사람들 사이에서 따돌림을 당하며 살고 있었던 건 아닌 거지?"

"네, 이제 제 힘으로 살게 되었어요."

"자기 힘으로 산다니! 제인, 그게 무슨 뜻이오?"

"마데이라에 살던 외삼촌이 돌아가시면서 5천 파운드를 물려주셨어요."

"오! 이거야말로 현실성 있는 이야기야. 이건 실제야. 내가 이런 꿈을 꾸지는 않을 테니. 게다가 그녀 특유의 달콤하면서도 톡 쏘는 듯한 목소리가 들려. 메마른 내 마음에 생기와 생명을 불어넣어 주는 목소리야. 제인, 한데 당신 힘으로 살게 되었다고? 부자가 되었다고?"

"당신이 저와 함께 살기 싫다고 하시면 이 집 바로 옆에 제 집을 지을 수도 있어요. 그러면 당신은 저녁에 말동무가 필요하실 때마다 우리 집 거실로 놀러오셔도 돼요."

"제인, 당신이 부자가 되었다면 이제 틀림없이 당신을 염려하는 친구가 주변에 많을 텐데. 그리고 나처럼 슬픔에 빠진 장님한테 당신이 희생하도록 내버려두지 않을 텐데."

"부자일 뿐만 아니라 남에게 의지하지 않고 살게 되었다니까요. 저는 자유로운 몸이에요."

"그럼 내 곁에 있어 주겠소?"

"물론이죠. 당신이 싫다고 하시지만 않는다면요. 제가 당신의 이웃이자 간호사, 가정부가 되어줄게요. 당신이 외로워하면 말동무가 되어주고 책도 읽어주고 함께 걷고 앉고 시중도 들고 당신의 눈과 손이 되어줄게요. 그렇게 침울한 표정을 짓지 말아요. 제가 살아 있는 한 당신은 절대 외롭지 않을 거예요."

그는 아무 대답도 하지 않았다. 심각한 표정으로 생각에 잠기더니 한숨을 내쉬었다. 그리고 뭔가 말하려고 입술을 반쯤 떼었다가 다시 다물었다. 나는 약간 당황했다. 너무 경솔하게 사회적 관습을 뛰어넘은 것 같다는 생각이 들었던 것이다.

세인트 존처럼 그도 내가 경솔해서 부적절한 행동을 한다고 생각할 것이다. 사실 그가 나를 아내로 맞아들이기를 바라고, 또 아내가 되어달라고 청할 거라는 생각으로 그런 제의를 했다. 그가 아직 표현하지는 않았지만 나를 자기 것이라고 말하리라는 기대에 들떠 있었다. 그런데 그에게서 그런 기미는 보이지 않고 얼굴은 더욱 어두워졌다. 문득 내가 완전히 잘못 알고 있으며 나도 모르게 바보짓을 한 것이 아닐까 하는 생각이 들었다. 그래서 서서히 그의 품에서 빠져나오려고 하자 그가 나를 더 세게 바짝 끌어안았다.

"안 돼, 안 돼, 제인. 가면 안 돼요. 당신을 만지고 당신 목소리를 듣고 당신이 곁에 있어 내 마음이 한없이 편하고 달콤한 위안이 되었소. 나는 이 기쁨을 포기할 수가 없소. 이제 내게 남은 건 아무것도 없소. 그러니 당신이 있어야 해. 세상 사람들은 나를 손가락질하겠지. 터무니없고 이기적이라고 말이오. 하지만 상관없어. 내 영혼이 당신을 간절히 원해. 내 영혼을 충족시켜야겠어. 그렇지 않으면 내 영혼은 내 몸에 지독한 앙갚음을 하고 말 테니까."

"그래요, 당신 곁에 있을 거예요. 그렇게 할 거라고 벌써 말씀드렸잖아요."

"그랬지. 하지만 내 곁에 있겠다는 그 말을 당신과 내가 서로 다르게 이해하는 듯하오. 당신은 내 손이나 의자 곁에 있으면서 친절한 간호사로서 내 수발을 들겠다고 마음먹은 거겠지. 당신은 애정이 넘치고 마음도 넓으니 불쌍하게 여기는 사람을 위해 기꺼이 희생할 거야. 물론 나도 그걸로 만족해야겠지. 이제 당신한테는 아버지 같은 마음만을 품어야 할 거야. 그런 거요? 자, 어서 말해봐요."

"저는 당신이 원하시는 대로 생각할 거예요. 간호사가 되는 편이 낫겠다고 하시면 그걸로도 만족해요."

"하지만 평생 내 간호사로 살 수는 없잖소. 당신은 젊고 언젠가는 틀림없이 결혼도 해야 할 텐데."

"결혼 같은 건 신경 안 써요."

"신경 써야지. 예전 같으면 내가 생각을 고쳐먹게 하려고 애썼을 테지만, 이제 난 그저 눈먼 바보일 뿐이라고!"

그의 표정이 다시 침울해졌다. 하지만 그와 반대로 내 기분은 더 밝아지고 새로운 용기도 생겼다. 그의 마지막 말에서 무엇이 문제인지 알아차린 것이다. 그것은 내게 전혀 문제가 되지 않았기 때문에 당황스러웠던 내 마음이 한결 홀가분해졌다. 나는 한층 더 밝아진 어조로 먼저 말을 꺼냈다.

"이제 누군가가 당신을 원래 모습으로 되돌려놓을 때가 되었어요."

풍성하고 길게 자란 그의 머리칼을 가르며 내가 말했다.

"이제 보니 당신은 사자나 그 비슷한 동물로 변한 것처럼 보여요. 지금 당신 모습은 마치 황야로 쫓겨난 느부갓네살 왕(〈다니엘서〉 4장 33절, 바빌론 왕―옮긴이) 같아요. 정말이에요. 머리털이 독수리 털처럼 자랐어요. 손톱이 새 발톱처럼 변했는지는 아직 못 봐서 모르지만."

"이쪽 팔에는 손도 없고 손톱도 없소."

이렇게 말하며 그는 품 안에서 절단된 팔을 꺼내 내게 보여주었다.

"팔은 잘려나가고 없소. 끔찍한 꼴이지! 제인, 그렇게 생각하지 않소?"

"손을 봐도 안타깝고 눈과 이마에 난 화상 흉터를 봐도 안타까워요. 그리고 그 무엇보다 안타까운 건 그럼에도 당신을 너무나 사랑하고 무척이나 아낄 위험에 빠진 사람이 여기 있다는 거예요."

"나는 당신이 내 잘린 팔과 흉터투성이인 얼굴을 보면 혐오감을 느낄 거라고 생각했소."

"정말 그렇게 생각하신 거예요? 저한테는 그런 말씀하지 마세요. 당신의 사람 보는 눈을 얕잡아볼지도 몰라요. 이제 잠시만 놔주세요. 불을 피우고 난로도 청소하려고요. 불이 활활 타는지 알 수 있나요?"

"오른쪽 눈에 은은한 불빛이 보여. 불그스름한 안개처럼."

"촛불은 보이세요?"

"하나하나가 빛나는 구름처럼 아주 흐릿하게 보여."

"저는요?"

"보이지 않소, 요정 아가씨. 하지만 당신 목소리를 듣고 당신을 느낄 수 있는 것만으로도 감사할 따름이오."

"저녁은 언제 드시나요?"

"나는 저녁을 안 먹소."

"하지만 오늘은 좀 드세요. 저는 배가 고파요. 아마 당신도 그럴 거예요. 잠깐 잊어버렸을 뿐이지."

나는 메리를 불러 방을 더 쾌적하게 청소하고 푸짐한 식사도 준비해달라고 했다. 그러고는 기분이 한껏 들떠서 식사 내내 그리고 식사를 마친 뒤에도 한참 동안 편안하고 즐겁게 이야기를 나눴다. 그와 같이 있으면 굳이 행동을 자제할 필요도 없고 기쁨이나 쾌활한 기분을 억누를 필요도 없다. 그와 내가 잘 어울린다는 것을 알고 있기 때문에 함께 있으면 내 마음은 더없이 편안했다. 내가 하는 모든 말과 행동이 그를 위로하고 기운을 되찾아주는 듯했다. 이 얼마나 기분 좋은 감정인가! 그 기쁨이 내 모든 본성에 생명과 빛을 불어넣었다. 그와 함께 있을 때 나는 온전해졌고 나와 함께 있을 때 그도 온전하게 존재했다. 눈은 보이지 않았지만 그의 얼굴에 미소가 번졌고, 그의 이마는 기쁨으로 밝아졌으며, 그의 표정은 부드럽고 온화해졌다. 저녁 식사를 마치자 그는 그동안 내가 어디서 지냈고 무엇을 했으며 어떻게 자신을 찾았는지 이것저것 물어보기 시작했다. 나는 아주 짧게 대답했다. 그동안 있었던 일들을 시시콜콜 이야기하기엔 밤이 너무 깊었다. 게다가 그의 마음을 자극하고 싶지 않았고 그의 가슴속에 새로운 감정이 샘솟게 하고 싶지도 않았다. 지금 내 유일한 목표는 그의 기운을 북돋워주는 것뿐이었다.

이미 말했듯이 그는 기분이 좀 나아지긴 했지만, 순간순간 그럴 뿐이었다. 대화가 잠깐이라도 끊어지면 안절부절못하고 나를 만지며 말했다.

"제인, 당신 사람 맞는 거요? 정말 당신이오?"

"틀림없어요."

"그런데 어떻게 캄캄하고 음산한 저녁에 나 혼자 있는 난롯가에 불쑥 나타난 거요? 하녀한테서 물잔을 받으려고 손을 뻗었는데 그걸 건네준 건 당신이었소. 한 마디 말을 건네면 존의 아내가 대답할 거라 생각했는데 내 귓가에 당신 목소리가 들렸지."

"메리를 대신해 제가 쟁반을 들고 들어왔거든요."

"당신과 함께 있는 이 시간 난 마치 마법에 걸린 듯하오. 지난 몇 달 동안 내가 얼마나 암울하고 쓸쓸하고 절망적인 삶을 버텨왔는지 아무도 모를 거요. 아무 일도 하지 않고 아무 기대도 없이 낮밤도 없고 난롯불이 꺼지면 춥고 끼니를 거르면 배고프다는 것만 느껴졌지. 깊은 슬픔에 잠겨 있다가 가끔씩 미친 듯이 당신을 보고 싶었지. 그렇소. 나는 잃어버린 시력을 되찾고 싶은 마음보다 당신을 되찾고 싶은 마음이 훨씬 더 간절했소. 그런데 어떻게 이런 일이! 당신이 내 곁으로 돌아와 사랑한다고 말하다니. 올 때처럼 어느 날 갑자기 가버리진 않을까? 내일이면 당신이 여기 없을 것 같아 두려워."

나는 꼬리를 물고 이어지는 불안감에서 그를 벗어나게 하고 안심시키기 위해서는 틀림없이 평범하고 현실적인 대답이 가장 효과적일 거라고 믿었다. 그래서 내 손가락을 그의 눈썹 위에 올리고 눈썹이 타버렸으니 예전처럼 굵고 까맣게 자랄 수 있도록 뭔가 발라주겠다고 했다.

"인정 많은 요정 아가씨, 내게 친절히 대해줘 봤자 소용없어. 어차피 중요한 순간이 오면 당신은 다시 나를 버릴 테니까. 그림자처럼 어디로 어떻게 가버렸는지도 모르게 말이야. 그러면 나는 끝내 당신을 찾지 못하겠지."

"혹시 작은 빗 있어요?"

"뭐하려고?"

"머리카락이 너무 새카맣고 텁수룩해서 좀 빗어드리려고요. 가까이서 자세히 보니 무서워 보여요. 당신은 저를 요정이라고 부르지만 당신은 브라우니(스코틀랜드 전설에 등장하는 온몸에 갈색 털이 난 요정—옮긴이) 같아요."

"흉측한가?"

"당연하죠. 늘 그렇기는 했지만요."

"허어! 어디서 지냈는지 그 짓궂은 성격은 하나도 안 변했군."

"저는 마음씨 좋은 사람들과 같이 지냈어요. 당신보다 백 배는 더 훌륭한 사람들이오. 당신은 평생 한 번도 품어보지 않은 생각과 강한 의지를 가진 세련되고 고상한 사람들이었어요."

"도대체 누구와 지낸 거요?"

"그렇게 갑자기 머리를 홱홱 비틀면 제가 머리카락을 뽑게 될지도 몰라요. 그럴 때마다 제가 계속 곁에 있다는 사실을 확인할 수 있기는 하겠지만요."

"어떤 사람들과 같이 지냈는지 말해봐요."

"오늘 밤에는 알려드리지 않을 거예요. 내일까지 기다리세요. 이야기를 절반만 해드린 건 내일 아침 식탁에 나타나 나머지 이야기를 마저 해드리겠다고 보장하는 것과 마찬가지예요.

그런데 내일은 딱 물 한 잔만 들고 나타나지는 않겠어요. 구운 햄에다가 달걀 요리도 가져올게요."

"사람을 놀리다니! 틀림없이 바꿔치기를 한 걸 거야. 요정으로 태어나 인간으로 자란 거지! 당신은 내가 지난 열두 달 동안 느끼지 못했던 감정을 느끼게 해주는군. 사울 곁에 다윗이 아니라 당신이 있었다면 하프의 도움 같은 것 없이 악귀를 쫓았을 거야."

"다 됐어요. 머리를 정리하고 나니 점잖아 보이네요. 이제 가볼게요. 사흘 동안 여행을 했더니 정말 피곤해요. 안녕히 주무세요."

"제인, 한 마디만 대답해줘. 당신이 살던 집에 여자들만 있었던 거요?"

나는 대답하지 않고 웃으면서 방을 나왔다. 계단을 올라가면서도 계속해시 웃음이 멈추시 않았다.

'좋은 생각이야! 한동안은 이런 식으로 초조하게 만들어서 우울한 생각을 떨쳐버리게 해야겠어.'

다음 날 해가 뜨기 무섭게 일어난 그가 이 방 저 방 돌아다니는 소리가 들렸다. 메리가 아래층으로 내려오자마자 그가 물었다.

"에어 양은 여기 있나? 어느 방으로 안내했지? 물기가 없는 방이지? 에어 양은 일어났나? 가서 필요한 건 없는지 확인해봐.

그리고 언제 내려올 건지도 물어보고."

아침 식사 준비가 거의 끝나갈 무렵 나는 아래층으로 내려갔다. 나는 살그머니 그의 방으로 들어가 내가 있다는 걸 알아차릴 때까지 그를 지켜봤다. 신체적인 장애 때문에 활기찬 그의 정신이 무릎 꿇는 모습을 보고 있자니 너무나 애처로웠다. 그는 의자에 가만히 앉아 있었다. 쉬는 것이 아니라 뭔가를 기다리고 있는 듯했다. 이목구비가 또렷한 그의 얼굴에 슬픔이 자리 잡고 있었다. 그의 표정은 다시 켜지기만 기다리는 꺼진 등불 같았다. 그러나 스스로 불을 켤 수는 없었다. 누군가 그를 대신해 불을 밝히고 활기찬 표정을 되돌려줘야 했다. 나는 밝은 모습으로 무심한 척하려고 했지만 강건하던 남자가 무력해진 모습을 보니 가슴이 아파 견딜 수가 없었다. 하지만 최대한 명랑하게 그에게 다가가 말을 걸었다.

"오늘 아침은 날씨가 화창해요. 비가 그치고 나니까 부드러운 햇살이 비치네요. 조금 있다가 산책을 가야겠어요."

내가 불꽃을 일으키자 그의 얼굴이 기쁨으로 빛났다.

"아아! 정말 여기 있군. 귀여운 나의 종달새! 가까이 와요. 떠나지 않았네. 사라지지 않았어. 한 시간 전 숲에서 당신 친구가 소리 높여 지저귀는 소리를 들었소. 하지만 떠오르는 태양이 내게 빛을 잃었듯 종달새의 노래도 내게는 음악이 아니오. 이 땅 위의 모든 선율은 제인의 혀끝에서 나와 내 귀로 들어오지.

당신이 곁에 있는 곳에서만 햇빛이 나를 비추고 있소."

내게 의지한다는 그의 고백을 듣는 순간 내 눈에 눈물이 고였다. 마치 하늘의 왕 독수리가 사슬에 발이 묶인 채 참새에게 먹이를 가져다주길 간청하는 것 같았다. 그러나 걸핏하면 울지 않으리라고 다짐했다. 나는 찝찌름한 눈물을 얼른 닦아내고 서둘러 아침 식사를 준비했다. 우리는 오전 내내 밖에서 시간을 보냈다. 나는 그를 이끌고 비에 젖은 야생의 숲을 벗어나 밝은 들판으로 나왔다. 그리고 들판이 얼마나 푸르게 빛나는지, 꽃들과 산울타리가 얼마나 생기 있어 보이는지, 하늘이 얼마나 파랗게 반짝거리는지 그에게 이야기해주었다. 나는 눈에 띄지 않는 적당한 곳에 그가 앉을 자리를 마련했다. 마른 나무 그루터기였다. 그가 나를 무릎에 앉혀도 굳이 거부하지 않았다. 떨어져 있는 것보다 가까이 있으면 더욱 행복한데 내가 왜 거부하겠는가? 파일럿도 우리 곁에 누웠다. 사방이 고요했다.

그가 갑작스레 팔로 나를 껴안으며 외쳤다.

"잔인한 사람이오, 냉정한 도망자 같으니! 아, 제인! 당신이 손필드를 떠난 것을 알고 어디서도 당신을 찾지 못했을 때 내가 어떤 기분이었을지 생각해봤소. 당신 방을 살펴보니 돈 한 푼 없고 돈이 될 만한 것 하나 없이 맨몸으로 떠난 걸 알았을 때 내 마음이 어땠는지 아시오? 내가 준 진주 목걸이는 건드리지도 않은 채 상자 안에 그대로 놓여 있고 신혼여행을 가려고 싸놓은 트렁크는 줄에 묶인 채 그대로 놓여 있더군. 가진 것 하나 없고 돈도 한 푼 없이 뛰쳐나간 당신이 어떻게 지낼지 궁금했소. 어떻게 지낸 거요? 이제 그동안 무슨 일이 있었는지 들려주시오."

그의 재촉을 듣고 나는 지난 한 해 동안 내가 겪은 일들을 이야기하기 시작했다. 사흘 동안 굶으며 떠돌아다닌 이야기는 적당히 에둘러 말했다. 괜히 전부 다 말해서 그를 괴롭힐 필요는 없었다. 조금밖에 이야기하지 않았는데도 그는 내가 생각했던 것보다 훨씬 더 가슴 아파했다.

그는 아무런 대책도 없이 그렇게 떠나지 말았어야 한다고, 내 생각을 그에게 말했어야 한다고 했다. 그에게 내 속내를 다 털어놓았다면 자신의 애인이 되어달라고 강요하지 않았을 거라고 했다. 자신은 절망에 빠져 겉보기에는 난폭해 보여도 나를 너무나 깊이 사랑해서 폭군처럼 나를 억누르지 않았을 거라고 했다.

그리고 의지할 곳 하나 없는 나를 이 넓은 세상에 홀로 내버려두느니 고맙다는 키스 한번 받지 못하더라도 재산의 절반을 내게 떼어주었을 거라고도 했다. 그리고 틀림없이 내가 자신에게 들려준 것보다 훨씬 더 많이 고생했을 거라고 말했다.

"뭐 고생스럽기는 했지만 정말 잠깐이었어요."

나는 이렇게 대답하고 계속해서 어떻게 무어 하우스에서 지

내게 되었고, 또 어떻게 학교 선생 자리를 맡게 되었는지, 외삼촌의 유산을 상속받고 친척을 찾게 된 이야기를 차례대로 해주었다. 이야기 중간 중간 세인트 존 리버스의 이름이 여러 번 등장했다. 내가 이야기를 마치자 곧바로 그 이름이 그의 입에서 튀어나왔다.

"그러면 그 세인트 존이라는 사람이 사촌 오빠였단 말이오?"

"네."

"그 남자 이야기가 자주 나오던데 그를 좋아했소?"

"정말 훌륭한 분이에요. 좋아하지 않을 수 없을 정도로요."

"훌륭한 사람이라…… 그 말은 점잖고 예의 바른 오십 대 남자를 말하는 건가? 아니면 무슨 뜻이오?"

"세인트 존은 스물아홉 살밖에 안 됐어요."

"프랑스인들이 말하는 '아직 젊은이'인 거군. 키도 작고 무기력하고 못생겼소? 미덕을 행할 용기가 있는 정도가 아니라 나쁜 짓을 하지 않을 정도만 선량한 사람이오?"

"그분은 절대 지치지 않고 끊임없이 일하세요. 평생 위대하고 숭고한 선행을 하시는 게 그분의 목표예요."

"하지만 머리는? 좀 멍청한 편이지? 의도는 좋지만 그 사람이 말하는 걸 듣고 있으면 도무지 무슨 소린지 알 수 없지?"

"말수가 적어요. 늘 핵심만 말하죠. 머리가 정말 좋아요. 감수성은 떨어지는 것 같지만 머리는 정말 잘 돌아가요."

"그러면 유능한 사람이겠군."

"정말 유능해요."

"교육은 제대로 받았소?"

"세인트 존은 뛰어나고 해박한 학자예요."

"당신 말을 들어보면 그 사람의 태도는 당신이 좋아하는 유형이 아닌데. 까다로운 목사 같거든."

"그분의 태도는 아직 말하지도 않았는걸요. 하지만 제 취향이 정말로 이상하지 않은 한 그분을 좋아하지 않을 이유가 없어요. 세련되고 차분하고 신사다운 분이세요."

"생긴 건 어때? 어떻게 생겼다고 말했는지 잊어버렸군. 하얀 넥타이를 목을 조르다시피 꽉 묶고 밑창이 두껍고 목이 긴 구두를 신고 부자연스럽게 걷는 신출내기 부목사겠지. 아닌가?"

"세인트 존은 옷을 정말 잘 입어요. 그리고 미남이에요. 키가 크고 피부가 희며 눈은 파랗죠. 옆모습은 마치 고대 그리스인 같아요."

"젠장!"

그는 고개를 돌려 이렇게 내뱉더니 다시 나를 보고 말했다.

"제인, 그 사람을 좋아했지?"

"그럼요, 좋아했죠. 아까도 말씀드렸잖아요."

물론 나는 로체스터 씨의 속마음을 눈치 챘다. 그는 질투심에 사로잡혔다. 속은 좀 쓰리겠지만 오히려 그 편이 나았다. 그의 마음을 물어뜯는 우울이라는 송곳니에서 잠시나마 풀려날 수 있게 해주었기 때문이다. 그래서 나는 당장 그의 질투심을 가라앉히고 싶지 않았다.

"제인, 이제 더는 내 무릎에 앉아 있고 싶지 않은 거 아니오?"

그가 예상치 못한 말을 꺼냈다.

"왜요?"

"당신이 그려준 초상화가 너무 뚜렷이 대조를 이루는군. 당신 말을 듣고 있으니 매우 아름다운 아폴로가 그려져. 당신은 키가 크고 흰 피부에 파란 눈 그리고 그리스 조각상의 옆모습을 가진 그의 모습을 떠올리고 있소. 하지만 실제로 당신 눈앞에 있는 건 불카누스(그리스 신화에 나오는 불과 대장간의 신―옮긴이)지. 갈색 피부에 어깨가 떡 벌어진 진짜 대장장이 말이오. 더군다나 앞도 보지 못하고."

"미처 그런 생각을 해보지 않았는데 듣고 보니 확실히 비슷하네요."

"그러니 나를 떠나도 좋소. 하지만 가기 전에 한두 가지만 물어볼 테니 대답해줘요."

그는 나를 힘주어 꼭 끌어안았다.

"로체스터 님, 뭔데요?"

그러자 그는 나를 심문하기 시작했다.

"세인트 존이 당신한테 모턴의 선생 자리를 맡긴 건 당신이 사촌 여동생이라는 사실을 알기 전이었소?"

"네."

"자주 만났소? 학교에도 찾아오고 그러던가?"

"매일이오."

"제인, 그 사람은 당신의 계획에 찬성했겠지? 당신은 재주가 많으니 빈틈없이 훌륭한 계획을 세웠을 거야."

"네, 찬성했어요."

"그리고 당신한테서 예상치 못했던 장점들을 발견했을 테지? 당신에겐 남들과 다른 재능이 있으니까."

"그건 모르겠네요."

"당신은 학교 근처에 있는 작은 집에서 지냈다고 했지. 그 사람이 당신을 만나러 집으로 찾아온 적도 있소?"

"가끔요."

"밤에도?"

"한두 번이오."

잠시 침묵이 흘렀다.

"사촌간이라는 걸 알고 난 뒤 그 사람과 여동생들까지 얼마나 같이 살았소?"

"다섯 달이오."

"리버스 씨는 주로 가족들과 시간을 보냈소?"

"네, 리버스 씨뿐 아니라 우리도 거실을 서재로 썼거든요. 그분은 창가 쪽에 앉고 우리는 탁자에 앉고요."

"그도 공부를 많이 했소?"

"엄청나게 많이 했어요."

"무슨 공부를?"

"힌두스타니어요."

"그럼 그때 당신은 뭘 하고?"

"처음에는 독일어를 배웠어요."

"그가 가르쳐줬소?"

"그분은 독일어를 못 하세요."

"그럼 당신한테 아무것도 안 가르쳐줬소?"

"힌투스타니어를 조금 가르쳐줬어요."

"힌두스타니어를 가르쳤다고?"

"네."

"자기 누이동생들한테도?"

"아뇨."

"그럼 당신한테만?"

"저한테만요."

"당신이 배우겠다고 했소?"

"아뇨."

"자기가 먼저 가르쳐주겠다고 한 거요?"

"네."

또다시 침묵이 흘렀다.

"리버스 씨는 왜 그랬을까? 당신한테 힌두스타니어가 무슨 필요가 있다고?"

"저를 인도로 데리고 갈 작정이셨거든요."

"아! 이제야 답이 나왔군. 당신과 결혼하고 싶어 했나?"

"저한테 청혼하셨어요."

"거짓말. 나를 괴롭히려고 뻔뻔스럽게 지어낸 이야기지."

"미안하지만 사실이에요. 그것도 여러 번이나요. 예전에 당신이 그랬던 것처럼 고집스럽게 저를 설득하려고 했어요."

"제인, 다시 한 번 말하지만 나를 떠나도 돼. 대체 몇 번이나 같은 소리를 해야겠소? 가도 좋다는데 왜 내 무릎에 끈덕지게 앉아 있는 거요?"

"여기가 편해서 그래요."

"그렇지 않을 거야, 제인. 내 무릎 위에서 마음이 편할 리 없지. 마음은 다른 곳에 가 있으면서 말이오. 사촌 오빠라는 세인트 존과 함께 있을 거 아니오. 아, 조금 전까지만 해도 나는 당신이 온전히 내 것이라고 생각했는데. 나를 떠났을 때조차 당신이 나를 사랑한다고 믿었소. 온통 쓰디쓴 괴로움을 삼키다가 어렴풋이 맛보는 달콤함이었지. 긴 시간 헤어져 있으면서 나는 뜨거운 눈물을 흘렸고 당신이 죽은 줄 알고 깊은 슬픔에 빠져 있었지. 그런데 그사이 당신이 다른 남자를 사랑하리라고

415

는 생각지도 못했소! 다 부질없는 짓이었군. 제인, 나를 버리고 가서 리버스 씨와 결혼해요."

"그럼 저를 뿌리치세요. 밀쳐내시라고요. 자진해서 떠나지는 않을 거니까요."

"제인, 나는 당신 목소리가 좋아. 희망이 되살아나고 거짓이 없지. 당신 목소리를 듣고 있으면 마치 일 년 전으로 돌아간 것 같아. 그래서 당신이 새로운 인연을 맺었다는 걸 잊어버리게 돼. 하지만 나는 바보가 아냐. 어서 가요."

"어디로 가라고요?"

"당신 갈 길로, 당신이 선택한 남편과 함께 말이오."

"그게 누군데요?"

"알잖소. 세인트 존 리버스지."

"그분은 제 남편이 아니에요. 앞으로도 그렇게 되지 않을 거예요. 그분은 저를 사랑하지 않아요. 저도 그분을 사랑하지 않고요. 그분은 로저먼드라는 어떤 아름다운 아가씨를 사랑해요. 그분의 사랑은 당신의 사랑과는 달라요. 그분이 저와 결혼하려고 했던 이유는 단지 제가 선교사의 아내로 적합하다고 생각했기 때문이에요. 그 일이 로저먼드 양과는 어울리지 않으니까요. 그분은 선하고 훌륭하지만 엄격해요. 저한테 얼음장처럼 차갑게 구세요. 당신과 많이 달라요. 그분 곁에, 그분과 함께 있으면 저는 절대 행복하지 않을 거예요. 제게 너그럽지도 않고 그렇다고 사랑하지도 않고요. 저한테 매력을 전혀 못 느끼는 것 같아요. 제 젊음까지도요. 제 성격 중에 좋아하는 점이 몇 가지 있긴 하지만요. 그런데도 당신을 떠나서 그분한테 가야 할까요?"

나는 나도 모르게 몸서리를 치며 앞은 보이지 않지만 너무나 사랑하는 주인에게 본능적으로 매달렸다. 그러자 그가 미소를 지었다.

"뭐라고? 제인! 그게 사실이오? 당신과 리버스 씨 사이엔 그 정도 일밖에 없었던 거요?"

"물론이에요. 질투하실 필요 없어요! 당신의 울적한 기분을 조금이나마 덜어주려고 놀려본 거예요. 슬퍼하기보다는 화내시는 게 나을 것 같아서요. 하지만 제가 당신을 사랑하기를 바라고, 또 제가 당신을 얼마나 사랑하는지 아시면 분명 흐뭇하고 뿌듯하실 거예요. 제 마음은 당신 거예요. 당신밖에 없어요. 제 몸이 당신 곁을 떠난다고 해도 마음만은 영원히 당신과 함께할 거예요."

그가 내게 키스를 했다. 하지만 또다시 괴로운 생각에 그의 얼굴이 어두워졌다.

"내 눈은 흉측하게 변했고 팔은 불구가 되었어!"

그는 분노에 차서 중얼거렸다. 나는 그를 쓰다듬으며 마음을 진정시켰다. 나는 그가 무슨 생각을 하는지 알고 있었다.

그를 대신해 말하고 싶었지만 용기가 나지 않았다. 그가 고개가 돌렸을 때 감겨 있던 그의 눈꺼풀 아래로 눈물 한 방울이 맺히더니 뺨을 타고 흘러내리는 것이 보였다. 나는 감정이 북받쳐 올랐다.

잠시 후 그가 말했다.

"나는 손필드 과수원에 있던 벼락 맞은 늙은 마로니에와 다름없소. 그런 산송장이 어떻게 싹이 움트는 인동덩굴에게 싱싱한 잎으로 자신의 썩은 몸을 덮어달라고 하겠소?"

"당신은 산송장이 아니에요. 벼락 맞은 나무도 아니고요. 당신은 활기차고 생기가 넘쳐요. 당신이 부탁하든 안 하든 당신 뿌리 근처에서 풀들이 자랄 거예요. 당신의 넓은 그늘을 무척 좋아하니까요. 그것들은 당신 쪽으로 기울어져 당신 주변을 휘감으면서 자랄 거예요. 튼튼한 당신이 안전한 버팀목이 되어줄 테니까요."

그가 또다시 미소 지었다. 내 말에 위로를 받은 모양이었다.

"친구 이야기를 하는 거요?"

그가 물었다.

"네, 친구요."

나는 약간 주저하며 대답했다. 친구 이상의 의미를 담고 말했지만, 차마 내 입으로 그 말을 할 수는 없었다. 그러자 그가 나를 도와주었다.

"아아! 제인, 하지만 나는 아내가 필요하오!"

"그래요?"

"그렇소, 처음 듣는 이야기요?"

"그럼요. 그런 말씀은 한 번도 안 하셨잖아요."

"그럼 반가운 소식인가?"

"상황에 따라 다르죠. 당신 선택에 달렸어요."

"나를 대신해 당신이 선택해주시오. 나는 불평하지 않고 그 결정에 따르겠소."

"당신을 가장 사랑하는 여자를 선택하세요."

"나는 내가 가장 사랑하는 여자를 택하겠소. 제인, 나와 결혼해주겠소?"

"네."

"이 불쌍한 사람은 당신이 평생 손을 잡고 이끌어줘야만 할 텐데도?"

"네."

"당신보다 스무 살이나 더 많고 평생 시중을 들어줘야 하는데도?"

"네."

"진심이오, 제인?"

"진심이고말고요."

"아아! 내 사랑! 하느님께서 당신한테 축복을 주시고 상을 내리실 거요!"

"로체스터 님, 만약 제가 살면서 뭔가 좋은 일을 했거나 착한 마음을 품었거나 진심으로 떳떳한 기도를 올렸다면, 올바른 소망을 가진 적이 있다면 지금 그 상을 받고 있는 거예요. 당신의 아내가 된다면 그보다 더 행복할 순 없을 거예요."

"그건 당신이 희생을 즐기기 때문이지."

"희생이라니요! 제가 무슨 희생을 하는데요? 배고픔 대신 음식을 얻었고 기대하는 대신 만족하게 되었는데요? 소중한 사람을 두 팔로 껴안고 사랑하는 사람의 입술에 키스하며 제가 믿고 있는 사람에게 의지할 수 있게 됐는데 이게 희생인가요? 그렇다면 저는 희생을 즐기는 게 분명해요."

"그리고 제인, 내 약점을 참아주고 내 결함도 눈감아줘야 할 거요."

"그런 건 아무것도 아니에요. 저는 오히려 제가 당신을 도울 수 있는 지금 당신을 더 사랑해요. 당신이 당당하게 독립적이고 베풀어주고 보호하는 역할 외에 다른 역할들은 모두 업신여기던 때보다 훨씬 더 말이에요."

"나는 지금까지 다른 사람의 도움을 받거나 끌려다니는 걸 싫어했소. 하지만 더는 그러면 안 되겠군. 하인의 손을 잡는 건 싫지만 제인의 조그만 손가락이 내 손을 잡을 거라고 생각하니 즐겁소. 하인이 종일 붙어 다니느니 차라리 혼자 있는 게 좋았소. 하지만 제인의 따뜻한 보살핌을 받으면 평생 기쁠 것 같소. 이렇게 제인은 내게 꼭 맞는데, 나도 제인한테 그렇소?"

"제 성격과 세세한 부분 하나하나까지 꼭 맞아요."

"그렇다면 더 이상 기다릴 게 뭐 있겠소. 당장 결혼합시다."

그는 열의에 찬 표정으로 말했다. 성급한 원래 성격이 살아나고 있었다.

"우리는 하루 빨리 한 몸이 되어야 해. 결혼 허가만 받으면 돼요. 그러면 결혼하는 거요."

"로체스터 님, 해가 중천에 뜬 지 한참 지났다는 걸 이제야 알았네요. 파일럿은 점심을 먹으러 이미 집으로 돌아갔어요. 시계 좀 보여주세요."

"앞으로는 당신이 허리띠에 차고 다녀요. 이제 나는 필요 없으니까."

"벌써 오후 네 시가 다 되어가네요. 배고프지 않으세요?"

"제인, 사흘 뒤에는 꼭 결혼식을 올립시다. 이제 화려한 옷이나 보석 같은 건 필요 없소. 그런 건 아무런 의미도 없다고."

"햇볕이 빗방울을 모두 말려버렸어요. 바람이 없어서 꽤 덥네요."

"제인, 지금 내가 넥타이 아래 구릿빛 목에 당신의 조그만 진주 목걸이를 하고 있는 걸 아시오? 나는 내 유일한 보물을 잃어버린 날부터 늘 이걸 목에 걸고 다녔소. 그녀를 추억하려고 말이오."

"숲을 통해 집으로 가요. 그 길에 그늘이 가장 많을 거예요."

그는 내 말을 전혀 듣지도 않고 자기 생각에만 빠져 있었다.

"제인! 당신은 아마 내가 신앙도 없는 놈이라고 생각하겠지. 하지만 지금 내 가슴은 자비로우신 땅 위의 하느님께 감사한 마음으로 가득하오. 하느님은 인간이 보는 것처럼 보시지 않지만 인간보다 훨씬 더 명료하게 살피신다오. 하느님은 사람과 달리 훨씬 현명하게 판단하시지. 나는 잘못을 저질렀소. 때 묻지 않은 순수한 꽃을 더럽히고 순결함에 죄악의 입김을 불어넣으려고 했지. 그래서 전능하신 하느님은 그걸 내게서 빼앗아가셨어. 거만하고 반항심 가득했던 나는 하늘의 섭리를 저주할 뻔했소. 하느님의 뜻을 따르지 않고 저항한 거지. 그래서 그분의 심판은 그대로 진행됐지. 재앙이 계속해서 밀어닥쳐 나는 죽음의 골짜기를 지나게 된 거요. 하느님은 크게 나를 벌하셨소. 하늘의 심판을 받은 나는 영원히 천한 인간이 되어버렸소. 당신도 알다시피 나는 내 힘을 자랑했소. 하지만 연약한 아이처럼 다른 사람 손에 의지해야 하는 지금, 그게 다 무슨 소용이란 말이오?

최근, 그것도 아주 최근에 들어서야 나는 내 운명이 하느님의 손안에 있다는 걸 느끼고 그분을 인정하게 되었소. 처음에는 자책하며 후회했고 하느님과 화해할 수 있기를 간절히 원했소.

그리고 자주 기도를 올렸지. 짧지만 아주 진지한 편지 말이오. 며칠 전, 아니 정확히는 나흘 전이지. 지난 월요일 밤에 묘한 기분이 밀려오더군. 비통한 마음이 들면서 점점 슬프고 우울해졌소. 아무리 찾아봐도 당신이 없어서 나는 꽤 오래전부터 당신이 죽었다고 생각했소. 그날 밤 늦게, 아마 열한 시에서 열두 시 사이였을 거야. 쓸쓸하게 잠자리에 들기 전 하느님께 간절히 기도드렸소. 제발 나를 이 세상에서 데려가 다시 제인과 만날 수 있는 저세상으로 보내달라고 말이오. 나는 방 안에서 창문을 열고 창가에 앉아 있었소. 신선한 밤공기를 마시니 마음에 위로가 되더군. 별빛은 하나도 보이지 않았지만 희뿌연 안개가 끼어 있어 달이 떠 있다고 생각했지. 나는 정말 당신이 보고 싶었소, 제인. 아아! 내 몸과 마음이 모두 당신을 그리워했소. 나는 괴롭지만 공손하게 하느님께 여쭤봤소. 이렇게 버림받고 고통 속에서 괴로워했으면 충분하지 않은지, 다시 행복하고 평화로울 수는 없는지 그리고 내가 겪은 모든 고통과 슬픔은 당연히 받아야 할 것이지만 더는 못 견디겠다고 호소했소. 그러자 내 마음속의 바람들이 나도 모르게 입 밖으로 튀어나왔소. '제인! 제인! 제인!' 이렇게 말이오!"

"큰 소리로 부르셨어요?"

"그랬소. 누가 들었으면 나를 미쳤다고 생각했을 거요. 미친 사람처럼 큰 소리로 외쳤으니까."

"지난 월요일 밤 한밤중이라고요?"

"그렇소. 하지만 시간은 중요한 게 아니야. 그다음 이상한 일이 일어났거든. 당신은 미신을 믿는다고 하겠지. 그전부터 어느 정도 미신을 믿고 있었지만 이건 정말 있었던 일이오. 내 귀로 분명히 들었으니까. 내가 '제인! 제인! 제인!' 하고 외치자 어디서 들리는지, 누구의 목소리인지는 모르지만 '갈게요! 기다려요!'라고 대답하는 거였소. 그러더니 잠시 후에 '어디 계세요?' 하는 말이 바람에 실려 속삭이듯 들려오더군. 이 말을 듣고 내 머릿속에 어떤 생각과 그림이 펼쳐졌는지 말해주고 싶지만 표현할 수가 없소. 펀딘은 보다시피 깊은 숲 속에 파묻혀 있어 어떤 소리도 울려 퍼지지 않고 그대로 사라지거든. '어디 계세요?'라는 목소리는 산속에서 나는 듯했소. 메아리를 들었거든. 그때 차가운 바람이 상쾌하게 내 이마를 스쳤소. 어느 황량하고 쓸쓸한 곳에서 우리가 만나는 듯했지. 틀림없이 우리 영혼이 만난 거요. 물론 당신은 그 시각에 자고 있었겠지만. 당신 영혼이 내 영혼을 위로하기 위해 몸을 빠져나온 것 같았소. 그건 당신 말투였고 틀림없이 당신 목소리였소!"

독자 여러분, 내가 나를 부르는 신비한 목소리를 들은 것도 월요일 밤 자정이 가까운 시간이었다. 그가 들었다는 말도 내가 대답했던 말이다. 나는 로체스터 씨의 이야기를 듣고 있었을 뿐 내 이야기를 하지 않았다. 이 우연의 일치는 너무나 무섭고 설명할 수도 없어 따져보거나 상의할 수가 없었다. 내가 겪었던 이야기를 조금이라도 해주었다면 그는 큰 감동을 받았을 것이다. 그러나 지금까지의 고뇌로 쉽게 어두워질 수 있는 그의 마음에 초자연적인 이야기까지 덧붙여 더 짙은 그림자를 드리울 필요는 없었다. 그래서 나는 그 이야기를 내 마음속에 간직하고 곰곰이 생각해보았다.

그가 계속 이야기했다.

"이제 알겠지. 그래서 어젯밤 예기치 않게 당신이 내 앞에 나타났을 때 나는 당신 목소리가 환청이 아니라는 걸 쉽게 믿을 수가 없었지. 그날 한밤중의 속삭임과 메아리가 사라진 것처럼 침묵 속으로 사라질 거라고 생각했소. 이제 나는 하느님께 감사하오! 이제 꿈이나 환청이 아니라는 걸 알았소. 맞아! 하느님께 감사드려야겠소!"

그는 그렇게 말한 뒤 나를 무릎에서 일으켜 세우고 자신도 일어섰다. 그는 공손하게 모자를 벗고 보이지 않는 눈을 아래로 내려뜨고 마음속으로 기도를 올렸다.

내 귀에 기도의 마지막 부분이 들리는 것 같았다.

"저의 창조주께서 심판하시는 가운데 자비를 베풀어주신 것에 감사합니다. 바라건대 지금까지보다 더 순결한 삶을 살아갈 힘을 주시옵소서."

그러고서 그는 길을 안내해달라면서 손을 내밀었다. 나는 소중한 그 손을 잡고 입맞춤한 뒤 그의 팔을 내 어깨에 둘렀다.
나는 그보다 키가 훨씬 작아서 그가 의지하는 지팡이가 될 수
도 있고 길잡이가 될 수도 있다. 우리는 숲을 지나 집으로 걸어
갔다.

제17장

　독자 여러분, 나는 그와 결혼했다.　결혼식은 조촐하게 치렀
다.　참석한 사람은 그와 나 그리고 목사님과 서기뿐이었다.　결
혼식을 마치고 그와 함께 교회에서 돌아온 나는 부엌으로 들어
갔다.　메리는 점심 식사를 준비하고 존은 칼을 갈고 있었다.

　"메리, 나 오늘 아침에 로체스터 씨와 결혼했어요."

　메리와 남편 존은 둘 다 언제든 편히 대화를 나눌 수 있는 점
잖고 차분한 사람들이었다.　아무리 놀라운 소식을 들려줘도
귀청이 찢어지게 소리를 지르거나 폭포처럼 말을 쏟아내어 귀
를 먹먹하게 만들지 않았다.　메리는 고개를 들고 나를 빤히 쳐
다봤다.

　그녀는 국자로 그 위에 양념을 끼얹어가며 닭 두 마리를 굽

고 있었는데 공중에서 국자가 그대로 삼 분이나 떠 있었다. 동시에 칼에 광을 내던 존의 손도 멈췄다.

그러나 메리는 굽고 있던 닭고기 위로 다시 몸을 수그리며 그저 이렇게 말했다.

"그러셨어요? 역시!"

잠시 후 그녀가 말했다.

"주인님과 같이 외출하시는 건 봤지만 결혼식을 하러 교회에 가신 줄은 몰랐네요."

그녀는 다시 닭에 양념을 끼얹었다. 고개를 돌리니 존이 입이 귀에 걸릴 정도로 활짝 웃고 있었다.

"저는 예전부터 메리한테 이렇게 될 거라고 말했어요. 에드워드 님이 어떤 분인지 잘 아니까요(존은 이 집의 오랜 하인이었고 그의 주인이 로체스터 가문의 둘째 아들일 때부터 알고 지냈기 때문에 그를 세례명으로 부르곤 했다). 에드워드 님이 그러실 줄 알았어요. 오래 기다리시지 않을 줄도 알았고요. 잘하셨어요. 선생님, 축하드려요!"

이렇게 말하고 그는 내게 정중히 인사했다.

"존, 고마워요. 그리고 로체스터 씨가 이걸 두 사람한테 주라고 하셨어요."

나는 그의 손에 5파운드짜리 지폐를 쥐여주었다. 더 들을 말이 없을 것 같아 나는 부엌에서 나왔다. 한참 뒤 부엌 앞을 지나가는데 이런 말이 들려왔다.

"어느 귀부인보다 에드워드 님께 더 잘하실 거야."

또 이런 말도 들렸다.

"아주 아름답지는 않지만 그렇다고 못생기지도 않았잖아. 게다가 마음씨도 참 착하지. 주인님 눈에는 굉장히 예뻐 보일 거야. 그건 확실해."

나는 곧장 무어 하우스와 케임브리지에도 편지를 써서 내 결혼 소식을 알렸다. 결혼하게 된 이유도 자세히 설명했다.

다이애나와 메리는 흔쾌히 내 결혼에 찬성해주었다. 다이애나는 우리의 달콤한 신혼 기간이 지나면 나를 만나러 오겠다고 약속했다.

내가 그녀의 편지를 읽어주자 로체스터 씨가 말했다.

"그때까지 기다리지 않는 게 좋을걸. 그러면 너무 늦을 테니까. 우리 신혼은 평생 계속되다가 당신과 내가 무덤 속에 들어갈 때나 끝날 거요."

세인트 존이 이 소식을 어떻게 받아들였는지는 모르겠다. 그는 이 소식을 담은 편지에 답장을 하지 않았다. 하지만 6개월이 지난 뒤 그는 내게 편지를 보내왔다. 로체스터 씨의 이름이나 우리 결혼에 대한 이야기는 한 마디도 없었다. 담담한 내용에 딱딱한 글이었지만 애정이 담겨 있었다. 그 후로 자주는 아니지만 그는 때마다 편지를 보내왔다. 내가 행복하기를 빌며

이 세상에서 하느님을 잊고 세속적인 것에만 신경 쓰며 사는 사람은 되지 않을 거라 믿는다고 했다.

독자 여러분이 혹시 귀여운 아델을 잊어버린 건 아니신지? 나는 잊지 않았다. 나는 오래지 않아 로체스터 씨의 허락을 받아 아델이 지내는 학교에 찾아갔다. 나를 보자 아델은 펄 듯이 기뻐했다. 그 모습에 나 또한 큰 감동을 받았다. 아델은 창백하고 수척해져 있었다. 그리고 자신이 행복하지 않다고 했다. 나는 교칙이 너무 엄하고 학과 수준도 아델 나이의 아이들에게 너무 벅차다는 사실을 발견했다. 그래서 그 애를 데리고 집으로 돌아왔다. 나는 다시 아델을 직접 가르쳐보려고 했지만 무리라는 사실을 금방 깨달았다. 이제는 내 시간과 보살핌을 모두 내 남편에게 쏟아야 했기 때문이다. 그래서 나는 교칙이 엄하지 않고 거리가 가까워 가끔 찾아가거나 아델을 집에 데려올 수도 있는 학교를 찾아냈다. 그리고 아델이 부족한 것 없이 최대한 편안하게 학교에 다닐 수 있도록 신경을 썼다. 아델은 새로운 학교에 빨리 적응했고 그곳에서 더 행복해했으며 학업 성적도 점점 올라갔다.

아델은 건전한 영국식 교육을 받고 자라면서 프랑스인 특유의 결점들을 대부분 고칠 수 있었다. 학교를 졸업한 뒤에는 내게 재미있고 다정하며 온순하고 사근사근하며 신념이 뚜렷한 친구가 되어주었다. 그리고 내가 최선을 다해 아델에게 베풀었던 사소한 친절까지 모두 갚아주고도 남을 만큼 나와 내 아이들한테 정성을 다했다.

이제 내 이야기도 거의 끝나가고 있다. 먼저 내 결혼생활에 대해 간단히 말하고 이 이야기에서 가장 자주 등장했던 사람들이 이후 어떻게 되었는지 짧게 언급하며 이 글을 마치려고 한다.

나는 결혼한 지 벌써 십 년이 되었다. 나는 이 세상에서 가장 사랑하는 사람과 함께, 또한 그 사람을 위해 산다는 게 어떤 것인지 잘 안다. 나는 내가 엄청난 축복을 받은 사람, 어떤 말로도 표현할 수 없을 만큼의 축복을 받은 사람이라고 생각한다. 왜냐하면 내가 그의 생명이고 그 또한 내 생명이기 때문이다. 이 세상에 나보다 남편과 가까운 아내는 없을 것이다. 나는 남편에게 '뼈 중의 뼈요, 살 중의 살(〈창세기〉 2장 23절—옮긴이)'이었다. 나는 에드워드와 함께 살면서 한 번도 권태를 느껴본 적이 없다. 그도 마찬가지다. 마치 우리가 가슴속에 품고 있는 심장 박동을 싫증내지 않는 것과 같다. 그래서 우리는 늘 함께했다. 우리는 둘이 함께 있으면 혼자 있을 때처럼 자유로웠고 많은 사람과 어울릴 때처럼 즐거웠다.

우리는 온종일 대화를 나눈다. 우리에게 대화란 그저 우리의 마음을 더 생생하고 서로에게 잘 들리도록 하는 것일 뿐이다. 나는 그를 완전히 신뢰하고 그도 나를 완전히 신뢰한다. 성격이 서로 잘 맞으니 당연히 화목하다.

로체스터 씨는 결혼한 뒤 이 년 동안은 앞이 전혀 보이지 않았다. 아마도 그 점 때문에 우리가 이렇게 가까워지고 긴밀한 관계가 되었는지도 모르겠다. 왜냐하면 지금은 내가 그의 오른손이지만 그때는 그의 눈이기도 했다.

말 그대로 나는 그의 소중한 눈동자였다(그도 나를 자주 이렇게 불렀다). 나를 통해 자연을 보고 책을 읽었다. 나는 단 한 번도 싫증내지 않고 그를 대신해 들판과 나무와 마을과 강과 구름과 햇빛을 보고 눈앞에 펼쳐진 풍경과 주변의 날씨 등을 그에게 말로 표현해주었다. 밝은 빛이 더는 그의 눈에 새겨줄 수 없는 것들을 나는 말로 그의 귀에 새겨주었다. 나는 그에게 책을 읽어주고 가고 싶어 하는 곳으로 그를 이끌고 그가 했으면 하는 일을 하는 것이 언제나 즐거웠다. 물론 가끔씩 슬플 때도 있었지만 여전히 가장 큰 기쁨과 즐거움을 느꼈다. 그가 수치스러워하거나 굴욕감에 풀죽지 않고 나한테 당당하게 이런 것들을 요구했기 때문이다.

그는 진심으로 나를 사랑하기 때문에 내 시중을 기꺼이 받아들였다. 또 내가 자기를 깊이 사랑하고 있다는 것을 알기 때문에 그게 내 가장 소중한 바람을 이뤄주는 것과 마찬가지라고 생각했다.

그렇게 이 년이 거의 다 되어갈 무렵, 그가 불러주는 대로 편지를 받아 적고 있을 때였다. 갑자기 그가 내 곁으로 오더니 내게 고개를 숙이며 이렇게 물었다.

"제인, 혹시 목에 반짝거리는 목걸이를 걸고 있소?"

나는 금 시계줄을 목에 걸고 있었다. 그래서 맞다고 했다.

"그리고 하늘색 옷을 입고 있지?"

나는 정말로 하늘색 옷을 입고 있었다. 그는 캄캄하던 한쪽 눈이 얼마 전부터 점점 보이는 것 같더니 이제 확실하게 보인다고 했다.

나는 그와 함께 런던으로 갔다. 그리고 그곳에서 저명한 안과의사의 치료를 받아 그는 마침내 한쪽 눈의 시력을 되찾았다. 아직은 또렷이 보이는 것이 아니라서 글을 읽거나 쓸 수 없지만, 누군가 손으로 끌어주지 않아도 길을 찾아다닐 수 있게 되었다.

하늘은 그에게 이미 허공이 아니었다. 땅도 이제 텅 빈 공간이 아니었다. 그는 우리의 첫 아이를 팔에 안고 사내아이가 그의 원래 눈을 꼭 닮아 크고 반짝이는 검은 눈을 가진 것을 직접 보았다. 이때 그는 하느님이 자비를 베풀어 가벼운 판결을 내리셨다는 사실을 깨달았다.

에드워드와 나는 행복하게 살고 있다. 그리고 우리가 사랑하는 사람들도 행복하니 우리는 더욱 행복하다. 다이애나와 메리는 둘 다 결혼했다. 매년 한 번씩 번갈아가며 우리를 만나러 오고 우리도 그들을 만나러 갔다.

다이애나의 남편인 피츠 제임스 대령은 해군 대령으로 용맹한 장교이면서 착한 사람이다. 메리의 남편인 위튼 목사는 세인트 존의 대학 동창이다. 그녀의 학식과 신념을 볼 때 둘은 참 잘 어울렸다. 제임스 대령과 위튼 목사 모두 아내를 사랑했고 아내들도 자신의 남편을 사랑했다.

세인트 존 리버스는 영국을 떠나 인도로 갔다. 그는 자신이 선택한 길로 들어섰고 지금도 그 길을 따라가고 있다. 온갖 곤경과 위험에 처해서도 그보다 더 단호하고 끈기 있는 개척자는 없을 것이다. 한결같고 성실하며 헌신적인 그는 넘치는 기운과 열정을 갖고 진리를 품에 안은 채 인류를 위해 일하고 있다. 또 인류의 진보를 위해 힘겹게 길을 닦았으며 마치 거인처럼 인류의 발전을 가로막는 교리와 낡은 계급제도의 편견을 무너뜨렸다. 그는 가혹하고 엄격하며 큰 야망을 품은 사람인지도 모른다. 그러나 그의 가혹함은 사탄의 맹공격에서 순례자를 수호하는 전사 그레이트하트(버니언의 《천로역정》에 나오는 길잡이―옮긴이)의 가혹함이었다. 그의 강압적인 성격은 "누구든지 나를 따라오려거든 자기를 부인하고 자기 십자가를 지고 나를 따를 것이니라(〈마태복음〉 16장 24절―옮긴이)"며 오직 예수만을 위해 설교하는 사도로서의 강요다. 그의 야망은 이 세상에서 구원받고 죄를 씻은 사람으로서 하느님의 보좌 앞에 서는 것이다. 그리고 그의 야망은 최후에 하느님의 위대한 승리를 같이 나누고 그분의 부르심을 받으며 신앙심이 두터운 선택된 사람들 가운데 으뜸이 되고자 하는 고결한 위인의 야망이다.

세인트 존은 아직 결혼하지 않았다. 앞으로도 하지 않을 것이다. 지금까지 그는 혼자서 싸움을 치러왔고 이제 그 싸움도 막바지에 다다랐다. 눈부시게 아름다운 그의 태양이 저물어가고 있었다. 최근에 그가 보내온 편지를 읽고 나는 인간으로서 눈물을 흘렸지만, 내 가슴은 성스러운 기쁨으로 가득 찼다. 그는 반드시 불멸의 면류관으로 보상받게 될 거라고 기대하고 있었다. 이 다음에 올 편지는 아마 낯선 사람이 저 선량하고 충직한 하느님의 종이 드디어 그분의 부르심을 받고 그분의 품으로 돌아갔다는 소식을 내게 전하려고 쓴 것이리라.

그런데 왜 슬퍼하겠는가? 죽음의 두려움도 세인트 존의 마지막 가는 길에 어두운 그림자를 던지지 못할 것이다. 그의 정신은 맑을 것이고 마음은 의연할 것이다. 그의 희망은 영원하고 믿음은 변함없을 것이다. 그의 말이 바로 그 증거였다.

"주님께서는 제게 미리 알려주셨습니다. 그리고 주님은 날마다 더욱 분명하게 알려주십니다. '내가 진실로 속히 오리라(〈요한계시록〉 22장 20절—옮긴이).' 그러면 저는 매시간 더욱 간절히 대답합니다. '아멘, 주 예수여, 오시옵소서!'"

435

001 이방인 알베르 카뮈 | 김옥진 옮김
"빈손처럼 보일지 몰라도 확신이 있다. 나 자신에 대한, 모든 것에 대한."
부조리에 저항하라. 무의미한 삶이기에 우리에겐 '의미'가 필요하다

002 젊은 베르터의 슬픔 요한 볼프강 폰 괴테 | 김해생 옮김
"빌헬름, 사랑 없는 세상이 무슨 의미가 있지?"
사회적 부조리와 모순에 갇혀 더 이상 나아가지 못한 열정과 순수의 모든 것

003 사람은 무엇으로 사는가 레프 톨스토이 | 김환 옮김
"자신에 대한 돌봄이 아니라 사랑으로 산다는 것을 알았노라."
왜 사는지, 자신의 존재는 이 세상에서 어떤 의미를 갖는지 질문에 답하다

004 위대한 개츠비 프랜시스 스콧 피츠제럴드 | 김소연 옮김
"그렇게 우리는 싸울 것이다. 과거로 끊임없이 떠밀려가면서."
내 인생은 나의 것, 이룰 수 없는 꿈이라도 그곳을 향해 돌진하라

005 동물 농장 조지 오웰 | 우진하 옮김
"그렇지만 어떤 동물은 다른 동물보다 더 평등하다."
최고의 정치우화가 말하는 권력의 타락과 속임수, 착취의 공식

006 마지막 잎새 오 헨리 | 이미정 옮김
"마지막 잎사귀가 떨어졌던 날 밤에, 저걸 그린 거야."
아무리 얇게 잘라내도 삶에는 언제나 희망과 절망의 양면이 존재한다

007 어린 왕자 앙투안 드 생텍쥐페리 | 박효은 옮김
"마음으로 보아야 해. 중요한 것은 눈에 보이지 않아."
존재를 마음으로 대하는, 관계의 미학을 이야기하다

옮긴이 **최인하**

이화여자대학교 국어국문학과를 졸업하고 미국에서 어학연수를 한 뒤, 수년간 국내외에서
통번역 및 국제 인턴으로 활동하면서 경력을 쌓았다. 성균관대학교 번역대학원에서 본격적
으로 번역 공부를 한 뒤 번역학과 석사학위를 취득하고 현재 출판번역에이전시 베네트랜스
에서 전문 번역가로 활동 중이다

제인 에어 2

1판 1쇄 발행 2015년 8월 10일

지은이 샬럿 브론테
옮긴이 최인하
발행인 오영진 김진갑
발행처 (주)심야책방

출판등록 2013년 1월 25일 제2013-000028호
주소 서울시 마포구 월드컵북로5가길 12 서교빌딩 2층
전화 02-332-3310 **팩스** 02-332-7741

종이 월드페이퍼(주)
인쇄·제본 현문자현(주)

ISBN 979-11-86283-72-1 04840
     979-11-95377-30-5 (set)